AF373165

Karl von Holtei

Schwarzwaldau
(Psychokrimi)

e-artnow 2018

Robert Kraft
Detektiv Nobody's Erlebnisse und Reiseabenteuer (Band 1 bis 8): Krimi-Klassiker

Hubertus Temme
Gesammelte Krimis: Die Hallbauerin + Ein tragisches Ende + In einer Brautnacht

Edgar Wallace
Das Geheimnis der gelben Narzissen (Krimi-Klassiker)

Edgar Wallace
Gesammelte Werke: Romane + Kriminalgeschichten (Über 80 Titel in einem Buch): Der Doppelgänger + Töchter der Nacht + Das … Gräfin von Ascot + Die blaue Hand und mehr

Willibald Alexis, Julius Eduard Hitzig
Kriminalgeschichten aller Länder aus älterer und neuerer Zeit: Der neue Pitaval

Karl von Holtei

Schwarzwaldau (Psychokrimi)

Klassiker des deutschsprachigen Kriminalromans

e-artnow, 2018
Kontakt: info@e-artnow.org

ISBN 978-80-273-1192-7

Inhaltsverzeichnis

Schwarzwaldau liegt in einer flachen Sandgegend, seitab von der alten Straße zwischen Dresden und Berlin. Es ist, worauf schon sein Name hindeutet, von tiefen, weitverbreiteten, herrlich bestandenen Nadelholz-Waldungen umgeben, in denen zur Zeit unserer Erzählungen die mörderischen Aexte schachernder Holzhändler und ihrer Regimenter verhältnißmäßig noch wenig gewüthet hatten, weil weder eine große Stadt, noch eine leicht fahrbare Land- oder Kunststraße durch ihre Nähe den Absatz begünstigte. Das Dorf zieht sich an breitem Sandwege eine Viertelstunde lang hin; die Kirche befindet sich in der Mitte des Dorfes. Ganz am Ende erst erhebt sich des Gutsbesitzers Wohnhaus, dessen Größe und gediegene, fast mittelalterliche Bauart an dieser Stelle überrascht. Noch überraschender wirkt in solcher, nur durch magere Getreidefelder unterbrochenen Waldung ein blühender Garten und daran grenzender frisch grünender Park, der sich mit kühlen Landseen, sammtenen Wiesen, heiteren Gruppen saftiger Laubhölzer wie ein großer Kranz um die massiven Wirthschaftsbauten schlingt. Man erkennt auf den ersten Blick, daß es der Wille eines früheren, sehr reichen Besitzers gewesen sein muß, welcher derlei Anlagen inmitten alter Kiefer- und Fichten-Wälder schuf, weil – es ihm eben so beliebte; ohne Rücksicht auf Zinsenertrag von den daran verwendeten, (ein strenger Landwirth dürfte sagen: verschwendeten), großen Summen.

Die Bewohner des Dorfes verwunderten sich unendlich und sie kamen bei ihren Unterhaltungen im Wirthshause, wie in den Spinnstuben gar nicht darüber hinaus, daß der gegenwärtige Besitzer *Emil von und zu Schwarzwaldau* , seit zwei Jahren an eine junge, schöne Frau verheirathet, noch immer nicht taufen ließ? Sie halten die düstere Stille, die im Schlosse wie in dessen Umgebungen vorherrscht; die unfreundliche Verschlossenheit der Gattin; den wehmüthigen Ernst des Gatten für Folgen einer kinderlosen Ehe und bedauern dieß stattliche Paar, welchem der Himmel einen Segen vorenthält, den er Manchem der Bedauernden in allzureichem Maße fortwährend spendete.

Wir entnehmen dieß aus einem Gespräche, welches der Verwalter, ein Revierjäger, ein Bauersmann und der Schullehrer, beim Kruge Bier sitzend, untereinander führen. Sie haben vor einigen Stunden ›den Herrn‹ ausreiten sehen, haben daran den Faden ihres Geschwätzes geknüpft und sind einig geworden, den größten Theil aller Schuld, welche die offenbar nicht glückliche Verbindung treffen könnte, auf *Agnesen* zu schieben, weil sie in *Emil* das Muster eines guten Herrn, eines redlichen Mannes verehren. Da tritt *Franz* ein; der Büchsenspanner, oder Leibjäger vom Schlosse, und setzt sich an ihren Tisch.

Dieser junge Bursch, seit wenig Wochen erst im Dienst, zeichnet sich vor Andern seines Gleichen durch einen Anflug von Bildung aus, ist nicht ohne Kenntnisse, denn er hat eine Forstacademie besucht, *sagt man* . Aber gerade deßhalb liegt ein Schleier auf seiner Herkunft: man weiß den Ansprüchen, die er den übrigen Dorfbewohnern entgegen macht, nicht zu vereinigen, daß er den Platz eines Livreejägers angenommen? Der Verwalter sowohl, als der Revierjäger hatten über diesen Punct ihre Bedenklichkeiten schon mehrfach laut werden lassen und der Letztere hatte, da von der Herrschaft, vom Leben im Schlosse, auch von Franz die Rede war, so eben kurz vor dessen Eintritt geäußert: »Der junge Mensch muß irgendwo dumme Streiche gemacht haben, die ihn verhindern, eine früher begonnene Laufbahn mit Ehren zu verfolgen; sonst wär' er nicht Stiefelputzer bei unserm Herrn geworden. Solch' eine Stelle nimmt ein solcher Gestudirter allenfalls bei einem Fürsten, oder sehr reichen Grafen an, wo späterhin eine tüchtige Versorgung darauf folgt. Aber hier? Du mein Gott, was kann ihm blühen? Ein Revierjäger-Posten mit achtzig Thaler Gehalt und ein paar Scheffeln Deputat? Das Stammgeld lohnt nicht die Mühe. Nein, dafür hat Einer nicht Französisch gelernt und Feldmessen und alles Mögliche. Glaubt mir's, der Kerl ist ein Taugenichts!«

Diese Meinung war vom Verwalter, vom Schulmeister und vom Mühlbauer getheilt worden; was jedoch keinen von ihnen hinderte, den Verdächtigten freundlich an ihrem Tische zu empfangen, da er verstört und erhitzt in's Gastzimmer trat.

Franz war ein hübscher Junge. Sein Gesicht gehörte zu jenen eigenthümlichen, die analysirt, Zug für Zug geprüft, nichts haben, was ein Bildhauer, ein Maler loben würden, die aber im Ganzen und oberflächlich betrachtet, wohlgefallen, so lange sie jung sind. Seine Gestalt war schlank und fein; er machte Figur. Dieser Vorzug erregte ihm unter seines Gleichen nur Feinde, wie begreiflich. Denn die Menschen verzeihen ihrem Nächsten von allen Gaben am Wenigsten jene, welche Gaben der Natur, das heißt: unmittelbare Gaben des Himmels sind. Und was Gö-the seinem Tasso in den Mund legt, findet nicht allein für den Hof von Ferrara, findet nicht nur *an* und *bei* sondern auch *auf* und *in* vielen Höfen gelegentlich seine Anwendung. Es paßt für alle Orte, für alle Zeiten und leider auch für alle Stände.

Deßhalb wurde in Schwarzwaldau der Livreejäger Franz spottweise ›Baron Franz‹ titulirt.

Baron Franz also setzte sich zum Verwalter, zum Revierjäger, zum Schulmeister, die ihm alle nur mögliche Zuvorkommenheit erwiesen. Der Mühlbauer einzig und allein, weil er der Unab-hängigste war, warf sich nicht in Unkosten, dem Leibjäger Schönheiten zu sagen, oder auch nur seinetwegen in ein anderes Gespräch einzustimmen. Vielmehr zog er, ohne Unterbrechung, des Gutsherrn eheliche Verhältnisse in's Breitere und schonte die gnädige Frau dabei nicht. Auch der Revierjäger, sogar der Verwalter glaubten in des Mühlbauers Ton fortfahren zu dürfen, wenn sie nur ihre Bitterkeiten durch hinreichende Lobeserhebungen des gnädigen Herrn versüßten. Der Schullehrer, dessen Kinder beim letzten Weihnachtsfeste von Agnesen bekleidet worden, schwieg vorsichtig.

Franz schien verlegen. Es war leicht, ihm abzumerken, daß er gern für die Frau gesprochen haben würde, hätt' er nicht gewußt, daß er im Dorfe, und mit Recht, als des Herrn besonderer Günstling gelte. Bei allen Vorwürfen, welche Agnes trafen, vermochte er aber nicht zu schwei-gen. Namentlich wendete er lebhaften Eifer daran, sie gegen die Anklage des Hochmuthes in Schutz zu nehmen. »Was seid ihr doch für wunderliche Leute,« sagte er, »daß ihr gewisse wohl-feile Redensarten, die man euch gedankenlos in's Gesicht wirft, für den Ausdruck aufrichtiger und herzlicher Gesinnung aufnehmt? Weil unsere gnädige Frau nicht so derb und zutraulich mit euch zu plaudern vermag, wie es der Herr leicht kann, scheltet ihr sie stolz und gemüthlos. Das ist ungerecht. Sie meint es gut mit allen Menschen, ist die Sanftmuth selbst, und keinen Bittenden wird sie von sich weisen, er soll nur das Vertrauen finden, sich an sie zu wenden. *Sie* kann euch doch nicht entgegenkommen? Ohnedieß ist sie mehr schüchtern, als vorlaut, und das ist bei ihrer Einsamkeit sehr natürlich. Was führt sie für ein stilles Leben, ohne Zerstreuung, ohne Umgang, ohne Abwechselung! *Er* steckt den ganzen Tag über in der Wirthschaft, oder im Walde; wenn er des Abends heimkommt, wirft er sich in den Lehnsessel und lieset. Wo soll sie Heiterkeit hernehmen? Wo soll sie frohen Sinn finden? Sie *muß* trübselige Mienen zeigen – und die legt ihr der armen Dame für Stolz aus. Ich sage, das ist ungerecht!«

Der Verwalter sah den Revierjäger befremdet an und dieser wieder den Schulmeister, wel-cher zuletzt dem Erstaunen der Uebrigen Worte lieh, indem er äußerte: »Sehr schön weiß sich der Herr Leibjäger auszudrücken, das muß man ihm lassen!« Und der Mühlbauer setzte hinzu: »Auch mag er schier die Wahrheit reden; denn weil er doch des Herrn sein Liebling ist und stellt sich auf der Frau ihre Seite, kann er für einen unbestochenen Zeugen gelten. Nur soll er sich in Obacht nehmen, daß der Herr nichts davon erfährt. Bei dem würde er sich kein Bildchen einlegen dadurch. Schiebt er nicht so zu sagen alle Schuld der unglücklichen Ehe auf den Mann, da er die Frau verdefendirt? Denn unglücklich ist die Ehe schon einmal; das sieht ein Blinder.«

Franz mochte fühlen, daß er zu weit gegangen, und überzeugt, es sei weder dem Verwal-ter, noch dem Revierjäger zu trauen. lenkte er ein, indem er versicherte: unglücklich wäre die Ehe keinesweges; dergleichen könne nur Verleumdung behaupten; die gnädige Frau liebe ihren Gemal und durch diese ihre Liebe werde sie für manche Entbehrungen äußerlicher Art genug-sam entschädiget. Auch könne man zufrieden und glücklich sein, ohne sein Glück in heiterer Lebendigkeit zur Schau zu tragen. Vielleicht *wünsche* sie sogar ein stilles Dasein, wie sie führe, weil es mit ihrem Character übereinstimme? Er habe bisher weder eine Klage aus ihrem Munde vernommen, noch irgend eine Verstimmung zwischen den Gatten bemerkt.

»Das klingt nun wieder ganz anders,« sagte der Schulmeister, sichtbar unzufrieden mit der versöhnlichen Wendung.

Die Andern nickten bejahend und verstimmt. Sie sahen sich um ihre Hoffnung auf allerlei Klatschgeschichten vom Schlosse betrogen. Ihr Bestreben, des Leibjägers Zunge noch einmal in Gang zu bringen, blieb erfolglos. Deßhalb auch ließen sie sich fürder nicht einschenken, klagten über saueres Bier, – als worin sie wahrscheinlich Recht hatten, – und verloren sich Einer nach dem Andern mit mehr oder minder tiefen Bücklingen gegen ›Musje Franz.‹ Dieser saß denn allein vor dem unberührten Glase in tiefe Träume versenkt, aus denen der leise ab- und zugehende Schankwirth ihn durch keine Silbe aufzustören wagte. Er war des Nachmittags an den vom Geflügel wimmelnden Landseen umhergegangen ohne zum Schuße zu kommen; wahrscheinlich weil er an andre Dinge als an Enten und Rohrhühner gedacht; und hatte seine Flinte noch geladen neben sich stehen. Mit der Rechten drehte er sich unaufhörlich die Locken; mit der Linken streichelte er liebkosend den langen Lauf des Feuergewehres. Wäre der Schänker nicht ein stumpfsinniger Trinker gewesen, der für nichts Aufmerksamkeit hegte, als für den Unterschied zwischen leeren und gefüllten Gläsern, es hätte ihm nicht entgehen können, daß im Kopfe des lockendrehenden schmucken Jägers üble Absichten sich regten. So düster und wild starrt kein junger Mann vor sich hin, wenn er nicht ganz und gar mit sich selbst zerfallen, aus einer fast verzweifelten Lage den Ausweg sucht, – sei es auch durch Selbstmord! Und dennoch waren es nicht nur Groll, Zorn, Haß, Rache, oder wie des Unheils finstere Dämonen weiter heißen mögen, die Franzens Angesicht beherrschten. Auch edlere Gefühle drückten sich, wenn gleich durch Wehmuth umschleiert, in diesen Zügen aus, auf denen ein Kampf des Guten mit dem Bösen sich wiederspiegelte. In einem Augenblicke, wo das Letztere überwog, murmelte Franz: »Ich habe vor acht Tagen dem Damhirsch, den der Herr angeschossen und der nicht verenden konnte, meine Ladung Entenschrot, weil kein Jagdmesser zur Hand war, durch's Hirn gejagt; setzte den Lauf dicht vor den Schädel und die Körner hielten zusammen, daß die Wunde aussah wie von einer starken Büchsenkugel. Was wär's denn weiter, wenn ich von hier gleich dem kleinen Garten-See zuginge bis an *ihr* Bänkchen und dann . . . Sie käme vielleicht heute Abend noch, fände meine Leiche und dann wüßte sie Alles! –«

Er warf einige kleine Münzen auf den Tisch und verließ eilig die Schänke. Festen Schrittes, wie ein Mensch, der zu furchtbarer That entschlossen, unwillkürliches Grauen durch entschiedenes Wollen besiegt, wendete er sich dem herrschaftlichen Parke zu. Hätte er diesen durch das große Eingangsthor betreten, würde er ungehindert den Platz erreicht haben, den er sich für seine letzte Stunde ausersehen; und wir ständen dann wahrscheinlich beim Beginn dieser Geschichte schon am Ende derselben und hätten weiter nichts mehr zu erzählen. Aber – und an scheinbar so zufälligen Ereignissen hängen die Geschicke des Menschen und der Menschheit! – Franz vermied den betretenen Weg, um nur ja Niemand zu begegnen; und gerade, weil er den Fußsteig einschlug, der nach der Seitenpforte führt, mußte er seinem Herrn entgegenlaufen, der aus dem Walde heimkehrend, bleich und träumerisch an ihm vorüberritt, ohne ihn nur zu bemerken. Unter andern Verhältnissen, in gleichgiltiger Stimmung würde der Diener auf Emil's Zustand wenig geachtet, würde in dessen Mienen weiter nichts gelesen haben, als den Ausdruck alltäglichen Unmuthes, der in Schwarzwaldau nicht befremdete. Doch was in ihm selbst vorging, schärfte seinen Blick; furchtbare Anspannung eigener Empfindungen steigerte in ihm die Fähigkeit, wahrzunehmen, was Jenen treibe? und gleich dem Zauber eines zweiten Gesichtes stieg ihm die Ahnung auf, der düstere Reiter trage sich mit Absichten, nicht minder schauderhaft als die seinen!

Jede finstere That, über der wir brüten, habe sie Namen welchen sie wolle, erscheint uns finsterer noch, sobald wir einen Andern auch im Begriff glauben, sie zu thun; womit wir uns im eigenen kranken Herzen zu versöhnen wähnten, tritt uns schroff, drohend entgegen, wo wir es von einem Fremden erwarten. Wir kennen ja die Gründe nicht, die *ihn* dazu bestimmten; wir haben uns weder mir seinen Leiden vertraut gemacht, noch mit seinen Irrthümern befreundet; was uns für uns selbst zur Entschuldigung diente, wendet sich zur Anklage um gegen den Andern; wir sind bereit, an *ihm* zu verdammen, was wir an *uns* vor Gott und vor uns rechtfertigen zu können meinten.

Dieß widerfuhr dem Jäger Franz, da der Argwohn in ihm aufstieg, sein Herr stehe auf dem Puncte, Hand an sich zu legen: »Der reiche, beglückte, mit Agnes vermählte Herr! Der Herr, welcher besitzt, was der Diener ihm beneidet? Unmöglich! Und doch, wenn es wäre? Wenn all' sein Besitz den mit sich selbst Zerfallenen nicht erfreut, nicht zufrieden macht? Wenn er wirklich so wahnsinnig ist, zu sinnen in der Fülle seines Glückes, worauf ich sann aus der Oede meines Unglücks? Wenn die hingeworfenen Aeußerungen, die ich aus seinem Munde vernehme, seitdem ich um ihn bin, mehr bedeuteten, als ich ihnen beilegte? Wenn ich richtig errathe, daß jetzt die Stunde hereinbrach, wo er Ernst machen, wo er *sterben* will? – Dieser graue, schwülwindige, ausdörrende Sommertag scheint selbstmörderische Absichten zu fördern?! Wohlan denn: schieben wir für's Erste die unsrigen hinaus und belauschen wir die Schritte des – Andern.«

Franz ging *nicht* nach dem Bänkchen beim kleinen See im Park; begab sich vielmehr ohne Zögern in sein Gemach, aus welchem er leicht und ungesehen zu seinem Gebieter gelangen konnte.

Emil von Schwarzwaldau, seit zwei Jahren mit Agnes vermählt, stand im Siebenundzwanzigsten, konnte aber, obgleich er nichts weniger als blühend aussah, für einen noch jüngeren Mann gelten. Sein gewöhnlich bleiches Angesicht zeigte fast immer eine durch sanfte Freundlichkeit gemilderte Schwermuth, die jedoch augenblicklichen Scherzen in geistreicher Aufregung gern zu weichen schien, – aber nur *schien* . Es war nicht die abgeschlossene Resignation eines vom Leben hart getäuschten Mannes, welche aus jener Schwermuth sprach; fast knabenhafte Sehnsucht lag darin, und diese kann es gewesen sein, die seinen blassen Wangen kindlichen Anstrich verlieh, und zu solch' hoher, kräftiger Gestalt nicht paßte. Sein blaues Auge leuchtete groß und klar unter langen dunklen Wimpern hervor; es verrieth weniger Lebensüberdruß, als getäuschte Erwartung: Emil blickte umher nicht wie Einer, der durch Genüsse gesättiget, von Reue geplagt, im Dasein ermüdet, diesem ein Ende sucht; er sah in die Welt wie Einer, dem sie nicht gab, was er von ihr verlangte; der an unerfüllbaren Erwartungen krank, alle Wünsche und Träume mit Einemmale begraben möchte. Und das war kein leerer Schein, den er etwa, wie manche Zieraffen des Weltschmerzes, zur Schau trug. Es kam von Innen. Sein Auge war wirklich der Spiegel einer in ihrer irdischen Behausung sich abquälenden Seele. Auch hatte Franz richtig wahrgenommen. Die Qual dieser Seele war niemals höher gestiegen, als während dieses grauen Tages; sie hatte ihn aus dem Schlosse in's Grün des Waldes getrieben und trieb ihn jetzt, nicht weniger bedrängt und gequält, in's Schloß zurück. O wie manchen Tag hatte er schon in solch' unmännlichem Sträuben wider den Quäler *Unmuth* vergeudet; wie häufig schon dem tückischen Erbfeinde des Menschengeschlechtes neuen Spielraum gegeben, dadurch daß er vor ihm entwich, anstatt sich thatkräftig ihm entgegen zu stellen? Wie oft hatte er dann des Abends ausgerufen: »wieder ein Tag dahin!« und dann, abgemattet von wildem, feigem Umherjagen sich der Nacht, der schlafverheißenden, in die Arme geworfen! »Mit den *Tagen* wird man fertig,« – so lautete sein Selbstbekenntniß; – »vor einem *ganzen Tage* fürcht' ich mich nicht; meine Feinde sind die *Stunden* , aus denen er besteht. Ein beginnender Tag liegt zu lang und breit vor uns, als daß man seine Qualen mit Eins überschauen könnte; und hat man ihn hinter sich, dünkt er nur ein Augenblick. Aber die Stunden, die einzelnen Stunden, die man abzählt nach dem Secundenmesser des langsam-schleichenden, dennoch fieber-schweren Pulsschlages, – diese sind meine Gegner. **Vulnerant omnes, ultima necat** [Alle verwunden, die letzte tödtet].«

Und dieser letzten wähnte er nun wirklich entgegen zu reiten.

Ich will meine Leser nicht behelligen mit der tausendmal aufgeworfenen und niemals erschöpfend beantworteten Frage: ob der Entschluß, sich selbst das Leben zu nehmen, Muth oder Feigheit verrathe? Es kommt dabei zuviel auf den Standpunct an. Bei Emil waltete, das ist zweifellos, wenn auch nicht Feigheit, doch Muthlosigkeit vor. Er fühlte sich nicht stark genug, länger *so* zu leben. Er wähnte sich stark genug, mit einem *andern* Leben es zu versuchen. Mit welchem? Was wußte er davon? Ihm genügte zu wissen, daß es sicher ein *anderes* sei. Er wollte entfliehen, – und wer sich auf die Flucht begiebt, gesteht ein, daß es ihm an Muth und Kraft fehlt, den Kampf weiter fortzusetzen. So Emil.

In seinen Händen blinkte ein Dolch von seltener Schönheit, den er vor zehn Jahren zum Geschenk erhalten von einem russischen Officier höheren Ranges, an welchem er innig gehangen und welchem zur liebenden Erinnerung er diese künstlich geschmiedete, fremdartige Waffe so sorglich aufbewahrt, daß kein Dritter sie jemals gesehen. Der türkische, oder persische Dolch blieb stets im Secretair verschlossen, wo er unter Emil's wichtigsten Papieren verborgen lag. Nur in ganz trüben Stunden wurde er betrachtet, – doch immer erst nachdem die Stubenthür behutsam verriegelt worden. Unzähligemale hatte Emil, in des funkelnden Stahles Betrachtung versenkt, sich Vergleichen überlassen zwischen matter farbloser Gegenwart und jener blühenden Vergangenheit seiner Jünglingsjahre, da er dieß Geschenk des Obristen empfing und mit lebhafter Phantasie eine volle orientalische Märchenwelt daran knüpfte. Mehr zum Spiele, als in ernster Absicht, hatte er dann wohl die Spitze an seinem Arme geprüft, ohne sich die Haut zu ritzen und dabei in frevelhaftem Hohne gesprochen: »Das bleibt der sicherste Tröster.« –

Heute war es anders. Nicht zum Spiele mehr griff er nach der Waffe. Es sollte Ernst werden. So tief durchdrang ihn dieses Ernstes Bedeutung, daß er nicht mehr der Mühe werth gefunden, wie sonst die Thüre zu versperren.

Es schlug sieben Uhr. »**Vulnerat omnes, ultima necat!**« rief er aus und entblößte die Brust in der Gegend des Herzens: »Gieb Dich zufrieden, gequälte und quälende Blutkammer, bald sollst Du Erleichterung haben. Und auch Du, arme getäuschte Agnes, die Liebe und Glück an meiner Seite erwartete, und die ich unglücklich mache. Auch Dir wird Freiheit. Ich thu' es für Dich, nicht weniger denn für mich. Ja, schlage nur Deine siebente Stunde nach, unbarmherzige alte Uhr, die mir seit Jahren Schlag um Schlag beibringt. Dieß war die letzte Stunde, die Du mir schlugst und die letzte Stunde, denn die letzte tödtet!«

»Gott sei mir gnädig!« sagte er mit fester Stimme – und den hocherhobenen Arm packten zwei kräftige Hände, seiner Hand die Waffe entwindend.

Emil von Schwarzwaldau und Jäger Franz standen sich gegenüber. Emil vermochte nicht, den fragenden Blick auszuhalten, welchen Franz auf ihn richtete; er schlug die Augen zu Boden; in ihm kämpften zugleich Zorn und – Dankbarkeit; denn so tief wurzelt im Menschen die Lebenslust, daß sie niemals völlig abstirbt Auch Emil empfand etwas wie Freude und diese Empfindung mischte sich in die heftigen Worte, mit denen er seinen Diener zur Rede stellte, wie er sich unterfangen dürfe, zu spioniren und sich heimlich einzuschleichen?

Franz erzählte, was wir wissen; verschwieg nicht, daß er selbst im Begriff gestanden, den entsetzlichen Schritt zu thun, an welchem er jetzt seinen Gebieter verhindert und setzte dann ruhig hinzu: »Wenn *ich* des Lebens müde bin, so hat das gute Gründe; wer aber *Ihnen* das Recht giebt, sich umbringen zu wollen, das möcht' ich wissen? Geachtet, reich, mit einer Frau verbunden, die Niemand ansehen kann, ohne sie zu lieben, – ist es da nicht empörende Grausamkeit, *ihr* den Schreck zufügen zu wollen? Den Schreck und die Schmach? – Diesen Frevel hab' ich verhindert und habe nur gethan, was gesetzlich ist.«

Auch die fürchterlichsten Momente führen gewöhnlich etwas Lächerliches im Gefolge; schrecklichen Begebenheiten und Zuständen sitzt oft der Schalk im Nacken, die vielgetadelte Ironie in den tragischen Werken großer Dichter ist gewiß nichts Zufälliges: sie entkeimt dem wirklichen Leben.

So war es unbedenklich komisch, daß Emil dem erstaunten Frager jetzt Erstaunen und Frage zurückgab; daß er ihm befremdet zurief: »*Du* trägst Dich mit ähnlichen Gedanken? Bist Du wahnsinnig? Woran fehlt es *Dir?* Kannst Du Dir einen bessern Dienst träumen, als Du hier gefunden?«

Und ein Dritter, wäre er Zeuge dieses Zwiegesprächs gewesen, würde kaum ein Lächeln unterdrückt haben, bei des Jägers Entgegnung: »Wenn es nun eben der *Dienst* ist, dem ich zu entkommen trachte? Ich bin weder geboren, noch erzogen dazu.«

Emil starrte den Sprecher an. Nicht lächelnd, denn so weit war er noch nicht in's Leben zurückgeschritten, um lächeln zu können, aber höchst verwundert starrte er ihn an: »Weder geboren, noch erzogen dazu?« wiederholte er; »nun, warum dann hast Du Dich um diesen Platz beworben?«

»Das ist nicht so rasch deutlich zu machen,« entgegnete Franz, »und heute sind wir Beide nicht in der Stimmung, eine lange Geschichte abzuwickeln; weder ich, sie zu erzählen, noch der gnädige Herr, sie zu hören. Zunächst bitt' ich um Ihr Ehrenwort, daß Sie nichts gegen Sich selbst vornehmen wollen. Eher kann ich diese Waffe nicht zurückgeben.«

»Du verlangst viel, mein lieber Franz. Und wer bürgt mir für Dich? Wer steht mir dafür, daß *Du* die Absichten aufgegeben hast, die Du heute hegtest? Hat sich in unserer Lage etwas geändert?«

»Doch! Sehr viel! Wir sind Vertraute geworden durch Entdeckung unserer furchtbaren Geheimnisse. Unser Verhältniß hat eine tiefe Bedeutung gewonnen; wir stehen uns näher, als Herr und Diener sonst pflegen, und was ich mitzutheilen habe, wird uns vielleicht noch näher bringen. Vielleicht auch nicht? Vielleicht führt es zum entschiedenen Bruche? Gleichviel. Dann bleibt uns immer noch die Trennung übrig, mag diese nun herbeigeführt werden wodurch sie wolle. Ehe wir uns ausgesprochen haben, darf sie nicht mehr erfolgen. – Jetzt ist es Zeit, Ihre Gemalin nicht länger am Theetische harren zu lassen; denn sie weiß, daß Sie im Schlosse sind.«

Emil gab das ihm abgeforderte Ehrenwort und empfing dagegen aus Franzens Händen den Dolch, den er sorgfältig verbarg.

Zweites Kapitel

Emil betrat seiner Gattin Gemächer, wie ein schuldbedrückter, zu reuiger Buße geneigter Mensch. Von der unfreundlichen, mürrischen Weise seines leider sonst alltäglichen Benehmens, zeigte sich heute keine Spur: stürmische Ungewitter haben oft sanfte friedliche Abende in ihrem Gefolge. Ebenso schien Agnes minder in ihren stillen schweigsamen Gram versunken, wie gewöhnlich; sie empfing den Gatten fast heiter; vor ihr lag ein offener Brief, der diese Umwandlung hervorgebracht. Ihre Pensionsfreundin *Caroline* meldete ihr, daß sie den Eltern endlich die Erlaubniß abgeschmeichelt habe, der längst und wiederholt an sie ergangenen Einladung zu einem längeren Besuche in Schwarzwaldau folgen zu dürfen und verhieß baldige Ankunft. Das war für Agnesen ein wichtiges Ereigniß. An Carolinen und deren Andenken knüpften sich für die einsame Frau lebhafte und belebende Erinnerungen der blühenden Mädchenzeit, die sie in einer Dresdner Erziehungsanstalt als vertrauteste Genossinnen miteinander durchgemacht. Tausend frische fröhliche Kindesträume wurden wach und erfrischten anregend die öde Gegenwart der vernachlässigten Ehefrau mit einem fröhlichen Hauche von Vergangenheit. Sie sprach ihre Dankbarkeit gegen Emil aus, daß er ihr habe gestatten wollen, die Freundin einzuladen; daß er ihr diese Freude vergönnt habe, – obgleich er es allerdings nicht mit allzubereitwilligem Entgegenkommen gethan, vielmehr deutlich gezeigt hatte, daß ihm die Anwesenheit einer ›Beobachterin‹ eben nicht erwünscht sei. Heute gab er fast das Gegentheil kund. Er hieß Carolinen im Voraus willkommen, versprach sich für Agnes Vergnügen und für sich herzliche Theilnahme von solchem Zuwachs ihres Verkehres und äußerte dieß in so verbindlicher, gefühlvoller Weise, daß die arme Frau ihre Theekanne aus der Hand setzte, ihn erstaunt anblickte und mit Thränen im Auge ausrief: »Wie gut Du gegen mich bist, lieber Emil!«

Sie saßen traulich beisammen, ohne weiter viel zu reden. Sie lächelten Beide still vor sich hin. Wer sie gestern Abend sitzen gesehen, hätte in ihr nicht die Frau wieder erkannt, die ein Bild entsagenden Grames in die Dämmerung starrte und nur mechanisch das Amt der Hausfrau am Theetisch verwaltete; in ihm noch weniger den Mann, dem die fürchterlichste aller Entschließungen mit tiefen Zügen schon auf der Stirn geschrieben stand. Und welche neue Richtung hatte sich denn dieser verkümmernden Seelen bemächtiget? Bei Agnes ist es leicht zu erklären: auf matte verschmachtende Blumen war ein mildes Regenwetter gefallen; die ganze Wiese athmete neuen Duft. Aber bei Emil? Vor einer Stunde pochte er mit dem Griffe seiner Mordwaffe an's verriegelte Thor der Ewigkeit, – und jetzt gab er sich behaglichem Nachsinnen, versöhnenden, ausgleichenden Bildern hin? Woran dachte er, daß er überhaupt im Stande war, noch etwas Anderes zu denken, als den schrecklichen Moment, wo er des Dolches Spitze gegen die klopfende Brust gezückt? Wer sollte es glauben: er dachte an denjenigen, der ihm den Stahl aus der Faust gerissen; er dachte an den Jäger Franz und an dessen Lebensgeschichte, die dieser ihm morgen zu erzählen sich verpflichtet. Er erwartete davon etwas Besonderes, Aufregendes, ihn Zerstreuendes, ohne doch selbst zu wissen, in wie fern des jungen, bisher für unbedeutend gehaltenen, wenn auch mit Vorliebe behandelten Burschen Schicksale, auf seine Stimmung günstige Einwirkung üben sollten? Genug, Emil gehörte dem Leben schon wieder so weit, daß der Lebenslauf eines Fremden ihm wichtig dünkte.

Womit wäre doch manches Menschen Herz passend zu vergleichen? Das alte abgenützte Gleichniß vom Meere, bis in dessen tiefste Abgründe jetzt der Sturm wühlt und welches, von ihm getrieben, tobt und raset, um sodann wiederum der hellen Sonne einen reinen glatten Spiegel zu zeigen, – es paßt nicht; es taugt nichts; denn nach jedem ernsten Sturme braucht es mindestens Tage, ja Wochen, bis die Wellen sich wieder legen und lächelnder Friede in des Meeres Schoos zurückkehrt. Aber manches Menschen Herz zuckt in stürmischen Krämpfen, als wollt' es bersten, und kaum hat der Krampf nur Minuten lang nachgelassen, so ist es auch schon das alte, weiche, jedem Eindruck empfängliche Herz, allen guten und schlimmen, allen wichtigen und nichtigen Eindrücken und Regungen geöffnet und hingegeben.

Es sind nicht die schlechtesten Herzen, die der Schöpfer also gebildet – aber die zuversicht-lichsten, tüchtigsten sind es wahrlich auch nicht. Es ist kein rechter Verlaß auf sie, weder für Haß, noch für Liebe. Sie drohen sich Gefahr und Andern!

Emil gehörte zu Jenen, die ein solches im Busen tragen. In welche Gefahren es ihn selbst ge-zogen, haben wir bereits beim Anfang dieser Geschichte gesehen; in welche Verwickelungen es alle diejenigen ziehen wird, mit denen er in nähere Berührung kommt, soll uns die Folge lehren.

Für heute trübte keine Ahnung düst'rer Zukunft beider Gatten Ruhe. Agnes athmete in milder Heiterkeit auf, – seit Monden zum Erstenmale! – und Emil gab sich der beschwichtigen-den Rückwirkung dieser Heiterkeit so willig hin, daß die kurzvergangenen Stunden schon wie eben so viele Jahre hinter ihm lagen. Sie trennten sich, da sie zur Ruhe gingen, mit einem an Zärtlichkeit streifenden Gefühle, worüber Beide, da Jedes in seinem Schlafgemache sich allein überlassen war, sich freuten. Es glich dieß Gefühl dem Streifen Abendroth, der am trüben Himmel einen doch vielleicht erträglichen Morgen und Tag verspricht.

Agnes, als städtische Langschläferin, welche sie auch in Schwarzwaldau verblieben, ließ noch in späten Träumen die gestrigen Theestunden an sich vorüber dämmern und sammelte sich erst nach und nach zu klarem Besinnen, daß sie sich vorgenommen habe, Carolinens Gastzimmer recht hübsch und wohnlich einzurichten, . . . da zog Emil schon mit Franz durch tiefen Wald. Sie waren stumm und ernst. Auch Emil. Die leichtsinnige Aufwallung, in welcher gestern alle Selbstmordgedanken so unbegreiflich schnell verschwammen, hatte sich beim Erwachen gelegt; des Augenblickes Täuschung hielt der langeingewurzelten Gewißheit seines selbstgeschaffenen Leidens nicht mehr Stand; er war wieder, was er seit Jahren gewesen: der an Lebensunmuth krankende Herr, dem jetzt sogar die begehrte Lebensgeschichte des jüngeren Dieners nicht mehr besonders wichtig schien, denn er ging vor Jenem her, ohne Halt zu machen, ohne das Gespräch zu beginnen. Franz folgte wie ein Diener, der gehorcht, der aber seinen Herrn ge-ringschätzt. Und das that er wirklich. Er sah in Emil einen verweichlichten Menschen, ohne festen Character, ohne energischen Willen, ohne ausdauernde Consequenz. Selbst der leichte Sieg, den er über ihn davongetragen, als er die Todeswaffe dem schwachen Arme entriß, trug zu dieser Geringschätzung bei. Franz war eine kräftigere Natur, war, obwohl noch Jüngling, mehr berechtiget, sich Mann zu nennen, als der um sechs Jahre Aeltere. Dieß Bewußtsein verlieh ihm moralisches Uebergewicht; auf dieses trotzend schritt er mit kecker Zuversicht der bevorstehenden Auseinandersetzung ihrer Verhältnisse entgegen.

Schweigend gingen sie bis an die äußerste Grenze des Schwarzwaldauer Forstes, wo dieser sich gegen Norden in eine weite öde Fläche verliert, deren Flugsand bisher jedem Culturversuche tückisch widerstrebte. Eine unerquickliche, trostlose Gegend, kaum von dem Gezwitscher eines Vogels belebt; denn alle Thiere beeilen sich, diese Nachbarschaft zu meiden. Dort erst erwachte Emil aus dem Halbschlafe, worin er einhergezogen war. Er setzte sich auf den Erdboden, lehnte sich mit dem Rücken an einen der letzten Baumstämme, winkte Franzen zu, ein Gleiches zu thun, und sprach mit einem Anfluge bitterer Scherzes: »Hebe das Klagelied von Deiner Vergan-genheit an und wolle der Himmel, daß die Aussicht in die Zukunft lebensfrischer sein möge, als diejenige, die wir hier vor unsern Augen haben!«

»Sie ist nicht unpassend gewählt für meine Mittheilungen,« erwiderte Franz und begann: »Ich bin der einzige Sohn des Freiherrn Franz von R. Mein Vater starb vor fünfzehn Jahren und hinterließ meine arme Mutter in sehr verwickelten Verhältnissen, aus denen sie sich nur durch sparsame Geduld zu retten im Stande gewesen wäre. Sie aber hatte nicht gelernt, sich einzuschränken und ihre zärtliche Liebe für mich trug viel zur Vermehrung ihres Aufwandes bei, dem ihr Rechtsfreund und mein Vormund, Beide, vergeblich Einhalt thun wollten. Anstatt mich gleich andern Kindern meines Alters in eine öffentliche Schule zu senden, oder mich in eine Erziehungsanstalt mittlerer Gattung zu geben, woran in der Residenz kein Mangel war, hielt sie mir einen theuren Erzieher, der aber doch nicht allen Unterricht selbst ertheilen konnte und neben welchem noch die gesuchtesten Privatlehrer für neuere Sprachen, Musik, Zeichnen verwendet und schwer bezahlt wurden. Ich hatte meinen eigenen Diener, den ich, obgleich ich kaum sieben Jahre zählte, schon mit angeborenem Beruf den Herrn zu spielen, quälte und tyrannisirte. An meinem zehnten Geburtstage erhielt ich eine kleine Equipage mit zwei allerliebsten Pony's als Angebinde, wozu natürlicherweise ein jugendlicher Stallknecht gehörte, der die Zahl meiner Leibeigenen um eine Seele vermehrte. Der Hauslehrer durfte mehr oder weniger zu diesen mit gerechnet werden, denn ich übersah ihn, benützte seine Schwäche für meine kindischen Zwecke und beherrschte ihn mehr, als ich ihm gehorchte. Unerfüllbare Wünsche kannte ich nicht; Verbote, Entsagungen gab es nicht für mich; was ich wollte, mußte geschehen und man wagte nicht, mir etwas zu versagen, weil ich übrigens fleißig war, meinen Aufgaben genügte und Fortschritte zeigte, die mir leicht wurden. Des Vaters Testament ließ der Mutter zu viel Freiheit, gewährte meinem Vormund zu wenig Rechte, entschieden einzugreifen; er wurde der ewigen Zwistigkeiten mit ihr, deren ich mich noch deutlich erinnere, endlich müde und ließ sie gewähren. So geschah es, daß sie, durch einen übelberufenen Advocaten verleitet, ohne selbst recht zu wissen was sie that, mein väterliches Erbtheil angriff, nachdem ihr Antheil an unserem Vermögen erschöpft war. Mit leeren Täuschungen und Schwindeleien wurde die Wahrheit so lange versteckt gehalten, bis zuletzt das Unglück in seiner ganzen Gewalt hereinbrach. Ueber Nacht waren wir Bettler geworden und die werthlosen Flitter eines unnöthigen Aufwandes reichten kaum hin, unsern Rückzug aus den ersten Reihen der vornehmen Welt in den Haufen ärmlicher, heruntergekommener, dennoch in's höchste Stockwerk hinaufklimmender Dachstubenbewohner zu decken. Ein Knabe von zwölf Jahren besaß ich weder Pony's, noch Groom; noch Kammerdiener, noch Hofmeister, noch Privatlehrer. Meine Mutter lebte nur durch Unterstützungen einiger älteren Freundinnen und ich wurde in die große Stadtschule geschickt, wo ich anfänglich viel Spott und üble Behandlung auszustehen hatte, denen ich aber nach kurzer Prüfungszeit Trotz und geballte Fäuste entgegensetzte. Ich muß mich jetzt noch verwundern, wie rasch und leicht ich mich in den ungeheuren Wechsel meiner Lage finden gelernt. Keiner von all' meinen Genossen konnte mir nach Verlauf eines Jahres abmerken, daß ich der verwöhnte, in Uebermuth und Ueberfluß aufgewachsene Junge sei. Ich fügte mich, scheinbar zufrieden, jeder nothwendigen Entbehrung, ging meinen Weg als ordentlicher, tüchtiger Schüler und hatte nichts aus der Epoche meines früheren Daseins bewahrt, als einen gewissen Stolz, hergeleitet ans der Erinnerung an das, was wir einst gewesen. Dieser Stolz bewahrte mich vor schlechtem Umgang. Er ließ mich die Freundschaft bevorzugter Schüler suchen und gewinnen; erwarb mir auch die Gunst einiger Lehrer. Je erbärmlicher die Existenz bei und mit meiner hilflosen Mutter von Tage zu Tage wurde, um desto lieber ward mir die Schule. Wie müssige Bettler an manchen Orten gern und oft Kirchen besuchen, um sich, auch ohne Gottesdienst, in hochfeierlichen Räumen aufhalten zu dürfen, so sehnte ich mich aus den drückenden Umgebungen daheim mit wahrer Ungeduld nach den hellen, lichten, – und im Winter gewärmten Lehrsälen, die mir zur eigentlichen Heimath wurden. So ging es fort, in jeder Weise gut und löblich, bis in mein sechszehntes Lebensjahr, wo ich bereits zur obersten Classe befördert wurde, was meinem Eifer und Ehrgeiz frische Nahrung gab. Ich hegte keine anderen Wünsche und Hoffnungen, als möglichst bald die Universität besuchen zu können. Außer meinen Studien beschäftigte mich eigentlich nur der Gedanke an die Möglichkeit, wie ich mich als Student durchbringen und welche Mittel ich erfinden würde, die unentbehrlichsten Zuschüsse aufzutreiben, wobei ich freilich zunächst auf meinen ausdauernden Willen und auf die Fähigkeit baute, mir durch Unterricht in guten Familien etwas zu erwerben. Uebrigens hatten auch mehrere meiner Mutter noch befreundete Personen für jene Zeit einen kleinen Beitrag auf drei Jahre versprochen. Ganz erfüllt von diesen Plänen, suchte ich weder Vergnügen, noch Zerstreuung, wie doch selbst die fleißigsten meiner Mitschüler wohl thaten. Von gemeinschaftlichen Spaziergängen, von Besuch öffentlicher Conzerte, Conditoreien, oder gar der Theater, von Tanzgesellschaften und ähnlichen Dingen war bei mir nicht die Rede. Ich kannte diese Genüsse nur dem Namen nach und hörte kaum darauf, wenn die Uebrigen in den Zwischenstunden sich davon erzählten. Eben so wenig machte es nur im Geringsten Eindruck auf mich, sie von ihren halb kindischen Liebschaften untereinander reden und ihre Geheimnisse vertraulich austauschen zu hören. Manche der Erwachseneren waren schon nicht mehr kindisch und zeigten mehr Erfahrung, als man insgemein bei Schuljungen voraussetzt. Aber auch dieß Geschwätz ging an mir vorüber, ohne mich innerlich zu berühren und in meinem Streben zu stören. Mit einem solchen Sohne, sollte man denken, hätte die Mutter mehr als zufrieden sein müssen? Dennoch war sie es nicht. Im Gegentheil führte sie bittere Klage über mich, und diese Klage betraf meine Gleichgiltigkeit gegen alle äußerlichen Religionsübungen, denen sie sich, seit dem letzten Verfall scheinbaren Wohlstandes, als Haupttrostmittel hingab. Sie war im vollen Sinne des Wortes eine Betschwester geworden. Und dieß entzweite uns häufig. Wenn ich auf meinen Fleiß, auf meine sittsame, in Entbehrungen und Mangel bewährte Haltung, auf meinen ernsten redlichen Willen trotzte, so sagte sie mir weinend, daß dabei kein rechter Segen sein könne, weil ich ihn nicht gläubig von Oben erflehte und nur auf eigene menschliche Kraft vertraute. Diese Aeußerungen kränkten mich, machten mich unwillig und verleideten mir vollends den Antheil, den ich gezwungen an ihren Betstunden genommen. Zum Heuchler fehlten mir die Anlagen. – Und dennoch sollte meine Mutter Recht behalten, wenn gleich in anderem Sinne als sie selbst ahnen konnte! Die traurige Umwandlung, welche an und in mir geschah, muß ich durch eine scheinbar unwichtige Notiz einleiten. Wir zogen, um an der Miethe zu sparen, im Herbste nach einer abgelegenen, ärmlichen Vorstadt. Mein täglicher Weg zu dem Gymnasium führte nun bei einem kleinen Häuschen vorüber, aus dessen einem niederen Fenster, durch ein schmales Gärtchen von der Straße abgetrennt, gewöhnlich ein brauner Lockenkopf blickte, den ich einem Mädchen gehörig wähnte. Das zweite Fenster nahmen saubere Gypsabgüsse kleiner zierlicher Büsten und Statuetten ein, die sichtlich um Käufer anzulocken, ausgestellt waren. Den Winter hindurch gönnte ich, in raschem Gange, diesen Gegenständen keine Aufmerksamkeit. Als ich aber am ersten warmen Frühlingstage des Weges aus der Schule heim kam, standen die Flügel des einen Fensters geöffnet und der braune Lockenkopf, den ich bisher hinter kalten Glasscheiben wahrgenommen, lehnte sich, sammt dazu gehörigem Hals und Busen, in's Freie. Zwei kecke, vielsagende Augen trafen die meinigen und es ging in mir vor, was ich nicht beschreiben kann. Von diesem Augenblicke dachte ich wachend wie träumend an dieß unbekannte Geschöpf. Näherte ich mich jenem Häuschen, so nahm ich jedesmal einen langsamen Schritt, um so lange wie möglich durch die stets geöffneten Fenster in's Innere des Stübchens starren zu können und niemals unterließ die gefällige Schöne zu erscheinen; bisweilen allerdings nur im Hintergrunde des Gemachs, weil ihre allzu leichte Bekleidung untersagte, sich am Fenster zu zeigen. Ich hatte bald heraus, daß sie, wenn nicht die Ehefrau, doch die Gefährtin eines Figurenhändlers sei, der seinen selbstgefertigten Kram in Gast- und Weinhäusern zum Verkaufe umhertrug und deßhalb des Abends nie zu Hause war. Ich sah diesen Mann, suchte ihn auf, knüpfte Gespräche mit ihm an und fand ihn dieses reizenden Weibes durchaus unwürdig. Und das schien auch sie zu empfinden. *Das* war es, was ihre auffordernden Blicke mir zu verstehen gaben. Nun begriff ich meine Mitschüler, die ich oft mit verächtlichem Achselzucken angehört, wenn sie ihre Herzensgefühle einander offenbarten. Nun begriff ich ihr wehmüthiges Schmachten, ihr heißes Sehnen; nun begriff ich Alles, was mir bisher dunkel und unbegreiflich gewesen. Eine neue Welt ging mir auf und ein neues Licht in dieser. Doch weit entfernt, die geschwätzige Vertraulichkeit meiner Schulcameraden nachzuahmen, behielt ich, was in mir geschah, fein vorsichtig bei mir; befestigte mich auch schon vorher in dem Entschluße, Alles zu verschweigen, was ich noch zu erleben hoffte. Ich führte diesen Vorsatz durch. Niemand bekam auch nur die leiseste Ahnung von meiner heimlichen Liebschaft. Sogar meinen Fleiß durfte sie nicht stören; ich holte des Nachts am Arbeitstische nach, was ich des Abends versäumte. Denn ich brachte meine Abende bei Lucie zu; sie selbst hatte mich durch unzweideutige Zeichen aufgefordert, bei ihr einzutreten. Auch ließ sie es an nichts fehlen, was irgend von Nöthen, bescheidene Schüchternheit in kecke Zuversicht umzuwandeln; sie benützte sogar die in der Werkstatt stets vorräthigen Gypsabgüsse kleiner Nachbildungen von antiken Gruppen und Figuren, um Bemerkungen daran zu knüpfen, die mehr ihre Person, als die Copieen der Kunstwerke betrafen. Doch hütete sie sich wohl, weiter zu gehen, oder mich weiter gehen zu lassen, als sich mit den Berechnungen einer schlauen, abgefeimten Dirne vertrug, wofür ich sie in meiner glühenden Verblendung unmöglich zu erkennen vermochte. Sie hatte mir unseren Familien-Namen abgelockt; der Baron führte sie irre;

sie wähnte mich reich; und ich schämte mich ihr einzugestehen, daß meine Mutter von Almosen alter Freundinnen lebe. Bald gab sie zu verstehen, die Erfüllung meiner heißesten Wünsche sei nur durch sprechende Beweise freigebiger Liebe zu erreichen. Mir entging keineswegs die Niedrigkeit solcher Bedingung, aber ich fühlte mich schon zu tief in ihre Schlingen verstrickt, um mich loszureißen. Ein wahnsinniger Taumel bemächtigte sich meiner Sinne, der mich sogar unfähig machte, den Aufgaben für die Schule zu genügen, oder in den Lehrstunden nur eine passende Antwort zu geben. Die Professoren hielten mich für krank und ermahnten mich mit väterlichem Wohlwollen, für's Erste weg zu bleiben und meine, – wahrscheinlich durch allzuheftige Anstrengung erschöpfte Gesundheit zu schonen. Ich folgte diesem Rathe. Der lange faule Tag, den ich in Büschen und Wiesen außerhalb der Stadt zubrachte, gab mir vollends den Rest. Die darauf folgende schlaflose Nacht war fürchterlich: in dieser schmiedete ich den Entwurf des Verbrechens, durch welches ich Luciens Gunst zu erkaufen beschloß. Kaum konnte ich den Morgen erharren, so ungeduldig fühlte ich mich, ihn auszuführen. Die drohende Gefahr, in die ich mich begab, die ich mir auch nicht abläugnete; die Schmach, in die ich mich stürzte; die unauslöschliche Selbstbeschimpfung, die ich meinem angeborenen Stolze zufügte, waren nicht im Stande es mit dem unwiderstehlichen Verlangen aufzunehmen, welches in mir rasete. Ich glaube damals hätte der Anblick des Schaffots mich nicht zurückgeschreckt. Und auch heute noch bin ich der vollständigen Ueberzeugung, daß es Naturen giebt, deren organische Entwickelung in solchen Perioden sie unzurechnungsfähig macht; daß Menschen anderer, minder leidenschaftlicher Gattung gar kein Urtheil zusteht über ähnliche Thaten in ähnlichen Verhältnissen. Doch das ist eine persönliche Ansicht und ich will sie nicht geltend machen, mich zu entschuldigen. Sie gewann dem irdischen Gerichte kein Mitleid ab; vielleicht kommt sie dereinst zur Sprache, vor einem höheren Richter? Die Sache bleibt dieselbe in ihren Folgen für mein Dasein auf Erden. Ich entwendete meiner armen Mutter das einzige goldene Stück, welches sie auch in der bittersten Noth aufbewahrt hatte: den Trauring, den mein verstorbener Vater getragen; er befand sich in einer kleinen, mir aus den Jahren frühester Kindheit wohlbekannten Schachtel, die außerdem Locken vom Haupte des Verstorbenen und auch von mir enthielt. Ich trug ihn zu einem Goldarbeiter, der mit allerlei Geschmeide handelte, und erbat mir, nachdem der Metallwerth abgewogen und berechnet war, die Erlaubniß, für den Betrag desselben einen anderen, modernen Ring auszusuchen. Das wurde mir freundlich gestattet und ohne im Geringsten Mißtrauen zu zeigen, ließ man mich etliche große Kasten voll von dünnen mit bunten Steinchen verzierten Reifchen durchmustern. Bei dieser Gelegenheit, wo weder Mann noch Frau ihre anderweitigen Beschäftigungen verließen und mich kaum beachteten, gelang es mir ein kostbares Armband, welches mir aus rothem Lederfutteral mit wahrhaft höllischer Lockung entgegenblitzte, zu erhaschen und unbemerkt in die Tasche meines Rockes gleiten zu lassen. Daß es vermißt werde, stand für den Augenblick wenigstens nicht zu besorgen, denn die Tafel war von ähnlichen Dingen überfüllt. Ich kürzte nun meine Anwesenheit möglichst ab, wählte einen Ring aus, der mir leidlich paßte und schritt, – worauf ich mich noch sehr genau und zu meinem eigenen Abscheu erinnere, recht langsam und bedächtig aus dem Laden, damit es nur ja nicht aussehen sollte, als eilte ich mich zu entfernen. Hatte ich in vergangener Nacht den Morgen nicht erwarten können, so dünkte mich nun der Tag noch unüberstehlicher. War ich doch im Besitz des Talisman's, der mir endlich gewähren würde, wonach ich mit verzehrender Ungeduld mich sehnte! Und er kam wirklich, dieser Abend; kam wie ein erquickendes, wenn auch stürmisches Gewitter, welches der in schwülen Gluthen Verschmachtende herbeifleht; welches aber dann keine rechte Erquickung bringt, sondern schwefelichten Qualm, wilde Orkane, und neue Schwüle, neue Gluthen. Zuerst reichte ich Lucien das eingetauschte Ringlein dar. Sie nahm es lächelnd, wog es in der Hand, schüttelte den Kopf, steckte es an den Finger und sagte spöttisch: entweder mein junger Baron ist auf ein sehr mäßiges Taschengeld gesetzt, oder seine Liebe zu mir ist noch mäßiger? Keins von beiden; erwiderte ich in einer Anwandlung von Hochmuth; diesen Ring hab' ich nur mitgenommen, weil ich es nicht der Mühe werth fand, mir die kleine Summe, die er kostet, in Silbergeld herausgeben zu lassen, als ich dieß Armband mit einer Banknote bezahlte. Werfen Sie ihn fort, wenn er Ihnen zu werthlos scheint; wenn Sie ihn nicht vielleicht dem Geber zu Liebe dennoch tragen wollen; aber gestatten Sie mir, dieß Armband Ihnen umzulegen. Kaum hatte sie es gesehen und sich als Kennerin von dem Werthe und der Gediegenheit desselben überzeugt, als sie es mit gutgespielter Geringschätzung bei Seite schob – aber pfiffig genug, damit es in ihren halboffenen Schubkasten falle. Dann küßte sie den Ring; versicherte, dieser sei ihr theuerer wie das theuere Armband, denn dieses binde nur den Arm, jener binde das Herz; küßte ihn abermals, küßte mich, und der Bund war geschlossen. Ich blieb diesen und die folgenden Abende bei Lucien, bis spät in der Nacht ihr Mann mit seinen unverkauft gebliebenen Figuren sich einstellte. Er begrüßte mich, wie wenn er über meine Anwesenheit im Voraus unterrichtet und höchst gleichgiltig dabei wäre. Meiner Mutter band ich, dieß späte Ausbleiben zu beschönigen, jenes alte abgedroschene Schülermärchen auf, von nächtlichen gemeinsamen Studien mit Cameraden, wo Einer dem Andern durch sein Wissen gegenseitig aushilft. Sie zweifelte nicht an der Wahrheit. Arme Mutter! Niemals hatt' ich weniger gethan. Niemals war ich weniger zu arbeiten im Stande gewesen. All' mein Sinnen richtete sich ja nur nach der Stunde, wo ich wieder bei Lucien sein würde. Sonst wußte, fühlte, dachte ich nichts. Es mag am vierten oder fünften Tage nach meiner schmählichen That gewesen sein, da stand, als ich Nachmittags in's Gymnasium eilte, Lucie hinter dem Vorhange ihres Fensters, und bemühete sich, indem sie mit drohender Geberde die Hand erhob, mir etwas deutlich zu machen, was eine Warnung zu enthalten schien; was ich aber nicht begriff. Wie ich mich dem Häuschen nähern wollte, zog sie sich zurück und machte abwehrende Bewegungen, wobei sie hastig den Kopf hin und her wendete, gleichsam um zu verneinen. Dennoch wäre ich, von zerreißender Leidenschaft gemartert, eingedrungen, trotz ihres pantomimischen Verbotes, hätte ich nicht die Gasse herauf eine alte Gönnerin meiner Mutter, eine ihrer Wohlthäterinnen, welche wahrscheinlich gerade nach unserer Wohnung ging, sich von ihrem Livreediener gefolgt, mir entgegen bewegen sehen. Es blieb mir nichts übrig, als die quälende Neugierde, was Lucie mir sagen wollen, mit in die Schule zu nehmen und mich drei ewige Stunden von ihr foltern zu lassen. Fast noch entsetzlicher war die Frist bis zum Eintritt der Dämmerung, die ich auf der Geliebten ausdrückliches Gebot immer abwarten mußte. Die Vermuthungen, Zweifel, Besorgnisse, die sich wegen Luciens unerklärlichem Warnungszeichen in meinem Gehirn kreuzten, sind unzählig; mir kommt vor, es gäbe keine Möglichkeit hienieden, an die ich dabei nicht gedacht, die ich nicht auf Augenblicke annehmbar gefunden hätte? – Keine, außer seltsamerweise die richtige, welche doch leider die zunächstliegende war. Wie die erste Fledermaus unter den Bäumen sichtbar wurde, bog ich durch ein enges, verrufenes Seitengäßchen nach Luciens Häuschen. Die schmale Hausthür stand wie gewöhnlich offen. Doch im Innern des Wohngemaches hört ich die Bewohnerin, was allerdings ganz ungewöhnlich war, sehr laut reden; so laut, als ob sie absichtlich draußen gehört werden wolle. Wüthende Eifersucht beraubte mich meiner fünf Sinne; denn bei nur geringer Ueberlegung hätte ich doch nun begreifen müssen, daß die Warnung mir gelte. Ich stürzte mich wie ein wildes Thier hinein. Aber ich sollte bald gezähmt werden. Der Figurenhändler befand sich schon dort; mit ihm zwei Polizeidiener. Ist das Derselbe? fragte Einer von ihnen. Lucie verneinte lebhaft und behauptete, mich niemals gesehen zu haben. Ihr Mann dagegen sagte: was hilft hier Leugnen? Freilich ist er's, von dem sie das Armband erhielt. Darauf bemächtigte man sich meiner und zugleich traten auf ein Zeichen der Beamten noch einige Männer dem Häuschen näher, welche sich in der Nachbarschaft versteckt gehalten. Sie empfingen den Auftrag Lucie und deren Genossen zu transportiren. Ich wurde befragt: wie ich in den Besitz jenes Schmuckes gelangt sei? Meine Wuth über die gewaltsame Trennung von Lucie kochte mir so wild und feurig im Blute; wurde von der rasenden Leidenschaft, die ich in Ermangelung eines passenderen Namens Liebe nannte, noch dermaßen gesteigert, daß sie in diesem furchtbaren Moment weder Furcht, noch beschämte Niedergeschlagenheit aufkommen ließ. Ich gab weiter keine Antwort, als daß ich mit beiden Fäusten nach den Männern schlug, wobei ich den Einen am Auge verletzte und demnächst mit einem ganz einfachen Stricke festgebunden wurde. Mein Schweigen änderte nichts im Vorhaben der Beamteten, welche mir die Frage überhaupt nur der Form wegen vorgelegt hatten; sie wußten ja längst durch die im rothen Lederfutteral eingeklebte Adresse, an wen sie sich zu wenden gehabt, um zu erfahren, ob das

corpus delicti verkauft, oder gestohlen sei? Jetzt kam es nur darauf an, die Person des Diebes zu recognosciren, weßhalb sie mich ohne Weiteres auf den Schauplatz der That geleiteten. Der Goldarbeiter bestätigte das Zusammentreffen der Umstände; seine Frau brach in einen Strom von Thränen aus über die Verderbtheit eines so jungen Menschen und bat Gott, er möchte ihre Söhne lieber sterben, als so tief sinken lassen. Das hörte ich noch mit erkünsteltem Trotze an und schlug mir die Gedanken an meine Mutter, die sich mir aufdrängen wollten, zornig aus dem Sinne. Als aber nun Stand und Name meiner Eltern erfragt wurden und ich keine Möglichkeit mehr vor Augen sah durch falsche Angaben auf die Länge zu täuschen, da war es, wie wenn plötzlich in meinem Innersten ein Schnitt geschähe, wie wenn sich das Herz gewaltsam losrisse, wie wenn ich's nicht überleben könnte. Mein Vater ist todt, schrie ich schluchzend, und warf mich zu Boden, weil ich die gebundenen Hände vom Rücken nicht vorbringen konnte, mein Angesicht zu verbergen. Wenn er noch eine Mutter hat, schrie die Frau des Goldarbeiters, dann lassen Sie ihn laufen, um ihretwillen: lieber will ich unser Armbaud nie wiedersehen. In Gottes Namen, setzte der Mann hinzu, ich bin's auch zufrieden. Das ist zu spät, erwiderten die Beamteten; dazu haben wir keine Befugniß; es ist Gesindel in die Sache verwickelt, dessen Spur schon seit lange verfolgt wird. Und dann zu mir gewendet: Willst Du hier nicht reden, Bürschchen, so soll Dir die Widerspänstigkeit an anderem Orte und auf andere Weise ausgetrieben werden. – Damit hoben sie mich auf und brachten mich in's Gefängniß. Die unzähligen Verhöre, Confrontationen, wie sie der Gang der Gerechtigkeitspflege mit sich bringt, übergehe ich. Die Richter dachten menschlich genug, mir einsame Untersuchungshaft angedeihen zu lassen und glücklicherweise war gerade Raum genug vorhanden, daß es möglich war, mich vor dem Zusammenleben mit ausgelernten Dieben zu retten. Während der Verhandlungen starb meine Mutter. Sie hatte nicht gewünscht, mich vor ihrem Tode noch einmal zu sehen, was man ihr gewiß nicht verweigert haben würde, hätte sie darum angesucht. Die Nachricht von ihrem Hinscheiden und die wenigen Zeilen, die sie mit zitternder Hand für mich aufgeschrieben, kamen mir durch den Untersuchungsrichter zu. Sie bewirkten, daß ich ein unumwundenes Geständniß aller Vorgänge ablegte. Meine Jugend; die durch mehrfache ähnliche Geschichten in's hellste Licht gesetzte Schlauheit der Verführerin; die Frechheit ihres Gefährten, der das durch mich entwendete Armband ohne Scheu bei einem andern Juwelier zum Verkaufe ausgeboten; die günstigen Zeugnisse sämmtlicher Lehrer über mein musterhaftes Verhalten; . . . dieß Alles wirkte günstig auf den Urtheilspruch, welcher nur auf ein halbes Jahr Zuchthaus und auf Verlust des Adels lautete. Ich reichte ein Gnadengesuch ein. Dieses blieb unbeachtet. Meine Strafzeit verging leicht. Der Inspector setzte fort, was bei Gericht geschehen war. Er isolirte mich von der Masse der Gefangenen, hielt mich in seiner Umgebung, ich darf sagen in seinem Familienkreise und verwendete mich als Schreiber in seinem Verwaltungsbureau. Der gute Mann besaß eine Tochter, die mich Lucien bald vergessen lehrte, vielleicht weil sie in Allem von jener unterschieden war. Bisweilen wähnte ich, dieses sanfte Mädchen, welches mir Gunst bezeigte, könne dereinst meine Gattin werden. Doch ein Blick auf meine graue Jacke genügte immer, solchen Wahn in nichts aufzulösen. Nach überstandener Strafzeit fing die Strafe eigentlich erst an. Aus den Umgebungen, wo ich für einen der Besseren gegolten, mußte ich zurück in's Leben, um dort für einen Ausgestoßenen zu gelten. Der Abschied war betrübend. Der Empfang, den mein Vormund mir angedeihen ließ, niederschmetternd. Sein Erstes war, mir den Entwurf einer Eingabe an die Regierung vorzulegen, worin ich – aus Schonung für ganz entfernte Verwandte, die unsern Namen führten, – die Vergünstigung erbitten mußte, mich von nun an so benennen zu dürfen, wie mein Ihnen vorgelegter Lehrbrief besagt. Mein Vormund äußerte: Da ich nun doch die Freiherrnschaft unwiederbringlich eingebüßt habe, könne mir's höchst gleichgiltig sein, wie ich heiße, und jener Familie liege viel daran durch nichts, auch nicht durch den gleichlautenden Klang des Namens an mich erinnert zu werden. Ich lächelte höhnisch dazu. Im Angedenken an die Tochter des Zuchthaus-Inspectors, die *Sara* gerufen wurde, erwählte ich diese vier Buchstaben. Meine unterthänige Bitte wurde, – wahrscheinlich befördert durch Protection. die mein Herr Namensvetter sich verschaffte, – in Gnaden gewährt. *Franz Sara* , natürlich für die nächstfolgenden Jahre als entlassener Sträfling und Corrigende unter Aufsicht verbleibend, hatte die

Erlaubniß, zu versuchen, ob es ihm möglich sein werde, nicht zu stehlen und dennoch nicht zu verhungern? Das Ding sieht leichter aus als es ist. Ich pochte an viele Thüren; fast überall thaten sie sich mir auf, kamen mir freundlich entgegen, zeigten besten Willen mir förderlich zu sein, – doch sobald es zur Enthüllung meiner Verhältnisse kam, wurden die freundlichsten Gesichter lang und ernst, das anmuthigste Lächeln verwandelte sich in bitteres Grinsen und die Thüren blieben fernerhin für mich verschlossen. Schon damals dachte ich an eine hübsche runde Büchsenkugel, auf eine genügende Ladung Pulver gesetzt und wie bald so Etwas gethan wäre. Die Schwierigkeit war, die Büchse aufzutreiben, oder eine Pistole? Vom Vormund erhielt ich aus Barmherzigkeit nur wenige Groschen, mein elendes, tägliches Dasein zu fristen. Wovon sollte ich ein Feuergewehr kaufen? Stehlen *wollte* ich nicht mehr. Das hatt' ich auch Inspectors Sara beim Abschiede zugeschworen. Durch das unaufhörliche Sinnen und Grübeln nach Schußwaffen gerieth ich endlich in meinen Erinnerungen bis in die früheste Kindheit und besann mich eines tüchtigen Menschen, der meinem Vater als Leibjäger gedient hatte und kurz vor dessen Tode in unsern Wäldern als Förster angestellt worden war. Ich besann mich, wie lieb dieser Mann mich gehabt, da ich ein kleiner Knabe gewesen. Zu dem wollt' ich den Weg suchen, wollte ihm die Sache vorstellen, wollte ihn bitten, mir vom Leben zu helfen. Als ich mich bei dem Commissair meldete, unter dessen specielle Aufsicht ich gegeben war, um eine Reiseerlaubniß einzuholen, legte dieser mir natürlich die Frage vor: was ich bei dem Förster zu suchen hätte? In der Verlegenheit, da ich auf eine solche Frage nicht vorbereitet war, stotterte ich: ob er mich in die Lehre nehmen möchte, will ich versuchen. Gott geb's, daß er Dich nimmt, sprach der Commissair, daß Du untergebracht wirst, daß wir einen gefährlichen Menschen weniger zu fürveilliren haben; aber ich glaub's nicht. Indessen versuche . . . . (er wollte fortfahren: Dein Glück; doch ich warf ihm einen unheimlichen Blick zu, und er sagte:) Versuchen Sie *Ihr* Glück! Da sah ich denn die Fluren wieder, wo ich geboren, wo ich ein glückliches Kind gewesen bin. Unter dem ›glücklich sein‹ will ich nicht die Pracht und Fülle verstanden wissen, worin man mich wiegte und auferzog. Ich meine etwas Anderes; meine jenes Gefühl heimathlich-ländlicher Wonne, welches ich nicht mehr empfunden hatte, seitdem ich die öffentliche Schule besuchte; welches mich nun überkam, da ich die Grenzen unserer ehemaligen Feldmark überschritt und welches, wie Sie leicht denken können, einen furchtbaren Gegensatz bildete zu den Ereignissen des letzten Jahres. Die Försterei war bald gefunden. Förster Daniel erkannte mich sogleich. Das Gerücht hatte ihm zugetragen, was ich begangen, was ich verschuldet. Sein scharfes Auge entdeckte im verstörten, verwüsteten achtzehnjährigen Jüngling den muntern Knaben, der so häufig auf seinen Knieen geritten war. Baron Franz rief er mir entgegen, – *wollte* er mir entgegenrufen, denn Thränen erstickten fast die Stimme. Ich heiße nicht mehr, wie Sie mich anrufen, Daniel, sagte ich; Franz Sara ist mein Name; den bring' ich aus dem Zuchthause mit. Der Sohn Ihres Herrn ist ein gemeiner Dieb; ein Ausgestoßener, der wieder unter die honetten Leute gehen wollte, den aber diese honetten Leute von sich weisen. Ich möchte nirgend mehr beschwerlich fallen. Ich möchte in einen andern Welttheil reisen, oder in eine andere Welt, – wie Sie's nennen wollen. Nur fehlen mir die Mittel. Wie wär' es, wenn Sie mir Büchse und Kugel borgten? Einen Schuß Pulver bin ich allenfalls noch werth. Der alte Daniel, – denn er war sehr alt und grau geworden seit ich ihn nicht gesehen, – fiel mir mit beiden Händen um den Hals. Ich weiß Alles, schluchzte er; es ist unnöthig, daß wir darüber sprechen. Was vergangen ist, steht nicht zu ändern. Aber die Zukunft haben wir noch vor uns. Die wollen wir benützen. Meine Herrschaft ist gut; ich gelte was bei unserm Grafen; wenn ich ihn bitte, setz' ich's durch, daß ich Sie als Lehrling aufnehmen darf. Spüren Sie Lust, ein gerechter Waidmann vor dem Herrn zu werden? Ich fiel ihm zu Füssen und umklammerte seine Kniee: Mit einem Sträfling wollen Sie das wagen? einen Corrigenden nehmen Sie in Ihr Forsthaus auf? Ich nehme den Sohn des verstorbenen Barons, meines unvergeßlichen Wohlthäters auf, erwiderte Daniel. Und Gott sei Dank, ich und meine Alte, wir stehen so im Dorfe und in der Umgegend, daß kein Mensch wagen wird, sich dawider zu vermäulen! – Was er versprach, hat er gehalten. Der Graf willigte ein. Der Pastor brachte in einer der nächsten Predigten deutliche Winke an über die Verpflichtung des Christen, Demjenigen, der in sich gehen und umkehren wolle von früh betretenen Irrwegen, liebreich entgegenzukommen und seine guten Absichten zu erleichtern. Das übte sichtbare Wirkung auf die ganze Gemeinde. Ich wurde gut behandelt. Sogar der Graf und dessen Familie zeigten mir, bei zufälligen Begegnungen, daß es ihnen Ernst sei mit ihrer Theilnahme und daß sie an mich glaubten. Die Wunden meines Herzens heilten sich nach und nach im grünen Walde aus. Daniel war mit mir zufrieden. Ich that meine Schuldigkeit. Es klingt unglaublich, doch ist es wahr: als ich nach Ablauf von drei Jahren meinen Lehr- und Freibrief als gelernter Jäger aus der gräflichen Amtskanzlei empfing; als ich die Worte: ›treu, fleißig, geschickt, vorwurfsfrei‹ darin las; als zur nämlichen Frist der Kreislandrath mir ankündigte: die über mich verhängte polizeiliche Aufsicht sei nun zu Ende und er entlasse mich daraus mit dem besten Zeugniß und der umfassendsten Empfehlung; – da hob sich meine Brust wieder in jugendlichem Frohsinn; da lachte mich das Leben wieder an und erfüllte mich mit neuer Lust und neuen Trieben. Die Trennung von unsern Wäldern, die zum zweitenmale meine Heimath geworden; von den redlichen Dörfnern, deren Nachsicht und Güte mich neu geboren; der Ab-schied von Daniel, meinem zweiten Vater; . . . ich überstand es leichter, weil ich in die Fremde zog; weil diese mir unbestimmte, deßhalb um so verführerischere Lockungen verhieß. So trat ich meine Wanderschaft an und gelangte bis nach Schwarzwaldau –«

Hier hielt Franz plötzlich inne.

Emil starrte ihn fragend an: »Das kann nur die Einleitung gewesen sein,« sprach er; »zu den neuen Lebenshoffnungen, welche Dich noch erfüllten, als Du in meinen Dienst eintratest, müssen wieder neue Ursachen der Verzweiflung gekommen sein? Und woher kamen diese? Hast Du Klage gegen *mich* zu führen? Gegen die Behandlung, welche Dir bei uns zu Theil wurde? Fast möchte ich so etwas befürchten, weil Du den Lauf Deiner lebendigen Erzählung gerade beim Eintritt in mein Haus unterbrichst. Und doch weiß ich, daß ich mir keine Vorwürfe dieser Art zu machen habe. Warum schweigst Du?«

»Bisher,« antwortete Franz, »galt es nur mir, meinem Geschick, meinen Vergehungen, meiner Ehre. Jetzt bin ich an einen Punct gelangt, wo ich durch rücksichtslose Bekenntnisse vielleicht auch Andere verletzen würde? Und ich weiß nicht, wie weit es mir gestattet bleibt, in meiner Aufrichtigkeit zu gehen?«

»Du scheinst unser Abkommen zu vergessen,« sagte Emil. »Mit welchem Rechte drangst Du mir mein Ehrenwort ab, mich nicht zu tödten, wenn Du das Versprechen nicht halten willst, mir die Gründe für Deine selbstmörderischen Absichten bis auf's Genaueste zu enthüllen? Nanntest Du uns nicht gestern ›Vertraute?‹ Woher heute die unerwartete Scheu, mich zu verletzen?«

»Nicht allein Sie,« erwiderte zögernd Franz; »vielleicht auch . . . . . ?«

»Vielleicht auch Agnesen? – Gleichviel; es muß klar werden; völlig klar, oder völlig dunkel zwischen uns! Rede!«

Wie Franz diesem Befehle genügte, mag der Anfang des nächsten Kapitels berichten.

Drittes Kapitel

»Ich erwähnte schon,« fährt Franz wieder fort, »mit welch' kühnen Lebensansprüchen ich die Försterei verließ. Die niederbeugenden Erinnerungen an meine Schande waren verwunden, seitdem ich in Ueberlegung gezogen, daß sie sich an den Namen meiner Väter knüpften; daß das Gerücht, wenn es aus Mangel an pikanterem Stoffe zufällig auf meine Geschichte sich zurückwenden wollte, stets nur den jungen Baron Franz im Munde führen würde. Vom Jäger Sara wußten wenige Personen, daß er mit jenem Zuchthäusler identisch sei und diese hatten entweder gute Gründe, nicht davon zu sprechen, oder sie hatten ihn längst vergessen. Bis in diese Gegend zuverlässig war nichts gedrungen, was mich berühren könnte, so wähnte ich. Ein vollkommen Unbescholtener war ich in Schwarzwaldau und dieß Bewußtsein steigerte mein Selbstgefühl. Die Art, wie Sie mich empfingen und aufnahmen, trug wahrlich nicht dazu bei, mich herabzustimmen. Meine Eitelkeit empfand sehr wohl, welch' günstigen Eindruck ich durch mein Erscheinen auf Sie machte und ich verhehlte mir nicht, daß ich leichtes Spiel haben dürfte, mich Ihnen zu nähern und vorzugsweise vor allen übrigen Dienern Ihre besondere Gunst zu erwerben. Nach diesem Geständnisse werden Sie seltsam finden, daß meinerseits weniger als nichts geschah, diese Auszeichnung, die Sie mir allerdings zu Theil werden ließen, noch zu steigern? Meine Erklärung dieses Räthsels lautet sehr einfach: ich verschmähte dieß. In den ersten Stunden meiner Anwesenheit hatte ich klar gesehen über Ihr Verhältniß zu der gnädigen Frau: ich war überzeugt, daß Sie in unglücklicher Ehe lebten. Nicht minder war ich es, daß Sie davon die Schuld tragen. Ich nahm Partei für Ihre Gemalin. Ich stellte mich auf die Seite der Unterdrückten. Ich fühlte Mitleid, Verehrung, Bewunderung, – ich begann sie zu lieben; ich liebe sie!«

Bei diesen Worten springt Emil zornig empor, kaum fähig, den Ausbruch seines Unwillens zu beherrschen.

Franz rührt sich nicht aus der bequemen Lage, die er am Boden eingenommen. »Sie begehrten die genaueste Erörterung,« spricht er; »ich gehorchte nur Ihren Wünschen. Gefällt es Ihnen nicht, weiter zu hören, so lassen Sie uns von dannen gehen.«

Emil's erste Aufwallung hat sich bald beschwichtiget. Langsam setzt er sich wieder zur Erde. Nach einem Weilchen murmelt er: »Ganz recht; ich wünschte die Wahrheit zu hören; nimm keine Rücksicht auf diese Störung. Ich rege mich nicht mehr.«

Und Franz begann abermals: »Liebe sie mit all' der feurigen Gluth, die mich, um Luciens Besitz erkaufen zu können, in wahnsinniges Verbrechen trieb; liebe sie mit wildem Pulsschlage eines ungebändigten Herzens, welches vier Jahre des Zwanges in scheinbarfreiwilliger Entsagung überstanden hat und nun keinen Druck mehr dulden, keine Fessel mehr achten, sich selbst nicht mehr schonen will. Erhörung will es, Erfüllung, Gegenliebe, – oder aufhören zu toben, zu leiden, zu leben.«

»Weiß Agnes davon?« fragte Emil, der den jungen Mann und dessen an Raserei streifende Verzückung halb mit Abscheu, halb mit Wohlgefallen anstaunte.

»Was sie wüßte, könnte sie nur errathen haben durch jenen Scharfsinn, der wohl auch die tugendhafteste Frau nicht im Stiche läßt, wo es darauf ankommt, Wirkungen wahrzunehmen, welche ihre Schönheit hervorbringt. Ueber meine Lippen ist keine Silbe des Geständnisses gedrungen; sogar die Augen, damit sie nicht mehr sagen sollten, als ich entdecken will, schlage ich nieder, ihr gegenüber. Was hilft es mir, daß sie ihren Gatten nicht liebt, daß sie von ihm nicht geliebt wird, – bis ich nicht weiß, ob sie groß genug denkt, feurig genug fühlt, mich anzuhören, nicht wie einen Dienstboten, sondern wie einen . . . . .«

»Jungen Baron?« ergänzte Emil, nicht ohne Bitterkeit.

»Gewiß, Herr von Schwarzwaldau; den würde ich schon geltend gemacht haben, hielte mich nicht die Besorgniß zurück, eingestehen zu müssen, daß er sich im Zuchthause verlor, um als Jäger Sara wieder unter andere Menschen zu kommen. Da sitzt's! *Deßhalb* wollte ich gestern ein Ende machen. Ständ' es nicht so mit mir, – es gäbe vielleicht einen bessern Ausweg. Denn ganz ohne Hoffnung auf Erwiderung bin ich nicht! – bleiben Sie sitzen; ich bitte, stellen Sie

Sich nicht an, als müßten Sie außer Sich gerathen! Warum sollen wir Beide noch Scenen mit einander spielen, die uns nicht aus der Seele kommen? Wer sich, wie wir, am Eingange in die lange finstre Höhle begegnete, ... Geben Sie Sich nicht die Mühe, zornig zu thun, über eine anmassende Aeußerung des Livreejägers, die Sie aus dem Munde des nächsten besten Grafen gleichgiltig anhören würden, sogar dann, wenn jener Graf mehr dazu berechtiget wäre, als Ich es vielleicht bin. Denn Sie machen Sich nichts daraus, ob eine Gattin, welche Ihnen fernsteht, einen Andern liebt! Nur möglichen Skandal fürchten Sie! Den haben Sie von mir nicht zu besorgen. Um Ihnen und *ihr* dergleichen zu ersparen, wollt' ich gestern das Feld räumen. Ich war der fortdauernden Verstellung satt und müde. Heute kommt es mir vor, als würd' ich das Leben wieder tragen können, seitdem ich wenigstens gegen *einen* Menschen nicht mehr zu heucheln brauche; und daß dieser Eine mein Herr, daß er der Gemal Derjenigen ist, die ich vergöttere, wirkt zu meiner Beruhigung mit. Versuchen Sie, auf gleiche Art Ihren Busen zu erleichtern. Auch Sie werden die Wohlthat empfinden, die volles Vertrauen gewährt; gestehen Sie mir, wodurch Sie zum Selbstmorde getrieben wurden! Es giebt kein besseres Mittel wider mögliche Rückfälle, als fortdauernde Nähe eines vollkommen Eingeweih'ten. Machen Sie mich dazu, – wenn ich Ihnen nicht zu schlecht bin, und wenn Sie das Mißtrauen besiegen können, als trachtete ich nach Ihren Geheimnissen, um Vortheil daraus für meine Leidenschaft zu ziehen.«

»Daß Du mir nicht zu schlecht bist, Franz, Deiner abhängigen, dienenden Stellung wegen, dafür sollte Dir mein bisheriges Betragen gegen all' meine Untergebenen, gegen Dich insbesondere, schon Bürge sein. Ich habe Dich doch wohl mehr wie einen jüngeren Freund, als wie einen Livreejäger behandelt. Wähnst Du aber, Deine Bekenntnisse hätten Dich in meiner Ansicht verschlechtert, so bist Du zweifach im Irrthum. Was ist gut? was ist böse? Was sind wir Alle, jeder in seiner Art? Einem Menschen von Deiner Schulbildung darf ich des Dichters ernstes Wort citiren: ›Sehe Jeder wo er bleibe, und wer steht, daß er nicht falle!‹ Ich habe nie daran gezweifelt, seitdem ich denkend beobachten und beobachtend denken lernte; ja der gestrige Abend hat mich auf's Neue in dieser Ueberzeugung befestiget, und Deine Geständnisse haben ebenfalls dazu beigetragen: unsere geistigen Anlagen und Fähigkeiten, unsere sogenannten edlen und schlechten Triebe, unsere göttlichen Eigenschaften, unsere thierischen Leidenschaften, unser ganzes Seelenleben . . . . . . Alles ist ein Erzeugniß körperlich-individueller Organisation. Von dem Bau des Erdenleibes, von der Mischung unserer Säfte geht Alles aus. Wer dieß läugnen wollte, wäre ein Blinder, oder ein Thor. Wer dagegen läugnen will, daß wir mit einer freien Willenskraft begabt sind, Jene aus leiblicher Mischung hervorgehenden Naturtriebe zu regeln, zu veredeln, zu beherrschen, ist ein Vieh, oder ein Verbrecher an Gott. Darüber sind wir einig. Nur über Eines bleib' ich im Dunkeln: in welchem Verhältnisse dieser angepriesene, geistig freie Wille zu eben jener leiblichen Mischung steht, deren Regungen er überwachen und bewältigen soll? Ob er nicht gleichfalls *aus ihr* entspringt und der größere oder mindere Grad seiner Kraft von ihr abhängig wird? Darüber scheinen Philosophen, Aerzte wenig; Theologen und Juristen nichts zu wissen, nichts wissen zu wollen und legen deßhalb Letztere in der Praxis an die verschiedensten Naturen einen und denselben Maaßstab, wobei sie, wie mir scheint, im Namen der Religion und des Gesetzes oft sehr ungerecht verfahren. Ich erkenne mich selbst genug, um in solche Härte gegen meinen Mitmenschen nimmer zu verfallen. Gegen Dich gewiß am Wenigsten. Deßhalb magst Du Dir die Frage und mir die Antwort ersparen, ob Du mir ›zu schlecht‹ seist? Auch Mißtrauen setz' ich nicht in Dich. Wenigstens in so fern nicht, als ich befürchtete, Du strebest mich auszuhorchen, damit Du dann auf freche Weise bei Agnesen geltend machtest, was Du mir über sie und mich abgelockt? Das besorg' ich nicht. Aber es giebt Dinge, die man nur dem innigsten Freunde, und auch diesem nur mit heiliger Scheu enthüllen könnte. *Mich* zu schonen kommt mir nicht in den Sinn. Dir einzugestehen, daß ich mir viele, viele Vorwürfe nicht erlassen darf, wird mir nicht schwer fallen. Ueber Agnes laß' uns für jetzt schweigen. Welchen Antheil sie und ihr Wesen haben an meinem gestrigen Anfalle sündlicher Verzweiflung, – oder vielmehr an den ersten Keimen, aus denen er sich giftigem Unkraut ähnlich entfaltete, – das geziemt mir nicht auszusprechen. Am Wenigsten vor Dir, den ich wahrlich nicht gering schätze, den ich lieb gewinnen möchte, dem ich doch aber erst heute näher trat, – und der mir in's Angesicht zu sagen wagte, daß er meine Gemalin liebt! *Ich* liebe sie *nicht*, behauptest Du? Und dieser Dein Glaube gab Dir den Muth zu reden, – einen Muth, der unter andern Umständen ruchlose Frechheit heißen dürfte. Ich nenne es nicht so. Ich erkenne die Eigenthümlichkeit unserer Lage an; ich ehre Deine Ehrlichkeit; ich fühle mich nicht abgestoßen von Dir; im Gegentheil, mir ist zu Sinne, als könnten wir Freunde werden. *Werden* – sag' ich. Und wenn wir diesen einsamen Platz auch anders verlassen, als wir ihn betraten, so gehen wir doch heute noch wie zwei Menschen davon, die sich nur näher rückten, um sich erst näher *kennen* zu lernen. *Eine* Gewißheit nimm heute schon mit Dir: wenn ich meine Frau nicht liebe, wie Du die Liebe verstehst, so ist sie mir gleichwohl über Alles werth und theuer; ist und bleibt sie der Gegenstand meiner unbedingten Verehrung; die sanfte, verständige, wohlwollende, nachsichtige Genossin meiner trüben Existenz; die großmüthige Dulderin und Erdulderin meiner wandelbaren Launen, meiner oft unerträglichen Verstimmungen: bleibt mir eine geliebte, angebetete Freundin. Wer sie kränkt, beleidiget, verletzt, der stirbt von meiner Hand, oder ich von der seinigen! Mag sein, daß ich sie nicht liebe! Ich thue mehr: ich erkenne sie; ich lasse ihr Gerechtigkeit widerfahren, – und mir auch! – Jetzt komme, Franz. Vor den Leuten wollen wir wieder Herr und Diener sein. Was wir uns werden können unter uns, mag die Zeit lehren.«

Indem Emil so sprach, reichte er dem Jäger die Hand. Dieser, der den Aeußerungen über Agnes mit feuchten Augen gelauscht hatte, zog die Hand an seine Lippen.

»Wie geschieht Dir?« fragte Emil.

»Ich hab' Ihnen Unrecht gethan; großes Unrecht. Habe Sie verkannt; Ihre Gesinnungen grundfalsch beurtheilt. Und deßhalb hab' ich mich und meine Gefühle vor Ihnen herabgesetzt, weil ich Ihrer vermeinten kalten Selbstsucht nicht zutraute, daß Sie mich verstehen würden, wenn ich von einer höheren, reinen, mich läuternden Liebe zu Ihnen spräche! Nur *Dieser* gilt, was ich von Hoffnungen sprach . . . Jetzt darf ich es Ihnen sagen, ohne Furcht verlacht zu werden; jetzt, nachdem Sie mich gewürdiget, vor mir von Ihrer Gemalin zu reden, wie Sie geredet haben. Dank, tausendfältigen Dank dafür. Sie erwiesen mir eine große Wohlthat. Ich gehe minder unglücklich von diesem öden Raume fort; ich nehme eine Tröstung mit mir, die ich nicht schildern, nicht nachweisen kann, die ich darum doch nicht weniger preise. Ja, ich gehe *besser* fort: Neid, Groll, Haß, Trotz, verbissene Wuth gegen mich und Andere scheinen sich beschwichtigen zu wollen, – seitdem ich weiß, wie Sie von *ihr* denken.«

Emil sah ihm fest in die Augen: nein, Du heuchelst nicht! Du giebst Dich, wie Du bist und wenn Du bist, wie Du mir jetzt erscheinst, wirst Du bald das Rechte herausfinden! wirst mir die Möglichkeit gestatten, Dich um mich zu behalten; mich Deiner Gegenwart zu erfreuen; Dir hilfreich und förderlich zu sein auf jede Weise. Vielleicht war es gerade das, was mir fehlte? Vielleicht entbehrte meine für Menschenwohl und brüderliche Freundschaft empfängliche Seele zunächst einen Gegenstand, auf den sie ihre Theilnahme, ihre Fürsorge richte, für den sie thätig wirken, und in dieser Thätigkeit Befriedigung gewinnen, mit dieser Befriedigung eine Leere ausfüllen kann, die müßiger Ueberfluß häufig hervorbringt? Vielleicht segnen wir Beide dereinst diese Stunde? Vielleicht . . . . . ?«

Und sie gingen schweigend neben einander her, in ernstes Nachsinnen vertieft.

Viertes Kapitel

Frau von Schwarzwaldau stand an einem Fenster ihres Wohnzimmers, aus welchem die Dorfgasse, wo sie in die Schloßgasse einbiegt, zu erblicken ist; richtete ihre Augen jetzt auf den Weg, jetzt wieder auf eine Seite in Carolinens Briefe, die sie zum hundertstenmale las: ›Deßhalb, meine süße Agnes, rechne bald auf mich! Papa brummt und knurrt zwar noch immer, daß ein verlassenes, hilfloses Kind von schier zweiundzwanzig Sommern, (unter uns gesprochen; vor der Welt gesteh’ ich die *Zwei* nicht ein) allein, ganz allein von Rumburg, oder eigentlich von Schandau, denn bis dahin will er mit Mutter mich geleiten, nach Schwarzwaldau unter keiner anderen Schutzwache, als der ihres Lohnkutschers (aus Pirna) reisen soll! Doch sein Brummen gleicht dem Donner eines jenseits der Hügel vorbeiziehenden Gewitters: man hört ihn noch grollen und rollen, – geht aber ungehindert spazieren. Vielleicht treff’ ich zugleich mit meinem Briefe, vielleicht *vor* ihm ein? vielleicht auch einige Tage danach? Je nachdem nun Post-Beamte und Boten wollen! Oder vielmehr, je nachdem die Pferde des Pirnaischen Lohnkutschers gesonnen sind, der einen Handelsreisenden hierherbrachte und dessen Erscheinen Mutter und ich die Kühnheit verdanken, mit plötzlichem Entschlusse des Vaters Einwilligung erlangt zu haben. – Wie ich mich freue, Dich wiederzusehen! Ausführlich, tagelang mit Dir zu plaudern! alle Details Deiner Ehe zu erforschen, über welche Deine Briefe mich im Unklaren ließen! Wie ich mich freue, Dich, meine liebste und geliebteste Mitschülerin als hohe Schloßfrau zu begrüßen! – Du hattest schon als kleines Backfischchen eine gewisse vornehme Haltung und wußtest vor dem wilden ungebärdigen Mädelvolk Deine Würde trefflich zu bewahren. Einige Besorgniß freilich läuft wie düst’rer Wolkenschatten durch den hellen Sonnentag dieser meiner Freude: ich fürchte mich vor Deinem Herrn Gemal! Dem Bilde gemäß, welches ich mir, – nicht durch das, was Du schriftlich über ihn *sagst*, sondern vielmehr *verschweigst*, – von ihm entworfen habe, sieht er nicht danach aus, als würde er mich mit offenen Armen empfangen? Soll ich recht aufrichtig reden, so muß ich dieß bekennen: ich stelle mir unter ihm eine Art von Waldbär vor! – Sollte dieß Gleichniß Dich beleidigen, lies: **loup-garou**; das klingt gleich vornehmer. Kurz: Bär oder *Wolf*, ich fürchte mich ein Bißchen, daß er die Vertraute seiner Gemalin manchmal hart anlassen könne? Vorzüglich an Tagen, wo Seine Hochundwohlgeboren vielleicht ein schlechtes Gewissen haben. Denn, welcher Ehemann hätte das nicht zu Zeiten? Aber ich habe mir vorgesetzt, muck-mäuschenstill dabei zu bleiben und wenn er mich nur nicht geradezu zerreißt, auf einen Schlag mit der Tatze, auf einen Hieb mit der Kralle soll’s mir nicht ankommen. Du drückst einen Kuß auf die Wunde – dann schmerzt sie nicht mehr. Wie ich aus Deinen Briefen entnehme, ist er selten im Schlosse; lebt mehr in Feld und Wald, als bei Dir. Lassen wir ihm seine Gewohnheiten. Meine Gegenwart soll ihn nicht derangiren. Sind wir Beide uns nicht genug? O wie beglückend wird im ungestörten Austausch tiefinnerster Gefühle und Gedanken diese ländliche Stille auf mich wirken; auf mich, die ich in unserm kleinen Neste gezwungen bin, meiner guten Eltern furchtbar langweiligen Umgang zu genießen und im unaufhörlichen Verkehr mit dieser Philisterwelt Alles in mich zu verschließen, wovon Herz und Seele überquellen. Mache Dich gefaßt, in den ersten Tagen gar nicht zu Worte zu kommen. Bis ich von mir herabgeredet habe, was mich bedrückt, dann ist die Reihe an Dir. Auf baldiges Ersehen von Angesicht zu Angesicht!

Deine Lina.‹

Wenn Agnes diese echt mädchenhaften Zeilen wieder durchflogen, belächelt und mit gutmüthig-spöttisch verzogenen Lippen gelispelt hatte: »das schmeckt noch recht nach der Pension!« – dann schaute sie nichts desto weniger ungeduldig nach dem Wege aus, ob es dem Pirnaischen Lohnfuhrmann nicht bald belieben würde, links einzubiegen, wo der Wegweiser seinen Arm ›Nach dem Schlosse‹ ausstreckt? Sie hatte gut ausschauen und harren; es zeigte sich nichts, was einem Lohnwagen aus Pirna, oder aus irgend einem andern Orte ähnlich sah. Wir dürfen nicht vergessen, daß wir im ersten Viertel des neunzehnten Jahrhunderts mit unserer Geschichte stehen. Schnellposten gingen wohl schon in Deutschland, aber nur zwischen bedeutenderen

Städten, auf großen Kunststraßen. Ob bereits zwischen Dresden und Berlin? weiß ich kaum; keinesfalls hätte Vater Reichenborn Carolinen gestattet, einen öffentlichen Wagen zu besteigen, wo sie den Zufälligkeiten übermüthiger Reisegesellschaft ausgesetzt war. Er hatte sie dem Kutscher aus Pirna, einem alten Bekannten aus früherer Zeit, anvertraut, wie er in jenen Tagen, bevor er aus activem Kauf- und Handelsstande in den passiven Stand ruhig-beschaulicher Zurückgezogenheit getreten war, dem soliden Hauderer[Lohnkutscher] manche kostbare Kiste feinster Leinewand anvertraut hatte, ›zu prompter Bestellung,‹ wobei es auf etliche Tage früher oder später nicht ankam. Die väterliche Fürsorge befand sich dabei gut, denn auf des Kutschers Redlichkeit durfte Reichenborn bauen, Caroline wurde so sicher behütet, als ob sie eine Kiste Leinewand sei. Nur mit dem Unterschied, daß eine solche Kiste keine Langeweile kennt, mag es noch so langsam gehen; daß dagegen Caroline in der langweiligen Kutsche schier verzweifelte. Das ließ den Pirnaer kalt, wie wenn sein Herz aus heimischem Sandsteine bestände; er begnügte sich mit der Peitsche zu knallen, wenn irgend etwas, einem jüngeren Manne Aehnliches in der Nähe sich zeigte; wodurch er gleichsam ausdrückte: »Nichts für Euch, mein guter Freund, was ich hier als Frachtstück führe!« wodurch aber seine Pferde niemals veranlaßt wurden, den tiefen Sand in schnellerem Schritte zu durchwaten. Einigemale hatten sie sich auch, während ihr Lenker schlummerte, vom richtigen Wege verlaufen; hatten sich aus den trockenen Steppen allgemeiner Heerstraße nach irgend einer seitab-liegenden grünlich-lockenden Oase gezogen; und durch derlei leicht verzeihliche Irrthümer, waren manche Stunden versäumt worden. Die letzte dieser versäumten Stunden ist gerade die, wo wir Agnes lesend und harrend an ihrem Fenster beobachteten. Dicht an der Grenze von Schwarzwaldau, an welche ein ebenfalls bedeutender Grundbesitz sich lehnt, läuft ein schmaler Streifen Waldes, zu dem kleinen Landgute ›Thalwiese‹ gehörig, als Enclave zwischen durch, in einen von wirklich schönen und sehr alten Weidenbäumen umstandenen Tümpel mündend, den sein Besitzer eitlerweise ›Waldsee‹ genannt wissen will. Emil hatte sich bei Uebernahme väterlicher Erbgüter sehr angelegen sein lassen, diese vereinzelte Parzelle an sich zu kaufen; wobei er um so sicherer auf Herrn von Thalwiese's Entgegenkommen rechnete, als dieser bekanntlich in Geldnoth, das fragliche Stück Landes ursprünglich zu Schwarzwaldau gehörig gewesen, und vor einem halben Jahrhundert durch seinen (Emil's) eigenen Großvater dem jetzt noch lebenden Nachbar als Pathengeschenk unter's Taufkissen geschoben worden war. Doch der fünfzigjährige Täufling stellte Emil's Unterhändlern hartnäckige Zähigkeit entgegen; fand sich durch die Anfrage schon beleidiget; erklärte: so schlimm stehe es noch nicht mit ihm, daß er ›seine Wälder verschachern müsse;‹ was denn zur Folge hatte, daß zwischen den Häusern Thalwiese und Schwarzwaldau fortwuchernder Groll, deßhalb auch gar kein Umgang statt fand.

Jener ›Waldsee‹ zog des Pirnaer's Zweigespann kurz vor Ablauf seiner Fahrt noch einmal vom Pfade der Pflicht und Tugend ab. Es spürte Durst und schlug selbstsüchtig den Irrweg täuschenden Genusses ein, der aber so schmal unter Bäumen sich durchwand, daß der von Carolinens Geschrei aus dem Schlummer geweckte Kutscher keinen andern Rath wußte, als bis an eine Stelle zu fahren, wo Raum vorhanden sei, wieder umzulenken. Sie gelangten also zum Tümpel, – an dessen schilfbewachsenem Ufer ein junger Mann, neben sich eine Flinte, lang ausgestreckt in tiefem Schlafe lag; so tief, daß ihn der durstigen Pferde sehnsüchtiges Gewieher nicht erweckte.

»Der kann's besser wie ich,« meinte der Kutscher, »und ich weiß doch auch etwa, was schlafen heißt!« Dann machte er das kleine hölzerne Gefäß, welches ein ächter Hauderer aus jener Zeit niemals daheimließ, vom Stricke, der es mit unzähligen andern hoch aufgepackten Reise-Utensilien verband, langsam los und äußerte: »Weil wir denn doch einmal hier sind, wollen wir den Pferden ihren Willen thun; auf ein Viertelstündchen früher oder später kommt Sie's ja nicht mehr an, mein gutes Mamsellchen?«

»So erkundigt Euch wenigstens,« sagte Caroline ärgerlich, »um den nächsten Weg nach Schloß Schwarzwaldau, damit wir nicht unnützerweise noch einmal die Richtung verfehlen.«

»Das können *Sie* ja thun, mein sehr gutes Mamsellchen; unterdessen werd' ich Sie Wasser schöpfen und meine Pferde tränken; der junge Herr giebt gewiß lieber Auskunft, wenn ihn eine schöne Dame fragt. Ei ja, mein gutes Mamsellchen!«

Und der Pirnaer überließ es Carolinen, den Schläfer aus tiefster Ruhe aufzustören. Sie wußte nicht, wie sie es anfangen sollte, obgleich die Kutsche dicht neben ihm hielt, und sie ihn mit ihrem Sonnenschirme hätte berühren können, wenn sie sich weit genug über den Schlag gebogen hätte! Vergeblich hustete sie zu verschiedenen Malen. Es wäre gewissermaßen eine Beleidigung für sie gewesen, hätte von ihrem zarten Geräusper aufwachen wollen, den das Wiehern Pirnaischer Lohnkutscherpferde nicht zu sich brachte. Sie versuchte weiter und begann erneuerte Zwiesprach mit dem Kutscher, wobei sie sich Mühe gab zu schreien, daß sogar der faule Sattelgaul die Ohren spitzte. Nichts da! . . . . ein Mundwinkel verzog sich allerdings im Antlitz des schönen Schläfers; doch das geschah, wie sich bei näherer Betrachtung zeigte, – denn wir leugnen es nicht länger: Caroline betrachtete sehr genau! – das geschah nur, weil ein fliegendes Insect in jener Gegend des Gesichtes saß, offenbar in der Absicht, die erst mit einem Anfluge von Bart sparsam umkränzte Lippe anzustechen. Und das wollte Caroline verhindern. Vielleicht hatte sie gelesen von Fliegen, die den Leichnam einer an Milzbrand gestorbenen Kuh verließen und das Gift des Todes auf den nächsten Menschen übertrugen, den sie im Fluge berührten? Sie fürchtete für den Unbekannten, dessen Züge sich ihr nun genugsam eingeprägt hatten, um ein Bild des Schlafenden mit sich zu nehmen. Wer wird ihr verübeln, daß sie zu erfahren wünschte, wie sich das edle Antlitz ausnehmen werde, wenn geschlossene Augen sich öffneten? Und von welcher Farbe mochten diese Augen sein? – Und diese häßliche Fliege dazu, die immer noch um die Lippen kriecht! –

»Kutscher, gebt mir auch zu trinken!«

Sie reicht ihm Vater Reichenborn's aus Horn gedrehten Reisebecher, den die Eltern ihr sammt unzähligen andern lästigen Bequemlichkeiten aufgedrungen. Der Pirnaer gießt Thalwieser Waldsee-Wasser hinein mit der feinen Bemerkung: Das Gesäufte sei den Pferden zu schlammig, es werde wohl dem guten Mamsellchen auch nicht schmecken? Doch sie heuchelt unbesieglichen Durst, setzt heftig an, um noch heftiger absetzen und mit einem: pfui, wie abscheulich! den Inhalt weggießen zu können. Galt es der gefahrdrohenden Fliege? galt es den geschlossenen Augen, die sich öffnen sollten? Gleichviel; die Fliege wurde fortgeschwemmt, die Augen öffneten sich; die Lippen wollten es auch; glücklicherweise erstickten eindringende Tropfen des grünlichen Getränkes den schon zur ersten Silbe gebildeten Fluch. Dann erfolgte ein unwillkürliches Sprudeln, ein Griff nach dem Taschentuche, ein Abtrocknen des Mundes und der Wangen, ein halbes Sichemporrichten, endlich ein weites Aufreißen zweier großer dunkelblauer Augen, die sich unter schwarzbraunen Locken vortrefflich ausnahmen.

»Wo Teufel kommt das Fuhrwerk her?« murmelte der Verschlafene, der noch zu träumen wähnte.

Caroline schilderte in zwei Worten die Situation und bat um gütige Zurechtweisung.

»Schwarzwaldau?« – Und eine Falte des Unmuthes zog sich über die jugendliche Stirn. – »Wieder zurück, dann g'rad aus!«

Kaum gesagt, warf er sich wieder in seine vorige Stellung, um nachzuholen, was er jetzt versäumt.

Caroline, die nicht wissen konnte, wie die von Thalwiese sich zu denen von Schwarzwaldau verhielten, fand sich sehr beleidiget. Um so mehr, je länger und aufmerksamer sie denjenigen betrachtet zu haben sich eingestehen mußte, der sie nur eines einzigen Blickes gewürdiget.

»Das ist Sie, mit Respect zu sagen, ein rechter Lümmel, mein gutes Mamsellchen!« versicherte der Kutscher, nachdem er erst umgelenkt und die Pferde wieder in Gang gebracht.

Als Agnes endlich den ersehnten Reisewagen aus der Dorfgasse in den Schloßweg einbiegen sah und ihrer Freundin bis an die unterste Stufe der breiten steinernen Treppe entgegen eilte, hatte diese den Eindruck des Zusammentreffens am Waldsee noch nicht völlig verwunden. Sie klagte über Hitze, Staub, Müdigkeit, und bedauerte, sich der Freude des Wiedersehens nicht so lebhaft hingeben zu können, als sie gern möchte. Agnes führte die Theure in die für sie bestimmten Gemächer: »Hier, mein Linchen, erhole, erfrische, belebe Dich. Und frage ja nicht eher nach mir, als bis Du wieder Du selbst bist. Ich kenne nichts Dümmeres, wie wenn man sich in kindischer Ungeduld die Wonne erster Stunden durch Zwang verdirbt. Wer von langweiliger, einsamer Fahrt kommt, ist nicht aufgelegt zu schwatzen. Nimm keine Rücksicht auf mich. Hab' ich Dich ein Jahr lang erwartet, kann ich es auch noch eine Stunde. Nimm' Dir Zeit. Weiß' ich Dich doch unter einem Dache mit mir.«

Dabei verschwand sie aus Carolinens Zimmer und gönnte dieser, was sie bedurfte.

Fünftes Kapitel

Emil kehrte allein in's Schloß zurück. Franz hatte sich Bewilligung erbeten, in grüner Einsamkeit verbleiben und, was in ihm vorging, dort mit sich selbst abmachen zu dürfen. Es sei ihm unmöglich, hatte er seinem Herrn erklärt, heute, mit dem Bewußtsein jüngst abgelegter Geständnisse, bei Tafel aufwarten zu helfen, und den Teller unterm Arm Derjenigen gegenüber zu stehen, deren vielleicht zufälliges, harmlosestes Lächeln ihm Spott über seinen frechen Wahnsinn dünken würde.

Emil kam dieser Bitte, die er sehr gerecht fand, gütig entgegen; wie er denn überhaupt von Minute zu Minute in bessere Stimmung gerieth. Während auf Franz die Enthüllungen eigener, persönlicher Zustände und Lebensverhältnisse niederdrückend und beschämend *nach* zuwirken anfingen, fühlte der wohlhabende Gutsbesitzer, dem sie gemacht worden, sich dadurch gehoben und frisch belebt. Wie gering, wie leicht zu besiegen und zu beseitigen, erschien doch jetzt, was er gestern nur mit dem Herzblute eines gequälten Lebens abschütteln zu können wähnte, im Vergleich zu des armen Jägerburschen gerechtem Gram! Eingebildete Leiden, gegen wirklichen, wahrhaftigen Schmerz! Je mehr Neigung Emil für den verirrten Jungen empfand, desto günstiger wurde die Rückwirkung. Liegt es nicht in der Natur des Menschen, auch des gefühlvollen, mitleidigen, daß der besten Freunde Leiden sogar aufrichtigster, aus Mitgefühl hervorehender Betrübniß einen süßen Beigeschmack verleihen? Ach, wer mag unseres Herzens Widersprüche ergründen? Wer, dessen Geheimnisse enthüllen?

Agnes, durch die Gegenwart ihrer Freundin beglückt; Caroline freudig überrascht, im gefürchteten ›Wehrwolf‹ einen angenehmen, mild-freundlichen Wirth kennen zu lernen; dieser, in der besten Absicht, dem Leben neue Lust und Kraft abzugewinnen! . . . es wären kaum drei Tischgenossen aufzutreiben gewesen, mehr geeignet für ein behagliches, wechselseitig anregendes Gespräch. Auch befanden sie sich so wohl dabei, daß Agnes ohne Zögern Emil's Vorschlag zu einer Spazierfahrt nach aufgehobener Tafel annahm. »Wir werden,« sagte sie zu Carolinen, »noch Ueberfluß an langen Tagen haben, um wie zwei kleine Pensions-Schülerinnen mit einander zu plaudern; weisen wir ja seine Galanterie nicht zurück; ich habe ihn ohnedieß sehr stark im Verdacht, das selbige nur den Tag Deiner Ankunft feiert. Sonst besinnt er sich lange, bis er mir Pferd' und Wagen anbietet.«

»Als ob Du jemals danach verlangtest?« erwiderte er, beinahe verlegen über solchen Vorwurf vor einer Dritten.

Und sie bestiegen den offenen, bequemen Stuhlwagen, den ein kräftiges Viergespann spielend durch Hain und Flur zog, als ob sie flögen.

Die an und für sich angenehme Empfindung, rasch einher zu rollen, wo wechselnde Naturbilder das Auge fesseln, wird noch gesteigert, wenn wir kaum erst einem Gefährt entstiegen sind, dessen Schneckengang uns quälte und ermüdete. Diese Steigerung machte sich bei Carolinen geltend. Sie kannte keine raschere Beförderung durch Pferde, als jene, die sie mit ihren Eltern zu theilen gewohnt gewesen; wo es der furchtsamen Mutter nie langsam genug gehen, wo der Vater nie fest und ruhig genug schlafen konnte. Die heutige Lustfahrt regte sie heftig auf. Die Kühle des Abends wehte ihr zauberisch entgegen und durchdrang sie mit einer Ahnung von Freiheit und Selbstständigkeit, die im Hause ihrer Eltern und deren Umgebung niemals bei ihr lebendig werden wollte. Sie sprach es mit mädchenhaftem, kindischem Wunsche aus: »Das ist prächtig! so möchte ich durch die weite Welt fahren!«

»An wessen Seite?« fragte Emil.

»Darüber, wahrlich, hab' ich nicht nachgedacht; wüßte auch nicht, wen ich an meiner Seite wünschen möchte, außer Agnes? Für den Augenblick ist es nur die Freude am raschen Fahren mit schönen Pferden in gründuftiger Abendkühle, die mich beglückt; die mir etwas Neues ist; um deren täglichen Genuß ich euch beneiden werde, wenn ich erst wieder mein bürgerliches Stübchen in Rumburg bewohne!«

»Und dennoch,« antwortete Emil, »werden Sie vielleicht beneidet, und mit Recht, um die stille Zufriedenheit, die in jenem Stübchen weilt und welche Andere weder mit feurigen Pferden erjagen, noch in hohen, prächtigen Sälen finden?«

Agnes that, wie wenn sie dem Gespräch nicht folgte; sie machte sich mit ihrem Umschlagetuch zu schaffen, dessen Zipfel von einem Rade gestreift wurde.

Caroline war mit der Ueberzeugung, sie werde eine unglückliche Ehe finden, in Schwarzwaldau eingetroffen; wir wissen schon, daß sie in Agnesens Gatten einen mürrischen, ungefälligen, plumpen, nur auf öconomischen Ertrag gerichteten Landjunker zu sehen fürchtete! Sie kam in der heimlichen Erwartung wider solchen ›Wehrwolf‹ mit ihrer Freundin ein Bündniß einzugehen; die Allzuduldsame vielleicht ein Bißchen aufzuhetzen? –

Statt dessen findet sie einen zuvorkommenden, nachgiebigen, eleganten Mann, mit feinsten Formen, dessen ganze Erscheinung zwar keinen Glücklichen verkündet, – aber noch weniger, was man einen Haustyrannen nennt? Im Gegentheil: er sieht aus, als ob *er* unter dem Drucke innerer, tiefgefühlter Lasten seufze? Agnes dagegen, wenn auch nicht freigebig mit Versicherungen häuslicher Glückseligkeit, die sonst jüngere Frauen ihren unverheiratheten Freundinnen gern in vollstem Maße ertheilen, zeigte nichts von unterjochtem Märtyrerthum; verdrehte weder klagend ihre Augen, noch gab sie durch Seufzer zu verstehen: ich habe Dir fürchterliche Dinge zu enthüllen; laß uns nur erst wieder allein sein! Sie bewahrte den heiteren Ernst, die milde Ruhe, wodurch schon das zehnjährige Kind sich vor seinen Gespielinnen ausgezeichnet.

Caroline wurde irre in ihren Voraussetzungen. Neugierde begann mit der Lust am Spazierenfahren zu streiten und behielt fast die Oberhand. Schon versank die Erwartungsvolle in schweigendes Nachsinnen über ein ihr unerklärliches Verhältniß. Doch Emil, der seine unüberlegte Aeußerung sichtlich bereute, ließ ihr keine Frist zu stummen Grübeleien und mit der geistigen Gewandtheit, welche ihm zu Gebote stand, erweckte er alsobald das hinschlummernde Dreigespräch. In des Mannes Redeweise lag ein eigener Zauber, dem sich so leicht kein Ohr verschloß; der sogar Agnesen bewegte, ihre Stimme dazwischen tönen zu lassen. Sie beendeten in wieder auflebendem Austausche oberflächlich-geistreicher, mit pikanten Bemerkungen durchwobenen Fragen und Antworten – was man auf *Deutsch* : ›interessante Conversation‹ benennt, – ihre Abendfahrt und langten von kühler Luft erfrischt, munter genug im Schlosse an. Kaum saßen sie am Theetisch, so bezeigte Caroline durch unverkennbare Zeichen des Erstaunens, die bis zur Unruhe übergingen, daß irgend etwas sie befremde, – ja in Verlegenheit setze. Agnes sowohl, als Emil nahmen das wahr und befragten sie um die Ursache? Sie erzählte, halblaut, ihre vormittägliche Begegnung am kleinen Waldsee und gestand, es mache ihr einen peinlichen Eindruck, nicht in's Klare darüber zu kommen, ob jener Mensch, den sie als Livreejäger gekleidet, jetzt einigemale an der Seite des Tafeldeckers durch's schwacherleuchtete Vorzimmer gehen sah, wirklich derselbe sei, gegen den sie sich heute, aus ihrer Kutsche heraus, eine Unart erlaubt habe?

»Ich wüßte kaum, wie Franz um die von Ihnen bezeichnete Stunde an die Thalwieser Grenze gerathen sein könnte?« entgegnete ihr Emil; »doch darüber wollen wir uns bald Gewißheit verschaffen.«

Ehe sie es noch zu verhindern im Stande war, hatte des Gebieters lautes: »Franz!« den Diener schon herbeigerufen, der wie mit Blut übergossen, glühendrothen Angesichtes gehorchte, und auf die an ihn gerichtete Frage eine kaum verständliche, verneinende Antwort stammelte; worauf er sich mit solcher Hast zurückzog, daß Agnes, die sich sonst um nichts zu bekümmern pflegte, was zwischen ihrem Gemal und dessen Dienern vorging, zu Carolinen gewendet flüsterte: »Wahrhaftig, trotz seiner Versicherung des Gegentheils, muß man glauben, er ist's gewesen, den Du aus tiefen Träumen schrecktest!?«

»Nein,« sagte Caroline beruhiget, »er war es keinesweges. Aber diese Aehnlichkeit ist das Merkwürdigste, was ich je von Aehnlichkeiten sah; gerade darum, weil es durchaus *keine* ist, und dennoch eine Verwechslung der Persönlichkeiten möglich macht. Bisher bin ich der Meinung gewesen, wenn man zwei verschiedene Menschen mit einander verwechseln solle, müßten sie sich an Gestalt und Zügen einander gleich sehen. Hier zeigt sich bei näherer Betrachtung keine Spur davon. Der Jäger trägt blondes, fast röthliches Haar, zeigt Anlage zum Fettwerden, hat kleine graue Augen, einen großen Mund und jene glatt und plattumschließenden Lippen, die mir von jeher zuwider sind. Mein unbekannter Schläfer dagegen, dessen Oberlippe wirklich bezaubernd-trotzig emporgeworfen über dem schönsten Munde hervorragt; dem dunkle Locken um die edle Stirn wallen; dessen tief blaue Augen sogar noch halb schlaftrunken mächtig-groß aufleuchten; dessen Gestalt, soviel ich bei seiner Lage am Ufer entnehmen konnte, schlank und groß, wenigstens um einen Viertelkopf höher sein muß, als jene des Jägers; . . woraus entspringt da der Irrthum: Einen für den Andern zu halten? wie ich doch auf einen Moment gethan?«

»Du hast Dir den Uferschläfer sehr genau angesehn, Caroline,« lächelte Agnes ihr zu. Und Emil sprach: »Mein armer Franz kommt bei dem Vergleiche ein Bißchen zu kurz. So übel ist er nicht, und von röthlichen Haaren gar keine Rede. Aber ich wäre begierig zu erfahren, wer und woher Ihr verschlafener Protegé sein mag? Wahrscheinlich irgend ein fremder Umhertreiber?«

»Ich bin fest überzeugt,« erwiderte Caroline, »wenn Sie morgen sich hinausbegeben wollen, finden Sie ihn noch schlafend an derselben Stelle. Er sah mir aus, als ob er einen langen Schlaf zu thun gedächte.«

»Vielleicht,« warf nun Agnes ein, »ist er ganz einfach der Sohn unserer Nachbarsleute in Thalwiese, von dem ich bei meiner Ankunft in Schwarzwaldau mich erinnere gehört zu haben, er diene seine Soldaten-Zeit bei der Garde ab. Wahrscheinlich ist er heim gekommen und langeweilt sich zum Sterben im Hause der Eltern, die keine Mittel haben, ihm die große Stadt zu ersetzen!«

»Wie kann sich langeweilen,« fragte Caroline, »wer seine fünf Sinne und gesunde Gliedmassen besitzt?«

»Junge, hübsche Männer,« antwortete Agnes »ohne entschiedenen Beruf, welcher ihr Dasein hinreichend ausfüllt, haben das an sich. Und wohl ihnen noch, wenn sie das Talent besitzen, ihren Ennui zu verschlafen.«

Emil erröthete. »Was Du andeutest,« meinte er, »trifft nur Diejenigen, die im Ueberfluße leben. Wäre Deiner liebenswürdigen Freundin Unbekannter in Wahrheit, wie Du vermuthest, der Sohn aus Thalwiese, dann hätte dieser keinen Grund über Mangel an Beschäftigung zu klagen; die gänzlich vernachlässigte Wirthschaft seiner verkümmernden Eltern böte ihm reichliche Gelegenheit, eines gelangweilten Daseins Leere auszufüllen.«

»Und wenn er das nicht mehr vermag? Wenn es ihm an Energie fehlt, sich aus seinen lethargischen Träumen emporzuraffen?«

»Einem jungen Manne soll es an Energie fehlen können?« rief Caroline ungläubig aus. – Agnes bewegte nur noch, wie unwillkürlich, die Lippen, doch äußerte sie nichts mehr. Auch Emil schwieg; das Gespräch stockte. Erst als die Wanduhr Zehne schlug, murmelte er: »**vulnerant omnes.**«

Bald nachher wünschten sie sich: gute Nacht.

Sechstes Kapitel

Wir dürfen es nicht wagen, den beiden Freundinnen nach Agnesens Schlafgemach zu folgen, welches, deren eigenen Wünschen zu Folge, ein abgesondertes war und woran die Zimmer stießen, die sie Carolinen eingeräumt. Wir dürfen die vertraulichen Ergießungen zweier weiblicher Herzen nicht belauschen; dürfen uns nicht in die zarten Geständnisse drängen, die von Mund zu Munde, von Seele zu Seele fließen. Vielleicht finden wir später Gelegenheit, im Laufe der vor uns sich entfaltenden Handlung, Rückblicke zu thun und Bezug zu nehmen auf diese ersten, ungestörten Stunden des Wiedersehens, dessen zwei in schwärmerischer Mädchenfreundschaft aufgewachsene weibliche Wesen froh wurden; – in sofern man auch derjenigen Geständnisse und Mittheilungen *froh werden kann*, die von Klage und Wehmuth nicht frei sind, – wenn sie nur überhaupt den Busen erleichtern.

Begleiten wir dagegen Emil, den der Jäger Franz bereits erwartet, um ihn wie gewöhnlich zu entkleiden und dabei das im Walde abgebrochene Gespräch wieder anzuknüpfen, so entgeht uns nicht, wie wenig Neigung Herr von Schwarzwaldau verräth, solchen Erwartungen zu entsprechen. Auf die Frage, was ihn denn veranlaßte, den Diener heute Abend aus dem Vorzimmer herein an den Tisch zu rufen und der fremden Dame zur Ansicht zu stellen, wie ein seltsames Thier; da niemand besser, als der gnädige Herr wissen mußte, daß derjenige, welcher *mit ihm* an den entgegengesetzten Grenzmarken saß, unmöglich beim Waldsee schlafen konnte? – Auf diese Frage giebt er gar keine Antwort; er scheint den Fragenden kaum gehört, wenigstens der Worte Sinn nicht begriffen zu haben; er entgegnet später: »Weißt Du, Franz, daß es vielleicht besser gewesen wäre, Du hättest mir den Dolch nicht entwunden?«

»Was ist Ihnen denn wieder durch den Sinn gefahren, Herr? Heute Früh wußten Sie mir es Dank!«

»Gewiß! Noch vor einer Stunde! – Seitdem . . . . .«

»Hat die fremde Dame irgend einen Einfluß auf Ihre Gemüthsstimmung? Hat sie vielleicht etwas geäußert, was Sie darnieder schlägt?«

»*Sie* nicht . . .«

»Also – Agnes?«

Emil schreckte zusammen. Der vertrauliche Ton, den sein Jäger sich erlaubte, indem er von der Gemalin des Herrn sprach, mahnte diesen an die Gefahren, welche für alle Theile nothwendig später oder früher hervorgehen mußten aus den seltsamen und abnormen Geständnissen eines Livreedieners. Was sich im Walde romantisch-poetisch ausgenommen und den Erzähler, trotz aller an ihm haftenden Flecken, mit der Gloriole der Märtyrer unserer modernen gesellschaftlichen Zustände geschmückt hatte, das stellte sich Abends im Schlosse ganz anders dar: *dort*, in freier Luft, unter grünen Bäumen, hatte Emil, neben Franz auf dem Erdboden sitzend, mehr als Theilnahme, er hatte wohlwollende Neigung für den unglücklichen, in tiefes Elend versunkenen Sohn einer edlen Familie, hatte freundschaftliche Regungen für den jungen Menschen empfunden, der aus der Nacht seines Daseins nach einem hohen, reinen Sterne zu blicken, der Agnes liebend anzubeten und *ihm* dieß zu gestehen wagte! *Hier*, im engen Raume, zwischen kostbaren Schränken, Gemälden, Büchern, Armsesseln und silbernen Leuchtern, wo der Miethling Franz dem Herrn von Schwarzwaldau die Stiefeln auszog und ihm den Schlafrock darreichte, – hier gewann das Verhältniß alsobald ein neues Ansehen. Und das unüberlegte Wort: »Also *Agnes?*« würde zum Ausbruch heftigen Zornes von Seiten Emil's, ja vielleicht zu einem sehr ernsten Auftritte geführt haben, wäre Derjenige, dessen Stolz dadurch verletzt war, nicht eben in jene weichliche, melancholische Niedergeschlagenheit verfallen, die Agnesens letzte Worte wieder hervorgerufen. Er begnügte sich mit einem: »Genug davon! ich bin müde!«

Franz fügte sich und ließ ihn allein. Doch brummte er beim Hinausgehen etwas ›von Wetterhähnen, die ihre Richtung mit jedem Lüftchen wechseln!‹ was dem feinen Gehör des Zurückbleibenden, gleich allen Leuten seines Schlages Argwöhnischen, nicht entfiel. Kaum befand er sich ohne Zeugen, so warf er sich, wie von einem langen schweren Kampfe abgemattet hin und ergab sich widerstandslos allen in ihm streitenden Empfindungen: »Ich weiß, was sie sagen wollte! Auf Carolinens erstaunte Frage, ob es einem jungen Manne daran fehlen könne, was den Mann macht, an Energie? wollte sie erwidern: sieh' doch nur den meinigen an! Aus Schonung für mich verschwieg sie's, weil ich zugegen war. Jetzt wird sie's der Neugierigen schon vertraut haben! Und hat sie nicht Recht? Bin ich nicht, mit allen edlen Eigenschaften und allen schönen Anlagen, die in mir leben, dennoch ein bedauernswerther Schwächling? Phantasie oder Leidenschaft können wohl ein flüchtiges Feuer in mir entzünden; es lodert heftig auf; aber es stählt meine Nerven nicht zu thatkräftiger Ausdauer; es erlischt augenblicklich, um eine lauwarme Erschlaffung zu hinterlassen. Ist es denn nicht fürchterlich, daß ich mich selbst so genau kenne und doch nicht im Stande bin, mich zu ermannen? Ja, ja, ich kenne mich, und will ich wahr, will ich ehrlich gegen mich sein, so muß ich mir's eingestehen: auch da ich die Spitze des Dolches erhob, sie in mein Herz einzubohren; auch da ich mir vorschwindelte, ich wollte sterben; auch da mangelte mir's an nachdrücklicher Kraft, an festem Willen. Verwundet würd' ich mich haben, – nicht getödtet! Das darf ich mir jetzt nicht mehr verhehlen. Denn wäre es anders mit mir bestellt, wie könnt' ich so willig einem Leben mich wieder zugewendet haben, dessen Last ich eine Stunde vorher für unerträglich erklärte? Ja, welches mir jetzt abermals unerträglich erscheint, nachdem ich heute Vormittags im thörichten Wahne aufflammte, brüderliche Freundschaft für einen Zuchthäusler, der Agnesen liebt, könne mich der Lust am Dasein wiedergeben! Bin ich nicht ein besonders elender Mensch? Bin ich nicht eine Ausnahme von allen Uebrigen? Leichtsinnig und schwach sind Viele; von augenblicklichen Empfindungen fortgerissen werden Viele; sie taumeln in Täuschungen dahin und halten sich noch immer für glücklich, wenn sie schon am drohendsten Abgrunde stehen. Andere wieder, im entschiedensten Gegensatze zu Jenen, zerlegen mit skeptischen Zweifeln, mit mißtrauischen Bedenklichkeiten, wie mit scharfen Messern, jede ihrer Empfindungen, jeden ihrer Gedanken und kommen deßhalb nie zum Genusse einer heitern Gegenwart; dafür aber bewahren sie sich vor bedenklichen Schritten, sichern sich vor einer quälenden Zukunft. Beide Gattungen von Menschen, wie schroff sie voneinander unterschieden sein mögen, behaupten, bei all' ihrer Thorheit, doch eine gewisse Berechtigung, zu sein wie sie sind; denn Jeder von ihnen kann in seiner Art für consequent gelten, und befindet sich in Uebereinstimmung mit angeborenem Naturell. Was aber soll' ich von Demjenigen halten, der beider getrennter Naturen Eigenthümlichkeiten in seiner Person *vereiniget?* Den momentanen Eingebungen ungezügelter Phantasie verfallend, wie der leichtsinnigste Gesell handelt und dabei als selbstquälerischer Grübler sich zugleich verleidet, was er begann? Was soll ich von diesem halten, wenn ich es selbst bin? Wenn ich einsehe, *daß* ich es bin? Wenn diese Einsicht aber mir zu weiter nichts verhilft, als die Trostlosigkeit meiner Lage zu vermehren? Soll ich mich hassen? Oder soll ich mich verachten?«

Diese Fragen legte sich Emil vor. Und ohne eine von beiden entschieden zu beantworten, stellte er sich dann noch eine dritte, wichtigere: »Kann ich mich ändern?«

Diese übte lindernde Wirkung auf ihn; denn sie führte ihn aus der schwülen Zelle eines Anatomen, der sich selbst secirt bei lebendigem Leibe, in die Regionen allgemeiner Betrachtung über die Abhängigkeit des Erdenmenschen von seinem irdischen Körper; eine ihm längst geläufige Betrachtung, die ihn nach und nach sich selbst entrückte und ihn zuletzt vergessen ließ, von welcher hohen Wichtigkeit es für ihn zunächst sei, zum klaren Bewußtsein freien Willens, geistiger Unabhängigkeit zu gelangen. Aus den Andeutungen in vorigen Kapiteln; aus seinem soeben belauschten Selbstbekenntniß haben wir bereits entnommen, daß er zwischen crassen materialistischen Ansichten und zwischen unverkennbaren Neigungen zu idealistischer Schwärmerei hin und her schwankte. Vielleicht weil er an den in dieses Gebiet einschlagenden Wissenschaften und Studien nur genascht hatte; weil er ein planloser Autodidact, ein Halbgelehrter war!? Und ist diese Halbheit, angeregt und befördert durch so viele Handbücher, populäre Enthüllungen, gemeinnützige Schriften, Journale, nicht vielleicht der größte Segen und zugleich der schwerste Fluch unseres Jahrhundertes? Werden dem Laien nicht Werke dargeboten, die ihn durch verneinenden Inhalt ärmer machen, ohne ihn durch Das zu bereichern, was den gelehrten Verfasser, den Forscher, den Entdecker beglückte, eben weil er es fand und im Finden Entschädigung erhielt für manche Verluste an beglückendem Glauben, an kindlich frommer Zuversicht? Haben wir nicht Alle, Jeder im Paradiesgärtlein eigener Kindlichkeit, schon frühzeitig vom Baume der Erkenntniß Früchte gebrochen? Ach, und wie manche unreife? Wie manche wurmstichige! Wer nicht kräftig organisirt ist, gut zu verdauen, – darf ein solcher sich wundern, wenn er sich übel fühlt? Und daß Emil nicht zu den Starken gehörte, haben wir genugsam und zum Ueberfluße angedeutet.

So lassen wir ihn denn einem, durch zahllose Widersprüche gestörten Schlummer und werfen, ehe wir dieß Kapitel und mit demselben gewissermaßen den Prolog unserer Geschichte schließen, noch einen flüchtigen Blick in das sogenannte ›Jägerzimmer,‹ wo unter Emil's Vater drei bis vier grüne Burschen ihr wildes Wesen trieben; wo jetzt Franz Sara ganz allein hauset; abgeschieden und entfernt von allen übrigen Schloßbewohnern; nur durch einen Glockendraht in Verbindung mit des Gebieters Wohn- und Schlafgemach, zu welchem eine steinerne Wendeltreppe hinabführt. Dieses Jägerzimmer wird mit Unrecht Zimmer genannt; es ähnelt mehr einem Saale; einem öden, unwohnlichen, winklichen Saale, der nicht entstanden ist, weil des Schlosses Erbauer ihn dort haben wollten, sondern der gleichsam aus räumlichen Ueberbleibseln besteht, die man für gesonderte, kleinere Stuben einzurichten und zu benützen, dort oben im dritten Stockwerk nicht mehr der Mühe werth gefunden. Er liegt in der Ecke, wo zwei Flügel sich kreuzen, zwischen einer alten Rüst- und Waffenkammer auf der einen, zwischen einem weiten breiten Gefilde auf der andern Seite, welches Letztere an seinen Wänden hangend, eine Anzahl Schwarzwaldau'scher Familien-Portraits väterlicher und mütterlicher Seite, hinter deren vergüldeten Rahmen jedoch eine noch unzähligere Menge von Fledermäusen beherbergt, die durch einige, seit einem halben Jahrhundert zerbrochene und ungeflickte Glasscheiben in den oberen Fensterflügeln freien Aus- und Einzug haben. Schon diese Nachbarschaft ist wenig geeignet, den einsamen Bewohner des Jägerzimmers anzulächeln. Noch weniger trägt die innere Einrichtung zu vergnüglichem Aufenthalte bei. Drei leere Bettstellen erinnern zum Nachtheile der Gegenwart daran, daß in vergangener Zeit hier ein geselliges Zusammenleben gewaltet, und machen die jetzige Einsamkeit nur noch einsamer. Ein Schrank, ein Tisch, vier Stühle stehen dicht um Franzens Lager, welches er so nahe wie möglich beim alten Ofen aufgeschlagen. Die grünen Kacheln dieses Colosses tragen auf ihrer Oberfläche kleine menschliche Figürchen, wie die Töpfermeister vorigen Jahrhundertes selbige zu formen liebten. Solch' ein Anblick gewährt doch einige Abwechslung in der wüstenhaften Leere. Aus ihnen besteht aber auch des Jägers einzige Gesellschaft. Von den andern Dienern, sämmtlich älter als er, besucht ihn keiner. Er hat nichts dafür gethan, ihren Umgang aufzusuchen; hat sich vielmehr, seit dem ersten Tage seines Eintrittes in den Dienst, fern von ihnen gehalten und abgesondert. Von den Männern ist ihm nicht Einer wohlgeneigt, bis zum letzten Stallknecht hinab. Das weiß, das empfindet er. Und die zärtlichen Absichten der Mädchen hat er selbst vereitelt, indem er sie keines Blickes würdigte. Sogar Agnesens Kammerjungfer nicht; wiewohl diese häufig ihren Spiegel befragt, ob sie eine solche Nichtbeachtung verdiene? und jedesmal die Versicherung empfängt: es sei geradezu unerklärlich. Denn sie war wirklich hübsch. Und eben diese mied er am Vorsichtigsten, – worüber *wir* uns weniger verwundern, als sie.

Da sitzt er nun, – nicht wie sein Herr, umgeben von jeglicher Anmuth, die Wohlstand und Bequemlichkeit bieten; aber auch nicht wehmüthig erschlafft in ohnmächtiger Selbstbetrachtung. Er zürnt, – er trotzt, – er begehrt. Auch seine Gefühle und Leidenschaften haben seit gestern einen zwiefachen Umschwung erlitten. Aus dem Ueberdruße am Leben hat ihn Emil's überraschendes Benehmen im Walde auf die abenteuerlichsten Vorstellungen von vertraulicher Freundschaft mit dem Gebieter gebracht, daß er sich gar bis zu der Möglichkeit verstieg, Agnesen näher zu treten, als einem Diener geziemt. Und in diese Aufwallungen ungezügelter Phantasie ist nun auf einmal wieder die unerwartete Veränderung getreten, die Emil's ganzes Wesen umgestimmt, wie man eine Hand wendet?

»Er bereut schon, daß er sich heute Morgens weggeworfen, daß er mir brüderlich die Hand gereicht! Er ist ein unzuverlässiger, von jeglichem äußerlichen Eindrucke abhängiger Mensch. Keiner gewaltigen Leidenschaft fähig, weder in Neigung noch Abneigung; weder in Liebe noch Haß. Seine Worte haben keine Bedeutung, wie schön sie klingen. Täuscht er doch sich selbst, indem er redet und zu glauben wähnt an das, was er spricht. Warum sollte er Andere nicht täuschen? Auch was er mir über Agnes gesagt, ist ihm nicht Ernst. Wenn er sie achtete und hoch hielte, wie er prahlt, warum liebt er sie nicht, wie ein junger Mann ein junges, schönes Weib liebt? Warum lebt er getrennt von ihr? *Ich* liebe sie! Ich liebe sie, wie nur der liebt, der einer tief innersten, Leib und Seele ausfüllenden, ausschließlichen Passion lebt! Er weiß nicht, was er will und ich war ein Thor, daß ich seinen süßen Lügen lauschte. Wär' er ein ganzer Kerl, er hätte mich über den Haufen schießen müssen, da ich ihm eingestand, was er aus keines Menschen Munde hören dürfte; was aus dem Munde seines Dieners unerhörte Frechheit ist. – Ja, jetzt bereut er, daß er mir dieß Geheimniß ablockte; ist in tödtlicher Verlegenheit, wie er sich gegen mich stellen, wie er mich los werden soll? Die Gegenwart der fremden Dame beängstiget ihn. Vielleicht hat sie irgend eine Aeußerung über mich gethan, die ihn befürchten läßt . . . weßhalb rief er mich an den Tisch? Auf meine Frage ist er mir befriedigende Erklärung schuldig geblieben. Er ist feig. Er wird mir nicht in's Gesicht sagen. was ihn beunruhiget; wird es nicht eingestehen, wenn ich danach forsche. Ich muß vorsichtig sein: nachdem ich ihm die Waffen gegen mich in die Hand gegeben, ihn zum Vertrauten meines Schicksals machte, ist es ihm ein Leichtes, mich völlig zu verderben; mich vor *ihr* zu entehren! O, warum hab' ich mich durch – ich weiß nicht welches alberne Gefühl abwendig machen lassen von meinem entschiedenen Vorsatze? Warum hab' ich ihn gehindert, den seinen auszuführen? . . . Wenn es ihm überhaupt Ernst damit war!? Warum hab' ich mich in ein Gewebe neuer, verworrener Schlingen begeben, wo ich hängen bleiben muß, wenn ich mich nicht gewaltsam durchhaue?! Rücksichtslos, wen es trifft? Todt sein wäre besser. Besser für mich, besser für ihn . . . . Besser für *sie!* «

Und Franz verlor sich in einer dunklen Reihe düsterer Bilder, in welchen die Genossen seiner Kerkerzeit mit bleichen Angesichtern und unheildrohenden Mienen an ihm vorüberschwebten, Erinnerungen weckend an manche grauenhafte, unentdeckte That, die in jenen dicken Mauern, heiser geflüstert, von Ohr zu Ohre geschlichen, wie das Gespenst eines längst Vermoderten.

Siebentes Kapitel

›Flaches Land und flache Seelen!‹ ruft Friedrich Schlegel in irgend einem seiner Gedichte aus, und ich darf offen eingestehen, daß ich den Sinn dieses Ausrufes niemals begriffen habe. Will er dadurch andeuten, daß die Einwohner und Bebauer ebener Gegenden an Werth und Bedeutung hinter den Bergbewohnern zurückstehen? Dann dürften sich verschiedentliche Beobachter vorfinden, bereit, das Gegentheil zu behaupten. Soll es aber nur im Allgemeinen obligates Einstimmen bedeuten in den hergebrachten Chorus, daß nur im Gebirge die Natur schön und entzückend; nur vor hohen Spitzen und Kegeln die Seele frei, der Blick heiter: nur in Alpenlüften die Brust gehoben und erquickt sei? Soll es bedeuten, daß in weiten Fluren und Hainen; in tiefen Waldungen kaum durch einen Hügel unterbrochen; auf grünen Wiesen von Bächlein durchrieselt; im Schatten des Erlengebüsches, die Raine entlang; am stillen See, von träumenden Kiefern umkränzt; im meilenlangen wogenden Kornfeld, auf welchem Cyanen und Mohn mit blauen und feurigen Augen blinzeln; auf brauner Haide, wo die summende Biene zu Tausenden arbeitet und wo der hohe Himmel sein heiliges Dach über den Einsamen schützend zu wölben scheint; daß da keine Freude an Gottes Schöpfung, keine Naturfrömmigkeit, kein Behagen, keine Wärme des Gefühls, keine geistige Erhebung aufblühen könne? – Dann, wie gesagt, begreif' ich den tiefen Denker gar nicht. Wie mir denn überhaupt alle enragirten, exclusiven, auf unser flaches Land höhnisch und verächtlich herabspöttelnde Gebirgs-Coquetterieen unbegreiflich sein würden, lernte man zuletzt nicht, sich in Alles zu finden; sogar in die Ansichten Derjenigen, die ihre Lust an der Natur einzig und allein nach der Höhe des Fußmaßes über dem Meeresspiegel und an der größeren oder kleineren Summe jener in graue Ferne verschwimmenden Kuppen abzählen, welche ihr Tubus ihnen vor's Auge zaubert. Solche werden wahrscheinlich vornehm lächeln, wenn ich erzähle, wie Agnes und Caroline unerschöpfliches Vergnügen aufsuchten und genossen in den nächsten Umgebungen von Schwarzwaldau. Die erste Ausfahrt war ihre letzte gewesen; sie zogen vor, Arm in Arm durch den Park in's freie Feld und in den Wald zu wandern, ohne andere Begleitung; wonach Agnes von ihrem sogenannten Lieblingsbänkchen am kleinen See im Garten sich oft gesehnt, was sie aber, allein, nie gewagt hatte. Ihr ganzes Wesen war auch nach zweijähriger Ehe noch so jungfräulich-mädchenhaft geblieben und der feste Kern ihres edlen, starken Herzens schien von so zarter Form umhüllt, was äußerliches Gebahren betraf, daß eine resolute Freundin von Carolinens Art dazu gehörte, sie aus der halbklösterlichen Abgeschiedenheit heraus zu locken. Die Beiden ergänzten sich gewissermaßen. Carolinens weibliche Selbstständigkeit brachte Leben und Lebensfülle mit; Agnesens zarter Sinn verlieh Maß und Anmuth. Nur hätte, wer sie miteinander als Fremder gesehen, schwören müssen: Die Ehefrau sei das Mädchen und die Jungfrau sei des Gutsherrn Gattin; so fest und sicher trat diese auf; so abhängig von ihr bewegte sich Agnes neben ihr, wie eine jüngere unvermälte Schwester. Dieß Verhältniß, und es hatte sich gleich in den ersten Tagen ihres Zusammenlebens ausgebildet, beruhte nicht allein auf dem Unterschiede ihrer Persönlichkeiten; es wurde auch begründet durch den vertraulichen Austausch aller innersten Geheimnisse, welcher zwischen ihnen Statt gefunden und in welchem sich Agnes dem forschenden Blick der Freundin auf Gnade und Ungnade hingegeben. Caroline kannte nun und erkannte bis auf den Grund die verborgensten Wurzeln, aus denen der Freundin Wohl und Weh keimte. Und das verlieh ihr ein entschiedenes Uebergewicht, mochte sie es auch nur in Liebe und Zuneigung geltend machen. Je lebhafter sie diese kund gab, um desto kälter zeigte sie sich gegen Emil. Was Wunder, wenn dieser argwöhnte, seine Gemalin habe schwere Klage wider ihn geführt? sich in diesem Argwohn von ihnen abwendete? und mehr als je seine eigene Wege ging? Die Hoffnung auf trauliches Zusammensein war mit dem ersten Abend erloschen. Franz der Jäger hielt sich wieder so zurückgezogen, als er vor dem ausführlichen Geständnisse gethan. Kein Blick, keine Miene verrieth, daß er nur einen Anschein von Berechtigung, seinem Herrn näher zu stehen, in Anspruch nehme; womit dieser sich für's Erste zufrieden stellte; Alles sorglich vermied, was Funken aus der Asche zu wecken drohte; dabei jedoch übersah, oder übersehen wollte, daß es minder entsagende Ergebenheit, daß es vielmehr übelwollende, lauernde Verstellung sei, die um des Dieners Augen spielte.

An Selbstmord dachten wohl Beide nicht mehr, obgleich von allen Antrieben dazu keiner beseitiget war. Man will behaupten, und vielerlei Erfahrungen bestätigen es, daß die meisten Menschen, sobald sie einmal ihre bebende Hand auf das Riegelschloß der eisernen Pforte, die in's unerforschliche Dunkel der Ewigkeit führt, gelegt haben, ohne zu öffnen, (entweder weil die Entschlossenheit für den letzten Druck fehlte, oder weil sie gestört wurden,) ein zweites Mal sich gar nicht zu nähern wagen und lieber die beschwerlichsten Nebenpfade aufsuchen. Consequente Ausnahmen giebt es freilich auch. Doch zu diesen gehörten weder Emil, noch sein Diener; aus verschiedenen Gründen Beide. Und auf eben so verschiedene Art suchten Beide Trost, oder Ruhe. Franz vermied, wie er irgend mit seinem Dienste vereinbaren konnte, sich aus dem Schlosse und dessen nächsten Umgebungen zu entfernen; zog sich, noch mehr als früher, von allen Menschen zurück; er trug seine Liebe und seinen Groll weder zur Schau, noch wähnte er, durch planloses Umherstreifen sich Erleichterung zu erjagen. Was in ihm kämpfte und arbeitete, machte er in seinem öden Jägerzimmer mit sich allein ab, ohne Beihilfe von Außen, ohne Zerstreuung zu wünschen. Dieser jedoch fühlte sich Emil um so bedürftiger. Was er bei Agnes und Carolinen, nach der zwischen ihm und Jenen eingetretenen Verstimmung nicht zu finden hoffte, suchte er im Nebel der Zufälligkeit. Er lief, einen seiner Lieblingsdichter zur Hand, kreuz und quer durch seine und die benachbarten Forste, im fatalistischen Glauben an ein aus den Wipfeln der Bäume fallendes Ereigniß, wodurch seine Seele zu neuem Leben empor getragen werde! Hätte er Rechenschaft geben sollen über nähere Beschaffenheit dieses Glaubens, er würde sehr verlegen geworden und unfähig gewesen sein etwas Vernünftiges vorzubringen; man müßte denn dafür gelten lassen, daß ihm, was Caroline vom schlafenden Unbekannten an der Grenze erzählt hatte, ein unbestimmter Antrieb wurde. Er zweifelte nicht, daß jener junge Mann kein Anderer sei, als der Sohn seiner nachbarlichen Gegner und Feinde. Es erschien ihm reizend, diesem – aber ohne ihn aufzusuchen, nur zufällig! – im Walde zu begegnen, seine Bekanntschaft zu machen, und dieselbe, wofern sie die Mühe lohnte, der feindseligen Familien-Trennung zum Trotze, in's Geheim fortzusetzen; nur im Walde, sonst nirgend, mit ihm zusammenzukommen; ihn anderswo scheinbar nicht zu kennen; über ihr freundliches Begegnen den Schleier der Verborgenheit zu hüllen und auf solche Weise dem erträumten Verhältniß eine Bedeutung zu verleihen, die es sonst vielleicht nicht gewinnen dürfte. Derlei Kindereien mochten es etwa sein, die seiner haltlosen Phantasie Flügelchen ansetzten. Aber es kam noch etwas Anderes dazu, was wir nicht umgehen dürfen, weil es zur schärferen Bezeichnung Desjenigen beiträgt, dessen Geschicke den finstern Inhalt dieses Buches bilden. Emil von Schwarzwaldau, der Characterlose, Schwankende, Unerzogene, trug das Bedürfniß in sich, zu belehren, zu bilden, zu erziehen. Er war ein Schönredner; liebte als solcher zu glänzen, zu dociren. Was in ihm nicht klar, nicht fertig geworden, weil er nicht logisch zu denken vermochte, weil ihm auch dazu Ernst und Ausdauer fehlten, das strebte er sich klar zu machen und zum Abschluß zu bringen, wenn er seine unsicheren Gedanken und Ansichten, in's Gewand der Phrase gehüllt, zum Besten gab. An Agnesen war seine Kunst verloren gegangen. Ein empfängliches, hingebendes Kind hatte er in ihr heimzuführen gemeint und war fast erschrocken vor dem abgeschlossenen Ernst der stillen Jungfrau, die seinen auf sie einströmenden Ergießungen unerschütterliche Festigkeit; die seinen, ›philosophische Untersuchungen‹ benannten Widersprüchen, weibliche Religiosität entgegenhielt, ohne sich im Geringsten irre machen zu lassen. Er gab sie auf – und vielleicht trug die Niederlage, welche seine Eitelkeit dadurch erlitt, nicht wenig dazu bei, ihn ihr zu entfremden. Gewiß verbarg sich hinter die Theilnahme, welche Franz mit den unheimlichen Bekenntnissen düsterer Vergangenheit ihm abgewann, im ersten Augenblicke die schmeichelnde Voraussicht, es werde in diesem Burschen ein bereitwilliger und empfänglicher Zuhörer für ihn gewonnen sein. Daher auch die fast brüderliche Annäherung; die jedoch vor des Jägers durchaus nicht schülermäßiger Haltung sich sogleich wieder zurückzog, wie wir gesehen haben.

Vergebens hatte Emil einige Wanderungen nach der von Carolinen bezeichneten Stelle an der Grenze unternommen. Der von ihr so scharf beobachtete Schläfer schien die Störung übel vermerkt und einen anderweitigen Ruhe-Platz aufgesucht zu haben, den auszuforschen Emil sich angelegen sein ließ. Bei Menschen dieser Gattung geschieht es nicht selten, daß ziemlich gleichgiltige Absichten, die zu Anfang nur eine vorübergehende ›Volléität‹ – (ich kenne kein gutes deutsches Wort für diesen ächt-diplomatischen, mattes, fast planloses Wollen bezeichnenden Ausdruck!) – gewesen, nach und nach in lebhaften Wunsch übergehen und zuletzt, durch Nichterfüllung angereizt, sich bis zur fixen Idee steigern. Je länger die geträumte Begegnung auf sich warten ließ, desto hartnäckiger verrannte sich Emil in die Sehnsucht danach; so daß er endlich für nichts Anderes mehr Auge noch Ohr hatte und zu Hause die tödtlichste Langeweile empfand und um sich her verbreitete; worüber ihm Caroline manche witzige und spitzige Bemerkung machte. Ganz im Gegensatz mit Agnes, welche den kleinen Krieg nicht liebte und jede Art von Frieden vorzog; sollte es auch der Friede des Schweigens sein.

Das ersehnte Zusammentreffen fand nach langem Harren doch einmal Statt; wie denn auf die Länge sich Alles erfüllt, wonach Einer trachtet, – wofern er sich nur hübsch Zeit läßt und es auch erlebt. Ja, ich hin überzeugt, wer es nur erlebte, – aber am Leben müßte man bleiben, sonst hilft die Erfüllung nichts mehr! – sähe gewiß *Alles* wahr werden, was er einst geträumt; sei es zum Glücke, sei es zum Verderben. Jedweder innige Wunsch ist schon an und für sich prophetisches Vorgefühl und unmöglich ist gar nichts, als was den Urgesetzen der Schöpfung widerspricht. Einzig und allein der Tod schneidet die Möglichkeit der Erfüllung ab. Oder auch der Vorbote des Todes: das langsame Absterben bei lebendigem Leibe; was wir Alter nennen, welchem *verspätete* Erfüllung keine mehr ist. Daher der furchtbare Göthe'sche Ausspruch: ›was man in der Jugend begehrt, hat man im Alter die Fülle.‹

Häufig auch geschieht, was wir so eifrig begehrten, erst dann wenn wir, durch vergebliches Trachten längst abgemattet, schon aufgehört hatten zu wünschen. Es steht dann so plötzlich vor uns, daß es mehr Schrecken bringt, als Freude gewährt, und wir müssen uns erst wieder in die fast verschmachteten Wünsche hineinleben. – Der Herbst begann. Die Jagd stand offen. Am Tage Aegidius war Emil auf Feldhühner ausgegangen und seit geraumer Zeit zum Erstenmale wieder hatte er seinem Leibjäger befohlen, ihn zu begleiten. Franz hatte sich diesem Befehle willig gezeigt, mit jener stummen, kalten Gleichgiltigkeit, die seit der letzten Besprechung zwischen ihnen waltete; die bei ihm höhnischen Trotz verbarg; die bei Emil unbegreiflich bliebe, wüßten wir nicht schon einigermaßen von dessen wunderlichem Dualismus, wo mit lebenverbitternder, scrupulöser Gewissenhaftigkeit blinder Leichtsinn gewissenlos Hand in Hand, ja zu Zeiten mit ersterer auf und davon geht. Emil war blind für Franzens schweigsamen, scheinbar demüthigen Groll; war blind für sein eigenes Unrecht gegen den Diener; vermied sich in's Gedächtniß zurückzurufen, wie weit er in übereilter Vertraulichkeit schon gegangen und wie unklug es sei, davon keine Kenntniß mehr zu nehmen. Nur Carolinens Gegenwart, durch welche Agnes vor bedenklicher Nähe des Anbeters in Livree gleichsam geschützt blieb, während Emil durch dieselbe noch mehr als gewöhnlich aus dem Verkehr mit seiner Gattin vertrieben wurde, erklärt – wenigstens theilweise – eine Verblendung, die bei einiger Aufmerksamkeit auf Franzens Stimmung unmöglich gewesen wäre. Genug, sie war vorhanden, diese Verblendung, und ohne zu ahnen, daß es ein Feind sei, der neben ihm herziehe; ein Feind, den er sich durch eigenes Verschulden gemacht, bejagte Herr von Schwarzwaldau die Ackerbeete und Rübenfelder, nach spärlich-vorhandenen Hühnern schießend, die aus versprengten Ketten sich in diesen Winkel geflüchtet. Hasen und Hühner machten schon damals nicht die Stärke des Wildstandes auf Schwarzwaldauischen Revieren, wie nirgend wo mittelmäßiger, oder gar magerer Boden nur dürftige Ernten darbietet. Desto reichere Fülle an höherem Wild boten die großen Forste, in denen es namentlich von Rehen wimmelte. Unglücklicher Weise besaßen einige Dorfbewohner schmale Zipfel sandigen Neulandes, worauf sie, nachdem der kümmerliche Holzbestand niedergeschlagen und verkauft war, Haidekorn zu bauen versuchten, an welchem die ungebetenen Gäste häufig naschten. Daraus waren schon mehrfache Händel entstanden. Die Besitzer hatten auf ›Wildschaden‹ Anspruch gemacht; der Gutsherr hatte ihnen entgegengestellt, daß er dazu nicht verpflichtet sei; denn wer heiße sie mitten im tiefsten Forste Ackerbau zu treiben, wo seit Menschengedenken Bäume gestanden? und warum sie nicht abermals Waldung angelegt, damit ihre Nachkommen fänden, was sie von ihren Vorfahren ererbt? Darauf hatten die Leute geantwortet, das ginge ihn nichts an, und wenn er sie nicht entschädigte, würden sie sich selbst helfen. Und das Ende vom Liede waren ein paar halb-erschossene, halb-erschlagene Rehe gewesen, die einen langwierigen, langweiligen Wilddiebs-Proceß veranlaßt. Seit jener Zeit hatte in Emil's Herzen eine gewisse Erbitterung Wurzel geschlagen, die jedesmal sich regte, sobald das Wort ›Wildschütz‹ ausgesprochen wurde. Wie denn überhaupt nach unserem Dafürhalten alle Hirsche, Schweine und Rehe auf Erden nicht den zehnten Theil des Aergers und feindseligen Grimmes werth sind, den sie schon erregten; mannichfacher Härten und Grausamkeiten von der einen, blutiger Gewaltthaten von der anderen Seite gar nicht zu gedenken, wo ›Gesetz Unsinn und Wohlthat Plage wird.‹

Bis in einen dieser letzten Ackerstreifen verlief sich heute ein geflügeltes Feldhuhn, welches Emil und Franz von zwei Seiten um so eifriger verfolgten, als es bis jetzt die einzige Beute war. Der Vorstehhund, ein etwas ungeberdiger Gesell, hatte sie verlassen, die Spur eines flüchtig gewordenen Hasens nach dem Walde zu aufnehmend. So gelangten sie bis an die äußerste Spitze des Ackers, wo sie im Waldwinkel einander gegenüberstanden. Emil schalt den Jäger wegen des Hundes Ungehorsam. Franz vertheidigte sich mit der ganz richtigen Erklärung, er habe ihn nicht dressirt, sondern schon verdorben von seinem Vorgänger überkommen; doch er that dieß in scharfem, verletzendem Tone. Emil stellte ihn darüber zur Rede. Franz antwortete höhnisch. Jener befahl ihm zu schweigen, wobei ein ›unverschämt‹ hörbar wurde. Dieser zuckte die Achseln verächtlich. Emil fuhr auf; es entschlüpfte ihm eine Andeutung auf des Andern Kerkerhaft. Wie von einem electrischen Schlage berührt, bebte Franz, unwillkürlich griff er nach seiner Flinte, das Schloß knackte, – da fiel im Gehölz ein Schuß und nach etlichen Secunden brach ein Rehbock durch die Zweige und stürzte zwischen den Beiden zusammen.

Dieß Ereigniß gab ihrem Zorn gewaltsam eine ablenkende Richtung. Sie warfen sich, Jeder von dem Platze, wo er stand, in's Dickicht.

Achtes Kapitel

Wir unterbrechen die Erzählung der Vorgänge auf der Jagd, um später darauf zurückzukommen, und widmen dieses achte Kapitel den beiden Freundinnen, welche wir neulich in Agnesens Schlafgemach nicht zu behorchen wagten, deren Gesprächen aber wohl zu lauschen vergönnt sein wird, wenn sie auf der Herrin grünem Bänkchen am See im Park sitzen? Sollte der Romanschreiber nicht mindestens eben soviel Berechtigung dazu haben, als der zahme Storch, der nachdenklich auf einem Beine vor ihnen steht, so aufmerksam, wie wenn er sich auch nicht eine Silbe entschlüpfen lassen dürfte von ihrem lieblichen, anmuthigen Geschwätz? Es ist ein kluger Vogel, der Storch; ein Thier, um dessen Familien- und öffentliches Leben sich vielerlei wundersame Sagen, (vielleicht Märchen) ziehen, die jedoch lange noch nicht genau genug beobachtet und erforscht sind, um so kurzweg fortzuleugnen, was schwer begreiflich erscheint; obgleich die meisten Menschen mit ungläubigem: »dummes Zeug!« gern bei der Hand sind, sobald ihnen Etwas unbequem scheint und sie in ihrem Alltäglichkeits-Systeme zu stören droht. Ist es nicht recht bequem, ein für Allemal jede höhere Fähigkeit der Thierseelen abzuleugnen, lediglich weil weder Schnauze noch Schnabel auf belehrenden Widerspruch, und unsere Sinne nicht darauf eingerichtet sind, zu verstehen, was jene uns in ihrer Zunge sagen können?

Der Storch im Park zu Schwarzwaldau legte unbezweifeltes Verständniß menschlicher Zustände an den Tag und hatte schon viele Proben seiner Intelligenz gegeben. Das ganze Dorf war voll von kleinen Geschichten, die seine Klugheit beweisen sollten und viele Kinder glaubten nicht nur, daß *er* es sei, der sie aus dem See gefischt und ihren Eltern im Schnabel gebracht habe, – (um so größer war das Erstaunen, warum sich die Gemalin des Gutsherrn noch nicht mit kleinem Nachwuchs versorgen lassen?) – sondern sie waren auch steif und fest überzeugt, der kluge Storch führe zugleich eine Art von Oberaufsicht über die herrschaftlichen Gärten und bringe jedwede darin verübte Ungebühr zur Anzeige. Wer ihn so sitzen und beobachten sah, konnte leicht auf ähnliche Muthmaßungen gerathen. Agnes und Caroline ließen sich durch des Vogels Aufmerksamkeit in ihren vertraulichen Mittheilungen nicht stören. Vielmehr flüsterte das unaufhörliche Geschwätz der Freundinnen ohne Unterbrechung mit dem Bächlein um die Wette, welches, nach langen Schlangenwindungen durch Wiesen und Gebüsche, sich rieselnd in den See ergießt und immerwährend murmelt und murmelt.

Es kommt häufig vor, daß innige Freunde neben einander gehen, beisammensitzen – und *schweigen* . Wer hat das an Freund*innen* erlebt? Ich nicht. Ich muß es eingestehen; kann es nicht unterdrücken, sollte auch die schöne Leserin mein Buch unwillig aus der Hand werfen, mit dem Ausrufe: Der alte Narr! – Ausnahmen will ich gern gelten lassen. Ich spreche nur im Allgemeinen; spreche nur von meinen Erfahrungen in diesem Gebiete; und da muß ich eingestehen: ich habe den unerschöpflichen Fluß nimmer versiegender Rede stets bewundert; bisweilen auch mich *ver* wundert, wo denn diese Fülle von Stoff im Kopf und Herz hinreichenden Raum fand, sich aufbewahren zu lassen, um dann bei nächster Gelegenheit gleich so mächtig hervorzubrechen? Bei Agnes und Caroline verwundere ich mich nicht. Eine junge Frau, welche bereut, daß sie Frau wurde: ein Mädchen über die Zwanzig, bedauernd, daß sie noch nicht Frau ist! können zwei solche Freundinnen wohl jemals fertig werden, ihre Gedanken, Gefühle, Klagen, Hoffnungen sich mitzutheilen? Ihnen wird der Stoff nicht ausgehen, so lange das kleine Wiesenbächlein sich in den kleinen Gartensee ergießt.

Was Agnes Carolinen über sich und Emil anvertraut, wissen wir noch nicht; denken seiner Zeit mehr davon zu erfahren, als wir gern vernehmen werden. Jetzt gerade ist Caroline im Zuge, das Verzeichniß von jungen Männern zu vervollständigen, die mehr oder minder günstigen Eindruck auf sie hervorgebracht; eine Empfänglichkeit, die Agnesen an der Freundin befremdete, weil sie ihr selbst fehlte. Es war schon ziemlich lang dieß Verzeichniß; es reichte von Sachsen nach Böhmen und wieder zurück, von Rumburg nach Zittau, wie wir mit einem Bruchstück belegen. Caroline sagte, – oder murmelte vielmehr, im eintönigen Riesel-Quellen-Tempo, wo Wort an Wort, wie Welle an Welle sich kräuselnd schmiegt: »In Zittau hat Vater einige Geschäftsfreunde aus der Zeit, da er überhaupt noch Geschäfte machte. Als er diese vor zwei Jahren zum letztenmale besuchte, nahm er mich mit. Wir sollten bei Einem seiner Freunde wohnen; Jeder bewarb sich förmlich um uns. Aber mein guter Vater wünscht immer und überall sein eigener Herr zu bleiben und zog deßhalb den Aufenthalt im Gasthofe vor. Wir langten an einem heißen Sommertage an und nahmen Besitz von zwei erquickend-kühlen und geräumigen Zimmern, deren Frische mir unendlich wohl that. Als ich erst vom Staube des Tages gereinigget, umgekleidet und neu belebt war, begann ich, daran zu denken, wie wir doch den langen Abend ausfüllen sollten, der in dieser Jahreszeit so zu sagen kein Abend, sondern ein in den nächsten Morgen hinein schleichender Tag genannt werden darf. Mit meinem Vater ist nicht viel zu plaudern; ohne Spielkarten entschläft er beim dritten Worte; und nun gar im Sommer! Mir graute vor einer Partie Piquet, die er mir antragen könnte? Ihm vorzulesen, obgleich mit Büchern versehen, daran durft' ich nicht denken; noch weniger für mich allein nach einem Buche zu greifen. Denn mein guter Vater hat die Eigenheit –«

»Dein guter Vater scheint mancherlei ganz eigene Eigenheiten zu haben?« –

»Ach Gott ja, Agnes; wie die Väter nun so sind! – er hat die Eigenheit, augenblicklich aufzuwachen, sobald ich in seiner Gegenwart lese, und zu behaupten, er habe gar nicht geschlafen. Das giebt dann eine ewige Marter zwischen Einschlummern und Erwachen seiner-, zwischen Lesen und Gestörtwerden meinerseits. Um dieser zu entgehen, schickte ich heimlich, gegen seinen Willen, einen Hausknecht zu den Familien, die er erst morgen von unserer Ankunft unterrichten lassen wollte. Ich war fest überzeugt, sie würden auf den ersten Wink herbei eilen und mich erlösen. Doch traf es sich so unglücklich, daß sie den schönen Tag zu einem Ausfluge benützt hatten. Nun war guter Rath theuer. Ich langweilte mich zum Sterben und verwünschte tausendmal in einer Minute, daß ich es mir als Vergünstigung erbeten, die kleine Reise mit machen zu dürfen. In meiner trostlosen Unruhe lief ich Thüraus Thürein und bei diesem Umherrennen bemerkte ich, daß den Gang, der in unsern Vorflur mündete, in entgegengesetzter Richtung aber nach einem im Hintergebäude liegenden Saale führte, verschiedene Personen theils paarweise, theils einzeln durchzogen, die unmöglich alle in diesem Gasthofe eingekehrt sein konnten. Ich läutete nach unserem Stubenmädchen und erhielt alsbald die Lösung des Räthsels in Form eines gedruckten Programm's, welches ›Freunde der Poesie und des Gesanges‹ einlud, der von zwei jungen Reisenden veranstalteten declamatorisch-musikalischen, Punct sieben Uhr beginnenden Abend-Unterhaltung beizuwohnen. Nur wenige Minuten fehlten noch bis zur festgesetzten Stunde und es war keine geringe Aufgabe, meinen Vater aus seinem schon angelegten Schlafrock in andere Kleider zu bringen. Doch gelang es mir, indem ich aus dem langen Verzeichniß, worin gesprochene mit gesungenen Nummern abwechselten, ihm nur die letzteren vorlas. Er gestand ein, daß er bei sanftem Gesange gern schlummere und äußerte die zuversichtliche Hoffnung, der reisende Troubadour werde ihm sein Bißchen Ruhe gönnen, ohne ihn durch wildes Gebrüll aufzuschrecken. Daß nur auf der Guitare begleitet werde und kein Orchester zu befürchten stehe, machte ihn vollends nachgiebig. Wir erlegten unsere sechszehn Groschen für zwei Billets an der Casse und traten ein. An leeren Stühlen fehlte es nicht. Meines Vaters erste Sorge war, sich eines bequemen Eckplatzes zu versichern. Mich drückte eine andere. Ich war gespannt auf den Beginn, um zu erfahren, welcher von den Beiden das Geld einnehmenden und die Eintrittskarten ausgebenden Musensöhnen der *Sänger* sei? Denn die brüderlich mit einander Reisenden, wofern sie anders Brüder in Apollo waren, sahen sich durchaus nicht ähnlich: der Eine hatte, was mir gefällt, – was mir schon gefiel, da wir noch wie eine Heerde Lämmer durch den großen Garten getrieben wurden; der Andere war durchaus uninteressant für mich. Bei meiner Vorliebe für Liedergesang mußte ich natürlich wünschen, daß der zierliche, schwarzlockige, dunkelblauaugige Billets-Ausgeber die musikalische Partie des Abends verwalten möge; nicht der lang aufgeschossene, glatthaarige, grau-blaublickende Geldeinnehmer. Mein Wunsch ging in Erfüllung. Der fade Jüngling redete uns in Versen, der pikante Schwarzkopf sang uns in Liedern an. Und in was für Liedern! Und mit welcher Stimme! Dir, freilich, ist schwer deutlich zu machen, wie bald und wie tief er sich mir in's Herz gesungen!? Du achtest nicht auf die Gewalt der Stimmen, Agnes?«–

»Doch! Ein reiner, starker Sopran kann auch mich entzücken. Allenfalls ein sonorer Baß. Den Tenor lieb' ich nicht. Je mehr man um mich her sie bewunderte, desto unmännlicher klangen mir die Stimmen berühmter Tenoristen; ich möchte sagen: eines Mannes unwürdig. Und ich setze voraus, Dein Schwarzkopf sei ein recht weichlicher Tenor gewesen? Ich sehe ihn ordentlich, mit seiner Guitare am rothseidenen Bande, und billige, daß Papa Reichenborn sanft entschlief, während seine Tochter . . . .«

»Mit dem Sänger coquettirte? Ich will nur für Dich den Satz vollenden, Agnes; denn er ist richtig; so unumstößlich wie nur irgend ein mathematischer sein kann. Ja, ich coquettirte mit ihm und er sparte das Feuer seiner Augen eben auch nicht. Dir Agnes erscheint das unerklärlich und Du klagst mich deßhalb nachträglich an; ich fühl' es aus Deinem Schweigen. Gleichwohl gehört auch diese kleine Sünde auf mein Register, soll es vollständig sein; und sie mag zugleich beitragen, mich von einer neueren, die Du mir Schuld giebst, zu reinigen; denn daß ich nur gestehe: mein Sänger schmachtender Lieder, und mein Schläfer an eurer Waldgrenze – sie scheinen mir ein und derselbe Mensch gewesen zu sein. Ja, sieh' da, nun beleben sich Deine Züge und der geschlossene Mund verzieht sich wider seinen Willen zum Lächeln . . .«

»Weil ich Deine Combination kindisch finde, Caroline. Verzeih' mir, daß ich es offen sage: sie schmeckt gewaltig nach unserm Erziehungsinstitute und es fehlte weiter nichts, als daß der Troubadour jetzt Räuberhauptmann, oder wenigstens jener Pferdedieb wäre, der vor etlichen Monaten unseren Bauern drei Füllen von der Waide stahl! Wohin verirrt sich Deine Sehnsucht!? Und wie sollte der fahrende Concertgeber in unsere Nadelhölzer gelangen, sich hier eine Schlafstelle zu suchen? Und warum hältst Du, nachdem Du auch an ihm eine sprechende Aehnlichkeit entdecktest, nicht gleich lieber meines Mannes Jäger für den damaligen Sänger? Konnt' er sich, da er Abendunterhaltungen gab, die Haare nicht schwarz gefärbt haben? Geh' und mache Dir nichts weiß. Im Kapitel der Aehnlichkeiten bin ich eine Ungläubige. Sie werden meist durch Denjenigen geschaffen, der irgend einen Grund hat, sie entdecken zu wollen.«

»Spotte nur; es ist doch, wie ich sagte. Zwei Eigenschaften sind es, welche durch ihr Zusammentreffen dafür sprechen: des jungen Mannes Schönheit – und seine Verschlafenheit. Denn mag es noch so verletzend für Deine Freundin klingen: sie lag, als ihr Vater zu Bette gegangen, vergeblich eine halbe Mondnacht hindurch in ihrem Fenster, fest überzeugt, der Sänger werde unter diesem Fenster eins der Lieder wiederholen, die sich in ihre Seele gewühlt, gleich einer Biene in einem Blumenkelch? – *er* schlief wie ein Mehlsack und kam nicht, und sang nicht, und reisete am andern Morgen sammt seinem Klimperkasten und seinem declamatorischen Begleiter auf und davon, um in irgend einer andern Stadt wieder Billets zu verkaufen, wieder Empfindungen wach zu singen, wieder zu schlafen! Gleicht das nicht dem unentdeckten Waldschläfer, wie ein Ei dem andern? Je länger ich über beide Persönlichkeiten nachdachte, desto näher sind sie einander gerückt und endlich . . .«

»Sind sie Dir in eine einzige verschmolzen, deren bezaubernde Erscheinung Dich auf Schritt und Tritt umschwebt. Für *sein* schönes Haupt ist auch wahrscheinlich dieser grüne Kranz bestimmt, den Deine kunstreichen Hände aus Eichenblättern so zierlich schlingen? Doch er läßt, wie zu fürchten steht, den Kranz unbeachtet liegen, und greift nach Deines Papa's Schlafmütze!«

Caroline mußte wider ihren Willen lachen, zerriß dabei ärgerlich den kaum vollendeten Kranz und sagte: »Wenn er sich nur fände, wir wollten ihn schon munter machen! Wir wollten ihn necken, daß die Schläfrigkeit . . .«

Hier wurde sie unterbrochen durch das heftige Geklapper, welches der Storch jedesmal mit seinem Schnabel hervorzubringen pflegte, wenn etwas Ungewöhnliches ihn in Erstaunen setzte, oder beunruhigte. Durch die Seitenpforte des Parkes drangen, Emil an ihrer Spitze, mehrere Landleute vor, einen wildaussehenden, fremden Kerl umgebend, der die zusammengebundenen Fäuste wüthend erhob und zornige Drohungen ausstieß. Jäger Franz, neben seinem Schießgewehre noch ein zweites tragend, schlich niedergebeugt, ohne die Blicke zu heben, hinter ihnen her. Der Zug bewegte sich nach dem Flügel des Schlosses, wo der Amtmann, der zugleich die Districts-Polizei verwaltete, seine Geschäftszimmer inne hatte.

Agnes winkte Franzen herbei, sie rief sogar seinen Namen, weil sie Aufschluß über das seltsame Ereigniß zu erhalten wünschte. Doch der Jäger sah und hörte nicht. Er folgte wie träumend den Andern.

»Wolle Gott, daß es nicht etwa *Dein* Landstreicher sei, den sie da zur Haft geleiten!« sprach Agnes; denn weder sie, noch Caroline hatten den Gefangenen deutlich erblickt.

Und beide Damen verließen den Park.

Neuntes Kapitel

Seit Carolinens Anwesenheit in Schwarzwaldau war Emil nicht so lebhaft angeregt, nicht so gesprächig gewesen, als bei diesem verspäteten Diner. Nur über den merkwürdigen Vorfall des Tages beobachtete er anfänglich ein entschiedenes Schweigen, wobei er zu verstehen gab, daß er eine ausführliche Beantwortung der an ihn gerichteten Fragen zu verzögern wünsche, bis die Diener abgeräumt und sich entfernt haben würden. Kaum war dieß geschehen, so begann er zu erzählen, was uns theilweise bekannt ist, wovon er aber auch nur theilweise den Hörerinnen Bericht abstattete. Sie erfuhren eben nur, daß Herr und Jäger, Jeder auf verschiedenem Wege, die Richtung gesucht, aus welcher der Schuß auf den Rehbock gefallen; daß Emil auf einen einzelnen Menschen gestoßen sei, den er im ersten Augenblicke für den Raubschützen gehalten, bald jedoch ebenfalls für einen Verfolger desselben erkannt habe, den der weit im Walde widerhallende Schuß herbeilockte. Mit diesem – den er nur oberflächlich als einen der entfernteren Gutsnachbarn bezeichnete, sei er nun vereint weiter vorgedrungen und endlich auf die rechte Spur geleitet worden durch einen heftigen Wortwechsel in ihrer Nähe. Dort habe Franz den Wilddieb ›gestellt,‹ den gefährlich aussehenden Kerl allerdings durch die ihm vorgehaltene Flinte noch im Schach gehalten, aber dennoch – aus hier nicht umständlich zu entwickelnden Gründen, – keinen Ernst gezeigt, ihn festzunehmen; was erst durch das Uebergewicht der Hinzugekommenen, wenn gleich immer noch mit Mühe, gelungen sei. Später erst hätten herbeigerufene Feldarbeiter den Widerspänstigen völlig besiegt und durch Stricke gefahrlos gemacht.

»Und wo befindet sich der – Raubschütz?« fragte Caroline mit einer Theilnahme, die Agnes in Verbindung mit ihrem heutigen Gespräch sich wohl erklären konnte, die Emil kaum beachtete.

»Es ist ein rechtes Glück,« erwiderte dieser, »daß gerade vor etlichen Tagen der Gefängniß-Thurm, den ich in der Nähe des Gemeindehauses auf meine eigenen Kosten errichten ließ, fertig geworden. Bisher brachen sämmtliche Vaganten und andere zur Haft gebrachten Uebelthäter regelmäßig aus dem schlechtverwahrten Dorfkerker, und wurden flüchtig, ehe und bevor wir sie dem Landgericht einliefern konnten, – oder ich hatte das Vergnügen, sie bei mir im Schlosse zu beherbergen. Dem ist nun abgeholfen und mein Waldfrevler weiht das neue Gebäude glorreich ein; so mag es denn auch nach ihm den Namen führen.«

»Und wie heißt dieser?« fragte Caroline mit einer Verlegenheit, die ihr sonst keinesweges eigen.

»Ich will es sogleich erfahren,« gab Emil zur Antwort; »denn ich begebe mich nach Zwing-Schwarzwaldau, wo mein Verwalter bereits inquirirt und torquirt.«

»Wie wär's, wenn wir Deinen Gemal begleiteten?« – Mit diesen, so gleichgiltig als möglich hingeworfenen Worten, wendete sich Caroline zu Agnes und der Gemal sah diese höchst befremdet an, da sie nach einem Shawl greifend, sich bereitwillig zeigte: »Warum nicht? der Abend ist wunderschön?!« Und schon hing sie an der Freundin Arme und flüsterte im Vorangehen mit dieser.

Die Sonne war längst hinab, doch sah man noch hell und deutlich. Wie sie in die Dorfgasse traten, fanden sie Alles lebendig. Jung und Alt strömte dem neuen Gefängnisse zu, dessen ersten unfreiwilligen Gast zu betrachten. Kinder und Hunde, erstere dem frühzeitigen Nachtlager, wie es der Landmann liebt und braucht, noch einmal entstiegen; letztere bereits von der Kette gelöset, ihre Nachtpatrouillen zu beginnen, lärmten durch einander; die erst später an des Dorfes äußerste Hütten gelangte Kunde von Einbringung eines Raubschützen, vielleicht Räubers, Raubmörders hatte ihre anziehende Wirkung nicht verfehlt.

Caroline und Agnes äußerten Erstaunen darüber und Emil wollte schon eine psychologische Entwickelung zum Besten geben über den Reiz, den es auch auf rohere Menschen übt, von Verbrechern zu hören, oder sie anzugaffen, als er unterbrochen wurde durch den zahmen Storch, welcher sie, wie er häufig that, begleitet hatte und jetzt, wo er in's Gedränge zwischen neckende Kinder und klaffende Hunde gerieth, angstvoll zu klappern begann, und sich zuletzt gar empor schwang.

Caroline, die ihn noch niemals fliegen gesehen, und der Meinung gewesen, er sei der Schwungfedern absichtlich beraubt, damit er nicht entfliehe, rief laut: »Hanns macht sich auf die Reise!« Doch Agnes belehrte sie, daß der treue Hausgenosse derlei Absichten keinesweges hege: im September, als in dem Monate, wo die wilden Störche ihre Probeflüge beginnen und ihren jüngeren Kindern Unterricht ertheilen, wie sie sich auf weiten Wander-Zügen zu benehmen haben werden, regt sich wohl auch in unserm Hanns die angeborene Lust und er übt sie bisweilen. Aber da er sich niemals unter seines Gleichen mischt, so geräth er auch nicht in Gefahr, durch sie zum Entweichen verführt zu werden.

»Und warum thut er das nicht?« fragte Caroline; »ich habe doch häufig gehört, daß gezähmte Störche im Herbst ihre Freiheit allem Wohlleben im Umgange mit Menschen vorzogen?«

»Unser Hanns liebt die Seinigen nicht. Die Erinnerungen an seine Kindheit sind wahrscheinlich noch allzu lebendig in ihm. Er ist nämlich aus dem Ei gekrochen in einem alten Storchneste, welches auf dem Wipfel einer vielhundertjährigen Eiche schon seit Menschengedenken klebte und wie die Bewohner Schwarzwaldau's versichern, schon von seinen Eltern bewohnt und bevölkert wurde, als unser Park kaum angelegt war. Ob es wirklich immer noch das nämliche Paar gewesen ist, wie sie behaupten, – wer weiß das? So viel ist sicher: ich fand die Thiere brütend, als ich hier meinen Einzug hielt. Sie hatten ausnahmsweise fünf Junge. Als diese heranwuchsen, wurde ihnen die Räumlichkeit zu enge und die grausamen Eltern, – wofern es Grausamkeit genannt werden darf, den Einzelnen dem Gedeihen Mehrerer zu opfern, – warfen das schwächlichste ihrer Kinder über Bord. Es fiel in weiches Moos, ohne sich zu beschädigen, – und ich machte es zu meinem Kinde. Daher Hannsens Liebe und Anhänglichkeit für mich; daher wahrscheinlich seine Abneigung gegen seines Gleichen. Nicht lange nachher schlug der Blitz in die Eiche, tödtete die Vögel, vernichtete den Stamm und raubte dem Dorfe eine so zu sagen heilig-gewordene Tradition. Die Landleute meinen, das sei kein gutes Vorzeichen gewesen. Aber sieh' nur, sieh' nur! . . . . ..«

Hanns hatte mit zornigem Geklapper mehrmals die Umdachung des neuerbauten Gefängnisses umkreiset und setzte sich jetzt auf den Schornstein, von wo er die herannahende Herrschaft gleichsam anmeldete. Der Verwalter und ein Schreiber empfingen Emil an der vergitterten Thüre des im unteren Stockwerk angebrachten Wächterstübchens, in welches denn auch die Damen folgten und es ganz leidlich fanden. Eine schmale steinerne Treppe führte nach dem Gefängniß. Diese stiegen sie, von Emil geleitet, hinan, der durchaus nicht fassen konnte, was mit Agnes vorgegangen sei? während diese Carolinen zuflüsterte: »Du darfst es immer für einen großen Beweis von Freundschaft hinnehmen, daß ich, Dir zu willfahren, einen solchen Ort heimsuche.«

Der obere Stock war in zwei abgesonderte Zellen getheilt, zu deren jeder eine eiserne Thüre führte. Caroline äußerte den Wunsch, den Gefangenen zu sehen, und bat, es möge geöffnet werden. »Dazu,« sagte der Verwalter, »möcht' ich nicht rathen: Wir haben, da keine Ketten vorräthig sind, den Kerl nicht fest schließen können und er ist so wüthend und unbändig, daß er nicht nur die schändlichsten Reden ausstößt, sondern auch Thätlichkeiten wagen würde, trotz unserer Ueberzahl. Wenn aber die gnädigen Damen die innere Einrichtung in Augenschein nehmen wollen, so kann ja der Wächter die leere Zelle aufschließen.«

Es war nun darin allerdings nichts zu sehen,. als die nackten vier Wände, weiß übertüncht, eine hölzerne Pritsche und einige unentbehrliche, aus rohem Holze gezimmerte Geräthschaften. Der Verwalter, auf dessen Ansuchen und unter dessen specieller Obhut der Bau begonnen und ausgeführt worden, wies mit einigem Stolz auf ein in der obersten Ecke der Mauer angebrachtes Luft- und Lichtloch, wodurch das Gemach erhellt wurde, ohne daß doch der Arrestant nach Außen hin lugen, oder Mittheilungen an Spießgesellen zu machen und von ihnen zu empfangen vermöge!

Agnes blickte die weißen Mauern an: »Wie werden diese Wände heute über fünfzig Jahre aussehen! Wie viele Seufzer, Flüche, Thränen werden daran haften! Wie viele Unglückliche, denen sie auf ihrem Pfade zu langwierigem Kerker die erste Herberge gaben, werden in kaum leserlichen Zügen, vielleicht mit Blut ihre Namen angeschrieben haben?«

»Thust Du doch,« unterbrach sie Emil, »als wimmelte unsere Gegend von Verbrechern.«

»Im Ganzen macht sich's, gnädige Frau;« fuhr der Verwalter fort. »Es kommt gewöhnlich ruckweise. Mitunter vergeht ein halbes Jahr, ohne besonderen Vorfall. Uebrigens –« und hierbei wendete er sich halb leise zum Gutsherrn – »hat der Wilddieb Aussagen gethan, die ich natürlich nicht mit zu Protocolle genommen, wider den Büchsenspan . . . .«

»Ich weiß schon; kann mir schon denken, was er vorgebracht. Franz hat mir nichts verheimlicht. Lassen Sie das unter uns bleiben, und untersagen Sie auch dem Schreiber . . . .«

Während Emil mit seinem Verwalter weiter unterhandelte, hatte Caroline ihre Aufmerksamkeit auf das Fensterchen in der Zelle gerichtet, dessen Unerreichbarkeit den Verwalter so stolz machte. »Wem es gelingt, eine recht hohe Dach- und Feuerleiter herbei zu schaffen, die er von Außen anlegt,« meinte sie, »der könnte doch wohl dem Gefangenen Nachricht, oder Mittel zur Flucht zustecken. Glaubst Du nicht, Agnes?«

»Ich glaube wahrhaftig, Du glaubst noch immer . . . . Doch, darüber wollen wir bald in's Klare kommen. Herr Verwalter, darf ich mir auf einen Augenblick Ihr Protocoll ausbitten? Wir sind neugierig den Namen des Gefangenen herauszulesen, weil nach ihm das Gefängniß heißen soll.«

Der Verwalter zeigte sich einigermaßen verlegen durch diese Ansprache, dennoch gehorchte er. Und Agnes las: »Emil Storchschnabel, siebenundvierzig Jahre alt, und so weiter . . . .«

»Siebenundvierzig?« murmelte Caroline; »Nein das ist *er* nicht.«

»Emil?« wiederholte Agnes.

»Emil Storchschnabel?« sagte Emil; »das ist eine wunderliche Zusammenstellung; um so wunderlicher, da dieser Taufname unter Leuten seiner Gattung sehr selten vorkommt, und Dein Storch mit seinem Schnabel zu klappern fortfährt. Doch das sind nichtssagende Zufälligkeiten und unser Thurm mag in Gottesnamen ›der Storchschnabel‹ heißen. Ich wünsche seinem ersten Gaste eine gute Nacht und Sie, Verwalter, tragen Sie Sorge, daß er morgen unter sicherer Bedeckung dem Gerichte überliefert werde.«

Zehntes Kapitel

Agnes hatte das Gefängniß-Häuschen mit der Befürchtung verlassen, Herr von Schwarzwaldau werde durch die ominöse Namens-Bruderschaft verstimmt und nicht mehr geneigt sein, die Conversation zu führen; worin er diesen Abend so glücklich im Zuge und was ihr um Carolinens Willen lieb gewesen war, die denn doch auch endlich einmal Gelegenheit finden sollte, sich zu überzeugen, wie geistig bedeutend und liebenswürdig Emil erscheinen konnte, – wenn er wollte. Doch Agnes hatte sich getäuscht. Die augenblickliche Störung, die in ihres Gatten rosenfarbener Laune allerdings bemerkbar geworden, wie sich zum klappernden Storchschnabel auf dem Schornstein der fluchende Storchschnabel in Haft, und zum gefängnißerbauenden Emil ein das Gefängniß einweihender Emil gesellte, verlor sich rasch, ohne die Spur einer trüben Färbung zu hinterlassen, sobald sie nur wieder im Freien sich befanden und Hanns wurde sogar gestreichelt, da er sich zu ihnen hernieder ließ.

»Es muß ihm etwas sehr Angenehmes geschehen sein,« sagte Agnes zu Carolinen, »was ihn stählt gegen die Einbrücke, denen er sich sonst rücksichtslos hingeben würde.«

Die verständige Frau faßte mit ihrer kalten Beobachtungsgabe den richtigen Gesichtspunct auf, obgleich sie von den Vorgängen des Tages nichts wußte. Wir werden später genau erfahren, wodurch Emil's bewegliches Herz mit freudigen Hoffnungen erfüllt worden. Damit diese Hoffnungen Boden finden und Wurzel schlagen konnten, mußte vorher hinweggeräumt sein, was seit den Erörterungen zwischen Franz und ihm als dumpfer Druck auf ihm gelastet. Und diese Reinigung hatte der Raubschütz übernommen, der, wie wir schon ahneten, ein entwichener Sträfling war, der im Jäger Franz einen ehemaligen Kerkergenossen erkannt; ihre Bekanntschaft diesem laut vorgeworfen und dadurch den eben vorher gegen seinen Herrn trotzenden, Besorgniß einflößenden Diener völlig niedergeschlagen, stumm gemacht, tief gebeugt hatte. Emil empfand mit erleichterndem Wohlbehagen das Uebergewicht, welches ihm dadurch, ohne Verletzung eines ihm gegönnten Vertrauens, über den gefährlichen Vertrauten zu Theil wurde. Das Schicksal hatte es gleichsam übernommen, die Folgen seiner leichtsinnigen und unbedachten Hingebung, – für's Erste wenigstens, – zu beseitigen. Franz zeigte sich sehr gedemüthiget.

Desto schwungvoller entfaltete sich Emil's Beredtsamkeit. Kaum saß er mit den Damen am Theetisch, so bemächtigte er sich wiederum des Gespräches, um es auf die räthselhafte Neigung des Menschen hinzulenken, die so begierig ist nach jeglicher Schilderung von Verbrechen und nach Erzählungen über diejenigen, welche dergleichen verübten. »Meines Erachtens,« äußerte er, »wäre im Gebiete der Romanen-Litteratur durch Criminal-Geschichten noch viel zu leisten. Freilich giebt es zwei verschiedene Gattungen derselben. Man kann, wie es häufig geschieht, wirklich verübte, zur öffentlichen Kenntniß gekommene Unthaten zum Gegenstande der Darstellung machen und sich bestreben, aus vorliegenden, vom Gericht beurtheilten und bestraften Facten, das Wesen der Uebelthäter psychologisch zu entwickeln. Diese Versuche werden gewiß den schauerlichen Reiz der Realität für sich haben und schon deßhalb viele Leser finden. Aber, künstlerisch betrachtet, müssen sie viel zu wünschen übrig lassen; der Schriftsteller wird, nach mehr denn einer Richtung hin, gebunden, wird gezwungen sein, zu ergänzen, auszuschmücken, voauszusetzen, unterzuschieben – ohne doch eigentlich erfinden, schaffen zu dürfen. Diesen Vorzug jedoch kann er gewinnen, wenn er Charactere producirt, aus denen er, naturgetreu und dichterischwahr, Thaten herleitet, deren innerstem Wesen entsprechend. Menschen und Begebenheiten gehören dann ihm und darum ist er durch nichts eingeengt als poetischer Schöpfer.

»Dennoch aber,« warf Caroline ein, »wird es ihm niemals gelingen, ein Kunstwerk zu schaffen, wofür er Dank erntet. Unbefriedigt durch den unvermeidlichen Ausgang solches Romanes, verletzt durch die davon unzertrennlichen Enthüllungen innerster menschlicher Schlechtigkeit, wird der Leser das Buch aus der Hand legen; wird gerechte Klage führen, daß der Autor ihn mit schlechtem Volke, mit gemeinen Lastern zu unterhalten strebt; und die Kritik wird es verwerfen.«

»Und doch,« entgegnete Emil, »wird es immer wieder Leser finden; ja, viele! Während kein gebildeter Mensch an Geisterspuk, noch Gespenster glauben mag, hört jeder Mensch von

Phantasie für sein Leben gerne Gespenster-Geschichten erzählen. Während Kritik und feiner Geschmack Criminal-Tragödien verabscheuen, Criminal-Romane achselzuckend verdammen, greifen wir Alle verstohlen nach jedem Bericht, auch nach dem trockensten Auszug von gerichtlichen Verhandlungen über große Verbrechen; – der Recensent nicht minder als wir. Kein Mensch mit zarten Nerven wird die Schauer der Mitternacht gänzlich besiegen, wenn er allein über einen Kirchhof geht. Kein Mensch von warmem Blute darf die Sympathie verläugnen, die der Verbrecher, (vorausgesetzt, daß dieser nicht in seiner Rohheit ein halbes Thier sei), bei ihm hervorruft.« –

Caroline schwieg auf diesen Einwurf. Es war, wollte sie, was sie aus Emil's Munde vernommen, erst noch einmal durchdenken und durchfühlen, um sich Rechenschaft darüber zu geben?

Da sprach Agnes, die bisher wenig Theil genommen zu haben schien, mit einer zwischen Spott und Ernst schwankenden Biegung ihrer fast männlichen Stimme: »Du solltest einen Roman dieser Art zu schreiben versuchen!«

Wenn ein Blitzstrahl schmetternd herniederfährt und die Bewohnerin des in seinen Fugen zitternden Häuschens ängstlich harrt, ob er gezündet hat und ob die Flammen nun ausbrechen werden? mag etwa ihre Bangigkeit derjenigen gleichen, mit welcher nun Caroline lauschte, was für eine Wirkung jene Worte hervorbringen würden? Sie konnten, wie harmlos an und für sich sie klangen, in dieser Gedankenfolge eine böse Deutung erfahren, je nachdem Emil sie aufnahm. Doch zeigte sich jede Befürchtung bald unnütz. Der Gefragte entgegnete nur: »Ich? bin ich denn ein Schriftsteller?«

Und Agnes, – vielleicht war sie selbst froh über seine Gleichgiltigkeit? – sagte beinahe verbindlich: »Hättest Du doch gewiß die Fähigkeit, einer zu werden; und ein recht interessanter ... auch dürfte eine litterarische Beschäftigung Dir gut thun, da es Dir eigentlich an anderer mangelt. Die Landwirthschaft füllt Deine Zeit nicht aus, und Deine geistigen Bedürfnisse eben so wenig.« –

»Wer weiß, was geschieht, wenn sich mir ein pikanter Stoff darbietet? Mein Namensvetter Emil scheint wenig Ausbeute zu versprechen und ein ganz ordinärer Taugenichts zu sein. Wir müssen abwarten, ob sich unter den künftigen Gästen unseres ›Storchschnabels‹ Exemplare vorfinden, die besser geeignet sind, litterarisch verarbeitet zu werden? Für heute setz' ich mich keinesfalls an den Schreibtisch, denn ich habe noch einen Gang in's Freie vor.«

»Bei Nacht?« fragte Caroline; »doch nicht etwa, um im Scheine des Mondes Abenteuer für einen Roman aufzusuchen?«

»Das hängt von Umständen ab,« rief er lächelnd zurück; denn er eilte schon hinaus. Unten ließ er das bereits geschlossene Thor sich öffnen und befahl dem Hausknecht, der dieß Amt über sich hatte, keinem der Dienstboten von seinem ungewöhnlichen Ausfluge etwas zu verrathen! Warum dieß Geheimniß? Was hat er denn vor, daß es verborgen bleiben müßte? Er wendet sich der Gegend zu, wo er heute mit Franz gejagt und macht rasche Schritte, um vor zehn Uhr den Platz noch zu erreichen, auf welchem der von des Raubschützen Kugel gefallene Rehbock liegen blieb. Aber wie rüstig er ausholt, er bemerkt im Scheine des Mondes drei Leute, die auf einem andern Fußsteige, dennoch in gleicher Richtung mit ihm, den Vorrang gewinnen: seinen Förster, den Revierjäger und einen Tagelöhner aus dem Dorfe. Diese erreichen das Ende des langen Ackerstreifens früher als er und kaum haben sie den Wald betreten, so erhebt sich verworrenes Gezänk durcheinander schallender Stimmen. Er muß wissen, was dieß bedeutet, weßhalb dieser Streit entsteht, denn er ruft ›ho, halloh,‹ nennt die Namen des Försters und des Jägers und giebt kund, daß er selbst herbeieile, um als Gutsherr den Zwiespalt zu schlichten. Schier athemlos kommt er eben zurecht, aus der diensteifrigen Forstleute Händen einen jungen Mann los zu machen, der durch ihren Angriff überrascht und erbittert, ihm entgegenschreit: ob dieß etwa eine boshaft angelegte Falle sei? »Dieser Herr,« nimmt Emil entschieden das Wort, »hat mir heute sehr gefällig bei der Festnehmung des gefährlichen Raubschützen Beistand geleistet; ich habe ihn ersucht, das erlegte Wild als Geschenk anzunehmen und es hier abzuholen. Deßhalb hat er sich mit einem Träger eingefunden, und deßhalb hab' ich mich, weil ich Ihre unermüdliche Aufmerksamkeit kenne, mein lieber Förster, in Person an Ort und Stelle begeben, um ein leichtmögliches Mißverständniß aufzuklären.«

Förster und Revierjäger traten zurück, lüfteten die Mützen und gingen ziemlich verdrüßlich von dannen. Der Erstere murmelte im Gehen seinem Untergebenen in's Ohr: »Der Herr weiß nicht, was er thut; des bankerotten Nachbars Müssiggänger von Sohn und der verlumpte Strauchdieb aus Thalwiese, der den Bock heim schleppen soll, sie sind gleichfalls Wilddiebe; alle Beide. Wer weiß noch, ob sie nicht geschossen haben und der Kerl im neuen Thurme nur ihr Gehilfe ist?«

Zum Glück hörte Emil von diesen Verdächtigungen nichts mehr. Er beeiferte sich, den so ganz wider seine Absicht Beleidigten zu versöhnen und dieser ließ sich endlich in so weit beruhigen, daß er den mitgebrachten Burschen bedeutete, das Stück Wildpret auf seine Schultern zu laden und voranzugehen. Er selbst blieb bei Emil zurück. »Ich sollte mich eigentlich schämen,« sprach er zu diesem, »Ihr Geschenk angenommen zu haben, Herr Nachbar. Doch aufrichtig gesagt, war es mir höchst willkommen. Meine Eltern haben sehr viel dagegen einzuwenden, daß ich mich von Früh bis Spät im Freien umhertreibe und verlangen, ich solle mich ihrer Landwirthschaft widmen, die mich anekelt. Die mir einwohnende Jagdlust verspottet Vater, weil er am Besten wissen will, daß auf seinem Revier nichts zu schießen sei, als Eichkätzchen und Feldmäuse: Als ich heute, – wie wir es mitsammen verabredet, – zu Hause meldete, ich hätte den Rehbock gerade in unserem Reviere angeschossen und Sie hätten mir gestattet, ihn abholen zu lassen, obgleich er erst auf Ihrem Terrain verendete, da brachte die Aussicht auf einen so seltenen Braten günstigere Beurtheilung meines Umherstreifens hervor und ich denke etwa vierzehn Tage lang treiben zu dürfen, was ich will.«

»Es ist erst kürzere Zeit her, daß Sie bei Ihren Eltern eintrafen?«

»Einige Monate. Ich war Fähndrich im . . . ten Cavallerie-Regimente und fiel im Officier-Examen glorreich durch. Es waltete Malice dabei vor, darüber hegt das Officiercorps nur eine Meinung. Doch wurde mir dadurch die Sache verleidet und ich nahm meinen Abschied. Bei mir zu Hause ist, wie Sie denken können, großer Jammer, denn . . . wahrscheinlich wissen Sie, wie es in Thalwiese steht?«

»Obgleich mit Ihrem Herrn Vater gespannt, durch mannigfache nachbarliche, oder vielmehr höchst *un*nachbarliche Streitigkeiten, bin ich doch sehr genau unterrichtet . . .«

»Dann werden Sie nicht staunen, wenn ich Ihnen eingestehe, daß es mich zu Hause nicht leidet. Ich treibe mich herum bis in die Nacht, ohne Plan und Zweck; ich schlafe sogar manchmal im Walde, um nur nicht an den Morgengesprächen Theil nehmen zu dürfen, die immer wieder aus alten Lamentationen über die traurigen Geldverhältnisse meines Vaters, in neue Anklagen über meine unterbrochene Laufbahn umschlagen. Wenn Du nur wenigstens ein fleißiger Landwirth werden wolltest, um zu retten, was noch zu retten ist! so lautet der Refrain jeglichen Klageliedes. Mich aber widert die Prosa des Ackerbaues nicht weniger an, als es die Prosa des Soldatenlebens im Frieden, und die damit verbundenen Quälereien unserer Lehrer an der Divisionsschule gethan. Ich sehne mich nach Poesie! Ich verschmachte danach! Und weil bei uns nicht einmal ein Buch zu finden wäre, um den Durst nur oberflächlich zu löschen, so bleibt mir wohl nichts übrig, als Einsamkeit zu suchen, die wenigstens nicht quält, wenn sie auch nicht erquickt.«

Emil war ›wegen körperlicher Untauglichkeit zum Dienst‹ seiner Militärpflichten längst entbunden. Hätte der Arzt, welcher jenes amtliche Zeugniß ausgestellt, ihn jetzt wiedergesehen, es dürfte ihm schwer geworden sein, die ›Untauglichkeit‹ seines Clienten vor der Ersatzcommission noch einmal durchzufechten; denn aus dem schmalen Jüngling war ein gewaltiger Mann geworden. Doch dieser wurde nichtsdestoweniger fortwährend durch alle Tabellen und Verzeichnisse aus einem Jahr in's andere als ›Ganz-Invalide‹ weiter fortgeführt und bekümmerte sich, auf Schwarzwaldau gebietend, um nichts weniger als um den Grad wissenschaftlicher Bildung, den ein zu prüfender Cavallerie-Lieutenant inne haben müsse. Vielleicht wähnte er, daß die Herren Examinatoren überschwängliche Dinge verlangten; ohne zu erwägen, daß doch so Viele diesen Ansprüchen genügten, und daß Derjenige, der sie nicht zu erfüllen im Stande sei, mindestens unbeschreiblich faul genannt werden dürfe. Er gefiel sich in dem Gedanken, in seinem jugendlichen Nachbar einen nach Poesie Dürstenden entdeckt zu haben. Was er geahnet, erfüllte sich: er hatte gefunden, was er suchte, wonach seine Seele sich sehnte: einen Freund! Und einen Freund, wie *er* ihn brauchte. Nicht einen ihm gleichstehenden, selbstständigen, unabhängigen, jungen Mann, der mit bestimmten Ansprüchen und Zwecken auftretend, das Leben kennend, ein festes Ziel verfolgte und ihm bei vertrauterem Umgange vielleicht durch starken Willen und practische Ueberlegenheit unbequem werden konnte? durchaus nicht! Einen Unfertigen, planlos Strebenden, im Dunkel Irrenden hatte das Schicksal ihm zugeführt, den *er* belehren, an dem er sich einen Schüler gewinnen konnte! Wozu er, hätten bedenkliche Nebenrücksichten sein erstes Feuer für Franz nicht sogleich wieder abgekühlt, diesen seinen Livreediener gern machen wollen, dazu bot sich nun, und zwar unter den günstigsten Umständen, der Sohn eines Gutsnachbars, – wenn auch eines heruntergekommenen, mit ihm processirenden dar! *Gustav von Thalwiese* erwiderte Emil's Entgegenkommen recht herzlich und hingebend; wie Einer, der seinem Schöpfer dankt, daß sich nur irgend ein Helfer zeigt, die langen, langweiligen Tage abzutödten. Auch schien er weder verwundert, noch verletzt, als Emil an den lebhaft ausgesprochenen Wunsch fortdauernden Umganges keine Silbe der Einladung nach Schwarzwaldau fügte. Gustav fand das in Erwägung der Mißverhältnisse zwischen beiden Dominien sehr natürlich. Und Emil, der nicht die geringste Lust verspürte, in Person seines neugefundenen Freundes Carolinen einen Liebhaber zuzuführen, hütete sich, nur deren Namen, oder den seiner Gemalin gegen Jenen zu erwähnen. Sie verabredeten, im Walde zusammen zu treffen. Dorthin wollte Emil dem Leselustigen Bücher mitbringen; dort wollten sie, unbekümmert um Zeit und Geschäfte, ungestört durch Dazwischenkunft Anderer, eine poetische Freundschaft pflegen, die außer ihren eigenen Reizen auch noch den des Geheimnisses bewahren sollte. Natürlich gingen diese Anordnungen lediglich von Emil aus. Gustav ließ ihn walten, ohne seine Phantasie dabei sonderlich in Unkosten zu setzen. Wäre der Herr von Schwarzwaldau von diesem neuen Spielwerk einer stets beweglichen Einbildungskraft nicht verblendet gewesen, er hätte an seinem nachgiebigen und bereitwilligen jungen Freunde nicht, wie er wähnte, ein sinniges Eingehen in geistiges und gegenseitig-förderndes Zusammenleben gesucht, sondern er hätte vielmehr dieselbe Indolenz in ihm erkannt, die den Schläfer am Grenzteich gegen Carolinens Erweckungsversuche unempfindlich gemacht. Auch schien der Mond nicht hell genug im Schatten der Bäume und Gustav's schönes Antlitz ward nicht deutlich genug beleuchtet, um Emil's begeisterte Wärme für einen poetischen Waldgefährten durch den unverkennbaren Ausdruck unbesieglicher Verschlafenheit abzukühlen, den es wirklich trug. Erst als mehrfaches Gähnen, nur künstlich verborgen, den Fortgang des Gespräches unterbrach und als der Gähnende über gewaltige Müdigkeit klagte, trennten sie sich. Doch nicht ohne zehnfach verlangte und eben so oft gegebene Zusage, daß Gustav morgen bei guter Zeit sich im Grünen werde finden lassen.

Eilftes Kapitel

Je länger Agnes und Caroline beisammen blieben, desto inniger lebten sie sich miteinander ein. Und gerade der Unterschied ihrer Naturen trug dazu bei. Wie in Agnesen bei aller Sanftmuth und reinstem Zartgefühl ein fast männliches Wesen vorwaltete, wovon schon der oben erwähnte, eigenthümliche Grundton ihrer Stimme Kunde gab, entfaltete Caroline nach jeder Richtung hin die weiblichsten Vorzüge und Schwächen. Wäre Agnes eben so geschwätzig, (um nicht den kränkenden und niedrigen Ausdruck: ›klatschlustig‹ zu gebrauchen!) wie ihre Freundin gewesen, Beide hätten schwerlich lange gut gethan auf einem und demselben Canapee. Weil aber die junge Hausfrau lieber hörte, denn sprach; weil sie verstand durch manchen sinnigen Einwurf, manche anregende Bemerkung dem Gespräche diejenige Wendung zu geben, die ihr eben behagte; und weil Carolinens Mittheilungskraft unerschöpflich blieb, so fehlte es auch nie an Gedanken, die über dem wogenden Gefühls-Meere schwebten, wie der Geist über den Wässern.

Ganz anders verhielt es sich mit Emil und Gustav. Zwar waltete auch bei ihren täglichen Waldzusammenkünften der Umstand ob, daß der Eine sehr viel, der Andere beinahe gar nicht redete; doch mit dem bedeutsamen Unterschiede, daß hier der häufig Schweigende die Kunst des Hörens nicht verstand; daß er sich nur vorplaudern ließ, weil dieß seiner Faulheit zusagte; daß er jedoch nicht selten die gewisse, durch Worte nicht auszudrückende, wenn gleich stumme, dennoch sprechende Bescheinigung schuldig blieb, welche dem Redenden aus klaren Augen zuwinkt: fahre nur fort, meine Seele folgt Dir! Wer deßhalb den jungen Thalwieser für einen Dümmling gehalten, hätte sich getäuscht. Nur zu unbequem war es ihm, geltend zu machen, was in ihm – schlummerte. Ihn aus seiner Schläfrigkeit aufzuwecken, bedurfte es leidenschaftlicher Aufregungen. Höchstens wenn Emil in seinen weit umfassenden Abhandlungen das Gebiet streifte, welches die Erotiker inne haben, belebte sich Gustav's Aufmerksamkeit bis zu sichtbarer Theilnahme. Im Uebrigen ließ er den Redseligen gewähren, der schon zufrieden war, ein Auditorium zu besitzen; jenem Professor gleich, welcher, vor seinem leeren Hörsaale stehend, den Universitäts-Pedell fragte: wo sind denn heute meine Zuhörer? und die Antwort empfing: *er* ist spazieren gegangen. Emil war im Ganzen glücklicher; denn er hatte deren mehr als Hundert, die aufmerksamen Baumstämme mit eingerechnet, unter denen sich sogar ›bemooste Häupter‹ befanden, die zu des Docenten Vortrage nur dann ihre Köpfe schüttelten, wenn es stürmte. Gustav nickte gewöhnlich mit dem seinigen, was Emil für unbedingte Bewunderung hielt. Er war bald überzeugt, der durch's Examen gefallene Fähndrich kenne kein größeres Glück, als seinen belehrenden Umgang und hänge an ihm mit Seele und Leib. Deßhalb auch beglückte ihn die sehr bald dargebotene Gelegenheit, solche anhängliche Freundschaft durch thätige Beweise zu erwidern! Nur ein Seufzer war nöthig gewesen, allerlei verschämte Bekenntnisse über steigende Geldverlegenheiten des Edelhofes zu Thalwiese anzudeuten, als der reiche Besitzer von Schwarzwaldau schon mit vollen Händen diesen Seufzer in der Geburt zu ersticken eilte; was der Seufzende anfänglich wie ein verletzendes Geschenk zurückwies, nach kurzem Widerstande jedoch wie ein großmüthiges Darlehen annahm; obgleich Geber und Empfänger ganz genau wußten, daß in diesem Leben von Zurückerstattung nicht weiter die Rede sein konnte. Dadurch gerieth denn Gustav in eine fühlbare Abhängigkeit zu Emil; und die Art wie er sich dabei subordinirte, hätte diesen, wäre er minder befangen gewesen in seiner Vorliebe, minder eingenommen von dem eitlen Gefühl entschiedenen Uebergewichtes, an des jüngeren Mannes Ehrenhaftigkeit irre machen und den Verdacht erregen müssen: die Grade freundschaftlicher Empfindungen ständen hier unter dem Einflusse des Goldes? Aber auf solchen Argwohn geräth in der Regel nur Derjenige, dem auch für seine eigene Person Gold und Goldeswerth mehr Zweck als Mittel ist. Um niedrige Absichten bei Anderen vorauszusetzen, muß man ähnliche Regungen in der eigenen Brust tragen. Wo diese nicht keimen, erwecken erst traurige Erfahrungen den vorsichtigen Zweifel an Anderer Aufrichtigkeit. Emil zweifelte durchaus nicht an Gustav. Wenigstens nicht an dessen Seelenadel, wenn er daneben allerdings Ursachen fand, bei näherer Bekanntschaft die Ausbildung litterarischen Geschmacks in Zweifel zu ziehen. Denn diejenigen Bücher, welche die reiche und ausgesuchte Schloßbibliothek Schwarzwaldau's als

besonders empfehlenswerth in den Wald lieferte, erfreuten sich selten großen Beifalls in Thalwiese; dagegen war die Nachfrage um solcherlei Waare, welche prüfendes Urtheil gering schätzt,
desto dringender, und Gustav gestand aufrichtig, daß die sogenannten schlechten Bücher ihm
die besten und unterhaltendsten wären. Dieß naive Bekenntniß konnte seinen kritischen Freund
nicht erzürnen; im Gegentheil, da es zur Belehrung herausforderte, machte es die Verbindung
nur fester. Gustav wendete niemals gegen Emil's Ansichten etwas ein. Dieser nahm des Andern
Schweigen für Ueberzeugung. Jedes Gespräch galt für einen geistigen Sieg, für einen Fortschritt.
Wie viel empfänglicher, bildungsfähiger als Agnes, die stets zu widerlegen wußte, zeigte sich
doch der junge Freund! Der herbstliche Wald wurde für Emil zum blumenduftigen Frühlings-
haine; liebliche Täuschungen umgaben ihn; er wähnte einen wahren Freund gefunden zu haben.
Er freute sich wieder des Lebens und wies die Erinnerung an jene jüngstvergangene Zeit, wo er
mit Selbstmordgedanken umging, schaudernd von sich; wie etwa der vom Wahnsinn Genesene
an seine Krankheit zu denken vermeidet. War es nun die Besorgniß, jene Bilder wach zu rufen?
War es die Befürchtung, das wunderliche Freundschaftsbündniß werde mit dem Geheimniß
einen Theil seines zauberhaften Reizes einbüßen, was Herrn von Schwarzwaldau abhielt, gegen
Gustav auch nur die Namen Agnes und Caroline zu erwähnen? Auffallen mußte dieses hartnäckige Schweigen dem Sohne des Nachbars von Thalwiese endlich doch. Die Tage wurden
kürzer, die Abende kühl. Im Schlosse wären ihre Zusammenkünfte gewiß angenehmer gewesen, als im feuchten Walde! Aber Emil stellte sich, wie wenn er gar kein Schloß besitze, und
Gustav, der Agnesen nie gesehen und sie für eine Art von Hausdrachen halten mochte, vermied
jede Anspielung auf Emil's Ehestand; um so begreiflicher, weil in Thalwiese die Rede ging, alle
Streitigkeiten zwischen beiden Häusern wären erst zum feindseligen Ausbruch gediehen, wie
der Nachbar sich verheirathet. Durch diesen Rückhalt von beiden Seiten bestand die seltsame Gastfreundschaft, die Emil in seinem Walde darbot, bis spät in den October hinein. Eines
schönen Tages, der auf einen tüchtigen Morgenfrost folgte, sagte denn endlich Gustav, indem
er mit dem Kolben seiner Jagdflinte einige Restchen von Eis auf dem Grunde eines Grabens
zerstampfte, daß es knirschte:

»Nun, mein Theuerer, werden unsere Sitzungen bald bedenklich; wir sind capabel am Boden
festzufrieren. Wie wär' es, wenn wir einen andern Ort der Zusammenkunft bestimmten, der
uns die Aussicht: auf einen alten würdigen Kachelofen eröffnet, in welchem einige Bestandt-
heile Deines schönen Waldes wärmend emporlodern? Hast Du nicht zufällig eine solche stille,
trauliche Zuflucht im Bereich Deiner Besitzthümer? . . .«

»Ich habe mein – Wohnhaus,« antwortete Emil. Er hatte ›Schloß‹ sagen wollen, sich aber
noch zeitig besonnen, daß den Sohn der Thalwieser morschen und zerfallenden Herrenhütte
so stolzer Titel verletzen könnte. »Ich habe mein Wohnhaus,« antwortete er und erröthete dabei;
weil er sich unmöglich verhehlen konnte, daß Gustav's Frage in ihrer scheinbaren Unbefangen-
heit doch einer wohlverdienten Rüge ähnlich sei.

»Mir ist nicht unbekannt,« fuhr Gustav fort, »daß Schwarzwaldau alle Schlösser in der ganzen
Gegend übertrifft; ich bin als kleiner Junge selbst darin gewesen und glaube auch verschiedene
Oefen wahrgenommen zu haben. Aber nach Deinem bisherigen Verhalten zu schließen, mußte
ich voraussetzen, Du wünschtest nicht, daß ich es wieder beträte?«

»Das ist eine sonderbare Voraussetzung. Welche Gründe sollte ich . . .«

»Weiß ich's? Ehrlich gesprochen, gab ich mir auch weiter keine Mühe, sie zu ergrübeln.
Doch können es mancherlei und verschiedene sein. Meine Eltern, – Deine Frau, – ich selbst –
vielleicht schämst Du Dich meiner?«

Diese letzte Aeußerung glich einem Messer, welches man mit verbindlichem Scherze jeman-
dem an die Kehle setzt. Fast entrüstet rief Emil aus: »Meines besten, meines einzigen Freundes
sollt' ich mich schämen? Hältst Du das für möglich?«

»Warum nicht? Deine Frau darf auch vielleicht nicht wissen, daß Du uns Geld geliehen; sie
soll nicht erfahren, wer es ist, dem Du den größten Theil Deiner Muße widmest; soll in mir
den Sohn des Nachbars nicht erkennen, der mit euch processirt . . . .«

»All' das sind leere Voraussetzungen, Gustav; weder auf meine Frau anwendbar, noch auf die Stellung, die sie ihren eigenen Wünschen gemäß, in Schwarzwaldau einnimmt. Um dergleichen Angelegenheiten bekümmert sie sich nicht und ich bin *unumschränkter* Herr, was die Verwaltung unseres Eigenthums, wie die Entfaltung meines freien Willens betrifft. Daß ich Dich noch nicht aufgefordert habe, Dich bei mir einzustellen? . . mag es noch so seltsam klingen: mir war, als würde ein alltäglich gewöhnliches Zusammenkommen die Poesie vernichten, die unsere stillen Plätze im Walde umweht . . .«

Gustav unterbrach ihn: »Sie weht jetzt schon zu frisch; sie macht Eis!«

». . . Und dann . . . meine Frau hat Besuch; eine Freundin; seit einigen Monaten; ich besorgte, es könnte Dir unangenehm sein, mit dieser zusammen zu treffen; deßhalb . . .«

»Wie so? Kenn' ich sie? kennt sie mich? macht sie etwa gar Ansprüche an mich aus früherer Zeit?«

»Ich weiß nicht,« entgegnete Emil sichtbar verstimmt, »ob Du dergleichen überhaupt zu fürchten hast? Bei Demoiselle Caroline Reichenborn gewiß nicht. Sie kennt Dich nur schlafend – und da man, wie das Sprichwort behaupten will, im Schlafe nichts Böses thut, so hast auch Du wohl nichts gegen sie verbrochen.«

Es zeigte sich bald, daß Gustav keine Silbe mehr wußte von der Begegnung am kleinen Grenzteiche, oder Waldsee, deren nähere Umstände Emil ihm aus Carolinens Munde nacherzählte. »Ich bin immer zum Schlafen sehr geneigt, wenn es heiß ist, und die letzte Hälfte des vergangenen August zeichnete sich, wie Du weißt, durch Hitze aus. Die Schöne, – denn ich hoffe, Deine Gemalin ist selbst schön genug, um eine schöne Busenfreundin neben sich zu dulden, – mag mir verzeihen, daß ich so faul war. Ich bin von Wind und Wetter abhängig. Wenn der Frost anhält, werd' ich munter sein, wie ein Schneekönig!«

»Aus Allem geht hervor,« sagte Emil nach ernsthaftem Bedenken, »daß Du den Damen vorgestellt zu werden wünschest und ich fühle mich verpflichtet, Deinen Wünschen nachzugeben. Ich werde Dich heute noch anmelden und morgen erwarte ich Dich zum Erstenmale in meinem Hause.«

»Du machst ein Gesicht dazu, wie wenn es Dir noch so sauer würde? Wäre gar etwas wie Eifersucht im Hinterhalte? Besorgst Du, ich könnte Dir bei dieser Caroline in den Weg treten? Denn daß Du auf Deine Frau nicht eifersüchtig bist, hab' ich genugsam aus Deinen Andeutungen über sie entnommen. Wie? Interessirst Du Dich für die Freundin des Hauses? Dann lasse mich lieber, wo ich bin, und melde mich gar nicht erst an. Ohne mein Verschulden könnt' ich da in einen Roman verwickelt werden. Und so gern ich geschriebene Romane lese, so ungern möchte ich in einem wirklichen mitspielen. Lasse mich also aus dem Spiele. Ich tauge überhaupt nicht für den Verkehr mit Weibern, – mit anständigen nämlich, wo ich mir Zwang auflegen muß.« –

Diese Gleichgiltigkeit Gustav's gegen seinen Eintritt in's Schwarzwaldauer Schloß trug so unverkennbar das Gepräge innerster Wahrheit und konnte so durchaus nicht Verstellung sein, daß Emil sich alsbald mit dem anfänglich widerstrebenden Gedanken versöhnte, den Waldfreund zum Hausfreunde zu machen. Eifersucht hatte er zwar empfunden; aber es war nicht die Eifersucht des Gatten, vielmehr jene der Freundschaft gewesen, welche befürchtet, durch eine Liebelei beeinträchtiget zu werden. Caroline hatte bei ihrer Ankunft den unbekannten Schläfer mit sehr lebhaften Farben gemalt. Daß sie nichts unversucht lassen werde, ihn zu ermuntern, ihn für sich einzunehmen, war für gewiß anzunehmen. Ob Gustav's Eitelkeit solchen Herausforderungen widerstehen könne, mußte sich nun erst ausweisen. Rückgängig durfte die Einladung, nachdem dieß Wort einmal ausgesprochen, nicht mehr gemacht werden. Es blieb also dabei: »Morgen läßt Herr von Thalwiese der jüngere sich bei Frau von Schwarzwaldau anmelden.« Und mit dieser Verabredung trennten sich heute die Freunde. Emil sagte den Erinnerungen an manche grüne Stunde im tiefen Walde wehmüthig Lebewohl. Gustav murmelte: »Gott sei Dank, daß diese sentimentale Zigeunerei vorüber ist!«

Zwölftes Kapitel

Je verschwiegener Emil über seine Zusammenkünfte im Walde geblieben war, um desto mehr mußte Gustav's erster Besuch auf die Damen wie etwas völlig Unerwartetes wirken. Caroline vermochte bei der Anmeldung ihre Freude nicht zu verbergen. Bei Agnesen zeigte sich ein fast entgegengesetztes Gefühl. Sie sah in dem Besuch eine Störung ihres Zusammenlebens mit Carolinen, deren uns bekannte Schilderungen eben nichts beigetragen hatten, den jungen Nachbar für ein belebendes Mitglied der Geselligkeit zu halten; die aber doch nicht ableugnen wollte, daß er ihr nicht gleichgiltig sei; im Falle nämlich, wie doch zu vermuthen stand, Jener und der Waldschläfer ein' und dieselbe Person waren! Agnes sah voraus, daß für sie nichts zu gewinnen, wohl aber die einzige Freundin zu verlieren sei. Und in so fern sah sie schon im Voraus den gemeldeten Gustav mit denselben Augen an, wie Emil Carolinen. Doch machte sich gleich von Anfang Alles besser, als zu erwarten stand. Gustav war verständig genug, sein Benehmen am kleinen Waldsee zuerst und unaufgefordert in's Gespräch zu ziehen. Er debutirte gewissermaßen mit einem reumüthigen Bekenntniß, woran sich die Nothwendigkeit knüpfte, ihn zu verspotten. Er that dieß mit so naiver Hingebung und benahm sich dabei so treuherzig, daß er dadurch die heiterste Laune um sich her verbreitete und die Damen zu lautem, herzlichem Gelächter aufregte. Die Schilderung seiner Faulheit und Schlaflust bei warmen Tagen klang wahrhaft ergötzlich; schonungsloser konnte kein Mensch gegen sich selbst verfahren; aber auch keiner konnte liebenswürdiger dabei erscheinen. Emil war entzückt über seines Lieblings ungezierte Natürlichkeit, welche durch instinctartigen, geselligen Tact sich auszeichnete. Caroline hörte aus jedem Worte seiner Entschuldigungen und Anklagen das Geständniß heraus, wie leid es ihm sei, erst so spät aus dem Schlummer aufzuwachen, der ihn verhindert, sie deutlich zu sehen. Und sogar Agnes ließ die düsteren Vorahnungen, welche sich ihrer bei Gustav's Eintritt bemächtigen wollten, gern fallen, um mit den Andern fröhlich zu werden.

Für eine neue Bekanntschaft, aus welcher sich ein lang dauernder Umgang entwickeln soll, kann es wohl nichts Günstigeres geben, als wenn sie in den Spätherbst, in den Anfang des Winters fällt. Und nun gar auf dem Lande! Und nun gar erst in einem Schlosse, tief in großen immergrünen Wäldern liegend! Der liebe Schnee war so freundlich, in diesem Jahre nicht lange auf sich warten zu lassen. Er machte die Behaglichkeit der langen Abende vollkommen; denn es verstand sich ja von selbst, daß der Gast nicht mitten im trauten Gespräche aufbrechen und durch Novembersturm und Schlackerwetter eine Meile bis Thalwiese bei Nacht zurücklegen durfte. Es wurde ihm ein eigenes Gemach angewiesen, lediglich für ihn bestimmt, wozu er einen Nachschlüssel empfing, damit er ungehindert ein- und ausgehen könne, wie in seines Vaters Hause. Caroline hätte für ihr Leben gern Gewißheit darüber gewonnen, wie sich Gustav von Thalwiese zu dem reisenden Zweigespann verhalte, von dessen Abendunterhaltung durch Wort und Lied sie (in einem der vorigen Kapitel) ihre Freundin unterrichtet. Doch wagte sie nichts Entschiedenes; sie fing an zu bezweifeln, daß der mittheilsam gewordene Seeschläfer auch zugleich der Zittauer Balladensänger sein könne, und fürchtete, ihn durch fragende Zumuthungen dieser Art zu erzürnen. Agnes hingegen, nur von ganz gewöhnlicher Neugier und von keinem persönlichen Interesse getrieben, ging der Sache geradezu auf den Leib. Sie erkundigte sich schon am dritten Abend, ob vielleicht Herr von Thalwiese musikalisch sei? Ich singe ein Bißchen, erwiderte Gustav. Emil zeigte sich sehr verwundert, von diesem Talente niemals vernommen zu haben? Worauf ihm die Antwort zu Theile wurde: im Walde stände kein Forte-Piano! Aber hier steht eines, rief Agnes, und öffnete das ihrige. »Eigentlich spiel' ich Guitarre,« sagte Gustav; »auf dem Claviere begleit' ich mich ziemlich unvollkommen.« Caroline wechselte verschiedene Blicke mit Agnesen, worauf diese weiter bat und drang, mit der Versicherung: die Stimme und der Vortrag wären ja die Hauptsache und auf eine Handvoll Noten, die auf den Teppich fielen, käme es ja nicht an. Emil's heftig ausgesprochenes Verlangen gab den Ausschlag. Gustav schleppte sich zum Instrument, wie ein halberwachsenes Rinderkalb zur Schlachtbank. »Der Teufel soll mich holen,« seufzte er, »wenn ich mich seit zwei Jahren geübt habe!« Abermals begegneten sich ausdrucksvolle Blicke der Freundinnen. Kaum jedoch war die erste Strophe erklungen, als Caroline Agnesen zuflüsterte. »Mit diesem Liede hat er auch damals begonnen; *er* ist es.«

Von Schule und Ausbildung konnte bei einem Naturalisten dieser Gattung die Rede nicht sein. Aber die Stimme war angenehm, kräftig, die Art zu singen weder weichlich noch geziert; die Articulation klar und deutlich. Emil lobte laut, was zu loben war. Auf Agnesen, die doch früher ihre entschiedene Abneigung wider Tenorgesang gegen die Freundin ausgesprochen, machte das Lied eine so tiefe Wirkung, daß sie stumm blieb und durch lauschendes *Schweigen* allein unwillkürlich aufforderte, weiter fortzufahren. Es ging dem Sänger, wie es den meisten Dilettanten ergeht. Anfänglich können sie sich schwer entschließen, zu beginnen; haben sie begonnen, können sie sich noch schwerer entschließen aufzuhören. Er gab zum Besten, was er nur im Gedächtniß mit sich führte. »Weiß Gott, das vollständige Concertprogramm,« sagte Caroline halblaut.

Gustav fuhr auf: »Von welchem Concertprogramm reden Sie, mein Fräulein?«

Sie rückte mit der Wahrheit heraus, zu Emils allerhöchstem Befremden. Auf so poetisch-romantischen Irrwegen hätte seine Phantasie den ehemaligen Fähndrich nimmermehr gesucht!

Dieser sperrte sich keinesweges dagegen; mit seiner freimüthigen Derbheit sprach er lachend: »Vor meinem Examen würde ich das Blaue vom Himmel herunter gelogen haben, ehe ich mich zu so dummen Streichen bekannt hätte; jetzt, wo ich mit Trompeten und Pauken durchgefallen bin, warum soll ich da noch Rücksichten nehmen, die zu nichts mehr führen? Ja, ich war es, der einen theaternärrischen Schulfreund auf einer sogenannten Kunstreise durch musikalische Zwischenspiele unterstützte, so weit meine Lieder reichten und so weit wir ohne gehörige Pässe kamen. Da man uns dieses unschuldige Handwerk legte, ging der Andere unter die Comödianten und ich ging nach Thalwiese, wo sie sich sehr wunderten über mein langes Ausbleiben auf einer Gebirgsreise und mich alsbald in die Uniform stecken ließen, aus welcher meine Herren Examinatoren mich wieder befreiten.«

»Und Sie haben in Carolinen gewiß Ihre aufmerksame Zuhörerin sogleich wieder erkannt?« fragte Agnes.

»Auf Seele und Seelen-Seligkeit, nein, gnädige Frau! Keine Idee! Sonst hätt' ich jetzt nicht erstaunen können über die Erwähnung des Concertprogramms aus des Fräuleins Munde.« –

Gustav mochte bald empfinden, so wie nur diese unüberlegte Aeußerung gethan war, daß sie für Carolinen verletzend sein müsse. Er wollte wieder gut machen, was er absichtslos verdorben; wobei er natürlich immer tiefer hinein gerieth, wie Jeder in ähnlicher Lage. Die Betroffene zeigte sich wirklich gekränkt und verstimmt. Beim Schlafengehen sagte sie zu Agnes: »Der Freund Deines Herrn Gemals sieht mir ganz aus, als wünschte er der Deinige zu werden?«

Worauf Agnes kalt entgegnete: »Lasse mich nicht entgelten, daß der junge Herr unverbindlich gegen Dich gewesen; Du weißt am Besten, daß ich keinen Freund brauche, noch weniger ihn suche. Und am Ende will er Dich nur necken, weil – das alte Sprichwort kennst Du ja.«

»Du machst es in diesem Augenblicke wahr, indem Du mich necken willst,« sagte Caroline. »Denn ich hoffe, wir lieben uns wirklich! Aber lassen wir den durch's Examen gefallenen Fähndrich ein für allemal bei Seite, damit er sich nicht zwischen uns Beide stelle und unseren Frieden störe. Mag er folgen, welcher Fahne er wolle, – die meinige wird sich nicht mehr neigen, ihn heran zu wehen. Er ist ein Grobian.«

Sie hörten wirklich auf, über ihn zu sprechen. Und nicht allein für diesen Abend, sondern auch für die folgenden Tage. Agnes in ihrem Zartgefühl fürchtete, wenn sie seinen Namen unter vier Augen nannte, eine Wunde zu berühren, welche die Freundin zwar verbarg und verlängnete, deren Dasein sich dennoch durch unwillkürlich schmerzhaftes Zucken kund gab; Caroline hingegen glaubte wahrgenommen zu haben, daß Agnes ihr vorgezogen sei, weßhalb sie gern vermied, den Gegenstand heimlich quälender Eifersucht zu berühren. Sie sahen ihn täglich, redeten ziemlich unbefangen mit ihm, lachten über seine naiven Scherze; hörten auf seine Lieder, doch kaum hatten sie ihm den Rücken gewendet, war es doch, als wüßten sie nicht, daß Einer seines Namens lebe! In wiefern es Agnesen gleichgiltig sein mochte, oder nicht, daß Gustav nur für sie zu singen schien, darüber zu entscheiden wagen wir nicht, eher wir sie genauer kennen. Daß Caroline sich alle erdenkliche Mühe geben mußte, den Unmuth über ihre Zurücksetzung nicht durchblicken zu lassen, ist gewiß. Diese Aufregung kam den geselligen Abenden in Schwarzwaldau zu Gute. Eigentlich bemüheten sich beide Paare, wenn schon aus widersprechenden und sich gleichsam durchkreuzenden Ursachen, so liebenswürdig zu sein, als es eben im Wesen und Character jedes Einzelnen lag. Unbezweifelt war es nur Gustav's Persönlichkeit, die auf alle Uebrigen solche belebende Kraft übte; ohne ihn würden die winterlichen Abende mehr als winterlich-kalt und düster geblieben sein. Es ist mit dem Umgange und Zusammenleben verschiedenartiger Menschen nicht anders, wie mit chemischen Mischungen, wo zwei oder drei Stoffe miteinander verbunden, sich nicht rühren noch regen, obgleich sie, jeder einzelne an und für sich, inhaltschwer genug sind; erst wenn ein vierter, vielleicht der unbedeutendste von ihnen, unter sie kommt, beginnt das lebendige Wirken. Am meisten abhängig von Gustav's Gegenwart, stets besorgt ihn bei guter Laune zu erhalten, ihm die Anwesenheit in Schwarzwaldau möglichst bequem und angenehm zu machen, zeigte sich Emil. Diesen bedünkte es, den Freund nicht mehr entbehren, ohne ihn nicht ferner sein zu können. Deßhalb auch sah er mit Entzücken, daß Caroline neben Agnes in den Hintergrund trat, daß Gustav's Huldigung, (wenn dessen Aufmerksamkeiten solchen Namen verdienten,) sich einzig und allein Agnesen zuwendete. Die Verehrung für die Herrin des Hauses mußte den Verehrer nothwendig *an das Haus* fesseln. Caroline dagegen hätte, wär' es ihr gelungen, ihn zu erobern, den Gefangenen unbedenklich heimgeführt, um sich an ihn und ihn an sie für immer zu ketten. –

Gustav war allbeliebt in Schwarzwaldau; wie es unbedeutende, oberflächliche Menschen immer und überall sein werden, wenn sie keine großen Ansprüche machen, niemand beschwerlich fallen und ihre selbstsüchtige, lieblose Gleichgiltigkeit hinter anmuthigen Formen verstecken. Derlei Leute sind recht eigentlich Allerwelts-Leute und obgleich sie es mit Niemand gut meinen, als mit sich, (und auch dieß nur in beschränktem Sinne,) wird man von allen Seiten nur Gutes über sie vernehmen. Der einzige Feind, der ihm am Orte lebte, – ein höchst erbitterter, ein Todfeind freilich, – verrieth den wilden Haß, den er ihm geschworen, durch keine Silbe, und hatte Kraft genug, demüthige Unterwürfigkeit zur Schau zu tragen, während Eifersucht, Neid, Zorn und Rachsucht in ihm tobten. Der Jäger Franz bewegte sich zwischen seinem Herrn und dessen jungem Hausfreunde stets gehorsam, stets lächelnd, stets bescheiden, als ob die seinen Ruf im Dorfe zerstörenden Aussagen des längst an's Gericht abgelieferten Wilddiebes ihn gänzlich vernichtet, ihm jedes Recht an früher gehoffte Vertraulichkeit genommen, jedes Andenken auf Emil's flüchtige Gunst in seiner Seele verlöscht hätten. Und Emil ließ sich von dieser verstellten Resignation täuschen; wähnte den so plötzlich Bevorzugten und noch plötzlicher Verstoßenen in tiefster Anerkennung (ihm nur noch durch *Schweigen* erwiesener Großmuth,) zufrieden und dankbar; wähnte ihn schon glücklich, wenn er nur nicht aus dem Dienste geschickt werde, indessen Jener bei Tag' und Nacht über dunklen Entwürfen brütete. Kein Auge beachtete den Unglücklichen. Niemand nahm sich die Mühe, aus seinen, durch gewaltigen Zwang entstellten Zügen heraus zu lesen, was in ihm vorging? Nur Agnes, – vielleicht von einer geheimnißvollen Ahnung berührt, daß unter der grünen Leibjäger-Tracht ein Herz für sie glühe? – äußerte einmal: »Seitdem Herr von Thalwiese so viel bei uns ist, kommt es mir unbegreiflich vor, wie Ihr von einer Aehnlichkeit reden konntet, die er mit dem Büchsenspanner haben sollte?«

»Und dennoch gab es eine solche,« wendete Caroline ein und betonte diese Behauptung recht absichtlich, als ob sie wünsche Gustav dadurch zu kränken; was ihr jedoch nicht gelang, denn Gustav hörte gar nicht darauf.

»Möglich,« fuhr dann Agnes fort, »daß früher etwas dieser Art wirklich bestand? Jetzt find' ich keine Spur davon. Physiognomieen ändern und verändern sich häufiger, als man meinen sollte. Nun vollends die des Jägers Franz: der arme Mensch sieht aus, wie wenn er den Keim einer Todeskrankheit in sich trüge?«

»Daß ich nicht wüßte,« sagte Emil gleichgiltig. »Er ist wohlauf.«

Damit war die Sache abgethan und kam nicht wieder zur Sprache.

Dreizehntes Kapitel

Es ist althergebrachte Sitte, vorzüglich in denjenigen deutschen Gegenden, die schon mit zum Norden des Landes gerechnet werden, beim Jahreswechsel, neben einem Austausch frommer und herzlicher Wünsche und Versicherungen, auch aufrichtige Eingeständnisse mancher gegenseitiger Beschwerden oder Klagen darzubieten; für unwillkürlich-erwiesene Beleidigungen Verzeihung zu erbitten; sich freundlich auszugleichen und, – wie man es nennt: ›reinen Tisch zu machen,‹ um daß ein Jeder ohne Vorwurf und leichteren Gemüthes in's neue Jahr hinüber schreite. Wenn die Glocke ihre letzten zwölf Schläge gethan; wenn die Wächter mit klagendem Jubelrufe vermelden, daß ein Jahr begraben ward, damit ein neues den alten Jammer auf Erden beginne; wenn die von heißem Punsch dampfenden Gläser gegeneinander klingen; wenn die Männer sich zutrinken; die Frauen nippen; da ist schon manche Versöhnung geschlossen, mancher halb zerstörte Bund erneuert worden. Die Feierlichkeit dieser Stunde liegt zuletzt auch nur in unserer Einbildungskraft; wie mehr oder weniger jede an ein bestimmtes Datum geknüpfte Feier, einzig und allein durch den Gedanken Bedeutung gewinnt, daß Millionen übereinkamen, an demselben Tage, zu derselben Stunde, dasselbe Fest zu begehen. Der Deutsche, der in Rußland zum Besuche lebt, begeht die ernste Begrüßung des Jahres nicht minder andächtig in den fremden Kreisen, obgleich sie zwölf Tage später fällt, als er daheim gewöhnt war.

In Schwarzwaldau, wo den vier Hauptpersonen unserer Erzählung fast jede Beziehung zur Außenwelt mangelte; wo selbst zufällige Begegnungen mit Dorfbewohnern, wie solche noch im späten Herbst häufig gewesen, durch den tiefen Winter völlig abgeschnitten, und die zwei Paare nur auf sich angewiesen waren; – in Schwarzwaldau hatte man, die Wahrheit zu gestehen, den Sylvesterabend geradezu vergessen; hatte des neuen Jahres gar keine Erwähnung gethan. Sie saßen beisammen, wie gewöhnlich; Emil, (auch wie gewöhnlich,) las ihnen vor, und zwar aus den kürzlich erschienenen ›Vermischten Schriften‹ so wie aus den ›Ghaselen und lyrischen Blättern‹ des Grafen August Platen-Hallermünde, woran Caroline wenig, Gustav durchaus keinen, Agnes mit ihrem halbmännlichen Naturell um so größeren Theil nahm. Gustav hatte sich bereits in sein Schicksal gefunden: wollte er dem armseligen Aufenthalte im väterlichen Haufe zu Thalwiese, wollte er den stündlichen Ermahnungen und Anklagen seines Vaters, wollte er den durch Mangel gebotenen Einschränkungen seiner Mutter daselbst entgehen und der Heimath magere Küche mit Schwarzwaldau's Wohlleben vertauschen, so mußte er auch wohl Emil's poetische Tyrannei in den Kauf nehmen und möglichst gute Miene dazu machen. Brauchte er doch nicht Rechenschaft abzulegen von seinem Verständniß des Dargebotenen; saß er doch nicht vor den unerbittlichen Examinatoren, durch deren vorwitzige Fragen er gestürzt worden. Hatte er doch zwei junge Damen vor sich, deren Eine ihn um so mehr beschäftigte und reizte, je kälter und unempfänglicher sie scheinbar blieb; deren Andere ihn fortwährend daran erinnerte, und die er nicht ansehen konnte, ohne sich selbst zu sagen, daß sie die einzige, unbezweifelt sehr heirathslustige Tochter eines in behaglichen Ruhestand zurückgezogenen reichen Kaufherrn sei. Wenn Gustav (und die häßlichen Examinatoren behaupteten es,) unwißend war, dumm war er doch nicht; weder dumm noch unerfahren in Liebes*sachen* ; womit wir, wie wir ausdrücklich wiederholen, die eigentliche Sache der *Liebe* nicht bezeichnet haben wollen. Daß Caroline nur mit ihm maulte, weil ihr keineswegs entging, wie Agnes ihm besser gefiel; daß es nur von seinem Benehmen gegen sie abhänge, sich ihren besten Willen zu gewinnen, – darüber war er im Reinen. Ob aber dieser beste Wille, auch in seiner wärmsten Entfaltung, hinreichen würde, Papa Reichenborn für einen Schwiegersohn zu gewinnen, dessen leibliche Eltern auf Thalwiese verkümmernd, der über sie hereinbrechenden Subhastation seit Jahren harrten, . . . das blieb eine andere Frage? Und Caroline als verstoßene Tochter, *ohne* ihres Vaters Geld? . . . »Da find' ich immer noch Andere!« – lautete die Schlußformel jeder Ueberlegung und Erwägung.

Gerade während Emil in Platens classischen Formbildungen schwelgte, seine eigene Schwächlichkeit an dessen kraftvollen, markigen Versen erstarken fühlte, – dem schwankenden Blättergewächs vergleichbar, welches sich um Marmorgruppen rankt und durch sie Festigkeit gewinnt! – gerade da wog sein Liebling Carolinens Erbtheil gegen Agnesens unnahbare, stolze Schönheit ab. Ein ermunternder Blick der Letzteren hätte genügt, die Schale zu ihrem Vortheile sinken zu lassen. Aber dieser Blick fiel nimmer – und Gustav gelangte zu keinem Entschluße.

Der Tafeldecker brachte den Thee und nachdem er, wie üblich, die kleinen Tischchen geordnet, blieb er wider seine Gewohnheit noch stehen, als ob er eines Auftrages harre, oder etwas anzubringen habe? Agnes, die das lauernde Aufmerken der Dienstboten ein für allemal nicht liebte, richtete fragend ihr Auge auf ihn; Emil, der im Lesen inne gehalten, bis das durch den Eintretenden verursachte Geräusch vorüber wäre, fragte barsch: »was giebt's?«

»Unsere Leute im Schlosse haben mich gebeten, – ich soll anfragen, . . ob ich ihnen vielleicht einen Punsch machen darf, wie vergangenes Jahr? Weil doch heute Sylvester ist.«

»Von Herzen gern,« rief Agnes, »und ich wünsche Euch recht viel Vergnügen, wenn Ihr nur nicht verlangen wollt, daß ich von Eurem Gebräu koste.«

»Und ich willige ein,« sprach Emil, »nur unter der Bedingung, daß für uns gleichfalls eine Bowle bereitet werde.«

»Das ließ ein guter Geist Dich sagen,« seufzte Gustav. –

Seit ihrer Bekanntschaft hatte Emil seinen jungen Freund noch nicht unter dem Einfluße geistigen Getränkes erblickt. Im Walde gab es nichts zu schlürfen außer Quellwasser; und an der Tafel zu Schwarzwaldau ging es her, wie an jeder Tafel, wo der Hausherr kein Weintrinker ist und nichts auf einen gut bestellten Keller hält. Es wurden einige Sorten leidlicher Tischweine hingestellt, von denen Gustav diejenige nahm, die ihm gerade zunächst stand, und dann freilich eine Flasche leerte, – (nach einer zweiten wagte er, der Damen wegen, nicht zu greifen;) – was ihm und seiner aus bessern Zeiten in Thalwiese ausgebildeten Disposition nicht mehr bedeutete, als ein mäßig angefüllter Fingerhut Carolinen etwa bedeutet haben dürfte. Beim Thee, den er instinctartig haßte, half es ihm wenig, wenn er ein kostbar geschliffenes Rumfläschchen möglichst ganz in seine Tasse auslaufen ließ, denn das hunderteckige, buntschäckige Ding war nicht viel größer wie ein Flacon für Wohlgerüche. Gustav hatte unter diesen Entbehrungen eigentlich gelitten, weil er durch und durch ein Jünger lustiger Gelage war. Nur die Gewißheit, daß ihn daheim, wie es jetzt stand, Aerger und Trübsal bedrohe, ließ ihn den Zwang erdulden, den Anstand, feinere Sitte, vornehmer Ton ihm auferlegten. Gleichwohl brauchte er keine Furcht zu hegen, daß er die ihm gegönnte Gunst verscherzen könne, wenn eine Gelegenheit einträte, sich beim Becher gehen zu lassen. Er gehörte zu den, – allerdings seltenen – Menschen, welche sich sogar berauschen dürfen, ohne plump, roh, gemein zu werden. Im Gegentheil: sollten die Bande der Trägheit, die ihn stets fesselten, gänzlich fallen; sollte, was jugendliches Leben und Feuer in ihm hieß, zur liebenswürdigsten Geltung gelangen; sollte er auf seine Weise geistreich erscheinen, so geschah dieß am Sichersten durch Beihilfe fremder Geister, die ihn erregten. Er wußte das; er kannte sich; erinnerte sich einiger Triumphe, die er in gemischten, wilden, doch großstädtisch-bevorzugten Gesellschaften in solchem Zustande errungen. Deßhalb freute er sich auf die Bowle; deßhalb nahm er sich vor, unter der Aegide des neuen Jahres ihr wacker zuzusprechen, sich über seine bisherige Stellung zu erheben, den Damen einen höheren Begriff von seinen Fähigkeiten beizubringen und vielleicht auch, inspirirt wie er es zu werden dachte, zwischen Carolinen und Agnesen wählend, sich zu entscheiden, welchen Weg er im nächsten Jahre einschlagen müsse?

Daß Emil von Schwarzwaldau nicht sonderlich auf seinen Keller achtete, haben wir bereits erwähnt; und ohne Befremden, weil er selten Gäste sah und für seine Person sich mit einigen Tropfen in Wasser gemischt begnügte. Er liebte den Wein nicht, denn er verstand ihn nicht; er war weder ein Kenner, noch ein Schmecker; und ein brutaler Trinker zu werden, viel zu zart organisirt. Solchen Leuten geschieht es häufig, daß sie den reinen Traubensaft, auch in seinen edelsten Jahrgängen, sorgsam vermeiden, dahingegen an irgend einer diabolischen und gefährlichen Mischung hängen bleiben. Der Punsch, den der Tafeldecker ohne warten zu lassen, – (höchst wahrscheinlich ist die Brauerei in der Küche schon *vor* eingeholter Bewilligung im Gange gewesen!) – herbeischaffte, duftete recht verführerisch. Emil widerstand dem ersten Glase nicht, und da er trinkend fortredete, so trank er sich in's Peroriren und perorirte sich in's Trinken hinein. Gustav dagegen trank so lange schweigend, bis Jener matt und müde wurde;

dann lösete er ihn ab und trat zum Erstenmale aus der bisjetzt bewahrten Haltung, die, wenn auch nicht eben verzagte Schüchternheit, doch den Damen gegenüber *Zurück* haltung geschienen, mit ungebundener Freiheit hervor. Wie hätte, wer ihn da hörte und beobachtete doch beklagen müssen, daß so volle Naturgaben nicht sorgfältiger benützt, daß sie geradezu vernachlässiget waren! Zu solchem Bedauern aber kamen die drei Anwesenden nicht; vor Erstaunen kamen sie nicht dazu. Emil erkannte den sonst so schweigsamen Waldgefährten in diesem viel und gut sprechenden Nachfolger nicht wieder, welcher ihm das Wort gleichsam vom Munde nahm, und es nicht mehr zurückgab, sondern an sich behielt, als ob es von jeher sein Eigenthum wäre? Agnes hörte aufmerksam; sie erkannte in dem gänzlich umgewandelten Menschen höhere Gaben, deren Vorhandensein sie bis dahin nicht geahnt; zugleich durchschauerte sie ein Grauen, bei dem Gedanken, daß es der Exaltation durch halben Rausch bedürfte, um solche Gaben aus dem Schlafe der Faulheit aufzuwecken. Caroline vergaß Eifersucht, gekränkte Eitelkeit, heimlich genährten Groll: sie überließ sich ohne Rückhalt bewundernden Empfindungen. Sie ließ sich sogar verleiten, von der Quelle zu naschen, aus der Gustav's Beredtsamkeit empordampfte; was Agnes jedoch für eine weibliche Unthat erklärte. Aber trotz ihrer Abneigung durfte doch auch diese sich nicht ausschließen, mit einem bis an den Rand gefüllten Glase anzustoßen, als des Wächters Ruf aus dem Schloßhofe herauf meldete, daß die verhängnißvolle Stunde schlug. Wie sie mit Gustav Glückwünsche tauschte, flüsterte er ihr irgend eine kecke Anspielung auf ihre kalte Sprödigkeit zu. Agnes gab sich nicht die Mühe, darüber beleidigt zu scheinen; sie zog vor, *nicht gehört* zu haben, was der Punsch aus ihm sprach. Caroline dagegen legte in ihren Neujahrsgruß eine so unzweideutige Aufforderung: »sich zu erklären,« daß der Sinn derselben dem Angeredeten unmöglich entgehen konnte, und daß Emil stutzig wurde.

Bald nachher trennte man sich. Emil begleitete Gustav nach dessen Zimmer. Gustav stürzte sich zuförderst auf seine Cigarren-Kiste, um sich eiligst für die langerduldete Entbehrung zu entschädigen; was Emil, als erklärter Feind des Tabaks, mit nicht geringerem Unwillen sah, wie Agnes die oft geleerten Gläser. »Ich möchte mir zwei zugleich anbrennen,« rief der Qualmende; »es ist eine Tortur bis nach Mitternacht sich zu sehnen und zu schmachten, ehe man dieß Labsal aller Labsäle zwischen die Zähne klemmen darf. Ich fasse nicht, wie Du zu rauchen verschmähen magst? Du entziehst Dir den einzigen reellen Lebensgenuß.«

»Rede nicht so thöricht,« erwiderte Emil. »Wer Dich so sprechen hört, müßte wähnen, dieser Unsinn sei Dir Ernst.«

»Etwa nicht?«

»Setze Dich doch nicht selbst absichtlich herab, Gustav! Kann Derjenige solche entwürdigende Aeußerung thun, dem vor einer Stunde die geistvollsten Scherze, die genialsten Blitze zu Gebote standen?«

»Du bist allzugütig; hat es wirklich geblitzt, so war es der Punsch, den Euer alter Tafeldecker mit Feuer getränkt; ich bin unschuldig: Genialität ist mein Fehler nicht, wie Dir längst bewußt. Aber daß ich Mancherlei durcheinander geschwatzt, hat seinen guten Grund. Wenn ich vollkommen nüchtern und in meiner herkömmlichen ›Pomade‹ bin, wag' ich selten, mich in Eure Gespräche zu mischen; aus Furcht, ich könnte mich vor Dir, oder vor Agnes – (Caroline scheint mir schon minder gefährlich,) – wer weiß wodurch und wie sehr blamiren; denn Ihr Beide seid höllisch gelehrt und gebt es mitunter etwas hoch. Heute hat mir der Punsch Courage gemacht und ich bin darauf gegangen wie Blücher.«

»War es wirklich nur der flüchtige Rausch,« fragte Emil forschend, »den Dir übrigens Niemand abmerkte, weil Du Dich in den strengsten Grenzen anmuthiger Lebendigkeit hieltest? oder wirkte nicht auch der Wunsch: zu gefallen mit, welcher heute zum Erstenmale sich Deiner, unseren Damen gegenüber, bemächtigte und Deine Eitelkeit erweckte?«

»Eins mit dem Andern, ich will's nicht leugnen; als ich bemerkte, wie Deine Frau über mich erstaunte, empfand ich den Antrieb, dieß Erstaunen zu steigern, so weit mein Vorrath reichte. Ich wollte zeigen, daß man in Mathematik und Geometrie durch's Examen fallen kann, und darum doch kein Schafskopf zu sein braucht. Du meinst, dieß sei mir gelungen?«

»Höchst glorreich. Und zu meiner eigenen Satisfaction. Die beiden Freundinnen werden meine Freundschaft für Dich im künftigen Jahre nicht mehr spöttisch belächeln, wie sie im vergangenen gethan. Caroline besonders . . .«

»Weil Du diese wieder nennst . . . Ja, sie hat mir's unumwunden zu verstehen gegeben, daß sie nicht abgeneigt wäre . . . was meinst Du, Emil, soll ich mein Glück bei ihrem Alten versuchen? Denn bei ihr bedarf es weiter keines Versuches mehr? Wenn Papa Reichenborn Fünfzigtausend Thaler herausrückt, läßt sich Thalwiese behaupten und meine Eltern sind aus aller Noth.«

»Fühlst Du Liebe für sie?«

»Nein. Sie gefällt mir nicht einmal, obgleich sie gar nicht häßlich ist. Aber darauf kommt es nicht an, wenn der Mensch ›eine Partie machen‹ will.«

»Wenn ich jenen Papa Reichenborn aus seiner Tochter Schilderungen zu kennen meine, ist er keinesweges der Mann, der ›herausrückte.‹ Er hält fest, was er hat.«

»Sie ist sein einziges Kind.«

»Gleichviel. Er war Kaufmann und ist der Ansicht: Reichthum dürfe sich nur mit Reichthum verheirathen. Ein bankerotter Gutsbesitzer-Sohn . . .«

»Das klingt sehr hohl, allerdings. Man müßte eben gelinden Zwang eintreten lassen. Es giebt Umstände, die es einem Vater höchst wünschenswerth machen, seine Tochter baldigst unter die Haube zu bringen; sollte auch Derjenige, welcher ihr seinen Namen giebt, noch so derangirt sein.«

»Und diese Umstände wolltest Du herbeiführen? Wolltest in meinem Hause . . .?«

»Ich dachte wirklich daran; seit dem dritten Glase!«

»Mensch, dachtest Du denn auch an den Skandal, den Du über Schwarzwaldau bringst, wenn Deine frivole Absicht gelingt? Dachtest Du dabei an mich?«

»Was schadet Dir's? Bist Du des Mädchens Vormund? Bist Du der meinige? Lasse mich gewähren; lasse mich mein Glück machen.«

»Wenn Du *das* ein Glück nennst, wenn Du es dafür halten kannst, dann bleibt mir nichts mehr zu bemerken. Nur noch zu bitten bleibt mir, Du mögest mich von diesem Augenblicke an nicht weiter in's Vertrauen ziehen. Ich will, ich darf nicht wissen, was unter meinem Dache geschieht wider die Ehre einer unbescholtenen Familie.« – Mit diesen unwillig gesprochenen Worten wendete sich Emil von Gustav und verließ dessen Schlafgemach. Doch in der Thüre kehrte er noch einmal um, schlug in dem Buche, woraus er, ehe der Tafeldecker die Punschangelegenheit beförderte, vorgelesen hatte, eine Stelle auf, bezeichnete dieselbe durch das umgebogene Blatt, legte das Buch vor Gustav auf den Tisch und sagte: »Lebe wohl!«

»Das klingt ja wie eine Trennungsformel?« murmelte Gustav, sobald er allein war; »was soll ich mir denn aus diesen hochtrabenden Gedichten zu Gemüthe führen?« Und er las:

> ›Freund, es war ein eitles Wähnen,
> Daß sich uns're Geister fänden,
> Uns're Blicke sich verständen,
> Sich vermischten uns're Thränen.
> Laß' mich denn allein, versäume
> Nicht um mich die gold'nen Tage,
> Kehre wieder zum Gelage
> Und vergiß den Mann der Träume.‹

»Das kann geschehen,« sprach der junge schöne Mann gähnend und sich dehnend; »das kann geschehen; aber hol' mich der Teufel, nicht eher, als bis ich mit Carolinen und ihres Vaters Gelde in Ordnung bin.«

Vierzehntes Kapitel

Es konnte den Damen unmöglich verborgen bleiben, daß zwischen Emil und Gustav etwas vorgefallen, daß eine Entfremdung eingetreten war, die bei Ersterem den Charakter verletzter Freundschaft, stummen Grolles annahm, obwohl sie sich nur in den verbindlichsten Formen aussprach und durch übertriebene, unvertrauliche Höflichkeit sich verrieth. Außerdem suchte der Herr von Schwarzwaldau, wie er bis dahin gleichsam durch Zauber an seinen Gast gebunden schien, jetzt jede nur ersinnliche Gelegenheit hervor, ihn und das Schloß zu verlassen; widmete sich den im Winter mühsam aufzufindenden Wirthschafts-Beschäftigungen mit unerhörtem Eifer; und es blieb Gustav nicht selten Tage lang bei Agnes und Carolinen allein. Daß er diese Zeit nicht unbenützt ließ, begreift sich aus seinen, im vorigen Abschnitte ausgesprochenen Vorsätzen. Daß Caroline ihm mit vollen Segeln entgegen zog, ist eben so erklärlich. Daß aber Agnes durch diese plötzliche Wendung der Dinge sich verletzt fühlte; ja, daß sie dieß zeigte, dürfte eher befremden. Wäre anzunehmen, daß ihr Gatte von Gustav's eigennützigen und sträflichen Plänen ihr Mittheilung gemacht? daß sie aus eigener Anschauung auf die richtige Spur gerathen sei? Dann läge eine Erklärung nahe. Doch da dieß unmöglich ist, so müssen wir annehmen, auch in ihrem reinen Herzen regen sich eifersüchtige Gefühle; auch sie, deren Kälte und Gleichgiltigkeit gegen jede erotische Empfindung Emil nicht streng genug schildern konnte, wenn er mit Gustav über die geistigen Vorzüge und edlen Eigenschaften der Gattin sprach, habe nun im Innern ihres Busens erlebt, was sie *noch nicht* kannte; habe erfahren, daß auch sie ein *Weib* sei. Wer ist befähiget solche Fragen und Zweifel genügend zu entscheiden? Der Erzähler muß sich, will er Gegebenheiten schildern, gar häufig mit Vermuthungen, mit Andeutungen begnügen und dem *Leser* überlassen, aus eigener Seele zu errathen und zu ergänzen, was des Schriftstellers Feder mit festen Zügen hinzustellen nicht wagt. Genug, zwischen Agnes und ihrem weiblichen Gaste trat ebenfalls eine Spannung ein; nur mit dem Unterschiede, daß sie nicht wie ihr Gemal entfliehen, daß sie nicht den Rücken kehren konnte, wo Pflichten der Hausfrau sie fest hielten, Zeugin zu bleiben eines vor und neben ihr sich rasch entfaltenden Liebeshandels. So trat sie denn, – und wer vermag auch hier zu erforschen, was dabei in ihr vorging? – trat sie zwischen Gustav und Carolinen mit dem Uebergewicht ihrer Schönheit, ihres Verstandes, ihrer stolzen Ruhe; mit allen Vortheilen, welche letztere ihr verlieh. Gustav wurde aufmerksam und blieb auf halbem Wege stehen. Er empfand den Wechsel in ihrem Benehmen gegen ihn. Er wurde davon ergriffen: seine Eitelkeit begann sich aufzulehnen wider die Berechnungen einer niedrigen Speculation; sie flüsterte ihm zu: wie, wenn jene Kälte, die Emil als unüberwindlich zu schildern pflegt, vor *Dir* in lebendige Wärme aufthauete und zerschmölze? Wenn *sie*, die an *jenes* Gatten Seite einer zurückhaltenden, verschlossenen Jungfrau glich, jetzt ein Weib zu werden, heimlichen Antrieb fühlte?

Sobald erst Eitelkeit dazu gelangt, diese Sprache zu führen und gehört zu werden, ist auch eine Empfindung nicht weit, welche zwar den Ehrennamen ›Liebe‹ nicht verdient, sich ihn aber im Laufe des gewöhnlichen Lebens anmaßt. Gustav ›*ver* liebte‹ sich bald in die Gemalin des Herrn von Schwarzwaldau, seines Freundes, und brach, der eigenthümlichen rohen Selbstsucht junger Herren dieses Schlages entsprechend, mit Carolinen eben so kurz ab, als er im Hinblick auf ihres Vaters Casse keck und zuversichtlich angebunden hatte. Da zeigte sich denn, daß Agnes über solche der Busenfreundin zugefügte Kränkung nicht zürnte; da zeigte sich (auch bei ihr, der Edlen, Reinen,) ein selbstsüchtiges Wohlgefallen an dieser Zurücksetzung; welches sich allerdings nur in sanftem Schweigen aussprach, ohne noch dem wandelbaren Anbeter die geringste Ermunterung angedeihen zu lassen. Doch schon dieses Schweigen genügte: Von dem Augenblicke, wo Agnes vermied, Gustav's Namen zu nennen, wenn sie mit Carolinen allein war, begriff diese, daß Freundschaft sich von Liebe hatte verleiten lassen, Verrätherin zu werden – oder schon zu sein. Der Kampf ihrer Gefühle führte sie sehr bald zu einem Entschluße: sie schrieb ihrem Vater, anstatt wie sie sich vor Neujahr ausgedacht, um *Verlängerung* des Urlaubs zu bitten, er möge ihr baldigst die schon bekannte Reisegelegenheit senden, welche sie von Schwarzwaldau abholen sollte.

Minder entschieden und abgeschlossen benahm sich Emil. Nachdem Carolinens stolzer Ernst ihn zuerst errathen lassen, daß Gustav anderen Sinnes geworden sei, wurd' es ihm denn auch nicht schwer zu errathen, daß der siegreiche Eroberer einen andern Feldzug begonnen habe und daß dieser nur Agnesen gelten könne. Seltsamer Weise brachte das eine günstige Wirkung hervor. Seine Gesinnungen für den jungen Freund nahmen wieder ihren früheren Schwung; wie er sich dem mit Carolinen Vereinigten gänzlich entfremdet gewähnt, begann er dem von ihr Getrennten sich abermals zu nähern, was dieser eben so ruhig und bereitwillig hinnahm, als er die vorhergehende Entfremdung aufgenommen. Gewissermaßen bildeten nun die Drei, ohne sich darüber vereinigt und ausgesprochen zu haben, einen Bund gegen Caroline. Emil sah den ihm im kurzen Zwiespalt erst recht unentbehrlich Gewordenen jetzt schon durch doppelte Bande an sein Haus gekettet, was ihn einerseits beglückte, während andrerseits der Argwohn, Agnes werde sich auch nur ein Haarbreit aus ihrer stets festgehaltenen kalten Würde drängen lassen, niemals aufkommen konnte. Eine platonische reine Liebe, die sich nur in ehrerbietiger Achtung kund gab, mußte den, welcher sie hegte, nothwendig veredeln; mußte ihn geistig und gemüthlich erheben! Emil betrachtete den Neuerwählten mit so günstigen Blicken, als sei dieß schon geschehen, als sei die verklärende Metamorphose bereits eingetreten. Agnes freute sich darüber. Um Carolinen bekümmerte sich eigentlich niemand mehr. Was Wunder, wenn die Verlassene der Ankunft ihres Lohnkutschers ungeduldig entgegenharrte? wenn sie, als er eintraf, mit hastigem Triumph ihre augenblickliche Abreise verkündigte? wenn sie schied, ohne Thränen im heißen Auge, ohne Wehmuth in der Brust, aber mit dumpfem Groll im schwergekränkten Herzen?

Unter den Zurückbleibenden vertheilte sich die Nachwirkung dieses traurigen Scheidens höchst ungleich. Agnes gestand sich selbst ihr Unrecht ein und tröstete sich nur durch die Ueberzeugung, wo der Riß einmal so tief gegangen, helfe kein Bindemittel mehr. Emil dachte einzig und allein daran, wie viel angenehmer es sei, Demoiselle Reichenborn *ohne* Gustav abreisen zu sehen, anstatt *mit* ihm. Gustav aber dachte an gar nichts, als an die Aussteuer, die ihm da zum Schloßthore fort aus den Händen rollte; blies den Rauch seiner Cigarre in die Luft und lächelte vor sich hin: »Jetzt ist Agnes ohne weibliche Schildwach, – und eine reiche Partie kann ich späterhin auch noch machen.«

Die Reisende jedoch netzte die Kissen ihrer Lohnkutsche mit reichlich strömenden Zähren, denen sie endlich freien Lauf gönnen durfte. Und das ist der einzige Unterschied zwischen einem Todten- und einem solchen Reisewagen, daß im ersteren keine Thränen mehr vergossen werden; sonst bleibt sich's ziemlich gleich. Gestorben sind im Angedenken der Zurückbleibenden, Ueberlebenden beide Leichen gar bald: die lebendige, wie die todte; abgestorben sind beide.

Wenn Einer, der mehr oder weniger im Wege stand, begraben ist, meinen die von ihm Befreiten, nun sei Alles gut und ein neues Dasein werde beginnen. Das thut es auch. Im Anfang fühlen sie sich unbeschreiblich wohl und behaglich. Wie lange aber dauert die Herrlichkeit? So lange bis entweder das Gespenst des Abgeschiedenen zwischen ihnen aufsteigt, allerlei Keime des Zwiespaltes zu säen; oder bis ähnliche Keime, in ihnen selbst wurzelnd, zu Schmarotzerpflanzen aufschießen. Samen des Unkrautes warfen unsichtbare Mächte in jedes Sterblichen Brust, vor der Geburt schon. Daß er gedeihe, dafür sorgt das Leben. – –

Gustav, wie oben gesagt, schob für's Erste seine projectirte Restauration der Thalwieser Staatsöconomie in's Ungewisse hinaus, mit der entschiedenen Absicht, sich an Dasjenige zu halten, was ihm zunächst das Gewisse schien: sein Glück bei Agnes. Und da begab sich, was – leider allzuselten! – doch bisweilen geschieht, um übermüthige, eitle, durch schwache Weiber verwöhnte junge Sieger für kecke Zuversicht zu züchtigen: er entdeckte, daß er hier mit seinen Erfahrungen bei leichtsinnigen Frauen (denn Andere hatte er noch nicht kennen gelernt!) keinesweges ausreiche; daß er sich in ein höheres Gebiet verstiegen habe, wo strengere, ihm fremde Geister die Herrschaft führten, wo er sich nicht heimisch fühlte. Und diese Entdeckung machte er erst, als er umzukehren nicht mehr die Kraft besaß; als er sich in seinen eigenen Schlingen gefangen sah. Aus dem ungläubigen, mitunter ungeberdigen

Schüler Emil's wurde, eh' er sich's eingestand und ehe seine Wirthe im Schlosse es bemerkten, ein demüthiger, in niegeahneter Sehnsucht aufgehender Sclave der Liebe. Lange konnte diese Umwandlung nicht verborgen bleiben. Sie zeigte sich Agnesen in tausend kleinen Nüancen; sie gab sich in sanftem, kindlichem, von Dankbarkeit für die ihm zu Theil werdende Duldung erfülltem Anschmiegen und Gehorchen gegen Emil kund; sie erreichte endlich ihre höchste Höhe durch das überschwängliche Opfer sämmtlichen Cigarrenvorrathes, den der unersättliche Raucher, aber dießmal nicht als *Brand* opfer, vor dem Altare seiner Anbetung niederlegte; daß heißt, den er mit vollen Händen unter das Stallpersonale vertheilte, nachdem Agnes eines Abends hingeworfen: ganz frei von dem üblen Tabaksgeruch gelange er doch auch nach sorgfältigster Säuberung niemals in ihre Gemächer.

Das wirkte heftig auf Emil. In dieser That erblickte er den Beweis einer gewaltigen Leidenschaft, die ihn jetzt schon zu beängstigen anfing, weil er einer solchen den Freund durchaus unfähig gehalten, und weil er ihre Folgen nicht zu übersehen vermochte; weil er auch an Agnesens oft erwähnter Kälte, an ihrer Gleichgiltigkeit gegen Alles, was in den Bereich irdischer Liebesneigung gehört, irre geworden war. Hatte sie, – was nicht abzuleugnen stand, – Gustav's Bewerbungen von Carolinen abgelenkt und sich zwischen ihn und die Freundin stellend, Letztere förmlich vertrieben, – so hatte sie nicht minder, nachdem nur dieser Zweck erreicht war, sich an solchem Triumphe begnügend, ihre bis dahin stets bewahrte äußerliche Ruhe wieder angenommen und war immer abstoßender geworden, je ergriffener Gustav sich zeigte. Wer mochte beurtheilen, ob diese Ruhe wirklich aus der Empfindungslosigkeit unberührter Sinne? oder ob sie nur aus edelstem weiblichem Stolze hervorging der sich schämte, einen Augenblick lang eitlen, coquetten Gelüsten unterlegen zu haben und der deßhalb mit eiserner Macht wärmere Gefühle unterdrückte? Emil hielt sich zu seinem eigenen Troste gern an die erstere dieser Möglichkeiten; würde auch darin eine Bürgschaft für friedliche Lösung durch die allmählich schlichtende Hand der Alles ausgleichenden Zeit gesehen haben, hätte Gustav nicht unbedenklich der letzteren Ansicht gehuldigt und sich in diese hineingelebt, wie ein eigensinniger, trotziger, unbändiger Junge, – der er streng genommen auch war, sobald irgend ein unwiderstehlicher Antrieb seine sonstige Faulheit übermannte.

Emil stand zwischen zwei Feuern. Sein eheliches Verhältniß war allerdings nicht so gestaltet, daß eifersüchtige Qualen eines wahrhaft beglückenden und beglückten Gatten ihn marterten; aber doch blieb ihm Agnesens Ehre heilig; er achtete sie, wie wir wissen, als eine Makellose und fürchtete jeden Fleck, der *jene* entstellen könnte, wie einen Fleck auf der *eigenen* Ehre. Gustav's Zuversicht und ungeberdige Ausdauer machten ihn besorgt. Doch Diesem die Thüre zu weisen, wäre ihm gleichfalls unmöglich gewesen, denn er fühlte sich noch immer wie verzaubert durch seine geheimnißvolle Anhänglichkeit; ja, gerade jetzt unwiderstehlicher als je. Der Gedanke, Agnes auf irgend eine Weise verletzt, compromittirt zu sehen, war ihm schrecklich; der andere, nächstliegende: mit ihr sich darüber zu berathen, wie es am Besten einzuleiten, am Schicklichsten durchzuführen sei, daß Gustav recht bald, Carolinens Beispiel folgend, Schwarzwaldau verlasse, – diesen Gedanken vermochte er gar nicht zu denken; sein ganzes Herz sträubte sich dagegen, als müsse es zerspringen vor Gram über *diese* Trennung.

Welch' eigenthümliches, gewissermaßen unbeschreibliches Zusammenleben für drei so schroff getrennte und zugleich so eng verbundene Menschen!

Man würde ungläubig staunen bei Betrachtung solcher und ähnlicher Zustände, daß Diejenigen, welche, sie erduldend, darunter leiden, es nicht vorziehen durch muthigen Entschluß ein rasches Ende herbeizuführen, müßte man sich nicht anklagen, durch eigene saumselige Unschlüssigkeit gar manchen schönen Tag seines Lebens verdorben zu haben; ein Vorwurf, der gewiß auch viele meiner Leser trifft, wenn gleich in ganz verschiedenen Lagen.

Für Emil und Agnes gab es nun wenigstens eine momentane Rettung aus dieser langsam fortschleichenden Marter des täglichen Daseins. Sie wurde ihnen gewährt durch steten Wechsel im Reiche litterarischer Neuigkeiten, womit jenes Jahr gesegnet war und welche jeder Bote aus der Stadt zur Auswahl mitbrachte. Gut und schlecht sandte der Buchhändler, wie der Markt es lieferte. Das Gute belebte, das Geringere gab doch immer zu denken, zu vergleichen, zu beurtheilen. Von diesem Troste geistiger Hebung blieb Gustav ausgeschlossen. Was von Fähigkeiten und Verständniß ihm etwa einwohnte, ging unter im überwältigenden, verzehrenden Feuer seiner Liebe für Agnes. Nur diejenigen einzelnen Stellen in Büchern, welche möglicherweise vergleichende Anknüpfungspuncte darboten, konnten ihn ruckweise zur Theilnahme zwingen, die sich sodann stürmisch und für Agnesen erschreckend offenbarte. Diese Ausbrüche einer sonst nach Innen brennenden Gluth erreichten eines Abends die unbändigste Gewalt, als Emil aus einem französischen Romane vorlas, dessen jugendlicher Held manche Eigenschaften Gustav's zur Schau trug und dabei, wie dieser, in hoffnungslos gewordener Leidenschaft für eine strenge, unerbittliche Schöne fast verzweifelte. Die Aehnlichkeit der Situation, im französischen Texte nicht wegzuleugnen, wurde noch vermehrt dadurch, daß der Vortragende, was im Buche stand, in deutscher Sprache wiedergab; und dieß um Gustav's Willen, mit dessen Kenntniß des Französischen es nicht absonderlich bestellt war, wie mit all' seinen Kenntnissen. Solche Uebersetzung aus gedruckter Urschrift in mündliches Wort kann sich unmöglich frei halten von unwillkürlich gebildeten, auf der Zunge entstehenden Umgestaltungen vieler Bilder und Gedanken, welche, ohne absichtliches Dazuthun des Redenden, die Farbe nächster Umgebung angenommen haben, noch ehe sie über die Lippen treten. Viele Deutungen, die Gustav auf sich bezog, wurden erst dazu durch den Accent, den Emil darauf legte. Von Seite zu Seite steigerte sich des Hörers Spannung; er wähnte, und er mußte wähnen, was da gelesen wurde, gebe man ihm zu hören, um ihn zu verspotten. Krampfhaft ballte er die Fäuste, zitternd hielt er sein Schluchzen zurück, – bis er endlich keinen Widerstand mehr zu leisten vermochte, in convulsivisches Weinen ausbrach und zuletzt mit furchtharem Geheul aus dem Zimmer stürzte.

Emil hatte so vollauf mit seiner schwierigen Aufgabe zu thun gehabt, daß ihm entgangen war, was Agnes bereits werden und wachsen gesehen. Ihre Winke und Zeichen, er möge inne halten, waren ihm entgangen und jetzt mußte *sie* ihm erst auseinandersetzen, was und warum es geschehen sei. In ihrer Auseinandersetzung lag eine nicht deutlich ausgesprochene, dennoch unverkennbare Anklage wider ihn, daß er gerade dieses Buch gewählt und dadurch Gustav's Leiden veranlaßt habe. Emil wies diesen Vorwurf in Worten zurück, die alle Schuld von ihm auf *sie* übertrugen; die fast wie Tadel klangen, daß *ihre* kalte, früher gezeigter Freundlichkeit widersprechende Strenge die einzige Ursache des unangenehmen Auftrittes sei. Worauf sie denn wieder entgegnete: so weit gehe ihre Ergebenheit als Gattin doch nicht, einen Liebeshandel zu beginnen, bloß damit ihrem Herrn Gemal ein unentbehrlicher Hausfreund erhalten werde. Bitterkeiten jeder Art wurden ausgetauscht, wobei sie und er Denjenigen vergaßen, um dessenwillen der Zwist sich entsponnen. Es war eigentlich der erste, in den sie seit ihrer Verbindung miteinander geriethen. Deßhalb konnte nicht ausbleiben, daß aller Stoff zur Klage, seit zwei Jahren aufgesammelt, von gegenseitiger Schonung verhüllt, von zartsinniger Schweigsamkeit unberührt, jetzt auf einmal hervorquoll. Sie sagten sich Dinge, die bis zum Tage ihrer ersten Begegnung zurückreichten. Sie zogen mit heftigen, unbedachten Aeußerungen die täuschende Hülle von alten, tiefen Wunden, über deren Anblick Beide sich nun fast entsetzten. So schlimm hatten sie sich's nicht vorgestellt. Jedes hatte gemeint, des Andern Wunden seien längst verharscht? Und da zeigte sich nun wie weit, wie klaffend sie sich um's Herz herum zogen, als ein unbewachter Augenblick sie bloßgelegt. Und Emil wie Agnes mußten sich eingestehen, daß sie sich gegenseitig diese Leiden zugefügt; wenn auch nicht mit der Absicht es zu thun; wenn auch nicht mit scharfen tödtlichen Waffen. Und anstatt sich, Eines das Andere anzuklagen, klagten sie Jedes sich selbst an; gönnten sich Mitleid, indem sie ausriefen: »Du Armer!« »Du Arme!«

Aber weiter brachten sie es eben nicht. Eine Versöhnung, mit ihrem Aufwande von bittersüßen Thränen, mit ihrer wollüstig schmerzhaften sinnlichen Aufregung konnte bei ihnen nicht vor sich gehen. Sie hatten ja niemals gezankt, gelärmt, sich niemals heftige Worte, oder gar hämisch-beleidigende gesagt; sie hatten ja niemals die Bahn der feinsten Sitte verlassen; immer sich Wohlwollen und Achtung erwiesen. – Da ist eine stürmisch-ergreifende Versöhnung eben so unmöglich, als früher verletzende Zerwürfnisse unmöglich waren. Der Zustand eines solchen Ehepaares ist, eben seiner scheinbaren Erträglichkeit halber, in Wahrheit um so trostloser.

Das fühlten Beide in dieser Stunde schwer. Wollten sie die Leere ausfüllen, die zwischen ihnen lag, nachdem sie mannigfache Geständnisse ausgetauscht, . . . was blieb ihnen übrig, als sich mit Demjenigen zu beschäftigen, durch welchen sie zu diesem Austausch so lange geheim gehaltener Gefühle veranlaßt worden waren? Sie unterzogen Gustav einer prüfenden, scharfen Beurtheilung, die wenig zu seinen Gunsten ausfiel. Sie verblendeten sich keineswegs darüber, daß dieser Genosse ihrer letztvergangenen Tage in mehr als einer Beziehung ihrer unwürdig sei; und dennoch, – so unergründlich bleiben unserer Seelen Tiefen und Untiefen! – vereinten sie sich in dem Bekenntniß: ihn fast nicht mehr entbehren zu können.

»Und dennoch wird er uns jetzt verlassen,« schrie Emil auf; »wird mich verlassen, wenn Du ihn nicht zurückhältst!«

»Er steht Dir näher als mir,« entgegnete Agnes; »an Dir ist es, ihm begreiflich zu machen . . . .«

»Was?«

»Daß Du dieses unselige Buch nicht wähltest, um ihn zu kränken, aufzuregen, oder gar zu verspotten; daß es der Zufall Dir in die Hände spielte; daß Du lesend und übertragend nicht Acht auf ihn hattest; daß dergleichen in Zukunft sorgfältig vermieden werden soll; daß wir seine freundliche Gegenwart unserer ländlichen Abgeschiedenheit erhalten wissen wollen; daß wir herzlichen Theil an ihm nehmen; Du . . . und ich *auch!* «

»Dieß Alles« sprach Emil, »kannst Du ihm ungleich besser sagen, als ich, den er in diesem Augenblicke nicht hören wird; dem er zürnt, und nicht ohne Ursache, wenngleich ungerechter Weise. Aus Deinem Munde werden diese Aeußerungen mildernd auf ihn wirken, werden ihm eine beruhigte Nacht verschaffen.«

»Und wie soll ich ihm diese – Beruhigung zukommen lassen? Willst Du es auf Dich nehmen, ihn aus seinem Zimmer herab zu holen?«

»Das würde vergebliche Mühe sein. Wenn Du meine Ansicht billigest, so begiebst Du Dich hinauf; denn will der Prophet nicht zum Berge kommen, dann muß wohl der Berg sein Aeußerstes thun . . . .«

»Ich? Bei Nacht auf Gustav's Zimmer? Zu einem Halbwahnsinnigen? Bist Du es ganz?«

»Im Gegentheil, ich bin verständig genug, Dich zu begleiten: am Arme ihres Gatten kann jede Hausfrau einen Gast besuchen; gar wenn dieser – *krank* ist. Und krank war Gustav, als er jetzt von uns eilte.«

»Ich fürchte, wir sind es alle Drei,« seufzte Agnes; »Jedes auf seine Weise. Darum laß' uns gehen.« – Und sie gingen miteinander.

Fünfzehntes Kapitel

»Ich habe dem Herrn von Thalwiese Beistand leisten wollen; aber mein guter Wille wurde zurückgewiesen. Er schlägt um sich mit Händen und Füssen.« Diese Entschuldigung brachte Jäger Franz vor, als Emil und Agnes ihn lauschend vor Gustav's Stubenthür fanden; worauf er sich sogleich entfernte, mit all' jener demüthigen Unterwerfung, welche er seit der Einweihung des Gefängnisses dargelegt.

Emil wurde durch diese überraschende Begegnung unschlüssig. Der stechende Blick, den der Jäger auf Agnes gerichtet, hatte mehr gesagt, als dessen Mund; hatte verrathen, daß dieser seither unbeachtete und ganz zurückgesetzte Diener nicht aufgehört habe zu erspähen, was um die angebetete Herrin vorging. Emil hatte sicher darauf gerechnet, daß niemand im Schlosse den Besuch seiner Gattin bei Gustav bemerken werde. Von Allen, die der Zufall in ihren Weg führen konnte um diese Stunde, wäre ihm Jeder weniger unangenehm gewesen, als Derjenige, den wahrscheinlich mehr als Zufall, den lauernde Absicht herbeigeführt. Er zögerte, ungewiß ob er nicht lieber umkehren und auch Agnes zurückführen sollte? Diese jedoch machte dem Zweifel bald ein Ende; sie öffnete die Thür und trat hinein, ehe Emil, der ihr die Wahrheit nicht sagen mochte, einen Scheingrund für seine Unschlüssigkeit herbeigesucht. Es blieb ihm nichts Anderes übrig, als ihr zu folgen.

Sie fanden Gustav in seinen Kleidern auf dem Bette liegend, schwer athmend, die Augen geschlossen, weniger einem Schlafenden, als einem bedenklich Kranken, einem Sterbenden ähnlich. Agnes, die entschieden vorgedrungen war und erst durch das spärlich von Emil's Wachskerzen auf das Lager fallende Licht den düstern Anblick gewann, fuhr erschrocken zurück. Emil stellte seinen Leuchter weg, näherte sich dem Bette und sagte leise: »Gustav, Agnes kam selbst um zu fragen, wie Du Dich befindest?«

Der Angeredete gab kein Zeichen des Verständnisses. Als Emil seine Hand zu fassen versuchte, stieß Jener sie von sich und wendete das Gesicht völlig nach der Wand.

»Er glaubt mir nicht,« sagte unwillig Emil, »nun ist es an Dir, Agnes, Deine Gegenwart selbst zu bestätigen.«

Agnes nahm ihres Gemals Platz vor dem Lager ein, während dieser sich zurückzog. Sie redete lange vergebens. Gustav schien auch sie nicht zu hören, oder nicht hören zu wollen. Erst nach und nach drangen ihre Worte, wie sie bittender, inniger wurden in seine verstockte, trotzige Apathie. Der starre Krampf, der sich um seine Brust gelegt und ihn eingeschnürt hatte, fing an sich zu lösen; er ging in leises Klagen und Wimmern über; die Wohlthat der Thränen überkam den Leidenden mit ihrer weichen Hingebung und er öffnete die Augen, feuchte Blicke nach Derjenigen gewendet, die sich flüsternd zu ihm hinabneigte.

In Emil's Herzen schwieg für diesen Augenblick jede andere Regung; er empfand einzig und allein gerührte Theilnahme, sah in Agnesens Benehmen nur aufopfernde Güte einer vollkommen reinen Seele. Um keinen Preis hätte er die Heiligkeit solches Auftrittes als zudringlicher Zeuge stören wollen. Er nahm den Leuchter zur Hand, ließ den Schein der Kerze auf die Wand fallen und widmete – zum Erstenmale seitdem sie da hingen, – den in jenes abgelegene Gastzimmer verwiesenen Schildereien eine Aufmerksamkeit, deren die unbedeutenden Tapeten gewiß nicht würdig waren. Er zwang sich förmlich dazu, nur um die fortwährend Sprechenden nicht zu unterbrechen. Agnes redete jetzt nicht mehr allein. Gustav antwortete, wenn auch in kurzen, abgerissenen Sätzen, deren einzelne Silben zwar unverständlich blieben, deren flehender Klang jedoch dem unwillkürlich Hörenden nicht entging. Schon erlahmte ihm der Arm, der den schweren silbernen Leuchter hoch empor hielt; schon fand sein Auge beim redlichsten Willen an den grellen Bildern nichts mehr zu entdecken; schon sann Emil auf eine passende Aeußerung, womit er sich wieder umkehren und an dieser, das verzogene große Kind beschwichtigenden Versöhnung thätigen Theil nehmen könne? – Da erreichte ihn der von Gustav's Lippen kommende, durch's hohe Gemach säuselnde Hauch: »Agnes!« mit einem so vielsagenden Tone, daß er hastig den Kopf wenden mußte, – mochte er wollen, oder nicht! Und er sah Gustav's Arm um

Agnesens Hals geschlungen; sah noch, wie diese sich mühsam losmachte; sich emporrichtete; sah, – oder *wähnte* gesehen zu haben, – wie ihre Hand auf Gustav's Stirne lag.

Es durchzitterte ihn dabei ein unbekanntes, fremdes Gefühl, dem er weder Namen noch Bedeutung, von dem er nicht Rechenschaft zu geben wußte, ob es ihn mit Zorn, ob es ihn mit Wonne erfülle? Jedenfalls raubte es ihm die Sprache; denn er fand kein Wort, sich, wie es seine Absicht gewesen, wieder in's Gespräch zu mischen. Er stand unbeweglich; nur daß die Hand, welche den Leuchter hielt, langsam herab sank, immer tiefer und tiefer.

Agnes mußte das Schweigen brechen.

Sie that es, wenn auch mit bebender Stimme, dennoch mit jener Fassung, welche das Weib auch da noch zu bewahren versteht, wo der Mann aufhört, seiner Bewegung Herr zu bleiben. Sie sagte lächelnd: »Er ist wieder zu Verstande gekommen; er sieht ein, daß er Dir Unrecht gethan, daß Du ihn mit Deinem dummen Buche weder betrüben, noch verhöhnen wolltest; er begreift, daß ähnliche Scenen unser künftiges Zusammenleben unmöglich machen würden; und er hat mir sein Versprechen gegeben, daß so etwas nie mehr geschehen soll. Auch wird er es halten. Nicht wahr, Gustav?«

»Auf Ehre!« lispelte dieser, indem er ihre Hand an seine brennenden Lippen zog.

»Also kein Groll mehr zwischen Euch Beiden,« fuhr sie fort, ergriff den Leuchter und drängte Emil zu Gustav's Bett.

Dieser saß jetzt halb aufgerichtet. Die Haare hingen glänzend feucht über seine Stirn herab, wie nach einem wilden Fieber; die feurigen Augen glänzten zwischen den dunklen Locken hervor, mir unruhiger Gluth. Er streckte dem sich langsam und zweifelnd Nähernden beide Arme entgegen, zog ihn an sich, schmiegte sich an seine Brust, streichelte seine Wangen und versicherte ihn, (was er nie, auch in ihren vertraulichsten Waldstunden nicht gethan,) der wärmsten, hingebendsten Freundschaft, der dankbarsten Anhänglichkeit.

»Welch' ein neuer Geist ist doch über Dich gerathen?« rief Emil. »Welch' ein Stern ist in dieser Nacht an unserem dunklen Himmel emporgestiegen! Wie bist Du auf Einmal ein Anderer geworden!? Wär' es möglich, wär' es denkbar, daß wir Drei, durch ein heiliges, geheimnißvolles, wenn auch jeglichem Fremden unbegreifliches Bündniß, beglückenden Tagen entgegen sehen dürften?« – Er wollte weiter zu sprechen fortfahren, denn er war im Zuge. Doch Agnes, mit dem richtigen Tacte des Geistes und Herzens, wie er nur edlen Frauen eigen ist, empfand alsobald, daß Worte der Erklärung und Auseinandersetzung, möchten es auch die wohlklingendsten sein, diese Stunde nur entweihen, ihren Frieden nur stören könnten. *Sie* wußte besser, als Emil es ahnen mochte, auf welch' vulkanischem Grund und Boden der Tempel dieses Friedens errichtet war; sah die furchtbaren Erschütterungen wohl vorher, welche das flüchtige Gebäude in Trümmer zu stürzen drohten; weil sie nicht ausbleiben konnten, sobald neue, kühnere Wünsche über die heutige Wehmuth des kaum beschwichtigten, in Wonnethränen verschwimmenden Freundes wieder siegten.

Sie schnitt Emil's Rede ab mit der Aeußerung: »Jetzt lassen wir ihn; er bedarf der Ruhe und diese findet er nur, wenn er allein bleibt.« Dabei ergriff sie den Leuchter, den ihr Gemal fortgestellt, als er sich zum zweitenmale Gustav's Lager genähert, und begab sich aus dem Zimmer, ohne Rückblick. Sie eilte, wie wenn sie länger zu weilen fürchtete und ließ die Freunde im Dunkel zurück. Bald nachher tappte sich auch Emil durch die finstern Gänge; aber nicht, um wie gewöhnlich in seine Gemächer zu treten. Er stellte sich bei Agnes ein, die über des Gatten Erscheinung erschrak, wie sie über einen, aus dem Versteck hervorbrechenden Räuber hätte erschrecken können: »Was willst *Du bei mir?*« fragte sie.

»Dir danken für das Opfer, welches Du mir gebracht; für die Güte, womit Du meine Bitte erfülltest; für die Nachsicht und Geduld, welche Du daran setzen wolltest, einen Unbändigen wieder zu zähmen, der mir ohne Deine Großmuth verloren war.«

»Und wer sagt Dir, Emil, daß ich großmüthig für Dich allein handelte? Wer bürgt Dir für mein Herz, ob es nicht seinem eigenen Antriebe folgend, denjenigen zu versöhnen, aufzurichten strebte, den es auch sich erhalten wissen will? Woher weißt Du so bestimmt, daß mir Gustav gleichgiltig ist?«

»Gleichgiltig – nun das sag' ich ja nicht. Du bist zu wohlwollend, zu gut, als daß Dir ein gutmüthiger, eigentlich begabter, wenn auch vernachlässigter junger Mann, den ich lieb habe, an den ich nun schon gewöhnt bin, den ich kaum zu entbehren wüßte, *gleichgiltig* sein könnte. Einem edlen Gemüthe wie dem Deinigen ist *kein* Mensch gleichgiltig, am allerwenigsten ein harmloser Hausfreund, der Wohlthaten von uns empfängt . . . .«

»– Harmlos? Verzeih', Emil, diese Bezeichnung erscheint mir nichts weniger als treffend. Mir fällt dabei ein, was ich neulich in irgend welchem gedruckten Reiseberichte las, daß im Garten einer durch vielseitigen Kunstaufschwung berühmten Residenz die aus einem Distichon bestehende Inschrift auf dem Postamente einer antiken Statue mit dem Worte ›harmlos‹ beginnt und daß dieses Wort, weil die Oeconomie des Raumes den Steinmetz dazu zwang, allein die erste oberste Zeile bildet. Da nun Dienstmädchen und ähnliche Kunstkennerinnen sich die Mühe ersparten, den classisch-gefeilten Vers weiter zu lesen, so blieben sie beim ›*Harmlos* ‹ stehen, nahmen an, dieß sei der Name des in Stein gebildeten Gottes und bestellen, wenn sie ein abendliches Stelldichein zu geben beabsichtigen, ihre Beglückten in den dunklen Garten, wo er und sie sich beim ›*Harmlos*‹ finden wollen. Nichtviel weniger harmlos als Jener steinerne dünkt mir unser Gastfreund aus Fleisch und Blut.«

»Einer Caroline gegenüber, die aufrichtig gesagt, in manchen ihrer Eigenschaften an die von Dir erwähnten Nichtleserinnen des Distichons erinnern könnte –«

»Thu' ihr nicht Unrecht, Emil. –«

»Durchaus nicht; doch ich wiederhole: *ihr* gegenüber wollte ich für Gustav nicht stehen. Aber Du, die mit einem Worte, mit der Senkung oder Hebung eines Augenlides ihn zu beherrschen vermag; deren Uebergewicht um desto mächtiger bleibt, je weniger Du empfänglich bist, Deinem ganzen Wesen nach, für das, was so vielen trefflichen Frauen doch Nebeln ähnlich zu Kopfe steigt und ihnen die Besonnenheit auf Augenblicke zu rauben vermag. – *Du* hast nie und nimmer zu fürchten; sogar dann nicht, wenn Du dulden wolltest, was Du heute in unaussprechlicher Herablassung geduldet, wie der Arm des Weinenden Dich umschlang, daß er . . . .«

Agnes wurde leichenblaß und glühendroth binnen zwei Momenten. Sie hatte nicht gewußt, daß Emil gesehen, was sie erlebt zu haben gern vergessen hätte. Jetzt nahm sie seine vorhergegangenen Zusicherungen für Hohn. Dadurch wurde sie verführt, ihm höhnisch zu erwidern, was gegen ihren Character war: »Ich konnte ja nicht wissen, wie weit ich als gehorsame Gattin gehen soll und darf, die Launen meines Eheherrn zu befriedigen? Wenn er mich erst einem Anbeter zugeführt, wäre es, sollte ich meinen, nicht an ihm, sich über meine Fügsamkeit zu beklagen; und am wenigsten durch Spott, der mir von allen ersinnlichen Kränkungen die verletzendste ist.«

Emil versicherte, daß er diesen Vorwurf nicht verdiene; daß er an Spott nicht gedacht habe. Doch sie glaubte ihm nicht mehr. Sie beharrte bei ihrem Groll; und daß sie dieß that, weiset allerdings schon auf eine mächtige Veränderung in ihrem Herzen hin. Sie ging noch weiter. Sie lehnte sich gegen den vermeintlichen spöttischen Angriff geradezu auf, indem sie sich selbst noch schärfer anklagte, als Emil es (unfreiwillig) gethan. »Wenn Du,« fuhr sie heftig fort, »die schlechten Bilder an der alten Tapete so aufmerksam zu studiren schienst, um unterdessen heimlich nach uns schielen zu können, so sollte Dir unmöglich entgangen sein, daß wir bei der Umarmung uns nicht begnügten; daß auch seine Lippen die meinigen berührten; daß ich ihn nicht von mir stieß, als er mich küßte.«

»Das hab' ich nicht gesehen,« sagte Emil, gerührt durch den unverholenen Schmerz, der aus ihrer Stimme hervorbrach und ohne welchen sie sich selbst gewiß nicht auf diese unerhörte Art verleugnet haben würde; »das hab' ich nicht gesehen, Agnes; doch hätt' ich es, unter diesen ganz eigenthümlichen Verhältnissen könnt' ich es eben auch nur gebilliget haben; und ich danke Dir, daß Du mir es erzähltest. Ueberhaupt: handle, wie Du willst; thue, was Dir das Rechte scheint; ich werde Alles loben; ich werde nie *an Dir* zweifeln. Um so weniger, je weniger Du an mir zweifelst; je herzlicher und offener Du mir vertraust. Wir sind ein unglückliches Ehepaar, ich leugne es nicht. Bisweilen hab' ich die Schuld zwischen uns zu vertheilen gesucht; bisweilen hab' ich in trüben Stunden mich als den allein Schuldigen angeklagt? Sei's wie es wolle, es *ist* einmal so! Vielleicht dürfen wir künftig sagen: es *war* so? Vielleicht können wir durch innige, unbegrenzte Freundschaft für einander die Zufriedenheit erreichen, welche die Liebe uns leider nicht gewährte. Vielleicht zählen wir von diesem Abende eine neue Periode unseres Daseins? Halte von mir, was Du magst, – nur mißtraue mir nicht; nur wirf nie den Verdacht auf mich, in meiner Seele könne Spott und Hohn Raum finden für diejenigen, die ich achte, ehre, ja, die ich *liebe*, – wenn auch nicht im gewöhnlichen Sinne, doch gewiß mit jener Liebe, die man dem Edelsten und Besten auf Erden zuwendet. Schlafe wohl!«

Er drückte einen Kuß auf ihre Stirn und entfernte sich.

»Ach,« sagte Agnes, »warum sind diese Worte eben nur Worte, wie Alles, was er spricht! Warum ist dieser ganze Mensch, sammt seinen unverkennbaren Vorzügen und schönen Eigenschaften, doch eben nur das Einzige nicht, was er sein müßte, um ein ganzer tüchtiger Mann zu sein! Ich weiß nicht, *was* ihm fehlt? Weiß nicht, woran es liegt, daß jeder Tugend, die er übt, daß jedem Fehler sogar, den er begeht, der *Kern* mangelt, der innere, feste Haltpunct, der uns, wenn wir ihn im Busen des Mannes ahnend fühlen, sogar mit Lastern und Verbrechen versöhnen kann; der das Weib zur freiwilligen Sclavin ihres Herrn macht; der sie Ketten nicht fühlen, Schmerzen nicht achten, Leiden vergessen, Tyrannei ertragen und sie im Elend lächeln lehrt!? Weiß nicht, *was* ihm dazu fehlt, – darf mir aber nicht verhehlen, daß dieser Gustav es besitzt; dieser unwissende, mit Emil verglichen gemeine Bursche! – – Und was wird aus mir werden.? Sein Kuß brennt noch auf meinen Lippen – – –«

Sie entkleidete sich, ohne ihr Kammermädchen zu wecken; sie legte sich zu Bett und faltete wohl die Hände. Aber beten konnte sie nicht, – und schlafen noch weniger.

Ob Gustav schlief? – Emil gewiß.

Sechszehntes Kapitel

Die ersten Tage des März brachten gegen Erwarten und Vermuthen heftigen Schneefall. Dabei war das Wetter, als erst Wald und Erde sich in weiße Flocken verhüllt und der Himmel sich wolkenlos zeigte, so mild, die Luft so frühlingslau, daß Emil Agnesen den Vorschlag that, sie möchte versuchen, was sie im Winter aus Abneigung gegen die Kälte gern vermied: eine Schlittenfahrt mitzumachen. Anfänglich weigerte sie sich auch dießmal. Da stellte sich Gustav ein, dem die Kämpfe der vergangenen Nacht wohl noch in dunklen Ringen um die matten Augen lagen, der aber doch von einem rosigen Schimmer übergossen schien, indem er Agnesen begrüßte.

»Wie wär' es,« fragte Emil; »wir essen rasch, eine halbe Stunde früher, eine halbe Stunde kürzer als sonst; um vier Uhr klingeln wir durch den Wald und athmen Vorgefühl des Frühlings? Es wird *ihm* gut thun!« – Dabei legte er die Hand auf Gustav's Locken, zog dessen Kopf an den seinigen, und wiederholte: »Wollen wir Schlitten fahren?«

Gustav ließ mit sich geschehen, gleich einem geduldigen Kinde. »Sehr gern fahr' ich mit,« erwiderte er; »nur daß ich heute nicht die Zügel halten könnte; ich bin wie zerschlagen; ich habe die ganze Nacht keinen Schlaf gehabt.«

»Wer verlangt das von Dir? Kutschiren werd' *ich* ; Du sollst bei Agnes im Schlitten sitzen, eine ganze Menagerie von Bären- und Wolfspelzen steht zu Diensten. Ihr dürft' Euch einpacken, als wär's im Januar und braucht bloß vor der Stirn ein Fensterchen offen lassen, damit ihr die weißbestreuten Tannen und ihr dunkles Grün bewundern könnt. Wir fahren nur zu Dreien, nehmen niemand mit, keinen Kutscher, keinen Reitknecht, keinen Peitschenknaller, keinen Schlittenhalter – und werf' ich Euch um, so schadet's nicht; in Pelze gehüllt und im weichen Schnee liegt man weich.«

Agnes fand abermals für passend, sich zu weigern; und noch bestimmter wie vorhin.

Da sagte Emil zu Gustav: »So versuche Du Dein Heil und bitte sie, uns zu begleiten. Dir wird sie's nicht versagen; mit mir mault sie noch von gestern Abend her, – und wahrlich ohne Ursache. Aber das ist desto schlimmer. Denn sobald wir uns eingestehen müssen, daß wir ungerecht sind, lassen wir's gern denselben entgelten, gegen Den wir es sind. Das gehört mit zu den Vollkommenheiten der lieben Menschennatur.«

»Was hast Du denn verbrochen?« fragte Gustav mit so verschämter Sanftmuth und in einer so kindlichen, von seiner gewöhnlichen Ausdrucksweise so ganz verschiedenen Betonung, daß Agnes erstaunt nach ihm aufsah und daß Emil sich nicht entbrechen konnte zu murmeln: »Nein, es ist nicht wahr, daß Amor in unserem eisernen Seculo seine Göttermacht eingebüßt habe! Er ist noch immer, was er gewesen, da Venus mit den übrigen Herrschaften vom Olymp die schöne Welt regierte, an der Freude leichtem Gängelband. Vermagst Du,« setzte er dann laut hinzu, noch einmal *Nein* zu entgegnen, Agnes, wenn Du diese hinschmachtende Stimme hörst? Geh', Gustav, bitte sie; aber falle nicht aus diesem Tone.«

Und Gustav, mit nie bezeigter Folgsamkeit, that wirklich einen Schritt auf Agnesens Sessel zu, faßte ihre Hand und lispelte: »Ja, ich bitte auch.«

Nun lachte Agnes, – aber sie zwang sich zum Lachen, – »hängt beider kleiner Kinder Glück daran, daß sie Glöckchen klingen hören, so mag es d'rum sein; ich fahre mit.« –

Die Mahlzeit wurde früher aufgetragen, wurde auch rascher beendet, als sonst; doch letzteres nicht sowohl, weil man schneller, sondern vielmehr weil man fast gar nicht aß. Eine Schüssel nach der andern ging fast unberührt vorüber. Jedes von den Dreien gab verschiedene Gründe dafür an: Gustav fühlte sich noch leidend von gestrigem Brustkrampf; Agnes klagte über Migraine, die sie im Freien zu verlieren hoffte, ohne welche sie kaum in die Schlittenfahrt eingewilliget haben würde; Emil versicherte zweimal gefrühstückt zu haben. Alle Drei logen, obgleich sie zugleich die Wahrheit sprachen. Wie denn hienieden in jedweder Lüge ein Fünkchen Wahrheit blitzt und in jedweder Wahrheit ein Keim der Lüge steckt. Keines von den Dreien wollte ehrlich eingestehen, daß in seiner Brust Empfindungen und Vorgefühle walteten, die nicht Raum genug fanden und den Weg bis an den Hals empor verengten und sperrten.

Agnes naschte nur vom Dessert und die Männer fanden kaum Zeit noch ein Glas wärmenden Portweins zu leeren, da erscholl schon vom Hofe herauf das Gebimmel des klaren Schellengeläutes.

»Und wohin soll's gehen?« fragte Agnes, während Gustav, bevor er Platz nahm, sie sorgsam mit Pelzwerk umhüllte.

»Wo Du noch nie gewesen,« rief Emil und ließ den muthigen Pferden ihren Willen.

Ich behaupte: die Eisenbahnen, wie sie soviele kleine Freuden des Lebens mit ihrer siegreichen Gewalt vernichtet, haben auch der Lust am Schlittenfahren den Garaus gemacht. Wer einmal auf Schienenwegen von Dämpfen fortgerissen ein halbes Dutzend deutscher Postmeilen während einer kurzen Stunde zurücklegte, kann sich nicht mehr staunend ergetzen an verhältnißmäßig langsamem Dahingleiten auf glatter Schneebahn. Aber was meinen Lesern von heute längst alltäglich ward, gehörte damals noch in's Reich der Mythe und Agnes fand wirklich Vergnügen an dieser Lustfahrt. Sie schaute mit Behagen in den tiefen Wald hinein. An Gustav's Seite sich lehnend zeigte sie, sonst beim Fahren keine Heldin, nicht die geringste Besorgniß, wenn Windwehen etwa die Spuren ebnender Holzschlitten verdeckt hatten und Emil neue Bahn brechen mußte. Sie fragte auch nicht mehr: wohin? Sie überließ sich dem Behagen, welches rasche Bewegung in erfrischenden Luftströmen auf sie ergoß. »Wie schön!« weiter sprach sie nichts. Und: »Wie schön!« sprach Gustav ihr nach, wenn er ihr Auge suchte und verstohlen unter den Pelzen ihre Hand drückte.

Sie ließ es geschehen, ohne den Druck zu erwidern.

Da zeigte sich plötzlich eine von Bäumen leere Fläche und Emil hielt die schnaubenden Rosse an. »Hier,« sagte er, indem er die Peitsche ehrerbietig senkte, »hört meine Grundherrschaft auf, hier beginnt Gustav's Reich; das hier ist der vielbesprochene Waldsee, jetzt von Schnee und Eis bedeckt, an dessen schilfumrauschten Ufern der Sohn dieser Gefilde, ein sommerlicher Schläfer, die leichterregbaren Triebe Deiner ehemaligen Busenfreundin weckte. Wo lagst Du damals, Gustav? Zeig' es uns!«

»Dummheiten,« brummte dieser; und brummte so tief, als ob das Bärenfell zu seinen Füßen seine eigene ihm zugehörige Haut wäre.

»Ich möchte es auch wissen,« sagte Agnes; »möchte auch die Stelle sehen, wo Caroline Sie entdeckte? Es muß eine seltsame Ueberraschung für die Reisende gewesen sein, hier, in diesem verstecktesten Winkel einen Schlummernden wieder zu sehen, der sich mit Liedern in ihr Gedächtniß gesungen! Bitte, Gustav, wo lagen Sie? Und wie?«

»Hier lag ich,« rief Gustav, sprang aus dem Schlitten, und warf sich in den Schnee; »*hier* lag ich, und so wie ich jetzt liege; nur daß es jetzt Winter um mich her ist, wie es damals in mir war! Und daß es Sommer in meiner Brust ist, wie damals außer mir.«

Agnes schwieg dazu.

Emil sprach. »Ganz vortrefflich! es ist unmöglich schlagender zu antworten, wenn es gilt, eine Oertlichkeit nachzuweisen. Aber nun, da Du kein Russe bist, der aus der Badstube kommt, und da der Schnee, obwohl nur Märzschnee doch auch nicht aus den Blumenblättern von Märzbechern und Schneeglöckchen sich aufbettet, würde ich rathen, Dich wieder mit meinen wilden Thierfellen vertraut zu machen. Wir haben genugsam aus eigener Anschauung genossen, um uns jene Situation zu versinnlichen. Es müßte denn sein, daß Agnes nicht zufrieden wäre, bevor sie Dich wirklich schlafen sieht . . .?«

»Um Gotteswillen,« rief Agnes, »stehen Sie auf, setzen Sie Sich ein! Ich ängstige mich zu Tode, Sie könnten krank werden!«

Gustav schüttelte sich den Schnee ab, so gut es ging und nahm dann seinen Platz im Schlitten wieder ein. Agnes fragte ihn unzähligemale, ob er sich auch gewiß nicht verkältet habe? ob er auch gewiß recht warm eingehüllt sei? Und sie gab sich erst zufrieden, nachdem über diese Dinge kein Zweifel mehr obwaltete. Dennoch aber äußerte sie den Wunsch, Gustav möge bald Kleider wechseln und deutete einigemale an, Emil solle die Pferde noch schärfer austraben lassen. Dieser hörte ganz gut, was hinter ihm geflüstert wurde und war schon bereit, diesen Wunsch zu erfüllen; hob schon die Peitsche zu förderndem Antriebe . . . da vernahm er Gustav's

Stimme, leise durch den Schall des Schlittengeläutes klagend: »Soll dieß kurze Glück mir durch raschere Fahrt noch verkürzt werden? Mißgönnen Sie mir's?« Und als Agnes darauf nichts mehr erwiderte, ließ Emil die Peitsche wieder ruhen, die Pferde in einen schrittähnlichen Trab fallen, ohne Rücksicht auf den einbrechenden Abend, den er viel mehr aufzusuchen schien; denn er nahm verschiedene Richtungen, fuhr links und rechts ab, bog in Holzwege ein und verlängerte so die Heimkehr um eine volle Stunde.

Agnes und Gustav merkten es nicht. Sie waren beim Aussteigen im Schloßhofe sehr verwundert, daß es so spät geworden sei.

»Ich hoffe,« sagte Emil, indem er den harrenden Stallleuten die Zügel zuwarf, »mich als galanter Ehemann bezeigt zu haben? Nicht, Agnes?«

Diese war bereits in der Vorhalle verschwunden und über die Treppe hinauf – mehr geflogen, als gegangen.

»Nicht, Gustav?« fuhr er fort; »Du wirst mich loben? Gieb mir mein Schlittenrecht.«

Gustav warf sich ihm um den Hals, hielt ihn umschlungen und küßte ihn feurig. Dann riß er sich los und stürmte fort, sich umzukleiden.

Emil knallte noch einigemale mit der Peitsche, ehe er sie dem Stalljungen übergab. Hernach ging er langsam in's Haus und sagte: »Wenn *er* sie *so* geküßt hat . . .? Keinesfalls galt dieser Kuß *mir* ; als redlicher Finder sollt' ich zurückgeben, was nicht mein ist!«

Mit diesem Gedanken beschäftiget und von einer ganzen Schaar daraus entspringender Gedanken und wundersamer Bilder umschwirrt, nahm Herr von Schwarzwaldau Stufe für Stufe einzeln, bedächtig, deren er sonst ihrer drei auf Eins zu überspringen pflegte. Vor der Thür des Vorzimmers stand Franz.

»Was giebt's?« ließ ihn Emil an; und ziemlich barsch, weil er sich in seinen Träumereien durch den Jäger gestört sah.

»Ich traute mich nicht hinein,« antwortete dieser mit hohler Stimme, wie aus einem Grabe. »Die gnädige Frau wartet schon auf Sie!«

»Agnes, bei mir? – Gut, gut! Du kannst gehen! Ich brauche Dich nicht!«

Und Franz blieb allein auf dem Corridor vor der heftig zugeworfenen Thüre:

»Er braucht mich nicht? Mag sein! Aber ich brauche *ihn* ; und hab' ich nur den – *Andern* beseitigt, – mein gnädiger Herr soll mir nicht entkommen! Ich will ihm nicht umsonst Herz und Seele geöffnet haben! Ich will . . .«

Was der Jäger Franz Sara weiter drohte, verlor sich im Gemäuer, durch welches die Wendeltreppe zum Jägerzimmer hinauf geht. Wir folgen ihm nicht und wenden uns wieder zu Emil, den Agnes wirklich, vor dem Kamin stehend, empfängt.

»Wund're Dich nicht,« sagte sie, »mich bei Dir zu sehen. Oder ja, wund're Dich! Denn gewiß, nur etwas höchst Wichtiges konnte mich bewegen, Dich in Deiner selbstgewählten Junggesellenwirthschaft aufzusuchen. Ich komme, mich anzuklagen; komme Dich zu warnen. Ich bürge nicht mehr für mich, ich bürge für nichts, wenn Herr von Thalwiese länger bei uns aus- und eingeht. Er muß fort! Er darf nicht wiederkehren, Du mußt mit ihm brechen – oder . . . . .«

»Oder? . . . .«

»Wozu die Verstellung? Er wird mir gefährlich und das entgeht ihm nicht. Ja, ich liebe ihn!«

»*Du* liebst? – Agnes, Du *kannst* lieben?«

»Noch bin ich Herrin meiner selbst. Noch überseh' ich die Gefahren, die mir drohen. Doch ich *sehe* sie; ich *will* sie sehen; will sie nicht leichtsinnig wegleugnen; will mich nicht belügen, Dich nicht. Wir haben uns Wahrheit versprochen und mein Versprechen werd' ich halten. Deßhalb erfahre jetzt, daß Dein Freund heute Abend bei der Heimkehr nicht mehr derselbe blieb, den Du, als er matt und leidend zur Mittagstafel kam, den Schmachtenden zu nennen beliebtest. Gustav gehört zu den jungen Männern nicht, die schmachtend sich sehnen und sich mit Idealen begnügen, sobald die Wirklichkeit warm und lebendig neben ihnen weilt. Ich habe bisher an Deiner Seite mich selbst nicht erkannt; wußte nicht, wer ich bin? wußte nicht, was ich wollte? Dich klag' ich nicht an; that es nie. Du mußt sein, wie Du bist. Aber Du hast mich eben darum auch nicht belehren können über mein angebornes Bedürfniß. Gustav vermag dieß.

Wie tief er unter Dir steht in allen Beziehungen zur Welt, zur Bildung, zur Wissenschaft, zur Geselligkeit, – das verkenne ich nicht, darüber täusch' ich mich nicht, – dennoch empfind' ich, daß ich sein werden *muß*, wenn er bleibt. Deßhalb trenne Dich von ihm und ihn von mir, weil es noch Zeit ist; zerreiße die Blumenketten, womit seine Tugend, seine Schönheit, seine naive Unwissenheit, seine rohe Anmuth – lache nicht über diesen Ausdruck, er ist absichtlich gewählt, – uns umwanden, schicke ihn fort, und uns laß' wieder uns're alten Fesseln schleppen durch's liebe, alltägliche Leben, – mit äußerem Anstand wie bisher; wenn auch *ohne* Blumen!«

»Trennen! Mich von ihm trennen! Ja, Du hast Recht. Was ist er mir denn? Was er mir vielleicht werden konnte, wenn unsere Zusammenkünfte im stillen Walde der Winter nicht unterbrach; wenn im eisigen Frost die Blümchen nicht erstarrt wären, mit denen meine kindische Phantasie ihn schmückte: der *Freund* , den ich suche, von dem ich träume seit meiner Knabenzeit . . . er wurd' es nicht! Er hält nur noch an mir, um Deinetwillen. Ich weiß es. Jede Regung des Wohlwollens, der Anhänglichkeit mir gegönnt, verirrte sich nur zu mir, weil er an Dich sie zu richten noch nicht wagte. Er wird dankbar, herzlich, freundlich gegen mich sein, so lange er in mir den duldsamen Beschützer Eurer Neigung sieht und braucht. – Dann wird er mich verachten, oder hassen; je nachdem ich meine Schmach stillschweigend zu tragen, oder zornig abzuschütteln versuche! So wird es kommen. O Du hast Recht: wir müßten uns trennen! Ein Riß, ein heftiger Riß in's Leben . . . eine frische Wunde . . . . ein Bißchen Blut . . . das ist Alles. Damit wär' es abgethan! Und dann – kein Kampf mehr zwischen Ehrgefühl und Schwäche; keine Besorgniß, wie diese unsinnige, unglaubliche Verwirrung der Gefühle, der widerstrebendsten Ab- und Zuneigungen sich endlich lösen soll? Keine Eifersucht mehr, die nicht weiß, ob sie fürchtet, oder wünscht? Die nicht weiß, ob sie haßt, oder liebt? Kein Zwiespalt zwischen Freundschaft, Verrath, Ehrfurcht, Argwohn, brüderlicher Liebe und Geringschätzung! . . . Nichts mehr von alle Dem! Aber auch *er* nicht mehr in unserer Nähe! Der einzige Mensch, den wir Freund – nennen! Der oft erheiternde Gesell unserer langen Abende! Sein sprechendes Auge nicht mehr an unsern Augen, an unserer Lippen Bewegung hangend! Seines Liedes Klang nicht mehr durch traute Dämmerstunde tönend! Seine kindischen Scherze nicht mehr an unser Ohr schlagend! Seine treuherzigen Albernheiten Dein Lächeln nicht mehr hervorrufend! Und dieses Zimmer, wenn ich mich vor der Leere einer schlaflosen Nacht fürchte, nicht mehr belebt durch seine Gegenwart, die das einzige Leben in unser lebloses Dasein brachte; – wenn wir Carolinen nicht rechnen wollen, die Du doch, offen gesagt, nur *ihm* , nur Deiner werdenden Vorliebe für ihn aufopfertest; von der Du Dich los machtest, nachdem Du ihn von ihr los gemacht. Gesteh' es ein, arme Agnes, auch Dir wird er fehlen, mehr wie mir. Und wenn ich auch nicht glaube, was Du in übertriebener Besorgniß aussprichst, daß Du befürchten mußt in Liebe für ihn aufzugehen; wenn ich auch niemals diese Deine Befürchtung theilen kann; daß er Dir theuer ist, daß er auch zu Deiner Existenz schon mit gehört, davon bin ich durchdrungen; das hast Du durch die That bewiesen. Auch von *Dir* soll ich ihn losreißen? Auch Dir soll ich Schmerzen bereiten durch diese gewaltsame Trennung? *Dir* , Agnes, der ich ihre Jugend gestohlen, als ich mich verleiten ließ, um Deine Hand zu werben? Ich, der ich nicht geboren ward, Dir Glück zu bringen?«

»Emil, verkaufe nicht mit mir! Meinetwegen werde nicht schwankend in einem festen Entschluße, wenn Dir ein solcher sonst möglich ist. Um *meine* Schmerzen bekümmere Dich nicht. Ich weiß Dir's nicht Dank. Meine Schmerzen liegen hier eingesargt, in dieser Brust, deren wärmeren Schlag *für Dich* Du nie zu erwecken verstandest. Sie war kalt, sie blieb kalt, wie sich's für eine Gruft begrabener Schmerzen gebührt. Jungfräuliche Träume, mädchenhafte Wünsche, glühende Jugendbilder, blühende Hoffnungen, verwelkte Enttäuschungen liegen wie Leichen beisammen darin. Lasse sie liegen. Gräme Dich nicht unnütz um sie und um mich. Zwei Marmorhügel wölben sich als Grabmal darüber: weiß, fest, kalt wie Stein. Daß nicht ein von versunkenen, heidnischen Unterwelts-Götzen Begünstigter die frevelnde Zauberhand darauf lege, den Stein zu beleben, wie in jenem Märchen von Galathea's Statue! Daß nicht die Leichen aufgestört werden aus ihrer Grabes-Ruhe! Emil, hüte Dich! Es könnte einen furchtbaren Todtentanz geben, der mich in seine Wirbel hineinzerrte . . . . und Dich auch. – Höre meine Warnung: ich bin nicht, die ich scheine. Du kennst mich nicht. Ich kannte mich selbst nicht. Nur Gott . . . und der will nicht, daß man ihn versuche! – Noch ist Zeit. Gustav scheide von uns . . . und der Friede bleibe uns . . . der Friede des Grabes, mein' ich!«

»– – Aber soll denn das arme Wasser im Theekessel ganz und gar verkochen? Will sich denn keine Hand erbarmen, mir ärmstem aller Schneehasen ein heißes Glas Grog zu brauen, daß ich wieder in's Leben komme und mein Contrafey am Ufer des todten See's vergesse?«

Mit dieser Frage stand Gustav zwischen dem Ehepaar, eben als Emil auf Agnesens letzte Warnung erwidern wollte.

Seine nichtigen Worte drangen in das feierlich-ernste Zwiegespräch wie ein Gassenhauer in die Hallen eines Tempels. Er empfand die störende Wirkung, die er hervorgebracht, in der Rückwirkung auf sich selbst. Der Empfang, der ihm zu Theil wurde, belehrte ihn, obgleich ein schweigender, daß hier bedeutende Angelegenheiten verhandelt wurden; und daß *er* der Mittelpunct, die Hauptperson darin sei, konnte ihm nicht entgehen. Die übermüthige Fröhlichkeit, die er mitgebracht, wich sogleich gespannter Erwartung. Er verstummte, einem Verbrecher ähnlich, der sein Urtheil erwartet, doch nicht ohne Aussicht auf Begnadigung.

»Soll ich in seiner Gegenwart reden?« fragte Emil; – »darf ich?«

»Und weßhalb nicht?« erwiderte Agnes; »wofern nämlich – (und dabei blickte sie ihn fest an,) – wofern Du sicher weißt, *was* Du reden willst!«

»Hier kommt es nicht darauf an, Agnes, was ich sagen *will?* nur darauf, was mir zu sagen gestattet ist; was Du willst, daß ich sagen soll? Die strenge Wahrheit weiß ich ihm nicht zu verkünden, ohne Verletzung eines mir anvertrauten Geheimnisses.«

»Ich mache kein Geheimniß aus dem, was ich Dir mitgetheilt habe,« rief Agnes; »vor ihm nicht! Es wäre lächerlich, ihm verbergen zu wollen, was seit gestern Abend jeder Pulsschlag ihm kund gab. Noch einmal: verkaufe nicht mit mir! Verkrieche Dich in Deiner Unschlüssigkeit um Gottes Willen nicht hinter mich. Tritt vor als Herr des Hauses, tritt ein als selbstständiger Mann, bezahle mit Deiner Person, mit Deiner Ehre, rette *Deinen* Willen und gestehe dann, daß Du der Urheber dessen bist, was hier zu geschehen hat. Wenn Gustav auf ewig von uns scheidet, – aus meinem Munde soll keine Klage, aus meiner Brust soll kein Seufzer dringen; ich werde seinen Namen nicht mehr nennen. Wenn Du ihn bleiben heißest – dann klage Du auch nicht über mich; schon im Voraus werfe ich, was mich treffen könnte, auf Dein Haupt zurück. Du bist der Herr! Und nun macht mit einander aus, wie Männer, wobei ich keine Stimme habe. Ich begebe mich in mein Zimmer und will heute keinen von Euch Beiden mehr sehen. Ich werde morgen noch zeitig genug erfahren, woran ich bin. So, oder so, – mein Gewissen ist rein gegen Dich. Ich bin wahr gewesen. Sei es auch, wenn Du kannst.«

Gustav wollte ihr folgen.

Sie kehrte sich nach ihm um, streckte ihm gebieterisch den Arm entgegen und sprach: »Herr von Thalwiese, es ziemt Ihnen nicht mehr, mit mir zu sprechen, bevor mein Gemal mit ihnen sprach. Sehen wir uns wieder, dann haben Sie nähere Rechte an mich. Sehen wir uns jetzt zum Letztenmale, dann vergessen Sie Gestern, wie Heute, und die Zukunft bringe Ihnen Glück!«

Die Thür fiel in's Schloß. Gustav wendete sich zu Emil: »Was soll das heißen, zum Letztenmale? Sprich, weiset sie mich von sich? Jagt sie mich aus dem Hause?«

»Sie nicht! Ich soll es thun.«

»Du? mich? Du, der mich in die Gefahr lockte? Der Schuld ist, daß ich erleide, was bisher, wenn ich Andere es erleiden sah, Gegenstand meines höhnischen Zweifels, meines ungläubigen Spottes gewesen? Du, mich verstoßen, dem Du unzähligemale zugeschworen, ohne ›ihn‹ nicht mehr leben zu können? Den Du die neu aufblühende Jugend Deines vor der Zeit alternden Daseins nanntest? Dem Du unverbrüchlich treue Freundschaft gelobtest, . . . und die Wipfel der Bäume Deines Waldes rauschten über uns? Du, der Freundschaft treulos, weil Du ihr nicht gönnen magst, sich im reinen Strahle weiblicher Tugend zu veredeln? Den Freund vertreiben, – aus Neid, ich kann's nicht anders benennen; aus Hochmuth, aus Eigensinn. – Denn Eifersucht quält Dich nicht. Dazu müßtest Du Deine Frau lieben. Aber Du verehrst, Du achtest sie nur! Nein, Du liebst sie nicht. Ich liebe sie!«

»Und wenn ich nun eben deßhalb eifersüchtig wäre? Wenn ich es nicht Deinetwegen auf sie, wenn ich es Ihretwegen auf Dich bin? Wenn ich ihr nicht gönne, daß Du sie höher stellst als mich? Wenn die Eifersucht, die mich martert, fürchterlicher quält, als jene, von der Du meinst, daß ich sie nicht kenne?«

»Dann leihe mir eine Pistole, Freund Emil. Ich werde in den Wald gehen, mir eine Kugel durch den Kopf zu schießen, und es ist uns Allen geholfen.«

Er sagte dieß so ruhig, daß Emil die Kälte des Todes über den Nacken schleichen fühlte.

»Man bringt sich nicht so leicht um, glaube mir; es gehört viel dazu.«

»Bei *Dir* vielleicht. Bei mir nichts als eine Silbe. Sprich zu mir: *geh'!* Und es ist gethan. Ich lebe nicht mehr ohne ihren Anblick. Ich kann's nicht; ich will's nicht!«

»Wenn ich nun spräche: geh! Und wenn Du gingest aus meinem Hause, von dieser Erde . . . hieße das nicht Dein Angedenken mit dem Kranze des Märtyrers schmücken? Dich in ihrem Herzen zum Heiligen machen? Und in dem meinigen nicht minder? O, ich glaube, es ist Dir Ernst damit! Es ist nicht eine leere Drohung, ausgestoßen, mich zur Nachgiebigkeit zu zwingen; Dich erfüllt die Ueberzeugung, durch diesen Tod den herrlichsten Triumph zu feiern, Dich zugleich zwiefach an mir zu rächen. Aber weder diese Rache soll Dir zu Theil werden, noch dieser Triumph. Den Triumph nehme ich für mich in Anspruch; die Rache soll in Segen umgewandelt sein. Bleibe Du – und *ich* will gehen. Ich will Euch Platz machen, will Agnes von mir befreien. Wollt' ich es doch wenige Stunden, bevor ich Dich kennen lernte! Senkte ich doch schon die Spitze meines Dolches auf diese Brust, – nur daß es der Feigheit willkommen schien, bei der That überfallen, daran verhindert zu werden; daß ich mir dann einredete, Agnes, *ohne* mich, stehe ganz einsam und vielleicht noch unglücklicher als *durch* mich? Das ist jetzt anders. Jetzt räum' ich mit mir das Hinderniß *ihres* Glückes hinweg und des *Deinigen* . Dieser Gedanke wird mir Muth geben; ich werde nicht mehr feig sein. Ich werde zu sterben wissen; – Ihr werdet leben – und *Du* wirst Den lieben, der für Dich starb. Da sieh'!« – (er brachte den Dolch aus dem Schranke hervor) – »Dießmal werd' ich nicht zaudern; was ich für mich auszuführen nicht gewagt, für Euch, für Dich wird mir's gelingen. Ja, Gustav, Du bleibst im Hause, – aber ich gehe!«

Gustav kannte den Freund als Schönredner, hatte ihn oft bewundert, noch öfter langweilig gefunden, besonders wenn sein Redefluß sich über Dinge verbreitete, die dem Sohne hausbackener Weltanschauung fern lagen. Aber davon, daß überhaupt ein Mensch, – geschweige gar Herr von Schwarzwaldau! – sich in Paroxismen der Begeisterung hineinreden könne, die nach einer Viertelstunde glühender Hitze schon wieder in lauwarmes, schleichendes Frösteln zu verlaufen geeignet wären, – davon hatte der derbe Bursch keinen Begriff. Deßhalb nahm er Emil's großmüthige Erklärung für vollen, schweren Ernst, für gediegenen Entschluß und wurde durch diesen Beweis zärtlichster, uneigennützigster Freundschaft so tief ergriffen, daß er unter dem Gewichte reuiger Beschämung förmlich zusammenbrach. Emil erschien ihm auf einmal so groß, so hoch, so erhaben, wie er sich selbst klein, kleinlich, erniedrigt vorkam. Der wilde Taumel aufgeregter Sinne, in dessen Strudel jede reinere, edlere Empfindung für Agnes, – (denn daran fehlte es nie in Gustav's Herzen!) – unterdrückt, wenn auch nicht verzehrt worden war, stand plötzlich still, sein tobendes Brausen legte sich, die trüben Wogen sanken und aus dem Grunde stieg reineres Wollen empor, wie eine weiße Lilie aus dem Schlamme.

»Verflucht will ich sein,« rief er aus, »duld' ich dieses Ende! Du sprichst wahr, es ist eine Gemeinheit von mir gewesen, Dir zu drohen, wie ich es that; Dir davon zu reden, daß ich mir eine Kugel vor den Kopf schießen wollte, wenn Du mich fortschickst. Pfui, wie konnt' ich so erbärmlich sein? Fürchte nichts. Ich nehme jenes schändliche Wort zurück; ich tausche es aus gegen ein besseres und dieses will ich halten: Du gebietest – und ich gehe, scheide, um Euch niemals wieder zu sehen, um zu *leben* ohne Euren Anblick, und dennoch Euch anzugehören, auch in der Ferne, – Agnesen – *und* Dir! Ja, schicke mich fort! Ich gehorche; ich unterwerfe mich. Willst Du aber mich dulden; willst Du mir das unverdiente Glück gönnen, zu bleiben, so sollst Du es nie bereuen. Ich bin Dein, gehöre Dir, dessen ganzen Edelmuth, dessen unendliche Huld ich jetzt erst ermessen und schätzen lernte; bin Dein Schüler, Dein Sohn, Dein

Bruder, Dein Knecht, – was Du willst. Bin Dein und Agnesens Leibeigner; Euer Sclave. Was hat ein Sclave für Rechte? Welche Ansprüche darf er geltend machen? Darf er fordern, begehren, trotzen, zürnen? Er gehorcht und nimmt demüthig-dankbar hin, was mitleidige Gnade ihm spendet. Magst Du's mit mir versuchen, so laß' mich bleiben. Soll ich scheiden, so werd' ich morgen vor der Sonne aufbrechen und gehend und entsagend Deine Hand küssen.«

Emil antwortete durch eine stumme Umarmung. Der Dolch wurde wieder eingeschlossen.

Als nun am andern Tage Agnes die Ergebnisse vergangener Nacht, so wie theilweise den Inhalt des Gespräches durch ihren Gatten vernahm, erwiderte sie nur: »Du hast's gewollt!«

Siebzehntes Kapitel

Mehr als zwei Monate sind vergangen. Gustav scheint gehalten zu haben, was er gelobte. Kein Zwist, keine Verstimmung, kein Mißverständniß hat die Eintracht im Schlosse zu Schwarzwaldau mehr gestört. Agnes hat ihre würdige Haltung, Emil seine mittheilsame, belebende Heiterkeit wiedergefunden; Gustav lebte als aufmerksamer, bescheiden, ergebener Verehrer zwischen Beiden, für Beide, und noch ist nichts zu Tage gekommen, was Besorgniß erwecken könnte. Täuschen diese drei Menschen Einer den Andern? Oder täuschen sie Jeder sich selbst? So viel ist gewiß: die Täuschung kann für vollkommen gelten, sie ist eine gelungene; denn sie ist es sogar für den Jäger Franz, der in Gustav nur noch einen zurückgewiesenen, entsagenden, eben deßhalb geduldeten, aber auch nur geduldeten Anbeter Agnesens erblickt. Was dieser ihm tödtlich verhaßte Eindringling dem Herrn sein möchte? danach fragt der lauernde Beobachter nicht; darauf richtet er seine Forschungen nicht mehr; mit Emil hat er längst abgeschlossen. Dagegen hat er, – freilich sehr wider seinen inneren Antrieb, doch darum nicht mit geringerem Erfolge, – ein trauliches Verhältniß mit Lisette, dem Kammermädchen angeknüpft, die also endlich zum Ziele ihrer begehrlichsten Absichten gelangte. Weßhalb er sich diesen Zwang auflegte: ist nicht schwer zu begreifen. Er will jeden Argwohn einschläfern; will den Herrn glauben machen, – (denn er trägt seine Liebschaft absichtlich zur Schau!) – daß die eitlen, unverschämten Augen längst verlernt haben nach der Gebieterin zu schielen; will für einen ›zur Erkenntniß eigener Unwürdigkeit‹ gelangten Reuigen gelten; will als solcher um so schärfer lauern, um so erfolgreicher spioniren und durch Lisetten erfahren, was (wähnt er) einem Kammermädchen auf die Dauer nicht verborgen bleiben könnte. Darin täuscht er sich vielleicht, doch er täuscht auch glücklich die Uebrigen und vielleicht, wie gesagt, täuschen sich Alle? –

Es war im Mai.

Grüner hatte er seit Jahren nicht gelächelt; sanfter schon lange nicht mehr die bräutliche Erde umfangen; üppiger die Maiblumen niemals aus durchwärmtem Boden gelockt. Emil schlug vor, des kommenden Tages frühzeitig aufzustehen, und einen Ausflug weiterer Art zu versuchen, der erst am Abende beendet werden sollte. Eine kleine Reise in's Blaue hinein, – wie er es nannte. Gustav, obgleich er sich, der in den ersten Zeilen dieses Kapitels angedeuteten Unterwürfigkeit getreu, gern in jede Anordnung des Hausherrn fügte, konnte doch einen gewissen Unmuth kaum unterdrücken, der nicht ›der Reise in's Blaue,‹ – wahrlich, dieser nicht! – der lediglich dem damit verbundenen Vor-Tageaufstehen galt. Das war und blieb einer der wenigen Puncte, wo die Schwarzwaldauer Schule noch wenig am Zögling Thalwieser Langschläfrigkeit gebessert hatte. Ein zustimmendes, entschiedene Freude an der Fahrt kundgebendes Wort, ja schon ein Blick Agnesens würde genügt haben, jene Wolke des Unmuthes zu verscheuchen. Aber Agnes vermied immer, in Emil's Gegenwart merken zu lassen, wie unwiderstehlich ihre Gewalt über Gustav sei; sie suchte es lieber so einzurichten, daß Emil *seinem* Einfluß auf den Freund stärkeres Uebergewicht zutrauen durfte. Deßhalb mischte sie sich mit keiner Silbe hinein, als beim Gutenachtsagen Gustav sich die Erlaubniß erbat: morgen zu Pferde nachfolgen zu dürfen, falls er vielleicht den Sonnenaufgang verschlafen sollte. Kaum aber hatte sie Lisetten aus ihrem Schlafgemach entlassen, als sie leise auf den Corridor schlich, wo sie Gelegenheit suchte, das Versäumte nachzuholen. Der Mond warf zweifelhafte Lichter durch ein mit bunten Glasscheiben verziertes Flurfenster. Agnes hörte Tritte hallen, – wagte sich weiter vor im Halbdunkel, – meinte Gustav zu erkennen? – sah zugleich Lisettens weißes Kleid aus der Ferne, – beeilte sich also, Jenem rasch zuzuflüstern: »Fehle morgen nicht, Lieber! Emil würde sich gekränkt fühlen, wenn wir ohne Dich ausfahren müßten.« Und seine Zusage nicht erst abwartend, eilte sie zurück nach ihren Gemächern.

Als Morgens früh beim ersten Grauen des Tages Gustav sie schon vollständig gekleidet im Salon empfing, flüsterte sie ihm, (während Emil durch's Fenster nach den Stallleuten hinabrief,) nur zu: »Dank, daß Du meine Bitte erfüllst!« War aber sehr verwundert ihn fragen zu hören:

»Welche?«

»Nun, von gestern Abend, im Corridor?«

»Davon weiß ich nichts,« sprach er mit ungekünsteltem Erstaunen.

Zugleich trat der Büchsenspanner ein, sich erkundigend: ob auf Schnepfen gejagt und welche Gewehre mitzunehmen befohlen würde?

Emil sagte: »Es wird kein Gewehr mitgenommen und es begleitet uns niemand. Wir wollen den Mai feiern und kein Geschöpf Gottes umbringen.«

Franz verzog den Mund zu unterthänigem Lächeln, worin Agnes bittern Hohn wahrzunehmen meinte. Dabei aber trat ihr wieder die sonst schon zur Sprache gebrachte Aehnlichkeit dieses Jägers mit Gustav vor die Seele. Und als er hinausgegangen, sagte sie: »Caroline hatte wirklich Recht: es besteht eine seltsame äußerliche Verwandtschaft zwischen Deinem Büchsenspanner und Herrn von Thalwiese. Sie gleichen sich nicht und dennoch giebt es Augenblicke, wo man sie verwechseln könnte.«

»Warum nicht gar?« lachte Emil; »nun, laßt uns aufbrechen.«

Er ging voran, weil er wieder kutschiren wollte.

Gustav gab Agnesen den Arm.

Auf der Treppe sagte er: »Hast Du vielleicht gestern dem ›Grünen‹ gesagt, was Du mir sagen wollen? Hast Du uns wirklich verwechselt?«

»Ich fürchte, ja.«

»Dann sei Gott ihm gnädig,« murmelte Gustav.

»Und mir auch,« setzte sie hinzu.

Der Mai hielt in keiner Art, was Emil von ihm gehofft. Auf den reinsten Morgen folgte ein trüber, kühler Tag; und weder Agnes noch Gustav gelangten wieder zu unbefangenem Frohsinn. Emil gab sich anfänglich Mühe, sie aufzuheitern; da es nicht gelingen wollte, sank er auch in trübes Nachsinnen . . . .

Hat schon Einer meiner Leser, – (ich will es keinem wünschen, auch dem Gegner nicht) – die Empfindung gehabt, die wie Vorgefühl eines furchtbaren Schlages Sinn und Herz bedrückt, den ganzen Tag hindurch, ohne daß bestimmte Gründe dafür vorhanden sind? – Gustav und Agnes hatten sie; und wenn auch Beide nicht wußten, was ihnen zunächst drohte, so wußten sie doch, woher die beengende Ahnung sich schrieb und vermochten ihr in Gedanken auszuweichen, oder entgegenzutreten. Ueber Emil aber war sie gekommen, hatte sich nach und nach über ihn verbreitet, und er wußte nicht, woher? wohin? Er fühlte nur die Last ungeheurer Bangigkeit; unerträglicher, als an jenem düsteren Tage verwichenen Sommers, den wir im ersten Kapitel geschildert haben. Er führte die leichte Kutsche nach den verschiedensten Gegenden und Orten; Dörfer, Flecken, sogar eine kleine Landstadt berührten sie auf dieser ›Entdeckungsreise.‹ Ueberall sprachen sie ein, bestellten was zu haben war, ließen ungenossen was sie bestellt und bezahlten es doppelt, scherzten mit den Wirthsleuten, beschenkten Dienstboten und Kinder, stiegen wieder ein, fuhren weiter und stiegen wieder aus; . . . doch ihre Bangigkeit wollte nicht weichen: Eines steckte immer wieder das Andere mit der seinigen an; es wollte ihnen nicht leichter werden um ihre Herzen und der Tag wollte sich nicht umbringen lassen, er nahm gar kein Ende. Und war doch wirklich um keine Secunde länger, als er im Kalender steht. Emil hatte sich vorgesetzt, wie sie mit der Morgen-Dämmerung ausgezogen, erst zur Abend-Dämmerung wieder einzuziehen im Schlosse Schwarzwaldau. Zwanzigmal in einer Stunde zog er die Uhr, um nachzusehen, ob diese Stunde nicht rascher vorübergehen wolle, als ihre bleiernen Schwestern? und jedesmal wiederholte er kopfschüttelnd: »**vulnerant omnes.**«

»Was heißt das?« fragte Gustav, nachdem er es oft genug gedankenlos mit angehört, gerade da sie endlich nach Sonnenuntergang auf dem Rückwege den schon zu Schwarzwaldau's Gebiete gehörigen, sogenannten Herrenwald erreicht hatten, der einen mäßigen Hügel, – den einzigen dieser flachen Gegend – bedeckt. »Was heißt: **vulnerant omnes?**

»Sie verwunden alle, heißt es,« erwiderte Agnes. »Sie verwunden alle, die letzte tödtet, **ultima necat.** So weit reicht mein Latein; weiter nicht.«

»Also sind *Wunden* damit gemeint?«

»Allerdings.«

»Dann hat der alte Herr, der diesen weisen Wahlspruch ausheckte, über einer Dummheit gebrütet. *Alle* verwunden nicht. Es giebt denn doch einige . . . .«

»Und wer bürgt dafür,« unterbrach ihn Agnes, »daß diese nicht gerade die tiefsten, schmerzlichsten Wunden hinterlassen, wenn auch unsichtbare?«

»Ja wohl, ja wohl!« seufzte Emil – und ließ die Hände sinken, daß die Zügel fast herabglitten. Halb nach den hinter ihm Sitzenden gekehrt, sah er sie trübselig an: »Trägt nicht ein Jeder seine Wunden und Narben, nur daß Einer sie besser zu verstecken weiß, wie der Andere?«

Die Pferde gingen langsam; sie zogen schwer durch den Sand des steilen Hügels hinauf. Eben langten sie droben an, da krachte aus dem Dickicht ein Schuß. Im Nu hatten die Pferde durch einen heftigen Ruck dem auf sie nicht achtenden Lenker die Zügel aus den Fingern gerissen und obgleich sonst an *Jagd* gewöhnt und feuerfest, rannten sie unaufhaltsam den Abhang hinunter, der unglücklicherweise gegen die Abendseite sich neigend, mit dichtem Rasen bewachsen und deßhalb nicht so ausgebrannt und aufgewühlt war, wie jener, auf dem sie emporgestiegen. Der Wagen rollte ihnen an den Leib, drängte sie und machte sie noch toller. Zur Rechten hin war ein Theil des Waldes, den Raupenfraß angegriffen, im vorigen Winter niedergeschlagen worden; die Ueberreste der Baumstämme wurzelten noch im Boden. Ueber diese nahmen die rasenden Thiere, unerwartet ausbiegend, jetzt ihren Weg. »Dort unten liegt die Kiesgrube,« schrie Gustav und sprang herab, um sich wo möglich noch vor die Pferde zu werfen, deren Eil durch einzelne Baumstummel doch ein wenig gehemmt wurde. Emil that desgleichen. Beide fielen zur Erde. Als sie sich wieder aufrafften, war der Wagen schon fern. Agnes, in ihr Tuch gehüllt, regte sich nicht. Die Männer schrieen ihr zu, auch sie solle den Sprung in Gottesnamen wagen! – vergeblich; schon zu spät! – Alles war verschwunden, in die Grube hinuntergestürzt.

Binnen einer Minute waren sie bei ihr. Sie lag, das schöne Antlitz von scharfem Kiessand geschunden, das zerschmetterte Haupt auf einem großen Steine; die Pferde mit gebrochenen Beinen, der zertrümmerte Wagen eine Strecke davon. Emil und Gustav warfen sich neben ihr nieder. Sie reichte jedem eine Hand. Daß sie sprechen wollte, war sichtbar; Blutströme, aus der Brust hervorquellend, hemmten ihre Rede. Gustav heulte vor Schmerz und Wuth. Emil war bleich und stumm. Rathlos Beide. Sie bewegte die Lippen: »**Ultima necat!**« flüsterte sie und: »mein Latein am Ende!« Dann legte sie den Finger auf den Mund, als wollte sie den beiden Männern *Schweigen* gebieten und das brechende Auge, nach ihnen gerichtet, ergänzte die Bedeutung dieser Geberde. –

»Sie ist todt!« sagte Emil.

»Und mit ihr mein besseres Leben,« stöhnte Gustav. »Ich bin ein Verlorener.«

Dann hoben sie den Leichnam auf und trugen ihn davon.

Vom Blute überdeckt, langten sie spät Abends im Schlosse an.

Achtzehntes Kapitel

Sie hatte mehrfach geäußert, bei *ihrem* Bänkchen, am kleinen See im Park, unter den Trauerweiden wünsche sie zu ruhen.

Dort wurde sie zur Erde bestattet.

Erst nach dem Begräbniß wechselten Emil und Gustav einige Worte. Bis dahin waren sie still und wie vernichtet neben einander hergegangen.

Sie beschlossen, sich bei Nacht, wenn Alles schlief, zur nothwendigen Besprechung auf Emil's Zimmer zu finden. Als sie dort zusammentrafen, bildeten sie, obgleich Beide von tiefsten Schmerzen durchdrungen, durch diese ihre Schmerzen gerade einen schroffen Gegensatz: Gustav trauerte um den Verlust der Geliebten, offen und ehrlich, mit der Wildheit eines sinnlichen, leidenschaftlichen Jünglings, dabei aber auch mit der Wehmuth eines Kindes, dem die junge Mutter, die Führerin, die milde, zärtliche Veredlerin gestorben. »Nun bin ich ein Verlorener!« hieß der Jedesmalige Schluß seiner Klagen, durch welche aus heißen Thränen schon das Geständniß herausklang: er werde sich in tolles Leben und wilde Zerstreuungen werfen, um – zu vergessen! Emil's Gram war keinesweges so einfach und natürlich; man könnte ihn raffinirt nennen. Doch wie viel und wie wenig davon wirklich bis auf den Grund seiner Seele gegangen sein mag, – *drei* rothe Blutflecke hafteten entschieden auf der leeren, farb- und freudelosen Fläche, die – wenn er der einsamen Zukunft gedachte – vor ihm lag: Erstens Agnesens grauenhafter Tod und die Trennung von ihr, deren Jugend neben ihm, durch ihn, ohne Jugendglück geblieben; zweitens die bevorstehende Abreise Gustav's! – Denn daß diesen keine Macht, keine Bitte mehr in Schwarzwaldau festhalten werde, ließ sich leicht errathen; – drittens endlich, und das war der Dunkelste der drei blutigen Flecken: die Furcht vor Gustav's ruhmrediger Eitelkeit, die über kurz oder lang, im wüsten Verkehr mit seines Gleichen, ausschwatzen könne, wie nahe er der Verstorbenen gestanden und wie dieses zweideutige Verhältniß von einem mehr als gefälligen Gatten geduldet worden sei. Emil hatte dieser seiner Befürchtungen kein Hehl. »Daß wir von einander scheiden müssen,« sprach er, »das weiß ich. Du kannst nicht weilen, wo sie nicht mehr lebt. Was Du mir in dieser letzteren Zeit an Neigung zugewendet, hatte ich ihr allein zu verdanken. Ihr Grabstein ist ein unübersteigliches Gebirge zwischen mir und Dir. Ich lasse Dich ziehen und bringe dadurch ihrem Angedenken das schwerste, darum auch das versöhnendste Todtenopfer. Auch sollst Du ihr Erbe sein. Agnesens eigenes Vermögen befindet sich in Staatspapieren unter meiner Obhut. Es gehört Dir. Hilf Deinen Eltern und dann unternimm, was Dir nothwendig scheint, Dich wieder in's Leben zu wenden. Ich lege Dir keine Bedingungen auf; verlange keine Rücksichten für mich; bitte Dich nur, die *reine Liebe*, wie Du sie hier kennen lerntest, in Deiner Seele zu tragen, damit sie Dich trage, halte, führe. Ich verlange nichts von Dir, als Achtung für die Todte und ihren Namen. Hat sie sich schwach gezeigt gegen Dich? – ich forsche nicht, in wie weit? *mir* steht das Recht nicht zu! – hat sie, die Edelste, die ich kannte, ihre weibliche Natur nicht ganz besiegt? ist sie Dir in einer flüchtigen Stunde vielleicht wie Andere, minder Würdige erschienen? . . . Vergiß das und bewahre nur in Deinem Herzen, was groß, heilig an ihr gewesen. Schone – ich will nicht sagen: schone mich und meine Ehre! – schone die ihrige! Bewahre das Geheimniß. Halt' es verborgen in tiefster Brust, gleich dem kostbarsten Juwel, dessen Glanz durch einen einzigen höhnischen Blick schon getrübt, dessen Werth durch eine einzige hämische Bemerkung schon verringert werden müßte. Unter *dieser* Bedingung nur empfängst Du dieß Portefeuille, trittst Du die Erbschaft an, daß Du mir mit feierlichstem Eidschwur gelobst zu schweigen! Zu schweigen, wie das Grab, in welchem sie modert.«

Gustav senkte den Kopf. Emil's Großmuth machte ihn sprachlos; dessen Ehrfurcht für die Verstorbene flößte ihm Ehrfurcht ein. Gleichwohl rollten schon in dieser ernsten Stunde warme Tropfen prickelnd durch des jungen Mannes Adern, die verführerisch auf neuen Lebensgenuß hinwiesen, da er vom *Gelde* vernahm. Er stand bereit, jeden Schwur abzulegen, den man von ihm begehren könnte, und Emil deutete sein stummes Harren für Einwilligung.

Da brachte er denn abermals den bekannten Dolch zum Vorschein. Auf diesen mußte Gustav, in knieender Stellung, zwei Finger der rechten Hand legen und die Eidesformel nachsprechen, die dahin lautete, daß dieser Dolch ihm in sein Herz gebohrt werden dürfe, wenn jemals auch nur die leiseste Andeutung der Vorgänge im Schlosse zu Schwarzwaldau ihm entschlüpfe; daß er dann seinen Tod nicht wie an ihm begangenen Mord, sondern lediglich wie gerechte Vollstreckung eines von ihm selbst anerkannten Urtheils betrachten wolle.

Er verschwor Seele und Seelenseligkeit, wenn er dieß Wort bräche.

Darauf nahmen sie Abschied: sie wollten sich nicht mehr wiedersehen. Morgen früh sollte Gustav abreisen; zunächst nur bis Thalwiese. – Das Portefeuille unter'm Arm wendete sich der so lange für unentbehrlich gehaltene, nun entlassene Freund der Thüre zu, und hoffte den Ausgang schon gewonnen zu haben, da rief Emil's Bitte ihn zurück. Nicht ohne Besorgniß gehorchte er. Diese steigerte sich noch, als sein Wohlthäter nach einem Buche griff.

»Sind wir wohl jetzt in der Stimmung? . . .« fragte Gustav schüchtern.

»Nur auf einen Augenblick noch. Lies diese Stelle.«

»Die Kaltwasser'sche Uebersetzung des Plutarch;« aus dieser las Gustav: »Solon's Mutter war wie Heraklides der Pontiker meldet, mit der Mutter des Pisistratus Geschwisterkind. Anfänglich lebte er mit Diesem in vertrauter Freundschaft, theils weil er so nahe mit ihm verwandt war, theils auch, wie Einige sagen, weil er ihn, seiner Schönheit und großen Talente wegen, auf's Zärtlichste liebte. Daher kam es denn vermuthlich, daß ihre Feindschaft, als sie in der Folge wegen politischer Meinungen miteinander zerfielen, nicht in heftige und wilde Leidenschaft ausartete, sondern jene Gerechtsame sich noch immer in ihren Herzen erhielten und das Andenken der vorigen Liebe und Zärtlichkeit wie glimmende Funken von einem großen Feuer aufbewahrten.«

Gustav konnte den Schluß dieses Perioden nicht ohne Rührung lesen, was sich durch seiner Stimme Zittern verrieth.

»Ich bin kein Solon,« hub Emil an, »und Du kein Pisistratus; unsere Mütter waren nicht Geschwisterkinder und zwischen uns besteht keine Verwandtschaft außer jener des Herzens, – die zwar auch nicht gegenseitig, doch in dem meinigen lebte. Ich liebte Dich und Alles, was schön, gut, edel an Dir ist. Deine Talente und Anlagen galten mir vielleicht über ihren Werth, eben weil sie unausgebildet mich wähnen ließen, Dich und sie fördern zu können? Es war ein Wahn. Jetzt scheidet uns – nicht die politische Meinung, – aber doch etwas dem Aehnliches. Die Durchführung des Vergleiches schenkst Du mir; sie würde Dich ermüden. Wir trennen uns, – was soll ich's läugnen? – fast wie Gegner! – darum brauchen wir nicht Feinde zu sein. Erinnerung wird glimmende Funken aufbewahren von jenem großen Feuer, welches einst in meiner Brust loderte. Gehe mit Gott.«

Sie reichten sich die Hände – und Emil blieb allein!

Als er am nächsten Tage, – nicht erwachte, denn er hatte nicht geschlafen, – als er sich vom Lager aufrichtete, dem Rollen des Wagens zu lauschen, welcher den heimisch gewordenen Gast entführte, da trat der Tafeldecker bei ihm ein.

»Wo ist Franz?« fragte der Herr, dem es jetzt erst in den Sinn kam, daß er den Jäger nicht gesehen seit Agnesens Tode.

»Ach, der liegt danieder,« entgegnete der Tafeldecker. »Es ist ihm gar schlecht, aber von den Arzeneien, die der Herr Doctor ihm verordnet, will er nichts wissen. Er sagt, die könnten ihm nicht helfen. Er zieht sich das Unglück unserer armen gnädigen Frau zu Gemüthe. Du lieber Gott, thun wir's nicht Alle? Nur daß wir nicht nachgeben, wie der junge verwöhnte Patron und uns auf den Beinen halten für den Dienst.«

»Was hältst Du in der Hand, Alter?«

»Ein Briefchen. Der junge Herr hat mir's aus dem Wagen zugereicht; ich sollt' es ohne Zögern übergeben.«

Emil entließ den Diener und fand, nachdem er den dick verklebten und vielfach besiegelten Umschlag mühsam zerrissen, nachstehende Zeilen mit Bleistift gekritzelt:

›Für die Möglichkeit, daß kränkende Gerüchte über A. laut würden, seh' ich mich gezwungen, Dir eine Entdeckung zu machen. Die ganze Nacht hab' ich mir den Kopf zerbrochen, ob ich sie nicht unterdrücken sollte? Doch ich gedachte meines Eidschwurs – und muß *mich* sicherstellen vor möglichem Verdacht. So wisse, daß am letzten Abend vor ihrem Tode die Selige, durch einen mir immer noch unerklärlichen Irrthum getäuscht, Deinen Jäger für mich genommen und diesem einige vertrauliche Worte zugeflüstert hat, welche diesen mir stets verdächtigen Menschen zum Mitwisser des Geheimnisses machen. Daraus entsprang ihre und meine trübe Stimmung bei unserer Landreise, die zuletzt auch Dich ansteckte. So viel davon, als von einer Sache, deren ich leider gewiß bin.

›Nun zu einer Vermuthung: Hast Du nie bemerkt, daß Franz, trotz seiner Liebschaft mit Lisetten, (die mir eigentlich wie ein falsches Feldzeichen vorkam,) seine frechen Augen auf Deine Gemalin richtete? – Ich müßte mich sehr betrogen haben, wenn er es nicht gethan hätte! Dieß vorausgesetzt, was meinst Du, wenn ich Dir nicht länger vorenthalte, daß ich, als der Schuß im Herrenwalde fiel, eine Kugel pfeifen hörte? Daß diese Kugel mir die Mütze vom Kopfe streifte und eine Locke mitnahm? Wirst Du zweifeln, daß der Schuß einem gehaßten Nebenbuhler galt? Mindestens wirst Du zugestehen müssen, daß die Verwechslung unserer Personen am vorhergehenden Tage und dieser am nächsten Tage erfolgte, fast gelungene Mordanfall, viel zu denken giebt. Die ganze Sache ist so delicat, daß ich Dich nicht damit beunruhigen wollte; um so weniger, weil Du bis zum Begräbnisse für nichts weiter Sinn hattest, und sogar aus Mitleid für den *unschuldigen* Thäter jeden Versuch unterdrücktest, zu erfahren, welcher Deiner Forstleute dort geschossen haben könnte? Auf Schnepfen vielleicht? Seit wann erlegt man Schnepfen mit Kugeln? Suche an Ort und Stelle nach, Du wirst meine Kopfbedeckung zuverlässig noch im Gebüsche finden. Nur vorsichtig! Mache nicht unnützen Lärm. Sei weise, wie Solon. Ich bleibe Dein

Piststratus.‹

Emil verbrannte das Blättchen, kleidete sich an und stieg die Wendeltreppe hinauf zum Jägerzimmer. Vor der letzten Stufe machte er Halt. »Nur vorsichtig!« murmelte er und begab sich auf die Wanderung nach dem Herrenwalde.

Der verhängnißvolle Platz war bald erreicht.

Einige Schritte rechts von der noch unzerstörten Wagenspur, wo die Räder durch den ersten heftigen Seitensprung der Pferde aus dem Geleise gerathen waren, hing Gustav's blaue Tuchmütze in den Dornen eines Brombeergesträuches. Die Kugel hatte den Deckel durchlöchert; Haare von seinem Haupte klebten halb versengt um die scharf abgeschnittene runde Oeffnung.

Emil verbarg diesen leblosen Zeugen einer verruchten That in seinem Rocke, dann übersah er mit furchtbarer Kälte, vor der ihm selbst schauderte, prüfend und forschend die Umgebung. Der Weg durch den Herrenwald führt nicht über den höchsten Gipfel des Hügels. Die eigentliche Kuppe ist dicht bewaldet. Dort mußte sich der Mörder angestellt, folglich mußte er von oben herab gezielt haben; folglich konnte die Kugel, sollte sie entdeckt werden, gegen den Erdboden hin zu finden sein? – Und sie fand sich. Freilich erst nach langem, abmattendem Umherkriechen durch Gestrüpp und Farrenkräuter. Sie saß in einer alten Edeltanne, am Fuße des Stammes; röthlich weiße Splitter von Rinde und Bast verriethen sie dem in Angstschweiß Gebadeten. von Dornen Zerkratzten. Er grub sie mit dem Messer, welches an der Scheide seines Hirschfängers steckte, eifrig heraus. Sie hatte, da sie in weiches Holz eingedrungen schon erkaltet gewesen war, ihre vollständige Form und Rundung behalten.

Emil wog sie nachdenklich lange in seiner Hand: »Wenn dieses Klümpchen Blei einen Zoll tiefer ging und, anstatt den Fuß eines Baumes zu erreichen, den Kopf eines Menschen traf, so war dieser Mensch jetzt kalt, . . . regungslos, . . . war ein Leichnam, wie jener, den wir unter den Trauerweiden einscharrten! Und wäre das nicht vielleicht besser? Ach, und wär' es nicht *gewiß* besser, es säße in meinem Hirn? O, gewiß!«

Er wog die Kugel, und wog sie wieder:

»Ob ich nicht den Muth haben sollte?« . . . Und bitter lächelnd fuhr er fort: »Da besinn' ich mich auf ein armes Weib . . . ich reisete durch Dresden, im Februar; das Eis der Elbe fing an, sich zu regen; hier und da blickten Wasserspiegel durch, neben Blöcken, die sich über Blöcke thürmten. Ich sah hinunter auf den Kampf der lebendigen Fluth mit dem starren Eise. Gellend durchschnitt ein Schrei die naßkalte Luft und das arme Weib stürzte sich über die Mauer der Brücke. Sie verfehlte ihre Absicht in den Wogen unterzusinken; sie fiel auf hartes Eis und brach beide Beine. Ein Soldat eilte vom Ufer nach zu ihr hin. Ehe er sie erlangen konnte, ehe er sie auflud, hatten sich neue Lücken gebildet und die Rückkehr bis an's Land war nicht ohne Gefahr. Flehend rief die Unglückliche und angstvoll: nehmt Euch nur in Acht, daß *wir* nicht ertrinken! – Wie thöricht erschien es mir damals, daß dieselbe, die vor wenig Minuten den Tod *suchte*, ihn jetzt fürchtete, wo sie, verstümmelt und leidend, noch viel hoffnungsloser schien, als vorher. Und bin *ich* nicht thörichter als jenes Weib? Sie hatte ja nur die Beine gebrochen! Mir ist das Herz gebrochen, das Leben, die Ehre . . . und dennoch will ich nicht sterben? . . . Nein, wozu die Lügen gegen mich selbst? Ich vermag nicht, mich umzubringen; ich muß weiter fortleben! Und ich werde!« –

Franz Sara lag angekleidet auf seinem Bett, als Herr von Schwarzwaldau in's Jägerzimmer eintrat; schien zu schlummern und regte sich nicht.

Emil warf Gustav's durchlöcherte Kappe auf den Tisch, riß Franzens gezogene Kugelbüchse – (ein Geschenk seines alten Lehrherrn) – vom Pflock an der Mauer und paßte die Kugel in's dicke Rohr, deren Kaliber genau zutraf. Noch stand er unschlüssig, da erhob sich der Jäger:

»Ja, Herr, ich war's! der Schurke sollte sterben, da *sie* noch lebte. Jetzt soll er's gewiß, da sie seinetwegen umkam. Und müßt' ich . . .«

Emil schloß die Thür. Eine lange Unterredung erfolgte, deren Inhalt niemand im Schlosse erfuhr, obwohl sich alle Leute, vorzüglich Lisette, sehr verwunderten, was der Herr so gewaltig lange im Jägerzimmer zu thun haben möge?

Einige Tage später empfing der Amtmann die für ihn gerichtlich ausgefertigte Vollmacht: ›Während Abwesenheit des Gutsherrn, der eine zur Herstellung erschütterter Gesundheit nothwendige Reise auf längere Zeit und außer Landes unternehme, an dessen Statt die Herrschaft zu verwalten und sämmtliche Geschäfte zu führen.‹

Als dienenden Begleiter nahm Emil von Schwarzwaldau einzig und allein seinen Leibjäger Franz Sara mit auf Reisen.

Lisette wollte sich die Augen ausweinen.

»Es wächst Gras über Alles!« tröstete sie der scheidende Liebhaber.

Neunzehntes Kapitel

›Auf dem Bade‹ bei Dresden gab es Gartenconzert und um Rossini's ziemlich gedankenlose Crescendo's saßen, nicht eben sehr gedankenvoll, unzählige schmucke Hörerinnen an vielen Tischen; bewundernd, schwatzend, Caffee trinkend, Kuchen essend. Ich will um aller Welt Willen nichts gegen Rossini gesagt haben, dem ich dankbar bleibe für seine süßen Schelmenlieder, so lange noch ein Ton in meiner Seele nachzuklingen vermag; aber die ernsthaft gemeinten, fleißig aufgespielten, andächtig angehörten Ouvertüren, die zu jener Zeit an der Tagesordnung waren, konnten einen ehrlichen Freund der Tonkunst, mochte dieser auch nur ein Laie sein, zu gelinder Verzweiflung bringen. Dasselbe äußerte an jenem Nachmittage eine recht artige jüngere Dame gegen ihren Tischnachbar, den Baron. (Seinen Namen weiß ich nicht; es braucht ihn auch niemand zu wissen; denn ›der Baron‹ wird nicht allein von seinen näheren Bekannten, sondern in der ganzen Stadt, bis auf die Terasse, auf die Berge, bis Fintlaters, bis zur hölzernen Saloppe, bis in die *Schweiz* hinein: ›der Baron‹ genannt, von Freunden, Kellnern, Gläubigern, . . . warum sollten wir ihn nicht so benennen?)

Der Baron war natürlich ein Rossinianer; denn er zählte sich zur eleganten Welt. Auch war er durch einige Damen, die mit einigen andern Damen vom Hofe entfernten Umgang pflogen, veranlaßt worden, des Herrn Capellmeisters Morlachi Compositionen *schön* zu finden und das ließ sich möglicherweise nur dann durchführen, wenn man bei Rossini schlechthin Alles für *göttlich* erklärte; nicht allein das Menschliche; auch das Unmenschliche. Seine, des Barons Gegnerin am Caffeetische, zeigte sich als Gegnerin moderner italienischer Opern-Tyrannei und sprach dieß offen und mit jener kleinstädtischen Lebendigkeit aus – (denn wir dürfen's nicht verhehlen, daß sie sammt ihren lieben Eltern aus einer kleinen Stadt kam!) – welche sich nicht die Mühe giebt, leise zu reden; auch an öffentlichen Orten nicht; weil sie vom Hause aus überzeugt sein darf, das ganze Nest kenne ja ohnehin ihre Ansichten und Gedanken. Jedesmal wenn sie im Gange ihrer ganz verständig geführten Discussion auf ›die italienische Partei und Weber's Antagonisten‹ zu reden kam, gab es dem Baron einen gelinden Zuck und Ruck durch sämmtliche freiherrliche Gliedmassen und er blickte schüchtern umher, ob nicht jemand sie belauschen könne, der eben zu dieser Partei, mithin vielleicht zum Hofe gehöre, sei er selbigem auch nur durch ein königliches ›Extramensch‹ attachirt.

»Sie brauchen nicht in Sorge zu sein, Herr Baron,« tröstete ihn die Kleinstädterin; »es hört mich kein Mensch außer Ihnen; Ihres Götzen Stalltrommel sorgt schon dafür.«

Die Eltern der Verfechterin deutscher Musik nahmen nur geringen Antheil am Gespräch: die Mutter schien mit Seele und Leib Dresdnerin werden zu wollen und hielt sich an den Kuchen, der in allen Gattungen und Formen vor ihr aufgethürmt stand; der Vater neigte sich offenbar dem Geschmacke des Barons zu; ihm gefiel, was seine Tochter tadelte. Denn, meinte er, bin ich einmal gezwungen durch lärmendes Orchester in meiner Nachmittagsruhe gestört zu sein und haben sie mich einmal mitgezerrt an einen sogenannten Vergnügungsort, so will ich doch wenigstens hübsche Melodieen hören – und diese macht der Mann; das ist außer Zweifel. Damit hatte er ausgesprochen, was er für nöthig hielt und mengte sich weiter nicht mehr in die Sache.

Der Baron jedoch gerieth immer weiter hinein, wurde heftig und ließ sich von Streitsucht und Rechthaberei so weit verlocken, daß er gänzlich vergaß, welche Absichten ihn an diesen Tisch geleitet. Er hatte sich der reichen Erbin‹ angenehm machen wollen. Nachdem er ›am **table d'hôte** in Stadt Berlin‹ mit ihr gespeiset und durch den Zimmerkellner Namen, Stand, Wohnort des Vaters ausgekundschaftet, war es ihm ›angenehme Pflicht erschienen, das Gastrecht zu üben und die verehrten Fremden nach dem Lindeschen Bade zu führen.‹ Er hatte sich von seinen gewöhnlichen Genossen unter allerlei Vorwänden losgemacht, um den rasch entstandenen Plan auf frischer That ausdauernd und ungestört verfolgen zu können. Bis zum Beginn des Wortwechsels über Musik standen seine Angelegenheiten auch gar nicht übel; wenigstens bei Mutter und Tochter nicht, denen der ›Baron‹ wohlgefällig zu Gehöre klang. Papa, obgleich über Rossini'sche Instrumental-Composition mit dem charmanten Herrn einverstanden, sah den Zudringlichen darum nicht weniger argwöhnisch an. »Der will was!« flüsterte ihm, dem alten Geschäftsmanne, mißtrauische Vorsicht warnend zu und schon einigemale hatte er der Tochter Fuß unter dem Tische aufgesucht, um ihr mit dem seinigen ein Warnungszeichen beizubringen, sie möge nicht allzu freundlich entgegenkommen.

Jetzt war das nicht mehr nöthig. Der Baron hatte es geradezu verschüttet. Als er einlenken wollte, fand er kalte, höfliche Einsilbigkeit. Madame fühlte sich in ihrer Tochter beleidigt, die Tochter in ihrer Eitelkeit; Beide maulten. Der Baron trat den Rückzug an.

Hinter ihm her brummte eine tiefe Stimme: »Auch ein rechter Windbeutel, das!«

»Dummes, pedantisches Spießbürgervolk!« rief der Baron und eilte, seine Freunde aufzusuchen, die sich Arm in Arm gehängt auf und ab umher trieben.

»Sag' mir nur,« fragte ihm der Jüngste und Hübscheste jener jungen Laffen entgegen, »unter was für Land-Pomeranzen warst Du denn da gerathen?«

»Nichts von Land-Pomeranzen, meine holdeste Miß Viola; reine, unverfälschte *Gold*-Orangen. der reiche Reichenborn aus Rumburg, sammt Frau und heirathsfähiger, wie mir scheint auch sehr heirathslustiger Tochter. Ich war im besten Zuge mich einzuschmeicheln; mein Schandmaul hat mir's verdorben.«

Dieser kurze trotzige Bericht machte, als etwas schon häufig Dagewesenes, auf die Uebrigen keinen sonderlichen Eindruck. Auch Derjenige, den der Baron ›Viola‹ angeredet hatte, zeigte sich nicht davon ergriffen. Nur Einer, – wir meinen, es sei ein Bekannter aus unserm ersten Bande! – ließ sich vernehmen: »Donnerwetter, wie geschah mir denn, daß ich Carolinen nicht erkannte?« – und zugleich hatte er sich von den Andern getrennt, um geraden Weges dahin zu eilen, wo er des Barons kaum leergewordenen Stuhl einzunehmen trachtete. »Eine alte Bekanntschaft!« rief er den Gefährten, sich von ihnen los machend, zu und diese warfen ihm lachend frivole Glückwünsche nach, aus denen des Abgelöseten Warnung vorklang: »Nur hüte Dich vor Zwistigkeiten über Rossini!«

Wenn Mademoiselle Reichenborn einige Sammlung bedurfte, um Gustav von Thalwiese, da er sich ihnen näherte, gehörig zu empfangen, so geschah das nicht, weil sie ihn nicht auf den ersten Blick erkannt hätte? Mochten die zwei Jahre, die zwischen ihrer Trennung lagen, sein Aeußeres auch verändert, mochte ein zügelloses Leben den Schmelz der ersten Jugendblüthe, der bei seinem Eintritt in's Schwarzwaldauer Schloß noch auf rothen Wangen lag, bereits abgestreift haben; Caroline hätte ihn, den ihr Herz so glühend geliebt, unter Tausenden herausgefunden! Er dagegen, – und das ist eben so natürlich, da er *sie* niemals, da er nur ihres Vaters Reichthum im Auge gehabt, – er bedurfte, nachdem er sich schon vor ihr und ihren Eltern verbeugt, noch einiger Frist, um sich Gewißheit zu verschaffen. Nicht aber, weil Caroline um zwei Jahre älter geworden wäre? Im Gegentheile, weil sie um das Doppelte verjüngt schien. Sie hatte ihre allzu gesegnete Fülle verloren, war fast mager geworden – (vielleicht aus Gram über ihn?) – und dieser Wechsel kleidete sie gut.

»Sie kennen mich nicht mehr?« fragte Gustav.

»O, nur allzuwohl,« erwiderte sie und stellte ihren Eltern: ›Herrn von Thalwiese‹ vor.

Vater Reichenborn zeigte durch seine stumme Begrüßung, daß er nichts Genaueres über diesen Ankömmling wisse; daß er aber auch durchaus keine Sehnsucht nach vertrauterer Bekanntschaft in sich verspüre. Sein Gesicht kündete deutlich an, der in Ruhestand getretene Handelsherr finde die Gartenconcerte auf dem Bade sehr unruhig und halte Herrn von Thalwiese für einen eben solchen Windbeutel als dessen Vorgänger den Baron.

Mama dagegen verrieth durch einige Bewegungen der Mundwinkel, daß Caroline der Mutter vertraut habe, (zum Theil wenigstens), was dem Vater vorenthalten worden. Sie bestätigte dieß durch die bedeutsamen, keinesweges allzufreundlich gesprochenen Worte: »Ah, aus Schwarzwaldau!«

»Und wie geht es meiner lieben Agnes?« fragte Caroline mit der Hast einer schlechtverhehlten Besorgniß, Mama könne Aeußerungen thun, die dem Treulosen verriethen, daß er öfter als billig Gegenstand ihrer Gespräche sei.

»So wissen Sie nicht, was dort geschah?«

»Wir haben, seit meiner plötzlichen Abreise von – dort, keine Briefe mehr gewechselt. Hoffentlich befindet Frau von Schwarzwaldau sich wohl?« –

»O sehr wohl! Ja, ihr ist wohl: Sie schlummert auf ihrem Lieblingsplatze, um nicht mehr aufzuwachen!«

»Sie ist todt?« –

Und Gustav erzählte, was vorgefallen, – so weit es ihm passend dünkte sich hier darüber mitzutheilen.

Reichenborns bewiesen ihren herzlichen Antheil. Caroline versank in trauerndes Schweigen. Gustav hatte sich während seiner Erzählung gesetzt. Er schwieg ebenfalls, um den ersten, gewaltigen Eindruck vorübergehen zu lassen.

»Und er?« begann Caroline wieder; »der Witwer? Was treibt er?«

»Er macht eine Reise um die Welt, mit seinem – Jäger!«

In diesem einen Worte: ›Jäger‹ lag eine so unzweideutige Absichtlichkeit, daß Agnesens Jugendfreundin sie auffassen mußte. »War's dieser,« fragte sie weiter, »der den unseligen Schuß gethan? Und vielleicht . . . .?«

»Wer denn sonst?« sagte Gustav.

»Und mit *dem* Menschen reiset Emil . . .?«

»So berichtete mir sein Verwalter, als ich von Thalwiese noch einmal an ihn schrieb, um einige diesen Franz betreffende Winke, die ich in einem eiligst zurückgelassenen Morgenbilletchen gegeben, zu vervollständigen. Jener Wirthschaftsbeamtete schickte mir meinen Brief durch denselben Boten wieder, mit der Erklärung: sein Herr unternehme eine große, vielleicht mehrjährige Reise, und für den Augenblick sei keine Möglichkeit vorhanden, meine Zuschrift ihm nachzusenden, weil man noch nicht wisse, wohin?«

»Aber das klingt ja ganz abenteuerlich und ist unerklärlich.«

»Doch nicht so ganz unerklärlich, wie Sie auf den ersten Anblick wähnen? Und wollten Sie mir vergönnen, Caroline« – (hier sank Gustav's Stimme zu kaum hörbarem Geflüster herab,) – »Sie um eine ungestörte Stunde bitten zu dürfen? Dann würd' ich Mittel finden, Sie über die Motive dieses furchtbaren Ereignisses aufzuklären.«

Caroline machte »hm, hm;« rückte auf ihrem Stuhle hin und her und sah verlegen nach ihrer Mutter, ob diese wohl Gustav's Antrag vernommen haben und was sie dazu für ein Gesicht machen möchte?

Madame Reichenborn hatte keine Silbe verstanden, aber sie hatte ihn flüstern gehört und das genügte ihr. Sie erwiderte den fragenden Blick ihrer Tochter; Beider Augen fanden sich und diese zwei Augenpaare versuchten sodann einen kleinen Streifzug in's Gebiet väterlicher Autorität. Dort aber sah es aus wie in Feindes Lande. Herr Reichenborn schnitt dem Flüsternden und den Aeugelnden sein furchtbarstes Familiengesicht. Da war auf einigermassen freundliches Entgegenkommen nicht zu hoffen. Mama gab sogleich jeden Versuch auf und machte sich noch einmal an den Kirschkuchen. Die Tochter kämpfte wohl, oder in ihrer Brust kämpften Erinnerung an schwerverletzende, nicht vergessene Schmach und Kränkung mit neuerwachender Zärtlichkeit für den (wie es schien,) reuig zurückkehrenden Bewerber. Es hätte in diesem Kampfe möglicherweise beleidigter, jungfräulicher Stolz über nachgiebige Schwäche den Sieg davon tragen können, wäre Vater Reichenborn minder bärbeißig, – wäre dem biederen Philister in Gustav nicht schon der *zweite* Windbeutel während dieses Gartenconzertes erschienen, was ihm zu viel wurde. Des alten Herrn höchst unartiges und abstoßendes Benehmen mußte durch Artigkeit von ihrer Seite ausgeglichen werden; darüber dachten Mutter und Tochter gleich; wenn aus keinem anderen Grunde, doch schon deßhalb, damit der junge Herr nicht wähne, man zürne ihm, weil er von Carolinen abgesprungen? Das hätte noch gefehlt! Nein, er soll sehen, daß *wir* zu leben wissen! (So dachte die Mutter.) Und er soll fühlen, daß er mir längst gleichgiltig genug ward, um mit ihm verkehren zu können, wie mit dem Baron, oder irgend einem andern Gleichgiltigen. (So dachte die Tochter.) Und Beider Gedanken wurden zu Einem, welcher sich in die Form kleidete: »Der Alte will ihn nicht bei *sich* sehen, – so sehen wir ihn bei *uns!*«

Der Gedanke an und für sich war gewiß ganz gut; das heißt: er war schlecht genug, um für Gustav's Absichten gut zu sein. Nur stieß er auf Hindernisse, in so fern festgesetzt war, daß morgen die Abreise von Dresden erfolgen müsse. Dergleichen Aussprüche des Vaters galten bei Reichenborns für unerschütterlich. Deßhalb gab Caroline für's Erste auf Gustav's geflüsterte Frage gar keine Antwort; was dieser, seine Schuld gegen sie erwägend, zwar sehr begreiflich, aber darum noch nicht geeignet fand, sich dadurch abschrecken zu lassen. Er hatte Fortschritte gemacht, seitdem er sich von Agnesens Grabe getrennt. Er hatte nicht umsonst die hohe Schule der ›großen Welt‹ besucht; nicht umsonst theures Lehrgeld bezahlt; nicht fruchtlos mit den berufensten Lehrern im Felde gewissenloser Schwelgerei vertraulichsten Umgang gepflogen. In zwei Jahren kann ein junger Mensch etwas vor sich bringen! Kann sich die vornehme Gleichgiltigkeit wohl aneignen, die über nichts mehr zu erstaunen, vor nichts mehr zu erschrecken scheint; die feine Lebensart heißt, im Grunde aber nichts ist, als raffinirter, schamloser Egoismus.

Daß die Weiber nicht unbeugsam bleiben würden, darüber waltete bei Herrn von Thalwiese kein Zweifel ob. Der alte Kaufmann bot einige Schwierigkeiten dar. Diesen zu gewinnen, ihn wenigstens unschädlich zu machen, blieb die nächste Aufgabe. Ihm also wendeten sich Gustav's Aufmerksamkeiten zu; ihn suchte er in passende Gespräche zu ziehen. Er that, als wäre Caroline vom Caffeetische verschwunden. Er warf sich in's Kapitel der Staatspapiere, sprach vom Wechsel der Course, vom Steigen und Fallen, von politischen Combinationen und entwickelte dabei seine, auf kostbare Erfahrungen gestützten Ansichten; denn er hatte die ihm von Emil überlassenen Summen ja längst vergeudet, oder in thörichten Börsenspeculationen verloren. Diesen Umstand anzudeuten hütete er sich weislich. Er geberdete sich wie Einer, dem daran liegt, zu bewahren, was er besitzt, die Masse seines Vermögens zu vergrößern und der die Rathschläge einer Autorität hören möchte. Dadurch gewann er sich Reichenborn's Achtung in einer Viertelstunde. Carolinen entging das nicht; sie benützte diese Wendung und mit ihres Vaters Eigenheiten vertraut, brachte sie ihn sehr leicht dahin, daß er ihr die Mühe abnahm, die Reisepläne dieses Sommers vor Demjenigen zu enthüllen, der davon unterrichtet sein mußte, sollte und wollte ein gewaltsam abgebrochenes Verhältniß wieder angeknüpft werden. Die Reichenborn'schen beabsichtigten, die zweite Hälfte des Juli und mindestens die erste des August in Teplitz zuzubringen, wohin Mutter und Vater durch ihren Arzt gesendet worden. Den Juni hatten sie in Dresden verlebt und da dieser Monat fast abgelaufen, würden sie vielleicht, ohne erst wieder heimzukehren, in der schönen Elbstadt noch einige Wochen ausgedauert haben, wäre dem alten Herrn nicht die Weisung zugegangen, daß ein Prager Haus, mit welchem er sonst in lebhaftem Verkehr gewesen, und welchem er nicht unbedeutende Capitalien in Händen gelassen, auf schwachen Füssen stehen solle. Herr Reichenborn war durchaus nicht der Mann, sich in solchen Fällen mit brieflichen Berichten zu begnügen; er zog vor, an Ort und Stelle selbst zum Rechten zu sehen. Deßhalb hatte er heute, ehe sie zur Mittagstafel hinabgingen, seinen Damen gesagt: »Morgen früh, aber sehr früh, reisen wir nach Prag.« Und Madame Reichenborn, vor den Koffern keuchend, hatte gefragt: »Nach Prag?« Und Caroline, die sich gern von der dicken Mama bedienen ließ, hatte hinzugesetzt: »Väterchen wird in Prag Geschäfte haben; *wir* werden wahrscheinlich bald in Teplitz bleiben und ihn dort erwarten.« Worauf Herr Reichenborn entschieden erwidert hatte: »Ihr werdet mit mir durch Teplitz reisen, mit mir nach Prag gehen, und mir Gesellschaft leisten; soll ich allein vor Langerweile umkommen? Erst in der zweiten Hälfte des Juli ist unsere Wohnung in Teplitz bestellt, eher dürfen wir dort nicht eintreffen.«

Carolinen war die Aussicht auf Prag eben auch nicht unangenehm; sie freute sich, diese altberühmte Stadt kennen zu lernen und sie fand sich bald in des Vaters Anordnung; während Mama, bei dem Gedanken, was dort Alles zu sehen sei und was sie Alles werde erklimmen müssen, noch heftiger keuchte, denn vorher. Doch gegen des Alten Willen und Gesetz, wenn er sich erst einmal so kathegorisch ausgesprochen, galt weiter kein Apelliren. Wie sie zum Essen gingen, (wo sich dann, wie wir wissen, der Baron an sie gedrängt), waren ihre Bündel schon geschnürt.

Ueber diese Angelegenheiten unterrichtete sich Gustav auf dem Rückwege vom Link'schen Bade vollständig. Er fragte die einzelnen Umstände theils den Eltern, theils der Tochter ab; so daß er, da er sich, vor der Thür ihres Hôtels ›glückliche Reise‹ wünschend, von ihnen trennte, ganz genau wußte, wo und wann er sie zu suchen haben würde, sobald er ihnen wieder begegnen wollte.

Und das wollte er. Sein Entschluß stand fest, Carolinen, die Erbin Reichenborn's, zur Frau von Thalwiese zu machen. Am Gelingen zweifelte er nicht; wenn es ihm nur gelang, in Teplitz oder womöglich schon in Prag einigermaßen anständig vor ihnen aufzutreten. Das hatte denn allerdings seine Schwierigkeiten. Nachdem er den ihm durch Emil's romanenhafte Großmuth überlassenen Nachlaß der verstorbenen Agnes mit seinen armen Eltern getheilt, wobei er leider den Löwen aus der Fabel gespielt und Jenen nur eben so viel zurückgelassen, daß die Hilfe keine gründliche Hilfe wurde und daß der alte Jammer in Thalwiese fortdauerte, war es gleichsam sein eifrigstes Bestreben gewesen, durch Leichtsinn und Verschwendung sich wieder in Mangel zu stürzen. Ihm, als noch nicht Volljährigen, standen beim Umsatz der geheimnißvoll in seinen Besitz gelangten Staatspapiere auch nur heimliche Schliche zu Gebote und an den schmutzigen Fingern vermittelnder Wucherer blieb von vornhinein schon mehr als ein Dritttheil des Geldes kleben. Flotte Brüder halfen den Rest vertilgen und wer einigermaßen mit den Folgen ähnlicher Existenz bekannt ist, wird weder zweifeln noch erstaunen, wenn wir kürzlich berichten, daß der junge Mann jetzt nach Verlauf zweier in Ueberfluß und Uebermuth verschwelgter Jahre, nichts mehr sein nennt, als eine namhafte Schuldenlast, deren Druck und Pein er sich zur Noth mit dem Scheinbild ehemaligen Credites vom Leibe hält. Daraus erklärt sich sein plötzlich entworfener Angriffsplan auf Carolinens noch nicht ganz erkaltetes, wenn gleich tiefverwundetes Herz gleich beim ersten Wiedersehen von selbst. Noch dringender gestaltete sich die Aufforderung, diesen eigennützigen Heirathsplan zu verfolgen, als er in seiner Wohnung einen Brief aus Thalwiese vorfand, worin seine Mutter ihm den endlich erfolgten Tod des an langen Leiden und aus Gram gestorbenen Vaters und die nun unfehlbar über sie hereinbrechende Subhastation des Gutes meldete; deßhalb ihn bei Gott beschwor, heimzukehren und Beistand zu bringen.

Seine nächste Aufgabe blieb jedoch, die Mittel zur Brautfahrt nach Böhmen herbeizuschaffen.

Zwanzigstes Kapitel

Es ist eine alte Wahrnehmung, – und Schuldenmacher von Metier werden sie gern bestätigen, auf gebührende Anfrage, – daß es niemals größere Mühe kostet, baares Geld aufzutreiben, als wenn man's just am Nothwendigsten gebraucht, ja seltsamer Weise besonders dann, wenn man es nicht unnütz durch's Fenster zu werfen, sondern auf seine Art zu klugen Zwecken anwenden will. Wer für lüderliche Streiche zu fünfzig Procent Anleihen zu Stande brachte, bietet vergeblich deren Hundert und aber Hundert, sobald er darauf ausgeht, ein so zu sagen solider Mann zu werden. Erklär' es, wer da kann; aber es ist nun einmal so und Gustav auch erfuhr es zu seinem Entsetzen.

»So muß ich denn,« sagte er zu sich selbst, »am dritten Abend nach Reichenborn's Abreise, so muß ich denn in den sauersten aller Aepfel beißen, obgleich mir von der Idee schon die Zähne lang werden, wie Zaunpfähle?!« Dieß gesagt, schlug *er* den Weg nach einem engen, düstern Gäßchen hinter der Frauenkirche ein, gerade als die *Thurmuhr* Neune schlug. Die Beleuchtung fiel damals in jenen abgelegenen Winkeln noch spärlich aus; mancher Nachtvogel flatterte im Schutze nächtlicher Dämmerung hin und her, mit ausgespannten Flügeln irgend einen der Fremden zu umwickeln, von denen die Zauberstadt, das deutsche Florenz, immer so reichlich besucht worden ist. Gustav achtete ihrer nicht, ließ sich durch ihr heiseres Gezwitscher nicht irre machen, sondern eilte seinem bestimmten Ziele zu; wie Einer, dem die Befürchtung droht, es gehöre nicht viel dazu, ihn aufzuhalten und in Durchführung widerwillig unternommener That zu hemmen. So ereilte er ein hohes, schmales Haus, kletterte über drei finstere Treppen hinauf und zog heftig an einem Bindfaden, der statt eines Glockenzuges durch das in die verräucherte Küchenthür gebohrte Loch Ellenlang heraushing. Drinnen schlug eine dünne Schelle, wahrscheinlich in besseren Tagen das Halsband eines Lieblingshündchens zierend, jetzt zu schmählicherem Dienste erniedrigt, etliche mühselige Töne an. Nach kurzer Pause öffnete sich die Pforte, das Licht einer qualmenden Lampe beleuchtete, – oder beleuchtete nicht, – die unsaubersten Wirthschaftsgeräthe, welche in wüstem Durcheinander den Raum zwischen Herd und Wand verengten und die Bewohnerin leitete ihren Gast, ihn sorgsam an der Hand führend, in's vordere Gemach, wo es übrigens ganz erträglich aussah. Dann klappte sie den Deckel der Lampe auf, um deutlicher zu sehen und nun erst erkannte sie ihn: »Ach, Sie sind es, Schönster der Schönen!? Das muß ich sagen, eine seltene Ehre. Eine große Freude! Wenn ich Sie erblicke, bewegt sich mein Herz, als könnt' ich noch einmal jung werden. Sie erinnern mich, weiß ich doch selbst kaum wie und wodurch? an den Einzigen, den ich wirklich lieb gehabt. – Na, womit kann ich dienen? Befehlen Sie nur. Für Sie geh' ich durch's Feuer!«

Die so sprach, war ein Weib von etwa dreißig Jahren; dem Anscheine nach jünger oder älter, je nachdem ihre Züge sich belebten, oder erschlafften. Sie sah sehr verwüstet aus, trotz aller Spuren vormaliger Schönheit. Ueber ihr trauriges Gewerbe braucht nichts weiter gesagt zu werden.

»Das ist erstaunlich,« wendete Gustav ein; »ich meinte bei Ihnen in schlechtem Andenken zu stehen, seitdem ich Sie das Letztemal aus meinem Zimmer warf? Es war brutal von mir und als es geschehen, bereuete ich meine Heftigkeit.«

»Dergleichen muß Unsereine nicht estimiren,« seufzte sie; »wo Holz gehackt wird, da fallen Späne, wie man im gewöhnlichen Leben zu sagen pflegt. Damals gefiel dem schönen jungen Herrn mein Antrag nicht; er hatte Geld vollauf und die Vermittlerin ward ihm lästig durch ihre Zudringlichkeit. Heute . . .«

»Nun, was ist's heute?«

»Heute,« fuhr sie geduldig fort, »steht's vielleicht anders? Die Casse ist leer, die Gläubiger drängen, – Sie haben Sich's besser überlegt und nun suchen Sie mich auf. Lauter alte Geschichten, bei Männern wie bei Weibern, das nämliche Lied: Geld regiert die Welt!«

»Sie machen mir's leicht, liebe Frau. Ich trat wirklich voll Besorgniß ein, voll Beschämung, wie ich einlenken sollte? . . .«

»Ach, Dummheiten,« lachte sie auf. »**entre camerades, point de ceremonie!** wie mein erster Liebhaber, der alte Croupier von der Bank in Spaa zu sagen pflegte. Wollen wir der Frau Fürstin
ein Loch in die Goldbörse schneiden? Ich bin dabei!«

»Also ist sie noch anwesend?«

»Sie wollte, wie meine Freundin, ihre Kammerfrau und Vertraute mir vertraut, die Bäder besuchen; doch dazu ist's wohl noch zu früh im Jahre. Hoffentlich ist sie noch nicht fort. Bei ihr
gewesen bin ich schon seit etlichen Wochen nicht mehr, denn ich fiel in Ungnade, weil ich,
wie sie in ihrem Polnisch-Deutsch mir auf den Kopf zu sagte, eine unbrauchbare Canaille wäre!
Ich steckte die Canaille ein mit den drei Ducaten, die sie mir dafür hinwarf. Mit dem morgenden Tage beginnt eine neue Rechnung zwischen ihr und mir. Wenn ich mit der Nachricht
eintrete, daß Sie Raison angenommen haben, wird sie mich empfangen wie einen Boten des
Glückes; davon bin ich überzeugt. Sitzt sie doch immer noch, sogar bei schlechtem Wetter, an
demselben Platze auf der Terasse, wo sie zum Erstenmale dazu gelangte, zwei Worte mit Ihnen
zu wechseln; immer in der Hoffnung, Sie wieder zu sehen!«

»Ich weiß das! Und diese ihre Ausdauer hat mir meinen liebsten Aufenthalt verleidet. Es ist
eigentlich schauderhaft, daß ich mich nun der widerwärtigen Person überliefern will, vor der
ich bisher förmlich auf der Flucht gewesen!«

»Ach, Ziererei! Eine polnische Fürstin mit einer halben Million Gulden Jahresrente, – mögen
es meinetwegen nur polnische Gulden sein, – ist durchaus nicht widerwärtig. Auch die plump-
ste Figur strahlt vor Schönheit, sobald sie massiv vergoldet ist. Geld regiert die Welt, dabei
bleib' ich.«

»Satan, der Du bist! So wisse denn auch: die Zeit drängt! Das Messer steht mir an der Kehle!«

»Richtig! Je rascher wir gehen, desto willkommener werden wir sein. Nur daß Sie Sich nicht
wegwerfen, Sich nicht zu niedrig anschlagen! Doch das ist meine Sache. Ich will's schon einleiten: Sie haben gespielt, Wort und Ehre verpfändet, dürfen Ihre Wohnung nicht verlassen,
aus Furcht ergriffen zu werden; müßen sich frei und heiter fühlen, aller Sorgen ledig, ehe Sie
mit freiem Herzen vor ihr erscheinen. . . . o, das hab' ich am Schnürchen. Da, sehen Sie: in
zwei Leihbibliotheken bin ich abonnirt, der ganze Tisch liegt voll von schönen Lesebüchern;
da steht viel darin, was sich brauchen läßt für unsere Zwecke. Ich will's ihr beibringen, daß
es hinunter gehen soll, süßer und geschmeidiger wie Honig. Nur heraus durchlauchtigste ›Po-
polska‹ mit Deinen Ducaten, für meinen schönen, schlanken Herrn – und für mich auch! Der
Tag, der morgende, gehört mir und meinen Verhandlungen. Sobald es dämmert, um halb neun
Uhr, finden Sie Sich vor der Brücke ein, unten, wo es von der breiten Terassen-Treppe hinab
an's Ufer geht. Dort erwarten Sie mich und ich bringe Sie zu ihr!«

»Wenn es mir nicht leid wird, bis dahin, stell' ich mich ein.«

Gustav schüttelte sich und verließ die Zwischenträgerin so eilig, daß er sich schon über die
finsteren Treppen hinunter tappte, ehe sie mit ihrer Lampe durch die Küche gelangen konnte.

Mag nun der Vorsatz: sich schmählich zu verkaufen, dem ehemaligen Verehrer und Günstling
einer Agnes noch so häufig leid geworden und im Laufe eines Sommertages mehrmals aufgegeben gewesen sein; – sicher bleibt, daß endlich gebieterische Noth zur Entscheidung trieb und
daß Gustav schon vor der anberaumten Stunde einigemale voll Ungeduld die Elbbrücke auf und
ab ging. Diese Ungeduld steigerte sich, als er um halb neun Uhr die sonst zuverlässige Gelegen-
heitsmacherin noch nicht an der bezeichneten Stelle fand, dagegen zu bemerken glaubte, daß
ihn Jemand verfolge, mit der unzweifelhaften Absicht, ihm in's Gesicht zu schauen. Ein kühler
Abend gestattete glücklicherweise, daß man, ohne auffällig zu werden, einen Mantel trage und
diesen benützte Gustav, mit dem hochaufgeschlagenen Kragen sich vor dem unwillkommenen
Forscher zu verhüllen. Gleichwohl belästigte, ja ängstigte ihn der neugierige Fremde. Wer war
der Mensch? Was wollte er von ihm? Stand er mit der sogenannten polnischen Fürstin – denn
in manchen Städten Deutschlands liebt man es aus Engländern, Russen und Polen, die einiges

Geld aufgehen lassen, vornehme Leute zu machen, und sie ohne Weiteres zu Lords und gefürsteten Grafen zu erheben! – stand er mit dem Abenteuer, in welches Gustav sich verwickelt, in Verbindung? Oder war es etwa gar ein begünstigter Vorgänger, welcher dem bereits designirten Nachfolger neidisch Rache geschworen? Wer auf solchen Pfaden geht, muß auf Alles gefaßt sein!

Doch nein; die Erwartete, ihre Verspätung zur Genüge rechtfertigend, kommt herbei und der neugierige Beobachter entfernt sich.

»Bei ihr, mein schönster Herr, in ihrer Behausung, ist heute eine Zusammenkunft unmöglich, weil Verwandte angelangt sind, auf die sie Rücksichten nehmen muß: Aber aufschieben, wonach sie sich so lange vergebens gesehnt, will sie doch auch nicht. Deßhalb wird meinem schlechten Stübchen die hohe Ehre zu Theil . . . sie hat sich frei gelogen, auf ein Stündchen nur . . . folgen Sie mir schnell . . . sie weiß, was sie wissen soll; sie ist unterrichtet von Ihren Bedrängnissen. Zeigen Sie Sich liebenswürdig, – *sie* wird großmüthig sein!«

»Nun, in des Teufels Namen, dem ich mich verschreiben will, vorwärts!« rief Thalwiese und hatte Mühe mit dem hastig trippelnden Weibe gleichen Schritt zu halten, weil sich ihm die Füsse in den langen Carbonaro verwickelten. Dadurch ward er verhindert, den wieder zum Vorschein kommenden Lauscher zu beachten, der sie in einiger Entfernung begleitete.

Das Weib hatte genau beschrieben, auf welches verabredete Zeichen ihre Küchenthür im dritten Stockwerk geöffnet werden solle, hatte den droben heiß Ersehnten allein hinaufgehen lassen und blieb, die Arme in ihr Umschlagetuch gehüllt, vor dem schmalen Hausthore stehen, zu welchem sie den Schlüssel, und vom leichtbestechlichen ›Hausmanne‹ die Erlaubniß, denselben für ihre bedenklichen Zwecke benützen zu dürfen, besaß. Sie überschlug rechnend den goldenen Gewinn dieser und mancher – hoffentlich – folgenden Stunde; da näherte sich ihr, leisen Trittes, auch den leichten Reisemantel um die Schultern geschlagen, eine im Dunkel kaum erkennbare Gestalt, mit der freundlich gestellten Frage: wer denn wohl jener Herr sei, mit welchem sie bis hierher gegangen?

»Es ist nicht meine Sache,« entgegnete sie in frivoler Weise, »und es würde meiner Kundschaft Schaden thun, mich um Namen zu bekümmern. Discretion ist die erste Bedingung und wollen Sie mir Ihr Vertrauen schenken, fremder Herr, so werden Sie . . . . .«

Der Angeredete that einen Schritt rückwärts, nachdem er nur die ersten Worte aus ihrem Munde vernommen. Dann trat er ihr wieder näher, packte sie beim Arme und drückte so heftig, daß sie sich im Reden unterbrach und laut aufschrie: »was soll das?«

»Lucie!« rief er.

Und sie stammelte zitternd: »Gott erbarm' sich, mein Schuljunge, der Franz! Wo kommst Du her?«

»Aus dem Zuchthause, wenn auch nicht seit gestern. Wann haben sie Dich herausgelassen, daß Du schon wieder Dein Gewerbe treiben darfst?«

»Lassen Sie los, oder ich mache Lärm!«

»Nicht doch. Alles in Liebe und Güte, Herr Erbförster, wie gestern der Sänger im Theater sagte. Wir haben mit einander zu sprechen.«

Und sie zogen sich in den kleinen Hausflur hinein. –

Emil, seit Kurzem erst von seiner langen Reise heimgekehrt, war vor wenig Tagen aus Schwarzwaldau in Dresden eingetroffen, um allerlei Uebelstände auszugleichen, welche durch dauernde Abwesenheit des Gutsherrn herbeigeführt worden. Sein bevollmächtigter Verwalter hat das ihm gegönnte Vertrauen nicht ganz gerechtfertiget; die Wirthschaft theilweise vernachlässigt, dabei verschiedene Unglücksfälle, auch einen totalen Mißwachs erlitten; seine Klagelieder haben den Reisenden aus Norwegen, wo er noch länger zu weilen gedachte, nach Hause gerufen und nun, wo es einer runden Summe bedurfte, um Ordnung zu machen und einige unerwartet aufgekündigte Capitalien prompt auszuzahlen, empfindet er hart genug die Nachwehen jener (höchstens einem Millionair) angemessenen Freigebigkeit, die er in der ersten leidenschaftlichen Aufregung nach Agnesens Tode gegen Gustav geübt. Er sieht sich genöthiget, Geld aufzunehmen, freilich gestützt auf sichere Grundverschreibungen, und wünscht dieß Geschäft in Dresden auszuführen, wo er keine persönliche Bekannte hat, obgleich der Werth von Schwarzwaldau daselbst eben so anerkannt ist, wie in Berlin; während an letzterem Orte seine augenblickliche Verlegenheit unter Jugendfreunden und früheren Genossen viel Gerede verursachen würde.

Jetzt geht er nachdenklich im hohen Zimmer des großen Gasthofes, wo er abgestiegen, hin und her, den leeren Raum mit seinen Monologen füllend: »Unselige Abhängigkeit, zu welcher ich verdammt bin, von einem Menschen, den ich fürchte, hasse, von dem ich mich dennoch nicht trennen kann. Er ist mein Diener und er beherrscht mich wie ein Herr. Ich bin förmlich in seiner Macht. Und wie er mit mir umgeht! Wie rücksichtslos! Da läßt er mich nun allein, in diesem öden, unheimlichen Gemache, treibt sich Gott weiß wo umher, und weiß doch, daß ich keine Ruhe finde, wenn er nicht in meiner Nähe ist, wenn ich ihn nicht unter meinen Augen habe, um sicher zu sein, daß nicht ein Zusammentreffen statt finde, vor welchem mir bangt; stündlich bangt, seitdem wir wieder im Vaterlande athmen. In Schwarzwaldau sollte er mir nicht bleiben, ohne mich, aus Besorgniß, seine dortigen Gegner – denn all' meine Diener hassen und beneiden ihn! – könnten seinen Zorn reizen und ihn dadurch zu irgend einem Ausbruche tiefgenährten Grolles reizen; hier möcht' ich ihn wieder unter Schloß und Riegel halten, damit er nicht auf Gustav stoße! . . . Ja, wo mag dieser – Gustav sein? Wo mag er leben? Und wie? Wie mag er seinen Eidschwur gehalten haben? Ob er – unserer noch gedenkt? Ob er noch um Agnesen weint? Ob er zu Rathe gehalten, was ich ihm als sein Erbtheil gab? – Gewiß nicht! Denn ich meine, daheim vernommen zu haben, seine Mutter sei nach des Vaters Tode in bitterer Noth? Ihr Sohn fern von ihr! – Welche peinliche Ahnung raunt mir zu, daß wir ihm hier begegnen können? – O, wär' ich nicht nach Dresden gegangen! Hätt' ich meine Geschäfte lieber in Berlin . . . . Thorheiten! Wär' ich dort, würd' ich ihn dort wähnen! Die Angst dieser Ahnungen liegt in mir, ich schleppe sie mit mir herum, und werde sie nicht mehr los, so lange Franz lebt; so lange er an mir hängt, an mich und meine Qualen gekettet, und ich an ihn, wie zwei Galeerensträflinge zusammen geschmiedet sind!«

Solchen und ähnlichen hypochondrischen Betrachtungen setzte Franz Sara, den wir von Schwarzwaldau her als subordinirten Leibjäger kennen, den wir aber jetzt, nach zweijährigem Umherreisen mit seinem Herrn gleichfalls einem Herrn ähnlich auftreten sehen, nicht gar lange vor Mitternacht erst ein Ende. Keine Entschuldigung, daß er so lange auf sich warten lassen! Keinen Gruß! kein Wort der Anrede! Stumm und gebieterisch, als wäre Emil sein Diener, warf er sich in die Sopha-Ecke. Emil fuhr fort, die lange Stube mit langen Schritten zu messen, den Kopf gesenkt, die Arme auf dem Rücken; zu einem Vorwurf gegen Franz ermannte er sich nicht. Nicht einmal zu einer Klage, soll nicht sein resignirtes Schweigen dafür gelten. Von Zeit zu Zeit blieb er vor dem Sopha stehen, auf eine Erklärung des Dieners harrend, auf einen Bericht? Denn daß dieser von etwas Ungewöhnlichem erfüllt sei, durfte wohl angenommen werden und Emil erwartete eine Mittheilung. Endlich, da es zwölf Uhr schlug, sprach er: »So geht das länger nicht; wir *müssen* uns trennen, Franz!«

Franz fuhr auf: »Begehr' ich denn etwas Anderes? *Hab'* ich jemals etwas Anderes begehrt, seitdem *sie* begraben ist? Waren Sie es nicht, der mich festgehalten mit allen möglichen Drohungen, mit allen ersinnlichen Versprechungen? Haben Sie mich nicht gezwungen, bei Ihnen zu bleiben, als ich Ihrem Günstling nachstrebte, ihm die zweite Kugel in den Leib zu jagen, nachdem die erste ihr Ziel verfehlte und jenes schauderhafte Unglück angerichtet hatte? Traten Sie nicht vor mein Lager, wie Sie jetzt vor mir stehen; damals meines alten Lehrherrn Kugelbüchse in der einen, die verfluchte Kugel in der andern Hand haltend und von schwerem Kerker faselnd? Mußt' ich nicht aufspringen und Ihnen zu bedenken geben, daß ich dann auch reden und gar verwundersame Geschichten erzählen könnte, von Ihnen und Ihrem Hause, ja sogar von *ihr* , – die ich nicht mehr zu schonen brauchte, seit dem ich wußte, daß sie ihn geliebt, dem ich Tod geschworen? Und wendete sich da nicht das Blatt? Und gaben Sie nicht plötzlich *mir* gute Worte? Und rangen Sie dann nicht die Hände, nach Ihrer beliebten weichlichen Weise jammernd: ›Was ist zu thun? Laß' ich ihn von mir, so geht er hin und mordet Gustav und fällt dem Gericht in die Hände und seine Enthüllungen bringen Schmach über Schwarzwaldau, verleumden Agnesen im Grabe!‹ Jammerten Sie nicht so? Und schlugen Sie mir nicht vor, bei Ihnen zu bleiben, mit Ihnen zu reisen, gemeinschaftlich die Leiden zu tragen, die ein gemeinsames Geschick über uns verhängt und auszudauern, bis ›Gras über Alles gewachsen sei?‹ Ein Ausdruck, den ich so passend fand, daß ich ihn sogar der zärtlichen Lisette zu hören gab bei meiner Trennung von ihr! – Ich habe Ihren Willen erfüllt, bin mit Ihnen gereiset, habe meine Freiheit verkauft, – im Ganzen genommen zu so niedrigem Preise, daß ich wohl berechtiget war, mich durch eine selbstbereitete Verbesserung meines Verhältnisses bezahlt zu machen. Ich habe die Livree abgelegt und bin als ›Ihr guter Freund‹ mit Ihnen umhergezogen. Warum sollten Sie nicht einen jüngeren Freund haben, der Franz Sara heißt? Wer hört dem Namen an, daß er im Zuchthause fabricirt wurde? Wie? Gleichwohl hatte dieser ihr Reisegesellschafter auch als solcher nicht den Himmel auf Erden; denn Ihre Launen sind unzählbar und es gehört viel Geduld zum dauernden Umgange mit einem Manne Ihres Gleichen. Ich fügte mich; die Freiheit war einmal verkauft, wenigstens so lange die Reise währte. Doch die *Rache*, das Recht an sie, hab' ich Ihnen nicht verkauft; sie wäre mir auch gar nicht feil gewesen, hätten Sie mir dafür zahlen wollen so viel als Sie dem – geliebten Hausfreunde zuwarfen, da Sie ihm Agnesens Nachlaß schenkten. Ha, ha, er ist fertig damit! Seine jungenhafte, unsinnige Verschwendung hat ihn schon wieder – —«

»Hast Du ihn gesehen?« fragte Emil; »ist er hier? Ich hab' es geahnet!«

»Ruhig! Kaltes Blut! Wenn er auch hier am Orte sich befindet, für's Erste geht es ihm schlecht; er hat sich gerade heute tief genug erniedriget, um vor meiner Rache ziemlich sicher zu sein. Doch hab' ich seine Fährte und halte sie fest. Der Spürhund, den ich ausfand – eine Hündin ist's, aber mit feiner Nase, – wird mir dienen, wie ich's verlange. Seien Sie ohne Sorgen; gehen Sie Ihren Angelegenheiten nach in Geldsachen, ich werde Ihre Ehrensache wahrnehmen, indem ich meinem Haß genüge. So lange er seinen Eid nicht brach – mag er dieß verächtliche Dasein weiter führen. Seine Spur, wie gesagt, verlieren wir nicht mehr: ich – und Lucie. Denn, damit Sie's nur wissen, Lucien fand ich wieder, bei ihr hab' ich mich verspätet, – und nun fragen Sie nicht weiter, warum ich unwirsch bin. Gehen Sie zu Bette, Emil.«

Emil von Schwarzwaldau that, was Franz Sara ihm befohlen.

Einundzwanzigstes Kapitel

Caroline stand mit ihrer Mutter am offenen Fenster und sah über die breite Gasse, in welcher das Gasthaus ›zum schwarzen Roß‹ belegen, nach dem alten Pulverthurme, durch dessen hochgewölbte Pforte so eben ein junger Mann in's Innere der Altstadt Prag's gegangen war, den sie für Gustav hielt. »Ich habe deutlich gesehen, denn dazu ist noch Tag genug, daß er,« – so sprach sie zu Mama Reichenborn, – »unten am Hausthore mit dem Portier redete. Gewiß hat er sich nach uns erkundiget? Gewiß folgte er uns aus Dresden hierher nach Prag. Und nun haben die dummen Menschen, die niemals einen Namen ordentlich behalten, ihn fortgeschickt, und er sucht uns vergeblich im Engel, oder Gott weiß wo?«

»Wenn das der Herr von Thalwiese gewesen ist, derselbe, der neulich in Dresden . . . .«

»Derselbe, liebe Mutter!«

»Nun, meine liebe Caroline, dann mach' ich mich anheischig, ihn – aufzuessen, sobald Du mir's gestattest, und ihn nicht etwa selbst aus närrischer Liebe fressen willst! aufzuessen wie er geht und steht. Das war so gewiß ein ganz anderer Mensch, als es außer Deinem Gustav noch andere Menschen giebt; wenn auch nicht für Dich, wie ich merke! Sage mir nur, Kind, wie es möglich wurde, daß die eine einzige Stunde des Wiedersehens Dich wieder gar so sehr in Flammen setzte? Ich dachte, das wäre längst verwunden und verschwunden?«

»So lange diejenige *lebte*, die ihn mir abwendig gemacht, die ihn mir geraubt; – oder vielmehr: so lange ich sie noch am Leben *wähnte*, mußte *er* nothwendig todt sein für mich. Warum hätt' ich Dich mit meinen Leiden, mit meiner Sehnsucht nach ihm ängstigen sollen? Warum Dir das Dasein verderben? War es nicht genug, daß ich das meinige verdarb? Daß ich mich abquälte und abhärmte? Ach, es giebt keinen größern Gram, als hassen zu *wollen*, wo man so innig liebte! Und ich habe Agnes geliebt. Da kommt nun er, den eine Bezauberung mir entriß und zeigt sich, frei von jenem Zauber, mir wieder geneigt. Die uns trennte ist begraben; ein furchtbarer Rache-Engel ist für mich eingeschritten. Darf ich nicht glauben, daß dieser, nachdem er sein blutiges Amt verwaltet, sich in den Schutzgeist meiner Liebe umwandeln, daß er mir den Reuigen zuführen wollte?«

»Das klingt sehr hübsch, aber ich sehe kein gutes Ende. Von mir und meinen Befürchtungen will ich schweigen; ich bin stets eine allzu nachgiebige Mutter gewesen. Doch des Vaters Abneigung wider den jungen Herrn« . . . . . .

»Hat sich bedeutend verringert, seitdem er ihn persönlich kennen lernte.«

»Das will ich nicht leugnen. Dennoch ist noch ein großer Abstand, von der Aeußerung: ›nicht so schlimm, wie ich mir ihn dachte!‹ bis zu der Erlaubniß auf die Du hoffst! Du hoffst überhaupt zu viel von dem Gegenstande Deiner heißen Liebe. Hast Du denn auf einmal vergessen, was Du selbst über ihn gesagt, wenn Du Dein betrogenes Herz in das Herz Deiner Mutter ausgeschüttet? Und soll er sich denn seitdem so gänzlich umgeändert haben, daß er aus einem Flatterhaften, Treulosen, ein solider Ehemann werden könnte?«

»Mutter, sprich dieß fürchterliche Wort nicht aus; es klingt abscheulich. Was ihr, was Vater, was Du, was Deine alten Freundinnen so benennt, hat mich immer von dem Gedanken an eine Heirath zurückgeschreckt. Es waren ja wohl ›solide Männer‹ nach eurem Sinne, die ihr mir vorschlugt, die ihr meiner besonderen Aufmerksamkeit empfahlt? Gott erbarme sich! Lieber wollt' ich unvermählt bleiben und mir von unsern Gassenjungen eine alte Jungfer um die andere nachrufen lassen! Solche Freier, die den Werth einer Rosenflur danach berechnen, ob die Blumen als Futter für unsere Kuh benützt werden könnten! Für sie giebt es kein Frühlingsgrün wie die Leinsaat, aus welcher Flachs bereitet wird; für sie keinen Sommer, als um ihre Getreidespeicher zu füllen; kein Gebirge, außer jenem, wo Gold und Silber gegraben wird; keinen Klang, wie den Klang der Münzen; kein Buch, wie ihre Rechnungsbücher; keine Schönheit, wie die des Besitzes. Ich will solchen soliden Gatten nicht; mein Gefühl sträubt sich dagegen, als Waare verhandelt zu werden.«

»Da lebst Du denn doch vielleicht in einem großen Irrthume, Caroline. Ich mache Dir keinen Vorwurf darüber, denn ich verstehe Dich und Deinen inneren Zustand vielleicht besser, als Du selbst ihn verstehst. Ich bin auch jung gewesen und habe auch meine eigenen Gedanken gehegt über diese Dinge, wenn gleich mir's heute niemand mehr ansieht; habe auch die Abneigung empfunden, bei einem Handels-Abschluß zwischen zwei Vätern, gleich einer Zugabe in den Kauf gezogen zu werden mit meiner Person. Ja, gewiß, Linchen, mir hätte auch Dieser oder Jener besser zu Gesichte gestanden, wie Dein guter Vater, der mir schon zu wenig jung war, zu wenig hübsch und viel, viel zu ›solide.‹ Dennoch, wenn ich jetzt so zurückdenke; wenn ich mein Geschick vergleiche mit jenem verschiedener Jugendfreundinnen, von denen etliche der Stimme des Herzens folgen durften, die Eine sogar ihren Willen gewaltsam durchsetzte gegen den Willen der Ihrigen! . . . . . Sie haben sämmtlich kein gutes Loos gezogen. Gerade bei der Letzteren bewährte sich's, daß ihre Person recht schmählich verkauft worden war an den schlechten Gesellen, der sie zu lieben vorgab, damit er ihre Ausstattung in seine Klauen bekäme! Sie ist von ihm geschieden und lebt durch Wohlthaten und Almosen.«

»Was Du sagst, kann wahr sein. Und ich bin nicht so leichtgläubig, daß meines Vaters Reichthum nicht schon oft mir zu ähnlichen nahe liegenden Besorgnissen Anlaß gegeben haben sollte. Ja, ich hegte damals in Schwarzwaldau einen Verdacht dieser Art gegen Gustav. Davon hat er mich völlig geheilt; er selbst, durch seine Untreue! Denn als er mich um Agnesens Willen schmählich verließ, stellte er seine Ehre in *jenem* Puncte siegreich wieder her. Seinen Trieben folgend, ohne Rücksicht, ohne Berechnung, bewies er, daß er wohl ein leidenschaftlicher, aber durchaus kein eigennütziger Mensch sei. Sie lockte ihn, die stolze, spröde Männerfeindin, die süße Heuchlerin; sie verlockte ihn, er widerstand ihr nicht und ließ mich ziehen. Aufrichtiger, ehrlicher fand niemals eine Trennung Statt. Jetzt ist sie todt, zwei Jahre liegen dazwischen, er hat sie vergessen, er wendet sich mir wieder zu . . . wie sollt' ich an ihm zweifeln? Wär' ihm nicht so zu Sinne, er gäbe sich wahrlich nicht die Mühe, mich's glauben zu machen.«

»Wer Dich so reden hört, sollte meinen, Du seiest Wunder wie sehr im Klaren über Dich und dabei läuft Dir sehnsüchtige Ungeduld einmal über das Andere mit der Besonnenheit auf und davon. Caroline, ich fürchte, Du giebst Deinen Trieben zu willig nach: nur von glühender Begier umschleierte Augen haben Visionen, wie jetzt eben die Deinen, wo Du ihn zu erblicken meintest.«

»Ich verleugne nicht die Gluth, die durch meine Adern rinnt; vor *Dir* nicht, Mutter; mag ich auch alle Uebrigen durch erlogene Kälte täuschen. Mit vierundzwanzig Jahren sind die Forderungen der Jugend noch nicht in ewigen Schlaf gelullt. So lange ich hassen, ihn im Arme einer verrätherischen, falschen Freundin verwünschen, sie anklagen und beneiden durfte, so lange behaupteten feindselige Triebe ihre Gewalt über zärtliche. *Dir* hab' ich nie verhehlen wollen, wie heiß es unter der Asche glüht. Wird es *Dich* befremden, daß die Lohe plötzlich wieder aufschlägt?«

»Es befremdet mich nicht, mein armes Kind; es beängstiget mich nur.«

»Und dennoch wirst Du mir helfen, den Vater für Gustav zu stimmen; seine Einwilligung zu erschmeicheln, wenn . . .«

»Ja, *wenn* Dein Gustav in der That sich einstellt, darum anzusprechen; wenn er wirklich kommt, um Dich zu werben . . .«

»Da kommt er.« rief Caroline triumphirend aus und wies mit dem Finger in die Dunkelheit hinab, auf dieselbe Männergestalt, die ihr bereits vorhin Gustav's Bild vor's Auge gerufen, und die jetzt wieder auf den Gasthof zu sich bewegte.

»Meine Brille sagt mir, daß er's nicht ist;« äußerte gutmüthig Mama Reichenborn; »sollte meine Brille Recht behalten über Dein ahnendes Herz?«

In der That schien er's nicht zu sein; denn abermals näherte er sich dem Hausthor, wechselte wieder einige Worte mit dem Pförtner und mit einem müßig dort lehnenden Lohndiener und entfernte sich sodann, diesesmal die entgegengesetzte Richtung einschlagend; er ging den sogenannten Graben hinauf, ohne sich auch nur nach den Fenstern umzuschauen.

»Nein, das *kann* er nicht sein!« seufzte kopfschüttelnd Caroline. »Aber ich will wissen, nach wem er sich zweimal erkundigte?«

Sie läutete nach dem Lohndiener. Dieser nahm es sehr übel, als an seiner Kenntniß und richtigen Aussprache der im Hôtel verzeichneten Fremden-Namen gezweifelt wurde; er versicherte die Damen: nicht nach ihnen, sondern nach einem sicheren Herrn von Thalwiese, der aus Dresden eintreffen wolle, habe eben der junge Cavalier heute schon unterschiedliche Male gefragt.

Caroline blieb auf diese Kunde niedergeschlagen und tiefsinnig sitzen, ohne ihr Gespräch weiter fortzuführen. Die liebevolle Mutter gab ihr lächelnd zu verstehen, daß ihre Betrübniß unerklärlich sei, nachdem sie nun Gewißheit habe, daß Gustav eintreffen werde.

»Im Gegentheil, Mutter; irgend ein schwerer Unfall droht ihm, hat ihn vielleicht schon ereilt! Zu allen Zeiten und in allen Landen bedeutet es nahen Tod, wenn Einer nach sich selbst fragt.«

Der Mutter Lächeln ging jetzt in lautes Lachen über und weil Herr Reichenborn, der im Nebenzimmer seine Dunkelstunde und seine dritte Pfeife beendet, mit der Bemerkung, es sei Zeit in den Speisesaal zu wandern, zwischen sie trat, so verlangte er auch seinen Antheil an der Gattin Heiterkeit.

»Caroline sieht Gespenster, Väterchen; sie hat Erscheinungen und glaubt an Vorzeichen, deßhalb lach’ ich sie ein Bißchen aus!«

»Das kommt von ihrem ewigen Lesen, von den romantischen Büchern,« sagte Herr Reichenborn, der Gattin den Arm reichend.

»Sie müßte bald heirathen,« flüsterte diese ihm zu, so leise, daß Caroline es nicht vernahm; »wenn sie für Mann und Kind zu sorgen hätte, würde sie nicht so viel grübeln und träumen.«

»Freilich müßte sie, aber wen? Es ist ihr ja Keiner anständig, den ich auswähle?«

»Darüber sprechen wir vor Schlafengehen, Reichenborn; hier auf der Treppe läßt sich das nicht abmachen. – Wo bleibst Du, Caroline?« –

Sie suchten den kleinen runden Tisch auf, den sie diese Tage über inne gehabt und den sie, da er nur vier Plätze darbot, fast gänzlich einnahmen. Herr Reichenborn saß und aß für Zwei. Dabei ließ er sich gern überraschen; die Kellner mußten für ihn auswählen; mochten sie ihm auch das Theuerste bringen, er tadelte sie nicht, er bezahlte willig. »Wenn ich einmal Gast bin,« pflegte er zu sagen, »so will ich auch ein honetter sein und die armen Teufel sollen wissen, daß sie in mir einen wohlhabenden Mann bewirthen.«

Deßhalb ließ er auch trotz ihrer Gegeneinwendungen für Frau und Tochter serviren, als ob sie seine Fähigkeiten besäßen und wenn Mama Reichenborn, die übrigens keine Verächterin guter Schüsseln war, ihn aufmerksam machte, sie sei satt, und es wäre Schade, daß die Kellner unberührte Speisen wegnehmen müßten, so replicirte der splendide Reisende: »Mögen *sie’s* hinunterschlingen; sie haben junge Magen!«

Daß er bei solchen Gesinnungen in jeglichem Speisesaale willkommen und bei sämmtlichen Gasthofs-Personalen an der Elbe, Moldau und Spree, wohin seine Wege ihn nur geführt, **persona grata** war und blieb, ist leicht zu denken. So auch hier, wo man ihn längst kannte, und wo Jeder ihn verbindlich anschmunzelte, dem er einen Blick gönnte.

Heute wollte die Sache nicht recht in Gang kommen. Reichenborn stellte seiner Tochter melancholischen Ernst, ihr entschiedenes Verschmähen jeder Nahrung mit den Worten zusammen, die seine Frau ihm auf der Treppe zugeflüstert und setzte ganz richtig voraus, die Beiden hätten vorher eine darauf bezügliche Unterredung gepflogen. Carolinens ganzes Benehmen hatte sich seit dem Dresdner Gartenconzerte so sichtbar verändert, daß des Vaters Besorgniß nothwendig auf Herrn von Thalwiese zurück geleitet werden mußte. Diese Erinnerung und seiner Tochter Schweigen verdarb ihm ein Wenig das Behagen am Abendtische. Er verschwieg es nicht. »Wenn ich Dir so gegenübersitze und habe Dein langes Gesicht vor mir, da bleibt mir der Bissen im Munde stecken. In Dresden und auf der Reise warst Du ganz anders. Ich möchte Dich froh sehen. Froh und guter Dinge, wie ich es bin. Meine Geschäfte stehen gut; Alles in Ordnung; übertriebene Gerüchte; vollkommene Sicherheit; kein Gulden verloren!«

»Nun, dann ist ja weiter kein Grund zur Klage vorhanden, Vater; um mein langes Gesicht mache Dir keine Sorge, wenn Du nur Dein Geld gerettet weißt; das bleibt ja doch die Hauptsache.«

»Allerdings,« erwiderte Herr Reichenborn, der die Ironie nur aus Carolinens Mienen ahnte, sie aber aus einem nach seiner Meinung mathematisch begründeten Satze unmöglich heraus finden konnte; »allerdings bleibt es die Hauptsache, weil es mir – (und hier erhob ihn die Liebe für sein einziges Kind zu wahrhaft grandiosem Schwunge!) – weil es mir die Mittel bietet, Dich glücklich zu machen!«

»Darf ich Dich beim Worte nehmen?« wollte Caroline ausrufen, doch der Klang eines Posthorns und das Geräusch eines vor die Hausthür rollenden Wagens erschütterten sie dermaßen, daß sie inne hielt.

»Da kommt ein Reisender an,« sagte Reichenborn; »und zwar mit Extrapost; der muß es eilig haben; wahrscheinlich ein Courier? Meinst Du nicht auch, Linchen?«

Linchen war noch nicht so weit gesammelt, um Antwort auf diese neckende Frage zu ertheilen. Die Mutter übernahm's für sie: »Warum ein Courier, Väterchen? Alle Leute haben nicht Deine Vorliebe für die Schneckenpost unseres Pirnaischen Lohnkutschers und wer es irgend mit seinen Finanzen vereinbaren kann, nimmt gern Postpferde.«

Das Wort ›Finanzen‹ bewährte sogleich seine stets erprobte Wirkung auf den alten Rechner: es veranlaßte ihn, die vor einigen Secunden der Tochter gemachte Zusicherung zu bereuen. Auf seiner Stirn stand geschrieben: Nicht ohne besonderen Grund hat das Posthorn meine empfindsame Tochter electrisirt! Die Gefahr rückt näher; Reichenborn, halte Dich tapfer. Dann sprach er, nicht höhnisch, obwohl gutmüthig spöttelnd: »Es freut mich nur, daß die Versicherung meiner väterlichen Liebe Dir so viel galt, Caroline; Du machst wirklich kein so langes Gesicht mehr, wie vorhin. Aber, wie wär' es, wenn wir die Tafel aufhöben und zur Ruhe gingen?« –

»Wir verlangen es nicht besser,« sagte Mama. »Nicht wahr, mein Kind? Du wirst gern mit Dir und Deinen Gedanken allein sein und ich – je nun, ich habe Mancherlei mit Papa durchzusprechen, was Dich und Deine Gedanken betrifft.«

Reichenborn seufzte tief, reichte seiner Gattin den Arm und musterte sämmtliche vor ihm aufmarschirte Kellner mit einem Blicke des Neides, der gedeutet werden konnte: Ihr könnt lachen; ihr habt keine Töchter, welche in Windbeutel verliebt wären und ihr habt keine Frauen, welche euch in's Gebet nehmen wollen, ehe ihr schlafen geht!

Zweiundzwanzigstes Kapitel

Verfasser dieser Erzählung hat an andern Orten und bei andern Gelegenheiten schon mehrfach Klage zu führen versucht über die tadelnswerthe Einrichtung unserer vornehmsten Gasthöfe in Deutschland, wo es unter seltene Begünstigungen gehört, ein Stübchen zu erobern, in welchem die Wände mehr aus Mauer, als aus großen, breiten, selten fest schließenden, klappernden, zitternden, dünnen Seiten-Zwischen-Neben-Verbindungsthüren bestehen, und welche jegliche Bewegung, jegliche Regung, jeglichen Athemzug der Nachbarn weiter fortpflanzen, auch Alles, was der Gast unternimmt, vor ungebetenen Ohren-Zeugen geschehen lassen. Es liegt darin eine Rücksichtslosigkeit gegen Reisende, besonders gegen das weibliche Geschlecht, die geradezu unbegreiflich sein würde, käme ihr die fast noch unbegreiflichere Gleichgiltigkeit derer, so darunter leiden, nicht zu Statten. Wenn alle Menschen die Empfindungen des armen Schreibers theilten, der den geringsten Zufluchtsort im abgelegensten Winkel eines dritten Stockwerks, wofern derselbe nur ein wirklich abgeschlossenes Wohnzimmerchen darbietet, dem größten Prunkgemache mit einem Vierteldutzend Flügelthüren vorzieht, – die Herren Hôtel-Inhaber hätten sich längst genöthiget gesehen, ein halbes Hundert jener Schall-Leiter vermauern, oder doch wenigstens durch Doppelthüren und transportable Isolatoren, in Form schützender Strohsäcke dämpfen zu lassen.

Carolinens Gemach grenzte einerseits an dasjenige, welches ihre Eltern inne hatten, auf der anderen Seite an ein zufällig leeres; wenigstens war es noch unbewohnt gewesen, da der Vater sie und Mutter in den Speisesaal abzurufen kam. Jetzt, nachdem sie gute Nacht gewünscht und ein stummes Stoßgebet, von sprechendem Augenaufschlagen begleitet, der Mutter für deren beabsichtigte Unterredung zurückgelassen, entdeckte sie, daß neben ihr jemand eingezogen sei, denn sie vernahm Tritte, – wenn auch sehr leise, in weichen Pantoffeln schlürfende. Wahrscheinlich der Fremde, den das Signal des Postillons gemeldet!! – War *Er's?* Und *wenn* er's war, wußte er, wer Thür an Thür mit ihm hause? O, unbezweifelt! Denn ihretwegen einzig und allein war er ja nach Prag gekommen. Dessen fühlte sie sich gewiß. Und der Spuk, der sie in der Dämmerung geängstiget? Er war vergessen; die gespenstigen Ahnungen, das geheimnißvolle Grauen waren entwichen vor der lebendigen Nähe des viel Gehofften, oft Verwünschten, glühend Geliebten! Dennoch, oder vielmehr darum ermahnte sie ein mädchenhaftes Gefühl für Schicklichkeit, sich abzusperren, vor etwaigem Besuch zur unpassenden Stunde sicher zu stellen. Sie verschloß und verriegelte zuerst die Flurthüre zwiefach; dann begab sie sich, – wenn auch zitternd, – zur Seitenthür, um diese ebenfalls zu versperren . . . . Sonderbar! der Schlüssel, den sie im Laufe des Tages stecken gesehen zu haben meinte, war verschwunden; einen Nachtriegel fand sie eben so wenig: es fehlte der Griff desselben und schien gewaltsam abgebrochen zu sein. Schon hatte sie die Hand am Glockenzuge, Bedienung herbei zu läuten, . . . da besann sie sich, daß sie unnützes Aufhebens und sich vor den Stubenmädchen durch ihre Zimperlichkeit lächerlich machen würde. Wer hieß sie denn annehmen, daß der Reisende nur irgend nach ihr frage? Von ihr wisse? Er konnte ja ein ganz Fremder sein. Jede Vorsichtsmaßregel erweckte erst Verdacht. Vielleicht hatte der Nachbar den Schlüssel, den sie auf ihrer Seite erblickt zu haben *wähnte*, der sich gleichwohl auf der seinigen befand, längst doppelt umgedreht, um seinen Schlaf vor jeder Störung zu sichern? Ja, gewiß, die Thür war geschlossen und der Nachtriegel schon gebrochen gewesen, da sie einzog; sie hatte nur nicht darauf geachtet. –

Jetzt hörte sie deutlich, wie das Bettgestell des Nachbars in seinen Angeln knickte und knackte. Zuverlässig hatte sich der Mann zur Ruhe gelegt. Ach, das war nicht Gustav! Eine Angst weniger, – aber auch eine Hoffnung.

Und abermals bemeisterten sich trübe Ahnungen, mit allem Aberglauben sehnsüchtiger Bangigkeit ihres sonst ganz klaren Verstandes: Wenn er unterweges verunglückt wäre, – wenn er *auf dem Wege zu ihr* seinen Tod gefunden, – wenn Agnes, die eifersüchtige Freundin ihn abgefordert hätte, weil sie ihn Carolinen zum zweitenmale mißgönnte? – Wenn die räthselhafte Erscheinung des nach sich selbst fragenden Doppelgängers ein Vorzeichen gewesen? – Welche Albernheiten schwatzt nicht ein zwischen Wachen und Schlafen hin und her schwankender Traum! Und in diese unklaren Bilder drang wieder das Gemurmel der mütterlichen Stimme, welche da d'rin auf Papa Reichenborn hineinredete, der nur anfänglich von Zeit zu Zeit einen bedenklichen Einwand laut werden ließ, dann aber nachgiebig verstummte, worauf dann auch der Mutter beschwichtigende Rede nicht weiter floß.

»Es ist ihr gelungen,« klagte Caroline; »sie hat seine Widersprüche besiegt, sie sind einig entschlummert. Gustav würde nicht zurückgewiesen werden, wenn er käme, meine Hand von ihnen zu begehren! Ach, er wird nicht kommen. Lebend nicht. Nein, er weilt nicht mehr unter den Lebendigen, sonst . . . . ha, sein Geist! —«

Die Thüre ging langsam auf und der Nachbar trat ein. Caroline konnte im Finstern eben nur die Gestalt eines menschlichen Wesens erkennen und vor dieser entsetzte sie sich dermaßen, daß sie tödtlich erschreckt ihr Antlitz in den Kopfkissen barg. Doch nicht so tief, daß nicht ein flüsternder Mund ihr Ohr erreicht und ihr das süße Wort »Verzeihung!« glücklich zugelispelt hätte!

Ach ja, Gustav's Ton war es wohl, der bis in ihr Herz bebte. Aber giebt es nicht auch abgeschiedene Geister, die um Verzeihung flehen, damit sie Ruhe finden? Hatte *er* nicht sträflich genug an ihr gehandelt, daß er, dafür büßend, umgehen sollte nach seinem Tode?

Armes Gespenst! Und es flehete so inbrünstig. Es lag auf den Knieen vor ihr, recht wie ein lebendiger Anbeter. Es drückte eine so warme Wange an ihre heißglühende. Ueber's Grab hinaus dürfen gekränkte Eitelkeit und Groll nicht dauern.

»Ja doch, ich verzeihe! Finde Ruhe im Grabe!« stammelte sie.

»Nur an Deiner Seite!« sagte er.

Seine Prager Angelegenheiten sind zu Herrn Reichenborn's vollständiger Zufriedenheit geregelt und die Familie rollt heiter und guter Dinge nach Teplitz. Der Vater, voll Zuversicht, daß in lauen Heilquellen sein Wohlsein sich befestigen werde; die Mutter im Gefühl ihres Sieges wegen der Wahl, welche Caroline vielleicht treffen wolle, und des Gatten unbedingte Einwilligung im Hinterhalt; die Tochter . . . beseliget durch die Erlösung eines Nachtgespenstes, dem nun wieder des hellen Tages Sonne lächeln wird. Denn was könnte ferner noch den Bewerber um ihre Hand abhalten, offen und ehrlich als solcher aufzutreten?

Sie hatten sich denn eben erst häuslich eingerichtet und durchwandelten zum Erstenmale den schönen Baumgang beim Cursaale, da zeigte sich bereits im Gewühle Herr von Thalwiese, der alsogleich die Dresdner Bekanntschaft mit Carolinens Eltern erneuerte. Bald war er ihr unzertrennlicher Begleiter. Nach drei Tagen schon galt der hübsche Mann für des reichen Kauzes bestimmten Schwiegersohn. Viele schöne Mädchen zuckten die Achseln, über welche sie die Braut ansahen und zischelten sich zu: »Geld zieht!« Viele junge Herren meinten: »Der Bengel hat ein Pferdeglück; erwischt eine solche Erbin!« An Neid fehlte es auf beiden Seiten nicht; eben so wenig als an Lästerungen; was jedoch geselliger Freundlichkeit durchaus keinen Eintrag that; im Gegentheil. Und warum hätt' es in Teplitz anders zugehen sollen, als in der ganzen Welt? Es fehlte also auch nicht an wohlwollenden Personen verschiedenster Gattung, die sich angelegen sein ließen, dem Chef der Familie Reichenborn Verdacht gegen Herrn von Thalwiese zu erregen. Leider fehlte es eben so wenig an Stoff dazu. Einige, die Gustav aus seiner verschwenderischen Epoche nach Agnesens Tode kannten, sagten ihm nach, daß er das Geld mit vollen Händen durch's Fenster werfe, daß er ein wüster Schwelger sei. Andere wieder, welche ihm während der letzteren Monate nahe gekommen, versicherten, der junge Mensch lebe sehr dürftig und sei gänzlich herunter. Caroline und ihre Mutter, ja sogar der Angeschuldigte selbst, hatten im Vereine dafür gesorgt, daß alle jene und noch schlimmere Gerüchte, anstatt hinderlich zu werden, vielmehr günstig und fördernd wirken mußten. Sie hatten Papa Reichenborn bei guter Zeit zum Vertrauten, zum Mitwisser gemacht; hatten ihm Gustav's Noth, die Noth seiner verwitweten Mutter, das von Schulden belastete, gänzlich vernachlässigte, doch durch genügende Beihilfe leicht in Flor zu bringende Thalwiese so lebhaft ausgemalt; hatten dabei so viel vom Grenzsee am Walde geredet, wo die Liebenden sich zuerst gesehen; hatten im alten Herrn ein Gelüsten erweckt, sich mit klingenden Summen auf die Landwirthschaft zu werfen;

der Subhastation durch einen Kauf aus freier Hand zuvorzukommen; Thalwiese in ein Paradies umzuwandeln; in diesem Paradiese den Rest seiner Tage zu verleben, als ›Rittergutsbesitzer,‹ (wie man es damals noch nannte,) und durch entsprechende Protectionen zu erreichen, daß er sich ›Herr von Thalwiese‹ nennen und nach seinem Ableben frisch geadelt neben die verstorbenen Träger dieses Namens in die Gruft gestellt werden könne. Ja, solch' ein lächerlicher Schwindel hatte dem sonst höchst practischen Rechnungsmanne seinen klaren Kopf umnebelt. Er vernahm es gern, wenn Gustav davon sprach und die sichersten Wege bezeichnete, auf denen in der Residenz die Sache durchgesetzt werden könne. Mama lächelte im Stillen darüber und sagte ihrer Tochter: »Ihr macht meinen Alten ganz verdreht und es gehört meine sündliche Liebe für Dich dazu, daß ich nicht dazwischen fahre! Hat man so was erlebt!« –

Gewinnt ein im Comptoir ergrauter, sein bisheriges Dasein nur einem Zwecke widmender, jede Aeußerlichkeit verachtender Geschäftsmensch, in späteren Jahren erst dem Leben noch einige eitle, thörichte Wünsche ab, so geschieht es wohl, daß er sich zu den seltsamsten Inconsequenzen verführen läßt. Dergleichen zu begehen, zeigte Herr Reichenborn sich äußerst willig und Gustav benützte die Umwandlung, sich dem Schwiegervater geradezu unentbehrlich zu machen. Ermattet von den Stürmen seiner jüngsten Vergangenheit, fand es der Heuchler nicht schwer, sich wie einen vollkommen Gebesserten, nach häuslichem Glück und dauernder, friedlicher Verbindung Trachtenden darzustellen; was ihm um so leichter wurde, je weniger für den Augenblick der Badeort an gefährlichen Verführungen darbot. Die Curzeit Reichenborn's verging rasch, durch heitere Landparthieen in den reizenden Umgebungen von Teplitz belebt. Für Carolinen waren diese Wochen der Himmel auf Erden. Nichts störte ihr volles, überschwängliches Glück, außer bisweilen der Zweifel, ob es denn wirklich sei? ob sie nicht träume? ob sie nicht erwachen werde? Gram und Kummer, Bangen und Sehnen hatten reicher Wonne des Besitzes weichen müssen. Für sie gab es keinen trüben Tag, keinen kalten Regen, keine graue Wolke mehr. Sie glaubte sich geliebt, sie liebte; sie wollte, sie dachte, sie fühlte nichts Anderes.

Von Gustav läßt sich dasselbe nicht behaupten. Er liebte erstens nicht; nicht einmal in dem Sinne, wie er die Liebe verstand. Caroline reizte ihn nicht, er zwang sich zur Zärtlichkeit gegen sie und es bedurfte der ganzen Erinnerung an seine hoffnungslose Lage, um diesen Zwang mit täuschendem Erfolge durchzuführen, weil Agnesens Angedenken, – das einzige tiefere und heilige Gefühl dieses leeren Lebens! – seit der Sterbestunde der früh Vergessenen nie so mächtig in ihm erwacht war, als es jetzt that, wenn er ihrer Freundin vorlügen sollte, daß er sie eigentlich immer mehr geliebt habe, wie die Verstorbene.

Also *er liebte* nicht, die ihn liebte; er *wollte* nicht, was *sie* wollte; denn war auch sein Dichten und Trachten auf baldige Verheirathung gerichtet, gleich dem ihrigen, so wichen doch die Zwecke dieses Trachtens weit von einander ab.

Er *dachte* dabei an nichts, was eine glückliche Ehe begründen könnte; er dachte nur an die Mittel, die ihm zufallen würden, für ein bequemes, üppiges Leben. Dabei fühlte er sich ganz glücklich, – und was Caroline dann fühlen werde, wenn sie erst zur Besinnung gelangte, das war zunächst sein geringster Kummer. Dagegen drückte ihn ein anderer, auf dessen Beseitigung zu sinnen, das tägliche Bedürfniß ihn aufforderte. Jene Baarschaft, welche er zur Ausstattung für die Brautfahrt auf eine so zweideutige Art kurz vor der Abreise von Dresden (unter *Form* eines Darlehens) der sogenannten Fürstin abgeschwatzt, ging auf die Neige und Papa Reichenborn durfte nichts davon gewahr werden: er mußte seinen künftigen Eidam für einen zwar verarmten, aber dennoch stets in kleinen Ausgaben geordneten Menschen halten, der um keinen Preis Schulden machen wolle. Was sollte nun geschehen? An Ort und Stelle sich Credit zu eröffnen, was ihm unter so vielversprechenden Auspicien als Bräutigam einer so reichen Erbin leicht geworden wäre, schien höchst gefährlich; denn Neider und Neiderinnen konnten dahinter kommen und ihn verrathen. Von der Fürstin, die er bei Nacht und Nebel gemieden, ohne einen Grund dafür anzugeben, stand nichts mehr zu erwarten; vielmehr verbot ihm Vorsicht durchaus, die leidenschaftliche Frau auf seine Spur zu leiten; sie wäre toll genug gewesen, ihm zu folgen, ihn aufzusuchen und als zwiefacher Gläubiger aufzutreten!

Er befand sich in peinlicher Verlegenheit, die letzten Thaler schwanden, und schon war er auf dem Puncte, sich seiner Braut zu entdecken, obgleich mit Widerstreben gegen die demüthigende Abhängigkeit, die ähnliche Geständnisse und Bitten leicht herbeiführen; – da ward ihm Beistand durch eine abermalige Zuschrift seiner Mutter. Die arme Frau schilderte ihre Lage als nicht länger haltbar; man bedrohte sie mit persönlichem Arrest, wenn sie nicht wenigstens über drei tausend Thaler sogleich disponiren könnte. Gustav ließ sich angelegen sein, die *Drei* der mit Zahlen geschriebenen Summe in eine hübsche, deutliche *Fünf* zu verwandeln und *verlor* dann den Brief so geschickt, daß Caroline ihn finden mußte. Es entstand, da sie aus der Niedergeschlagenheit ihres Bräutigams schon errathen hatte, was ihn bedrücke und, Vertrauen fordernd, lesen wollte, was er ihr eigensinnig verweigerte, eine Art zärtlicher Katzbalgerei zwischen ihnen, die er zu verlängern und geräuschvoll zu machen verstand, bis endlich Vater und Mutter davon Kenntniß nehmen mußten. Da war denn bald ein Entschluß gefaßt. Der früher entworfene Plan, daß sie nach Reichenborn's vollendeter Badecur gemeinschaftlich nach Thalwiese reisen wollten, wurde, weil noch einige Bäder in Rückstand blieben, dahin abgeändert, daß Gustav ihnen voran eilen, die erforderlichen Fünftausend mit nehmen und daß die Familie wenige Tage später ihm folgen werde. Vater Reichenborn versicherte, daß er noch nie in seinem Leben fünftausend Thaler mit so herzlicher Bereitwilligkeit hergegeben, wie diese: einmal, weil sie die Mutter seines theuren Schwiegersohnes aus augenblicklicher Bedrängniß retteten; sodann, weil sie ja gewissermaßen seinen eigenen Interessen zu Statten kämen, denn er betrachte Thalwiese schon wie seine Heimath.

Gustav bestätigte das und bat ihn, er möge hinzusetzen: wie sein Eigenthum.

Dann wurde Abschied genommen. Caroline tröstete sich nur durch die Aussicht auf baldiges Wiedersehen und ihr Geliebter setzte dieser Aussicht die hellsten Lichter auf, da er ihr zuflüsterte: »Unser erster Spaziergang ist nach dem kleinen See im Walde, wo ich dießmal nicht schlafen will.«

Dreiundzwanzigstes Kapitel

Wer es gewesen, den Caroline beim Zwielicht für den in Prag nach sich selbst fragenden, Unheil verkündenden Doppelgänger Gustav's zu nehmen überspannt genug war, darüber können wir, der Andeutungen aus Dresden gedenkend, durchaus nicht im Zweifel sein. Franz hatte bemerkt, daß er aus oberen Fenstern beobachtet und belauscht werde. Er stellte also spätere Nachforschungen behutsamer an und wußte es einzurichten, daß in Teplitz, wohin er den Reisenden folgte, niemand ihn sah, während er doch sehr genau erfuhr, was daselbst vorging. Mit der unumstößlichen Gewißheit: Gustav und Caroline sollten Mann und Frau werden, kehrte der Rachsüchtige zu Emil zurück.

Welch' scharfes Gift ließ sich nicht aus dieser überraschenden Nachricht bereiten! Tropfenweise flößte der zum Herrn gewordene Diener die gefährliche Mischung Jenem in die Adern: »Sie werden in Thalwiese wohnen; werden *unsere* Nachbarn sein; vor seiner Gattin wird er kein Geheimniß bewahren; wird seinen Eidschwur brechen; die Tochter wird es ihrer Mutter vertrauen, diese wird es dem dicken Kaufmann ausschwatzen; die Dienstboten, das ganze Dorf wird davon reden; nach Schwarzwaldau wird es dringen und die Mägde werden sich's hohnlachend in den Kuhställen erzählen!«

»Dem will ich zuvor kommen,« rief Emil in wilder Aufregung; »ich will erst noch einmal vor ihn treten, wie der Geist seiner Vergangenheit, warnend und drohend! Wir gehen, ihn zu finden, ehe es zu spät wird!«

Franz hatte erreicht, was er gewollt. Sie reiseten miteinander ab.

Gustav von Thalwiese war, die Wangen mit Carolinens wehmüthigen Wonnethränen benetzt, in sein Gasthaus gekommen, fest entschlossen wirklich sogleich aufzubrechen, doch nicht ganz sicher, ob er nicht unterweges Halt machen und vielleicht in Dresden auf einige Tage Entschädigung suchen werde für den vier Wochen hindurch in seiner Braut und seiner Schwiegereltern Nähe ihm auferlegten Zwang? An Gelde fehlte es ihm ja nicht, Dank sei der Drei, welche sich so widerstandlos in eine Fünf umwandeln lassen.

Noch überlegte er, ob es nicht zweckmäßig sei, wie ein bescheidener Badegast mit halbländlichem Fuhrwerk, ohne Posthornklang und ohne Aufsehen den Schauplatz seines schwererrungenen Sieges über die Philister zu räumen und knüpfte, von der Klugheit solcher Entsagung erfüllt, mit dem Hausknecht ein darauf bezügliches Gespräch an, als er sich bei Namen rufen hörte. Es sind Gefährten aus den Tagen seiner zügellosesten Verschwendung, die da oben neben ihm einkehrten, und ihn, auf den sie hier durchaus nicht rechneten, mit lautem Jubel begrüßen.

Sein Bedauern, ihrer Aufforderung zu lustigem Gelage nicht folgen zu können, weil er ohne Säumen abreisen müsse, wird mit Hohn erwidert. »Du stehst in keiner Pflicht und keinem Amte,« heißt es; »Du hast nichts Besseres zu thun, als Deinem Vergnügen zu leben, und wir verfolgen dasselbe Ziel. Einwendungen werden nicht angenommen. Reise morgen, wenn Du willst; dieser Abend, diese Nacht gehören uns! Du bist uns ohnedieß noch Bericht schuldig über Deine sarmatische Schöne« . . . .

»Um Gotteswillen, schreiet nicht so fürchterlich; aus allen Fenstern gucken neugierige Ohren heraus!«

»Ha, er fürchtet seinen guten Ruf! So ist es wahr, daß er auf Freiersfüssen geht? Wohlan, Bruder Lüderlich, entweder Du bist heute *mit uns* , oder wir sind *wider Dich* und zerreißen Deine Renommée dermaßen, daß kein Schneider in Teplitz sie Dir wieder zusammenflicken soll! Entschließe Dich!«

»Und das bald,« setzte der Baron hinzu, »wenn Du nicht willst, daß ich Dich während Deiner Abwesenheit von Teplitz bei Derjenigen aussteche, bei der Du mich auf dem Link'schen Bade ausgestochen. Bist Du niedrig genug gewesen, Rossini zu verleugnen, um Dich bei den deutschen Kleinstädtern ›liebes Kind‹ zu machen, so trage ich kein Bedenken Dich zu verleugnen und Deiner Goldfasanhenne Geschichten zu erzählen . . .«

»Ich komme!« schrie Gustav hinauf. »Ich bleibe bei Euch, ich sause mit Euch, ich thue was Ihr wollt, – nur haltet das Maul!« Dann bestellte er heim Hausknecht den Einspänner für morgen mit Tages-Anbruch und begab sich, wohin Furcht vor Skandal und Neigung zum Trunke ihn lockten. Die drei Pflastertreter empfingen ihn mit allen Ehren. Der Tisch vom Mittagsessen stand noch da, nur daß weder Schüsseln noch Teller, daß bloß Gläser und Flaschen darauf prangten. Kostbare Cigarren, glücklich durch die Peterswalder Mauthschranken geschwärzt, lagen in rohen Bastgeflechten viertelhundertweise zur Auswahl vor. Gustav erstaunte über diese Fülle verbotener Waare. »Das ist noch nichts,« belehrte ihn der Baron; »zehntausend Stück, in Kisten verpackt, führ’ ich bei mir; mein ganzes disponibles Capital hab’ ich in Havannah-Glimmstengel gesteckt, und hoffe es hier durch heimlichen Kleinhandel zu verdoppeln! um so sicherer, da ich nur baar *ver* kaufe, beim *Ein* kaufe **en gros** schuldig blieb! **profit tout clair.**«

»Das begreif’ ich,« versicherte Gustav, »aber unbegreiflich ist die Einschmuggelung eines completen Cigarren-Lagers!«

»Nichts einfacher. Die Kisten waren hinten aufgepackt, in die Flechten und Decken, wo andere ehrliche Leute ihre Reisekoffer fest binden lassen. Als wir uns dem Zollbaume näherten, welcher niedergelassen die Passage hemmte, rief ich, wie wenn ich es den Vorübergehenden erzählen wollte, und zwar in meinem reinsten Berliner Jargon: ›Seine Majestät speisen in Pillnitz und treffen heute Abend ein!‹ Ehrlich zu reden, ich wußte nichts davon und glaube auch nicht, daß Seine Majestät vor drei Tagen nach Teplitz zurückkehrt? Doch irren ist menschlich, und für eine solche vague Aeußerung kann man keinen Menschen zur Rechenschaft ziehen? Nicht wahr? Dennoch erfüllte sie meinen Zweck. Ich hatte nicht umsonst auf die Anhänglichkeit gerechnet, welche der Monarch in dieser Gegend überall findet. Kaum war mein Ruf erschollen, als auch schon die Stimme des Controleurs von Innen ertönte: »Zum Gefolge des Königs!« Und rrrr! ging der Zollbaum empor, unser Postillon fuhr unten durch wie das Wetter, die Beamteten grüßten ehrfurchtsvoll und zehntausend Stück *aus* ländischer Cigarren befanden sich *im* Lande. **Quod erat demonstrandum.** Jetzt nehmt Platz, greift zu und die Sitzung kann wieder beginnen!«

Sie begann mit Neckereien über Gustav’s Brautstand von Seiten der zwei Beisitzer, die ihn als wenig berufen darstellten, ein guter Ehemann zu werden. »Laßt euch darüber unbekümmert,« sprach der Baron, (aus welchem, trotz all’ seiner scheinbaren kameradschaftlichen Theilnahme, doch der Neid mit sprach,) »sie werden ihn schon unterkriegen. Gustav bekommt nicht allein eine volljährige Frau; er heirathet obenein die sorgsamste Mutter und den sparsamsten Vater. Diese sollen ihn schon an die Leine nehmen, daß er keine dumme Streiche mehr macht. Heut’ über’s Jahr ist er zahm, dafür steh’ ich. Für ihn giebt es kein weibliches Wesen mehr, außer seiner charmanten Gemahlin; diese wird ihn vollständig in Anspruch nehmen, sie sieht mir ganz danach aus. Und nichts macht so überdrüßig gegen das Leben und des Lebens Lust, als die Last eines solchen Ehejoches; je massiver im Golde, desto schwerer drückt es natürlich. Da hilft kein Schütteln; es sitzt fest und beugt den Nacken. Uebrigens hat er ja stets die Flasche geliebt. Wir alle wissen, daß er des edlen Weines bedurfte, um gesprächig zu werden; daß er passabel viel vertilgen mußte, ehe man ihm etwas abmerkte. Sie werden ihm zu trinken reichen, damit er gehorsam zu Hause bleibe und er wird sich dem ›stillen Suff‹ übergeben. Ich seh’ ihn schon mit einer werthvollen Kupfernase im Kreise der lieben Seinigen, wie er als echter Landwirth über schlechte Zeiten klagt und dabei nichts destoweniger alljährlich taufen läßt.«

»Diese Aussichten sind keinesweges schlecht,« lachte Gustav, »und Du möchtest herzlich gern mit mir tauschen. Um Dich nicht Lügen zu strafen, will ich euch heute schon den Beweis geben, daß mein Schwiegerpapa nicht gesonnen ist, mich Durst leiden zu lassen. Ich erkläre mich bereit, eure Rechnung hier im Gasthofe zu übernehmen und will mit gutem Beispiele vorangehen, wenn auch für heute noch ohne rothe Nase. Der Wein mag fließen; aber auf seinen Wellen sollen Liebesgötter sich schaukeln, von Rosen umkränzt. Ich untersage, in der Eigenschaft eines Vorsitzenden, die mir gebührt, weil ich sie bezahle, jeden Hinweis auf eheliche Pflichten, goldene Joche, bindende Ketten und häusliche Sclaverei. Ich verlange allgemeine Freiheit der Conversation und gleiche Berechtigung mit euch. Jener Franzose hat den Ausspruch gethan: Liebeshändel würden das höchste irdische Vergnügen sein, wäre es nicht ein noch größeres, davon zu schwatzen. Dieser Mann verdient unter den sieben Weisen, ja über ihnen genannt zu werden. Ob ich morgen früh von euch scheide, dahin zu ziehen, – wohin Gesellen eures Schlages mir nicht folgen dürfen? . . laßt's mich heute vergessen. Noch bin ich frei; Geld hab' ich in der Tasche; am Weine fehlt es nicht. Auf, muntre Schwimmer, kämpft mit den Fluthen!«

Und die Gläser klangen zur fröhlichen Erwiderung dieser Anrede.

»Wenn man sich's recht überlegt,« hub derjenige an, den die tolle Sippschaft ›Miß Viola‹ nannte, weil er einem blonden Mädchen glich und immer mit reisenden Engländern verkehrte; »wenn man sich's recht überlegt, kann Gustav nichts Klügeres beginnen, als was er jetzt zu thun im Begriffe steht. Er hat das Seinige geleistet auf dem Felde der Ehren. Mag er heimkehren, im Schatten väterlicher Eichen den Patriarchen zu spielen!«

»Wie lange denn?« wendete der Vierte, seiner dunklen Gesichtsfarbe und anderer, minder schuldloser Eigenschaften wegen mit dem Spitznamen ›der Zigeuner‹ behaftet, dagegen ein; »er ist noch viel zu jung, um abzuschließen. Was kann er denn Großes durchgemacht haben, ein halbes Kind wie er ist? Sei er jetzt ein Bißchen ermüdet aus dem letzten polnischen Kriege gegangen, ein Bißchen enttäuscht, ein Bißchen überdrüßig, das sind momentane Zustände, die keine Dauer verbürgen. Ehe sich's seine Wärter versehen, wird ihnen der eingesperrte Tiger eines Tages den Käfich zertrümmern und ausbrechen. Der muß noch viel Blut lecken, bis er satt wird! Hat ja noch nichts erlebt!«

»Ich? noch nichts erlebt?«

»Was denn, Bürschchen? Was denn? Doch nichts Anderes, als Miß Viola, als höchstens der Baron! Nichts als schlichte, nichtige, in den Sand flacher Alltäglichkeit verlaufende Intriguen, ohne psychologische Bedeutung, ohne ernste Gefahr, ohne furchtbaren Schauder, in welchem zuletzt doch einzig der tiefere, ergreifende Reiz liegt. Für manche Leute,« – und dabei schielte der Zigeuner den Baron und Miß Viola spöttisch an, – »mag das genügen. *Dir* genügt es nicht, Gustav. Es kann nicht.«

»Und warum nicht ihm?« fragte der Baron, beleidiget, daß er weniger tragische Elemente in sich führen solle. »Ist Gustav aus festerem Thone geknetet?«

»Das weiß ich nicht. Doch ich lese in seinen Zügen, auf seiner Stirn, der geheimnißvolle Glanz seines Auges sagt mir, daß es nicht sein Schicksal ist, auf dem Dorfe friedlich zu verbauern.«

»Zigeuner, Du willst Deinem **nom de guerre** entsprechen: Du giebst Dich mit Propheten-Künsten ab. Gustav ist ein Phlegmatiker, den nur gute Gesellschaft und brausender Umgang stimulirte. Ein geborener Philister, der seinem Stande als verheiratheter Faulenzer Ehre machen wird!«

»Miß, Du verstehst davon so viel wie die Henne vom – Hahnenkampf, trotz Deines Umgangs mit Engländern. Was er zu *thun* im Stande ist, – das wag' ich nicht vorherzusagen. Daß er aber in große Thaten, in criminelle Begebenheiten verwickelt sein wird, ja, daß er schon bedenkliche Schlingen trug und trägt, das seh' ich ihm an.«

Miß Viola und der Baron lachten höhnisch.

Gustav nahm des Zigeuners Aeußerungen, die Jenen für Scherze in gewohnter Weise galten, ernsthaft. »Lacht nicht über ihn,« sagte er zu den Andern; »es könnte etwas Wahres daran sein.«

»Jetzt will er sich interessant machen,« rief der Baron: »will uns Räthsel vorlegen und Mär-chen aufbinden, als ob er Wunder was erlebt hätte und noch zu erleben dächte! Wetten wir: wenn es gilt, weiß er nichts vorzubringen, was die Farce mit der gefürsteten polnischen Jüdin überträfe!? Daß diese an und für sich passabel war, kann ich nicht leugnen; wenigstens nach den Echantillons zu schließen, die ich davon kenne. Es wäre edel, wenn Du uns den wirklichen Her-gang mittheiltest. Vielleicht gelingt es Dir, auch der Miß dadurch einigen Respect vor Deinen Anlagen zur Ruchlosigkeit, woran es der Schmachtlockigen mangelt, beizubringen?«

Gustav ging, – fast verächtlich gegen ein so nichtssagendes Ereigniß, – auf die Mittheilung der näheren Umstände ein, die wir gern entbehren, weil sie uns in ihren Hauptzügen schon bekannt, in ihren frivolen Nüancen durchaus nicht geeignet sind, Hörer oder Leser zu erbau-en, welche nicht eben seinen Genossen gleichen. Das Resultat der schlechten Geschichte war, daß er jene alternde Thörin mit Luciens Beihilfe wacker geprellt und ihr erlogene Huldigung möglichst theuer verkauft habe.

»Daran,« urtheilte der Zigeuner, »ist freilich nichts Besonderes und läßt sich keine blutige Katastrophe davon erwarten; es müßte denn sein, daß die Betrogene einen rächenden Dolch fände, der jedoch hier zu Lande schwer aufzutreiben ist. Was aber die kleine Intrigue über das Gewöhnliche erhebt und ihr mindestens einen **haut gout** verleiht, ist die Verwendung des herausgelockten Geldes. Wäre dieß den schlichten Weg alles Fleisches gegangen, so verdiente die Sache keine Aufmerksamkeit. Weil es hingegen benützt wurde, Ritter Kurt's Brautfahrt auszustatten, und weil das Laster in seiner Art der Tugend dienen mußte, was unter die Ausnahmen gehört, will ich der Anekdote einen Platz in meinem erotischen Plutarch, – so nenn' ich das Notizbüchlein, welches in Chiffern allerlei interessante Skandäle enthält, – flüchtig vormerkend vergönnen.«

»Plutarch?« fragte Gustav zerstreut; »was heißt denn eigentlich Plutarch? Ist das nicht ein Buch in vielen Bänden, welches ein Herr Kaltwasser geschrieben?«

Weder Miß Viola, noch der Baron vermochten die unermeßliche Tiefe dieser Ignoranz auch nur zu ahnen, geschweige denn zu ergründen. Der Autor des göttlichen griechischen Vademecums, (wie ihn, Jean Paul glaub' ich? benennt,) gehörte durchaus nicht in den Kreis ihrer Bekanntschaften. Deßhalb wendeten sie sich mit fragenden Gesichtern dem Zigeuner zu. Dieser blies eine blaue Wolke vor sich hin und sagte dann bedächtig: »Streng genommen, ist mit euch nicht zu leben; ihr steht zu niedrig in Allem, was geistige Bildung, was Wissen heißt. Deßhalb auch erheben sich eure Thaten selten über das Gemeine, Gewöhnliche. Mit dem Bißchen Lasterhaftigkeit ist es nicht gethan. Verbindet sich diese nicht mit Wissenschaft und classischem Geschmack, so geb' ich keine Pfeffernuß dafür. Wie, zum Teufel, Gustav, kamst du auf solche dumme Frage? Und wo hast Du nur so viel von Plutarch erlauscht, daß Du Kaltwasser's Uebersetzung kennst? Nimmst Du denn überhaupt ein Buch vor die Nase, wenn es nicht von Clauren herrührt?«

»Das ist eine lange Geschichte,« sprach Gustav, und dann verstummte er.

»Dem läuft der Tod über's Grab,« äußerte die Miß; »er kriegt eine Gänsehaut.«

»Ich wäre begierig auf Deine lange Geschichte; allem Anscheine nach, verspricht sie Etwas.«

»Nein, Zigeuner; damit ist's nichts. Die gehört nicht mir allein. Die modert im Sarge und der Sarg ist mit einem Eide geschlossen.«

»Das müßte doch mit dem Henker zugehen,« prahlte der Baron, »wenn wir den Schlüssel dazu nicht ausfindig machten? Ich schlage vor, Jeder von uns Dreien erzählt Dasjenige aus seinem Leben, worüber bisher, sei's aus einem Restchen von Scham, sei's aus feiger Besorgniß, noch ein Schleier liegen blieb. Wozu Rücksichten? Sind wir nicht Vertraute? Und was die Befürchtung vor Verdrüßlichkeiten betrifft, binden wir uns gegenseitig die Zungen, indem Jeder die Geheimnisse des Andern zur Aufbewahrung empfängt und zur Discretion verpflichtet ist, weil er selbst darauf rechnet. Gehen wir mit gutem Beispiel voran. Gustav muß dann nachfolgen, er mag wollen oder nicht. Ich will beginnen, da der Vorschlag von mir herrührt. – – –

Es giebt Dinge, die vor dem irdischen Gesetz für Verbrechen gelten, die doch vor göttlichem Gericht lange nicht so schlimm sind, als gar Manches, was nicht nur, wenn es auch an den Tag käme, ungeahndet bleiben, was Demjenigen, der es verübte, der sich dessen vielleicht rühmt, nicht einmal Schande bringen würde. Dahin rechnen wir die Abscheulichkeiten, die junge Herren von gutem Tone, nicht minder wie rohe Burschen von pöbelhaften Sitten, sich im Umgange mit unerfahrenen Mädchen erlauben, deren Leichtgläubigkeit sie durch Versprechungen blenden, vorher schon fest entschlossen: betrügen, verführen, und dann ihr Opfer verlassen zu wollen. Wenn nun solche Infamie in der Hitze jugendlichen Blutes, in dem durch selbstsüchtige Liebe umnebelten Verstande, in den leichtsinnigen Verirrungen eines sonst nicht gerade bösen Herzens, – keinesweges freilich Entschuldigung, doch Erklärung und unter Umständen Nachsicht finden kann, so bleibt die Gleichgiltigkeit des öffentlichen Urtheils darüber völlig unerklärt und unverzeihlich. Und die Inconsequenz des Haufens von Männern und Weibern, die man bezeichnend genug ›die Welt‹ nennt, zeigt sich nie und nirgend nackter, schrecklicher als in ihrer Härte gegen Jenen, in ihrer Milde gegen Diesen. Einen stößt sie aus, weil ein Fleck auf ihm haftet, unter welchem mit einigem guten Willen leicht ein redliches Gemüth zu erkennen wäre; den Andern nimmt sie huldreich auf, ohne ihm anzurechnen, daß seinetwegen und nur durch ihn manch' jugendliches Leben im Staub', im Schmutze hinwelkt, oder verfault.

Hab' ich doch einst im Kreise brillanter Cavaliere und Sportmänner die beifällig bestätigte Meinung aussprechen hören: ›Einem *Mädchen* gegeben, bindet kein Ehrenwort!‹«

Nun, das war denn auch des Barons Motto für seine ruhmredigen Bekenntnisse.

Miß Viola zögerte nicht, ihn abzulösen, und mit günstigem Erfolg; denn er bewegte sich in anderem Genre, in einer höheren Sphäre, zu welcher vornehme Verbindungen ihn zogen.

Der Zigeuner hatte mitleidig zugehört: »Was sind das für Miseren? Was Ihr da zu Markte bringt, läßt sich, einigermaßen apretirt und gesäubert, in jeder Damengesellschaft vortragen. Von schauerlichen Conflicten, von Verantwortung, von drohenden Gefahren keine Rede! Es gehört Eure Plebejer-Natur dazu, in diesen Successen Befriedigung der Eitelkeit zu finden. Sie mögen genügen für Schulknaben.«

»So behandelst Du uns gern,« entgegnete ihm der Baron, »und wir lassen's uns gefallen, eigentlich doch nur, weil noch Niemand gefragt hat, worauf Deine angemaßte Autorität sich stützt? Ich will der Erste sein, der dieß thut. Ich will endlich einmal eine jener Räubergeschichten vernehmen, die Du bisher, in mystisches Dunkel gehüllt, immer nur andeutest. Rücke doch heraus mit den Ereignissen, durch welche, glaubt man Deinen wichtigen Mienen, Casanova neben Dir zum reinen Joseph werden müßte.«

»Casanova war ein tüchtiger Kerl, seiner Zeit; ich zolle ihm Achtung und schlage vor, morgen eine Partie nach Dux seinem Angedenken zu widmen Aber, da er alt wurde, radotirte er und in seinen Memoiren steht viel unnützes Gewäsch. Er wurde schon ein Greis, da er zu schreiben begann. Greise schwatzen. Junge Männer leben der That. Von meinen Thaten könnte ich auch nur Einiges erzählen, wenn wenigstens *Einer* von Euch im Stande wäre, Etwas dem Aehnliches einzusetzen und dadurch die Bürgschaft der Discretion zu leisten, die der Baron bei Einleitung des Conviviums in Anspruch nahm, deren Ihr aber nicht bedürft. Was wäre denn an Euren kleinen Pecadillen zu verschweigen? Was wäre da ungewöhnlich? Nein, geht; Ihr habt nichts wiederzuerstatten; warum sollt' ich meinen Vorrath an Euch verschwenden?«

Während er sprach, spielten Verachtung und Hohn um seine Lippen und schienen zunächst gegen Gustav gerichtet, als wollte er prüfen, wie lange dieser es aushalten würde? Offenbar ahnten die beiden Andern die versteckte Absicht, denn sie stimmten kleinlaut bei und gaben endlich zu, *sie* könnten nicht gegen den Zigeuner aufkommen. Daß unterdessen fleißig getrunken, unermüdlich eingeschenkt und daß dabei ›der Bräutigam‹ nicht vergessen worden war, versteht sich von selbst. Sie saßen, so zu sagen, alle drei wider den Einen verbündet, der sie bewirthete. Was sie gegen ihn hatten? Je nun, was solche Herren gegen Denjenigen haben, dem die Aussicht winkt, aus ruchlosem, Zeit und Leben vergeudendem Nichtsthun in eine feste Stellung, in eine gesicherte Zukunft überzugehen: dem ein Hafen offen steht, sich aus wüstem Sturme, welcher sie verschlingen muß, zu retten! Sie beneideten ihn, und weil sie das nicht eingestehen mochten, verspotteten sie ihn; ganz in Art und Weise *der Freundschaft*, wie sie in ähnlichen Kreisen gehegt und gepflegt wird. Es giebt nichts Niederträchtigeres, als die *Freundschafts*-Verhältnisse lüderlicher, eleganter Stutzer. Die Verbindungen von Räuberbanden, welche sich untereinander Treu und Glauben schenken, sind ehrenwerth im Vergleiche damit. Und wehe den Unerfahrenen, die noch gutmüthig und leichtgläubig genug sind, derbtreuherzige Scherze für den Ausdruck wahrer Gesinnung, ehrlich-gemeinter Cameradschaft zu nehmen! Gustav stand nach zweijähriger Lehrlingsfrist noch immer auf dieser niedrigen Stufe der Beschränktheit. Er glaubte mehr oder weniger noch an die Möglichkeit einer Gemeinschaft gemeiner Seelen. Hatten sich bisweilen Zweifel dagegen erheben wollen, – jetzt schlug der Wein sie nieder; der feurige Wein, der ihn antrieb, sich dem Zigeuner ebenbürtig zu zeigen: »Du sitzest auf einem verteufelt hohen Pferde und spreizest Dich sehr; doch sei versichert Du müßtest herabsteigen, wenn ich reden wollte.«

»Oho!« machten Miß Viola und der Baron.

»Das kann Jeder sagen,« sagte der Zigeuner.

»Sagen kann es Jeder,« antwortete Gustav, nun schon gereizt, »aber *beweisen* könnte ich's;– wenn ich dürfte!«

»Wenn er dürfte!? Da hört Ihr's! Er *darf* nicht; er gesteht ein, nicht *reden* zu dürfen und will uns vorlügen, er habe *gethan*, was doch mindestens sehr streng verboten gewesen sein muß, wenn es hierher passen soll. Fi, junger Philosoph, der Du den Plutarch für die Erfindung eines deutschen Professors hältst, wo hast Du Logik studirt? Uns möchtest Du weiß machen, Du habest ungeheure Sachen erlebt, aber ein alberner Eid binde Dir die Zunge, wenn es gilt, sich in Respect zu setzen? Suche Dir einen Narren, der so etwas hinnimmt; bei mir brennst Du von der Pfanne!«

»Sehr wahr,« rief Miß Viola; »wozu wären die falschen Eide da, wenn sie nicht beschworen werden sollten, oder gebrochen? Er spreche und breche den seinigen!«

Gustav zögerte noch. In ihm stritten dunkle Mächte um die Herrschaft über ein edleres Gefühl. Um den Leichnam des Moses stritten sich gute und böse Engel und da die ersteren schier zu kurz kamen, erhob sich der Gewaltige noch einmal aus dem Todesschlummer, sie selbst zu verjagen. Gustav's Erinnerung an Agnes, – auch schon ein Leichnam, – vermochte nicht mehr, sich zu erheben; vermochte nicht mehr, den guten Engeln Hilfe zu bringen; darum bemächtigten die bösen sich seiner und trugen ihn davon. Und als die heil'ge Stätte in der Brust, die bisher dem Angedenken einer besseren Empfindung (war diese auch nicht mehr lebendig,) doch immer noch als Gruft gedient, – als sie *leer* wurde, öde, wüst, – da zogen die schwarzen Geister jauchzend ein und sprachen aus ihm.

Gustav von Thalwiese begann zu erzählen. Auf Miß Viola und den Baron machten die Anfänge der Geschichte keinen sonderlichen Effect; Emil's Character schien ihnen nicht neu, Agnesens Verhältniß zu Carolinen ein herkömmliches Mädchen-Instituts-Bündniß; des jungen Hausfreundes Stellung ganz angemessen einem sogenannten ›Krippenreiter,‹ der sich dabei sehr wohl befinden könne.

Nur der Zigeuner ging auf psychologische Betrachtungen ein, ergänzte sogar durch erläuternde Anmerkungen manche unklare Stelle in Gustav's Bericht.

Dieser, je weiter die Begebenheiten vorschritten, je unheimlicher ihm dabei wurde, erhitzte sich immer mehr, trank immer hastiger, gerieth immer tiefer in jenen eitlen Trotz, der ohne zu wissen warum? höchstens, um vor schlechten Gesellen als Held zu erscheinen, gegen Treu und Glauben Krieg führen möchte.

Der Zigeuner, – die andern Beiden, wie gesagt, fanden Alles in der Ordnung, – hörte aufmerksam zu, bis an den Punct, wo Agnes ihre stolze Kälte gegen Männer mit rücksichtsloser Gluth für Gustav vertauscht. Da schlug er auf den Tisch: »Du lügst, Schlingel! Das ist nicht innerlich wahr. Ich gab Dir Deinen waschlappigen Gutsherrn; Deine liebesbedürftige Busenfreundin; Deinen verbissenen, nach allen Seiten hin eifersüchtigen Leibjäger, Deine Männerfeindin aus Alabaster, – alle gab ich Dir zu; doch eben deßhalb darfst Du nicht erfinden; und willst Du es thun, um zu prahlen. so erfinde geschickter; lasse Deine Leute nicht aus ihren Rollen fallen. Uebrigens zeigst Du Talent für die Novelle; – beiläufig gesagt: ein neues, vielmehr erneutes Genre, welches Herr Tieck in Dresden eifrig cultivirt.«

»Du glaubst mir nicht, Zigeuner? Du behauptest, ich lüge? Und ich stehe noch beim Anfange? Und Du willst zweifeln, Du, dem nichts toll genug sein konnte? Das thust Du mir zum Hohn! So wisse denn: dieselbe Caroline, die ich um Agnesens Willen aufgab, wird jetzt meine Gattin; dieselbe Agnes, die sich anstellte, als wären ihr alle Männer so gleichgiltig wie ihr eigener, ward meine Geliebte; und derselbe Emil, der mich Carolinen nicht gönnte, machte mich zu seiner Gemahlin Erben; – aus Dankbarkeit. Das Geld, was Ihr mir so freundlich verschwenden halft, wovon Dir, Zigeuner, manches Goldstück beim Knöcheln zufiel, es kam von ihm, von ihr . . . und nun wiederholt noch, daß ich nichts erlebte, daß ich ein dummer Junge bin!«

»Ich wiederhole, daß Du ein Talent bist! Du gruppirst leidlich, malst mit frischen Farben, – nur zu grell, wie es Anfängern immer geht. Du übertreibst, – sonst lügst Du recht hübsch.«

»Ich lüge nicht. Ich nenne Namen!«

»Taufnamen, Kind, sind keine Namen; sind keine Beweise. Emil, Caroline, Agnes sind Personen, wie sie dem Romanschreiber Dutzendweise zu Gebote stehen; er braucht nur den Kalender
aufzuschlagen. Unbestimmte Figuren! Nicht Menschen von Fleisch und Blut, – was doch Beides unerläßlich wäre, sollten wir Dich für keinen Schwindler halten.«

»Der Teufel hole Dich, wenn Du von Schwindeleien sprichst, von Romanenschreibern
und Erfindungen! Ist Caroline Reichenborn, meine Braut, etwa eine Romanenfigur? Ist die
Herrschaft Schwarzwaldau, die mit Thalwiese grenzt, etwa auch eine Erfindung? Ist Emil
von Schwarzwaldau, ist sein Jäger Franz . . .«

Ein heftiges Gepolter im Nebenzimmer, wie von umgeworfenen Stühlen, unterbrach das
laute Geschrei des Trunkenen. Er verblich, sprang auf und blieb starr und stumm mit offenem
Munde stehen.

»Ich wußte auf Seele nicht, daß wir Nachbarschaft bekommen haben,« sprach der Baron.
»Wer kann das sein?« – Und er läutete nach dem Kellner.

Dieser sagte aus: Es wären, vor einer Stunde, zwei Herren eingetroffen, die erst ein Zimmer,
dicht neben jenem des Herrn von Thalwiese bezogen, dasselbe jedoch zu klein und eng gefunden und es mit dem hier anstoßenden vertauscht hätten. Wer sie sein möchten, ahne er nicht,
doch könn' er es leicht erfahren, indem er ihnen das übliche Fremdenbuch sogleich vorlege!
Dieß zu thun, entfernte er sich.

Die Absicht der Trinker, das Gespräch fortzusetzen, wo es abgerissen, – wenn auch in ge-
dämpftem Tone, – scheiterte an Gustav's hartnäckigem Schweigen. Er befand sich in jenem
schrecklichen Zustande der Trunkenheit, die in sofern keine mehr ist, als dem Rausche die
belebenden Schwingen fehlen und nur sein bleierner Druck auf dem Bewußtsein des Säufers
lastet. *Welchen* Frevel er eigentlich begangen, vermochte er durchaus nicht sich klar zu machen?
Er empfand nur die Qual gefrevelt zu haben. Um ihn war es Nacht; schwere, dumpfe, trostlose
Nacht. Schwarze Wolken umhüllten ihn, von zuckenden Blitzen durchkreuzt, die mit Feuerzü-
gen in riesenhaften Lettern das Wort ›eidbrüchig‹ beschrieben.

Der Zigeuner flüsterte, so ruhig als hätten sie reines Quellwasser geschlürft: »Etwas Wahres
mag doch wohl an der Geschichte sein, sonst würde er kein Armensünder-Gesicht machen.«

Nach einigen Minuten legte der Kellner das Fremdenbuch vor. ›Die Kaufleute Müller und
Schwarz aus dem Elsaß‹ standen eingezeichnet. Beide, versicherte er, zeigten sich ermüdet, lägen
schon zu Bette und hätten ihn, in ihrem, – trotz ihrer deutschen Namen, – kaum verständlichen
Deutsch, gähnend befragt: ob denn der Spectakel daneben gar nicht aufhören werde? Schlafen
könnten sie dabei nicht und auch nicht einmal von der Unterhaltung profitiren, da ihnen die
Sprache zu fremd sei?«

»Den Leuten kann geholfen werden,« äußerte der Baron; »wir haben genug geschwiemelt,
denk' ich; bezahlen wird der Bräutigam – und ich erkläre die Sitzung für geschlossen. Morgen
ein Mehreres. Jetzt laßt uns erproben, wie man in Teplitz schläft?«

Sie räumten das Speisezimmer und suchten ein jeder sein Schlafgemach.

Gustav warf sich unausgekleidet auf's Lager.

Der Zigeuner begleitete Miß Viola, »um sich von dessen langweiligem Gewäsch« – wie er es
nannte – »in Schlaf lullen zu lassen.«

Der Baron verlangte Feder und Papier, denn »er habe noch zu schreiben.«

»Bist Du betrunken?« fragten sie ihn.

»Betrunken bin ich, doch nur bis zum Grade des Hellsehens, und dieser Zustand dictirt mir
ein charmantes Epistelchen an unseres Gastgebers Braut. Sie muß erfahren, von wem und wie
ihr Geliebter sich zur Reise hierher mit Gelde versehen ließ. Ihr wird das Unterhaltung gewähren und ihm bin ich eine kleine Revanche schuldig, dafür, daß er mir bei dem Kleinstäd-
ter-Volke zuvorkam. Ohne seine Dazwischenkunft hätt' ich die Aussteuer dennoch erwischt, –
und hätt' ich müssen Rossini's Fahne verlassen. Es wäre eben eine Felonie gewesen in musika-
lischem Geschmacke, wie sie in der Politik tausendmal vorkommt.«

»Es ist ruhig geworden nebenan,« sprach eine von Zorn bebende Stimme aus dem Bette zum Lager des Gefährten hinüber; »jetzt können wie rathschlagen.«

»Die Schweine sind zwar in ihre Koben gekrochen,« erwiderte Jener behutsam flüsternd; »doch wer bürgt uns dafür, daß nicht ein Lauscher zurückblieb? Ihr unvorsichtiger Ausbruch von Wuth, da Sie Tisch und Stuhl umstürzten, hat die Bestien stutzig gemacht. Was wir jetzt zu verabreden haben, darf nur Seine höllische Majestät hören. Ich begebe mich zu Ihnen.«

Franz Sara verließ seine Ruhestätte und legte sich neben Emil: »Nun, wer hatte Recht?« fragte er.

»Du! Du! Immer wieder Du! Tod dem Verräther; er muß sterben!«

»Das muß er, ja! Aber ich bin's ja nicht. Weßhalb packen Sie mich und bohren Ihre aristo-kratisch-gehaltenen langen Nägel in meine Schultern? *Mein* Blut soll ja nicht fließen!«

»Nein, Franz; das seinige!«

»Also lassen Sie ab von mir und hören Sie mich an. Der Schurke, der Liebe, Dankbarkeit, Erinnerung, Vertrauen, feierliche Schwüre mit schnödem Weine wegschwemmt und darin ver-säuft, wie man nur jemals neugeborne blinde Bastarde von häßlichen Hunden ersäufte, darf nicht leben, darf nicht länger prahlen mit Ihrer Schande; darüber sind wir einig. Aber wie soll er sterben? Durch wessen Hand? Wollen Sie . . .«

»Ich trete morgen vor ihn, werfe ihm seine Niederträchtigkeit in's Angesicht, schlage ihn in die Augen und wir schießen uns, auf Tod und Leben!«

»Vortrefflich! Prachtvoll ausgesonnen. Und wenn er Sie über den Haufen schießt?«

»Dann – ich verlange nichts Besseres!«

»Nach Belieben. Ich will darüber nicht mit Ihnen streiten; obwohl Sie's bequemer haben könnten, durch eigene Hand, ohne von mir gehindert zu werden, und ohne öffentlichen Skandal, der die Sache nur schlimmer macht. Nehmen wir aber den anderen Fall, den so genannten besseren: Sie jagen ihm Ihre Kugel in die Brust –«

»Ha, welche Wonne!«

»Eine saubere Wonne! Abgesehen von der Festung, der Sie nicht entgehen, wird der Verstor-benen Schande, wird die Ihrige dadurch abgewaschen? Ein Duell auf den Tod macht allgemeines Aufsehen. Alle Welt fragt: weßhalb haben die Zwei sich geschossen? Die Saufbrüder, die jetzt nicht die entfernteste Ahnung haben, daß ihre Nachbarn aus dem Elsaß zu jenem fabelhaften Schwarzwaldau in Beziehung stehen, gewinnen morgen entschiedene Gewißheit, sobald Sie Sich zeigen und nennen. Indem Sie den Schurken herausfordern, bestätigen *Sie* als unumstößliche Wahrheit, was Jene jetzt noch für ›Dichtung und Wahrheit‹ aus des Erzählers Erlebnissen halten. Bestätigen es durch die That. Denn mögen Sie verkündigen, so laut Sie können, Sie wollten nur einen *Verleumder* zur Rechenschaft ziehen und diesen bestrafen, – wer davon hört, wird sagen, wie der Schuft, den seine Spießgesellen den ›Zigeuner‹ nennen: *Etwas* muß doch daran sein.«

»Was soll geschehen?«

»Sie fragen mich? Seltsam! Wozu haben Sie Ihren Dolch mitgenommen?«

»Abermals hast Du Recht! Auf die Klinge dieses Dolches legte er den schändlich gebrochenen Schwur ab. Dieses Dolches Spitze, – so sprach er den Eid mir nach, – *dürfe* ich in sein Herz boh-ren, wenn er jemals durch frevelnde Geschwätzigkeit entweihen könnte, was ihm heilig bleiben sollte! O, jetzt fühl' ich Muth! Zweifle nicht, Franz! Gerechter Zorn giebt mir Kraft. In dieser Stunde noch . . . .«

»Was?«

»Will ich's vollbringen!«

»Sie sind rasend, Emil! Das wäre ja zehnmal ärger als der Zweikampf; zehnmal nachtheiliger in seinen Folgen, – des Henkerbeiles gar nicht zu gedenken. Na, nun schaudern Sie schon, bei dem einzigen Worte. Mensch, was haben Sie für elende Nerven! Wer Dolche in Herzen stoßen will, den muß nicht Fieberfrost schütteln, wie er das Beil nur nennen hört. Auf dem Wege von hier bis an des Trunkenboldes Bett, verlören Sie zehnmal die Thatkraft.«

»So – thue – *Du's* –? Pfui, was hab' ich da gesagt!? Verzeih' mir, Franz; das war erbärmlich.«

»Nicht so sehr, wie Sie meinen; wenigstens nicht in Ihrem Sinne. Erbärmlich wär' es, weil es *dumm* wäre; nutzlos. Was die tugendhaften Menschen Schandthat heißen, wird erst dazu durch den Mangel an Klugheit. Nur der Dumme, wenn er schlechte Mittel anwendet, wenn er für thörichte Zwecke das Aeußerste wagt, sinkt zum gemeinen Verbrecher herab. Sie sind klüger als ich in Allem, was gelernt werden kann. In Allem, was man mitbringt, was sich aus angeborener Naturkraft entwickelt, bin ich Ihnen überlegen; bin ich klüger wie Sie. Morden – aus innerstem, unverlöschlichem Rachedurst, wie wir Beide ihn gegen den Herrn Grenznachbar hegen, – das ist natürlich, menschlich, erlaubt, wie jede Selbsthilfe, wo das Gesetz die seinige versagt. Nur muß man's klug anfangen. Sich zu solcher Selbsthilfe bekennen, sich als Mörder fangen, sich den Kopf dafür abhauen, oder sich, wenn's gnädig abläuft, auf Lebenszeit dahin konfiniren lassen, wo ich meinen Namen Sara mir holte, ist *nicht* erlaubt, eben weil es dumm wäre. Unnatürlich, unerlaubt dumm! Ich nahm einmal aus einem Ihrer Bücherschränke, unter andern Büchern, welche ich auf mein Jägerzimmer – Gott verdamm' es! – trug, ein Schauspiel, nach, ich weiß nicht welchem, spanischen Dichter in unsere Sprache übersetzt. Es hieß: ›Geheime Rache für geheimen Schimpf.‹ Und die Moral dieses Drama's lautete:

> ›Denn Rache schreit mit tausend Zungen aus,
> Was die Beleid'gung kaum mit einer sagte!‹,

»Diese Moral wollen wir zu der unsrigen machen. Und Herr Calderon de la Barca – jetzt fällt mir sein Name ein, wo ich ihn brauche, – mag sie verantworten. Geheimniß bleibe Gustav's Frevel. Was *er* davon bis jetzt ausgeschwatzt, verläuft wie das Bächlein in den Strom, – in den Strom des rauschenden, wechselnden Lebens. Wird den drei Lumpenhunden sein Tod bekannt, – was übrigens nach meinem Plane nicht so rasch eintreten dürfte, – so sollen sie, das ist ebenfalls *meine* Sorge, auf eine fern von uns abliegende Veranlassung des Mordes schließen. Ehe Lucie, (die auf dem Sprunge steht,) sich aus dem Staube macht, wird sie Mancherlei plaudern, was uns Beide *nicht* berührt und dennoch nach *Rache* schmeckt. Das ist abgemacht und gilt nur Denjenigen, die sich persönlich für ihn und wahrhaft interessiren; also zunächst Carolinen. Daß er dieser schon vor der Hochzeit *Alles* aus Schwarzwaldau vertraut habe, ist nicht anzunehmen. So tolldreist war er nicht. Er wird sie bei dem gelassen haben, was sie aus eigener Anschauung wußte, und das schadet nichts. *Nach* der Hochzeit soll er ihr keine Entdeckungen machen, wenn geschieht was ich will. Was *ich* will aus Haß, was *Sie* wollen aus beleidigter, verrathener Liebe und Freundschaft, die denn auch Haß wird und als dieser nicht minder nach Rache lechzt, wie der meinige. Sie trösten sich mit dem Gedanken, und ich raube Ihnen diesen Trost nicht, daß Ihre Motive edler, begründeter sind, als die meinigen; daß Sie berechtiget sind zur Rache, während ich nur dem niedrigeren Antriebe noch nicht unterdrückten Neides, gemeiner Eifersucht folge? Gleichviel! Unser Ziel bleibt ein gemeinsames. Wir müssen es gemeinsam verfolgen, soll es sicher und gewiß erreicht werden. Ihnen fehlt Besonnenheit, Umsicht, Kraft, Ausdauer. Diese Eigenschaften besitze ich. Wollen Sie Sich mir unterordnen? Wollen Sie blind gehorchen und gehorsam folgen, wohin ich Sie leite?«

»Ich will! Sei der Rache-Engel, der meiner Seele Höllengluthen mit Blute löscht! Stähle mich durch Dein Beispiel! Ja, ich will mich an Dich halten, wie ich Dich jetzt umklammere; wie ich Dich nicht lasse, bis *er* kalt ist, kalt und stumm auf ewig!«

»So hören Sie! . .«

Und das leise Gespräch ging über in unvernehmbares Flüstern, von Lippe zu Lippe, von Ohr zu Ohre.

Am nächsten Morgen fuhr Gustav von Thalwiese, ehe noch die Andern ihre Räusche ausgeschlafen, wirklich mit Sonnenaufgang aus dem Thore des Gasthofes.

Etliche Minuten später setzten sich die Herren aus dem Elsaß in ein ähnliches Fuhrwerk, die Spur des ersteren immer in gewisser Entfernung einhaltend.

Um zwölf Uhr Mittags waren die endlich Erwachenden nicht wenig erstaunt, von der in Wahrheit erfolgten Abreise ›ihres Freundes‹ zu hören.

»Hat uns aber der alberne Bengel gestern angelogen!« sagte Miß Viola.

»Wenigstens hab’ ich ihm dafür einen bittern Trank eingerührt,« meinte der Baron. »Mein Briefchen wird jetzt bald in *ihren* Händen sein, und er soll seine ganze Suada aufbieten müssen, sich wieder weiß zu waschen.«

Der Zigeuner wiederholte: »Etwas Wahres ist an seinen Großsprechereien; das geb’ ich zu. Aber gelogen hat er daneben auch, das laß’ ich mir eben so wenig nehmen. Uebrigens nimmt der Bursch’ ein schlechtes Ende, so gewiß ich heute Katzenjammer habe. Es steht ihm zwischen den Augenbrauen. Ich möchte nicht in seiner Haut stecken!«

Fünfundzwanzigstes Kapitel

Caroline und mit ihr die guten Eltern, vorzüglich der durch stolze Adelsträume verklärte, völlig umgewandelte Papa Reichenborn, hatten Teplitz für den reizendsten Aufenthalt erklärt, so lange Gustav von Thalwiese bei ihnen war. Von dem Augenblicke, wo ihnen dessen unentbehrlich gewordene Begleitung fehlte,. schien Stadt und Park und Umgegend jeglichen Reiz für sie verloren zu haben. Bei Carolinen versteht sich das eigentlich von selbst. Beim Vater bewährt es nur unseren oben schon aufgestellten Satz: denn leider schützt auch Alter nicht vor Thorheit. Disputirte doch der sonst so gewissenhafte Befolger ärztlicher Vorschriften dem Arzte und dem Bademeister ein ganzes Bad mit unbesieglicher Rechthaberei von der festgesetzten mystischen dreimal Sieben ab, bloß um einen Tag früher abreisen, einen Tag früher seinem Eidam folgen, einen Tag früher *sein* Thalwiese erreichen zu können. Sogar die Klagen des Pirnaischen Lohnkutschers, der von dort verschrieben, auf einen Rasttag in Teplitz gehofft hatte, schüchterten ihn nicht ein. Sie brachen auf; Herr Reichenborn zum Erstenmale in seinem Leben ungeduldig unterweges; zum Erstenmale über die Langsamkeit der Pferde klagend; seine Frau in gefällig-beschaulicher Zufriedenheit, ruhig heiter wie gewöhnlich; Caroline gerade nicht niedergeschlagen, aber doch verstimmt; unbezweifelt durch den anonymen Brief des Barons.

In Dresden verweilten sie begreiflicher Weise diesesmal gar nicht, sondern ›machten gleich weiter‹ wie der Kutscher sich äußerte, der ja schon Bescheid wußte und deßhalb auch bei Zeiten die große Straße verließ, jenen näheren und weniger sandigen Seitenweg einzuschlagen, auf welchem er sich damals, wo er Carolinen allein nach Schwarzwaldau zu liefern gehabt, mehrmals verirrte, den er aber jetzt genau erkundet zu haben sich rühmen durfte. Den ersten Tag waren sie bis Pirna gelangt; die zweite Tagreise brachte sie etwa vier Meilen hinter Dresden, jenseit der Landes-Grenzen, nachdem wie gesagt der Lohnfuhrmann die eigentliche Heerstraße schon verlassen, bis an ein ziemlich einsam gelegenes Wirthshaus, welches ganz allein zu stehen schien, weil das Dorf, zu dem es gehörte, ein tüchtig Stück seitab sich am Walde hinzog. Es schien eigentlich mehr eine vor kurzen Jahren entstandene Colonie, weßhalb es auch den vielverbreiteten und häufig vorkommenden Namen ›Neuland‹ führte. Das Gasthaus, von Steinen erbaut, von einem kleinen Gehöfte umgeben, sah äußerlich recht hübsch aus. »Hier bleiben wir Sie über Nacht, Heer Reichenborn!« erklärte der Kutscher. Reichenborn betrachtete das Haus und sagte kleinlaut: »Hier sieht mir's aus, als ob nicht viel Verkehr statt fände? Sollte man hier gut bedient werden, Kutscher?«

»Hier können Sie verlangen, was Sie wollen, guter Herr Reichenborn. Ich habe mich schon erkundiget. Alles kehrt hier ein, wer Sie den Weg macht. Heißt das, es fahren blutwenig Ekipaschen hier. Aber das Neuländer Wirthshaus ist proper; da können Sie verlangen, was Sie wollen.«

»Das glaub' ich gern,« seufzte Reichenborn; »aber ob ich erhalte, was ich verlange? . . .«

Doch da half kein Seufzen. Ohne Bedenken lenkte der Kutscher in den offenen Wagenschuppen ein und ehe die Wirthin ihren Gästen noch Zimmer angewiesen, standen die Pferde schon im Stalle. Dem Hausknecht, der sie versorgte, war dieß Geschäft geläufig und ging ihm rasch von der Hand; Pferde und Fuhrleute sprachen hier häufig ein. Seltener zeigten sich übernachtende Gäste mit höheren Ansprüchen; deßhalb konnte die Wirthin ihre Verlegenheit nicht verbergen und suchte dieselbe durch zuvorkommende Freundlichkeit auszugleichen.

»Hier giebt's nichts zu essen,« sagte Reichenborn zu seiner Frau, »als Rühreier und Schwarzbrot; das seh' ich schon am Zuschnitt. Zum Glück, daß kalte Küche und eine Flasche Rothwein in der Wagentasche steckt!«

Das obere Stockwerk bestand fast gänzlich aus einem großen Tanzsaale, in welchem die Honoratioren der umliegenden Dörfer ihre Kränzchen und Tänzchen abzuhalten pflegten; zu diesem Zwecke zunächst war der Bau unternommen, die Anlage der Gastzimmer als Nebensache behandelt worden. Deßhalb befanden sich deren nur zwei neben dem Saale: eines mit zwei Fenstern hatte die Aussicht nach der Straße, konnte jedoch von Reisenden nur bewohnt werden, wenn es durch die Kartenspieler des Kränzchens nicht in Anspruch genommen ward. Dieses bezogen heute Herr und Frau Reichenborn. Es stieß unmittelbar an den großen Saal. Die Betten für das ehrwürdige Ehepaar mußten erst aus dem eigentlichen, permanenten Fremden- oder: ›Passagier‹-Zimmer, in welchem deren drei den ohnedieß beschränkten Raum verengten, herüber geholt werden. Dieses hatte sich Caroline erwählt, mit der Bitte allein bleiben zu dürfen, weil sie Kopfschmerzen habe. Dieses Zimmer ging nach dem Hofraume hinaus, wohin nur ein Fenster blickte. Es hatte auch nur eine Thür und stand mit dem Saale nicht in directer Verbindung. Caroline trieb den Hausknecht und das Dienstmädchen an, die schweren, altmodischen Bettgestelle so rasch wie möglich fortzuschaffen, holte sich dann ihr Nachtzeug, wünschte den Eltern ›wohl zu speisen und wohl zu schlafen‹ in einem Athmen und eilte, sich in ihre Einsamkeit zurückzuziehen, deren Bedürfniß so mächtig war, daß sie sich einsperrte. Hatte sie doch viel zu denken: der anonyme Brief wirkte nach. Sie schloß nun das Fenster, welches sie beim ersten Eintritt aufgerissen, weil ihr ein Modergeruch, wie er in derlei nicht gelüfteten Gastzimmern gewöhnlich vorherrscht, entgegen gedrungen. Dann fing sie an, sich langsam zu entkleiden, wobei sie häufig inne hielt und Minuten-lang regungslos, sinnend stehen blieb. Dabei rückte der Abend heran. Kerzen hatte man ihr auf den Nachttisch gestellt. Sie schlug Feuer, brannte einen langen Schwefelfaden am glimmenden Zunder an und machte Licht. Drüben war es bereits still geworden. Die Wirthin hatte die letzten Teller und Geräthschaften herabgeholt. Nach und nach verhallte auch das Geräusch in Küche, Flur, Hofraum. Die Neuländer liebten es, an Werkeltagen mit den Hühnern schlafen zu gehen.

Caroline spürte noch keinen Schlaf. Sie setzte sich, halb entkleidet wie sie war, in das kleine, dick und hart ausgepolsterte Canapee und nahm den räthselhaften Brief noch einmal vor, den sie längst auswendig wußte:

»Nur ein tückischer Gegner kann ihn geschrieben haben, das ist außer Zweifel; dennoch ist es möglich, daß er Wahrheit enthält? Aber wenn der boshafte Schreiber mich dadurch von *ihm* trennen wollte, so hat er seine Absicht verfehlt, hat es unklug angefangen. Er hätte jenes Weib mir als jung, oder doch reizend, verführerisch darstellen, hätte mir den Argwohn erregen müssen, daß Gustav sie lieben könne! Dadurch, daß er ihn anklagt, sich ihr *verkauft* zu haben, bloß um uns nach Prag folgen, mich dort zu erreichen, wird ja nur bewiesen, wie viel ihm an mir lag; wie der Wunsch, mein Gatte zu werden, ihn zum Aeußersten trieb!? Es ist grauenhaft zu denken; ja, mich schaudert, wenn ich mir sage, daß er aus den Armen der Abscheulichen, Unwürdigen in die meinigen eilte; – mich schaudert . . . und dabei empfind' ich eine unbeschreibliche Wonne, die meine Sehnsucht steigert, die mich taumeln macht, weil sie mich zugleich mit Zorn erfüllt. Er soll gestehen! Alles, Alles reuig gestehen. Und er wird! O, daß ich ihn hier hätte, bei mir! Daß ich in ihn dringen könnte, mit meiner Liebe Gluth, meinen gerechten Vorwürfen, meiner hingebenden Verzeihung! Nein, die schändliche Anklage vermag nicht, mich von ihm loszureißen; sie wühlt nur, wie dumpfer Schmerz in meinem Busen, aber dieser Schmerz vermehrt meine Leidenschaft! Sie sei vernichtet!«

Caroline hielt das Blatt an die Flamme der Talgkerze. Es loderte auf, es verwandelte sich in Asche, aus der einzelne Funken leuchteten. Zwei derselben überdauerten die übrigen, früher verlöschenden. »Das bin ich, das ist er,« – sagte sie, des kindischen Küsterspieles gedenkend, – »wer überlebt den Andern? wessen Liebe dauert länger?« – Kaum hatte sie's gesagt, da war *er* verschwunden und *sie* glimmte noch lange.

Sie saß, den Kopf auf die Hand gestützt, über die vor ihrem heißen Athem verwehende Asche gebeugt. Sie blies darein. Das kleine Häuflein zerstiebte.

»Asche – Staub« – murmelte sie – »und brannte doch so hell! Und verzehrte sich so rasch in der Flamme!«

Sie saß in bange Begierden, in süße Qualen versenkt.

»Regnet es denn? Der Himmel war ja rein und blau, die Sterne begannen zu funkeln, da ich das Fenster schloß?«

Sie erhob sich, hinaus zu schauen. – Kein Wölkchen sichtbar; die schönste Nacht!

»Aber ich höre deutlich Tropfen fallen?«

Sie lauscht und in kurzen Zwischenräumen dringt das eintönige Geräusch, wie von der Dachtraufe plätschernd in ihr Ohr.

Sie öffnet das Fenster . . . sie horcht empor . . . keine Regung über ihr, neben ihr. Sie wendet sich in's Zimmer zurück. Die reine Nachtluft, die sie eingesaugt, hat sie empfindlicher gemacht gegen den unerträglichen Geruch im versperrten Raume.

»Wie konnt' ich hier aushalten?« – Und sie will wieder freie Luft schöpfen, da vernimmt sie, noch entschiedener als vorher, das tropfende Rieseln. Nein, sie täuscht sich nicht: hinter ihr ist's, im Zimmer, beim Bett, welches hochaufgethürmt, mit einer blauen Kattundecke belegt, unberührt blieb, weil die Magd ihr die Versicherung gegeben, daß es in vergangener Woche frisch überzogen worden und daß seitdem kein Mensch darin gelegen habe. Sie hatte sich vorgesetzt ohnedieß im Nachtkleide zu bleiben und, – ohne Aussicht auf Schlaf, – nur oben auf liegend zu ruhen.

Jetzt ergreift sie einen Leuchter und neigt sich dem Boden zu, die blaue Decke aufhebend. Sie erblickt, beim Scheine der Kerze eine große Blutlache. Schreck und Grausen übermannen sie. Wie sie geht und steht, stürzt sie zur Thür, schließt auf, eilt bis an die Treppe, schreit nach Hilfe, sinkt fast zusammen, rafft sich wieder auf, wankt vor die Stube, wo die Eltern schlafen, pocht diese wach, fleht um Einlaß, rennt wieder nach der Treppe, ruft: »Mord, Feuer, Blut« hinab. Unterdessen hat sich ihre Mutter ermuntert, tritt heraus, will die Ursach' dieses Angstgeschreies vernehmen, und Caroline stürzt ihr fast ohnmächtig an die Brust, keines anderen Ausrufes fähig, als: »Blut, Blut!«

Im Hause wird es lebendig; Wirth, Wirthin, Gesinde haben den ersten tiefen Schlaf kaum abgeschüttelt und stolpern mit verdummten Gesichtern herauf, zu sehen, wo es brennt?

Auf die wiederholten Fragen, die Wirth und Wirthin bringend an sie stellen, richtet sich Caroline empor und deutet nach der offnen Thüre ihres Gemaches. Doch auch jetzt vermag sie nur zu stammeln, was sie schon so oft wiederholte: »Blut!«

Die Leute begeben sich hinein. Etliche Minuten starren Schweigens vergehen, während welcher die Eltern, – denn Vater Reichenborn hat sich auch eingestellt, – ihre vor Grauen und Frost zitternde Tochter haltend, eine fürchterliche Entdeckung erwarten.

»Hast Du Dich auch nicht getäuscht?« will die Mutter eben fragen, da erdröhnt der Flur von wildem Geheul und die Wirthin kreischt ihren Gästen entgegen: »Gott sei uns gnädig und barmherzig, drinn' schwimmt Einer in seinem Blute; in unserem Hause ist ein Mord geschehen!«

»Fort! Nur fort!« ruft Reichenborn. »Wo ist unser Kutscher? Der Hausknecht soll in den Stall laufen und ihn wecken; er muß anspannen! Lieber die Nacht auf der Straße zubringen, als hier bleiben!«

Doch der Wirth, der nun aus dem Zimmer kommt, wendet dagegen ein: »Das geht nicht, Herr! Ich bin Gerichtsmann in Neuland und weiß, was sich gehört. Dem Schulzen muß ich Meldung schicken, daß er sogleich mit den Gerichten an Ort und Stelle sich einfindet, den Befund aufzunehmen; nach dem Herrn Justiz in's Städtchen muß ein Bote reiten; nach dem Kreisphysicus gleichfalls. Ehe nicht gesetzlich verfahren ist, darf niemand sich entfernen, der zur Zeit der Entdeckung im Hause war. Sie verlassen ihre Stube nicht mehr, und die Mamsell bleibt bei Ihnen. Hier heißt es: mitgefangen, mitgehangen!«

»Dafür ist mir nicht bange,« entgegnete Reichenborn, der schon die ruhige Haltung des Geschäftsmannes wiedergewonnen; »vor dem Hängen fürcht' ich mich gerade nicht, so wenig wie vor den Gerichten; einzig und allein vor der Verzögerung. Ihr müßt wissen, ich bin auf der Fahrt nach meinem – unserem Landgute, mein Schwiegersohn und dessen Mutter warten auf uns . . . na, was hilft's? Thut was Eures Amtes ist, doch eilt, wenn ich bitten darf. Wir fügen uns in's Unvermeidliche.«

Sie begaben sich mit Carolinen in ihr Zimmer und nicht eine Stunde war vergangen, so hörten sie den Hufschlag des Pferdes, auf welchem ein Bauer aus Neuland die unerhörte Nachricht von einer Mordthat an die vorgesetzten Behörden zu befördern eilte.

Nach und nach brachten sie die Tochter zu sich. Sie erholte sich von ihrem Entsetzen, hörte auf vom Blute zu reden, fand in Thränen Erleichterung und ließ sich endlich erbitten, der Mutter Lagerstätte zu theilen.

»Du gutes Kind,« sagte diese, ihr schmeichelnd, sie liebkosend, »mußtest Du so etwas Fürchterliches noch erleben, ehe Du Dein Glück erreichst!«

Aber Caroline, sich an sie schmiegend, sprach einmal über das And're: »Der Arme! wer mag es nur sein, den sie ermordet haben?«

Der Justizrath und dessen Protokollführer stellten sich ohne Aufschub ein; auch der Kreisarzt, der in Geschäften des Weges gekommen, und dem Gerichtsbeamteten begegnet war, hatte dessen Bitten, ihn zu begleiten und ›die Sache möglichst rasch zu erledigen‹ collegialisch Folge geleistet. Während der Letztere seine chirurgischen Untersuchungen bei der Leiche machte, begann der Erstere seine criminalistischen Verhöre bei den Lebendigen; zunächst natürlich bei den Hausbewohnern; da mit vollem Grunde anzunehmen war, daß die *Reisenden* – obwohl noch im Verschluß, – keinen Leichnam bei sich geführt, sondern daß derselbe schon vor ihrer Ankunft vorhanden gewesen sei. Die Aussagen der Wirthin, welche eben am Meisten zu sagen wußte und mit unbeschreiblicher Beweitwilligkeit aussagte, wurden durch etwaige Ergänzungen des einsilbigen Wirthes, so wie des Gesindes, lediglich bestätiget und liefen, Alles in ein Ganzes gefaßt, so ziemlich darauf hinaus:

Am einundzwanzigsten dieses Monats, – (also vor drei Tagen,) – ist mit einem in Neuland bisher unbekannten Dresdner Lohnkutscher Derjenige eingetroffen, den man für den Ermordeten halten müßte, weil niemand sonst dieß Zimmer bewohnt hat; wenn nicht andrerseits wieder diese Annahme unhaltbar würde, durch weiteren Verfolg der Aussagen. Der ›schöne junge Herr,‹ den die Wirthin früher schon flüchtig gesehen zu haben meinte, aber dann immer nur mit raschen, theueren Pferden vorübersausend, – zeigte sich, als er abstieg, sehr niedergeschlagen und verrieth wenig Lust, Speise und Trank zu sich zu nehmen. Doch bestellte er, als der Kutscher versicherte, die Pferde brauchten ein paar Stunden Ruhe und Futter, auch für sich ein Mittagsmal, mehr ›Schanden halber, als aus Appetit.‹ Der Kutscher spannte aus, zog die Thiere in den Stall. Der junge Herr verlangte ein Zimmer und wurde in jenes hintere Gemach geführt, weil das vordere, beim Saale, vom letzten Kränzchen her noch nicht aufgeräumt und gesäubert war. Während nun die Wirthin mit ihrer Magd das Essen bereitete, ist eine zweite Fuhre angelangt, deren Erscheinen ihr Gelegenheit gegeben, der Magd zu sagen: »Das ist ja heute ein recht gesegneter Tag!« (Was die Magd, eidlich zu erhärten, jede Stunde bereit ist.) Dießmal war es aber eine dem Fremden eigen angehörige Kutsche, welche, von Vorspann gezogen, mit vier Pferden vorfuhr. Der darin sitzende, – ein freundlicher, ›feiner Mann,‹ – erkundigte sich sehr angelegentlich, ob der junge Herr, welchen er so deutlich bezeichnete, daß ein ›Blinder ihn erkennen mußte,‹ hier angehalten habe? (Die Wirthin ruft ihre Magd auf, ob sie nicht wörtlich gesagt: »Den muß ein Blinder erkennen,« und diese erklärt sich abermals zum Schwure bereit, den jedoch der Justizrath gar nicht von ihr verlangt.) Die Bejahung dieser seiner Nachfrage hat den ›feinen Mann‹ mit sichtbarer Freude erfüllt, und er hat dringend verlangt, sogleich zu seinem lieben Freunde geleitet zu werden; ein Befehl, den die Wirthin selbst in's Werk gesetzt, mit der Anmerkung: »Der junge Herr habe Essen bestellt,« worauf der Andere, noch ehe er mit ihr die Treppe bestieg, geäußert: Sie möchten auch für ihn anrichten und er wolle mit seinem jungen Freunde zusammen speisen. Hat auch vorher noch gefragt, ob hier frischer Vorspann zu haben sei, der ihn bis auf die Poststraße bringe? Als dieß entschieden versichert wurde, ist er, wie wohl er schon einen Fuß auf der ersten Treppenstufe gehabt, sogleich umgekehrt, hat den Knecht herbeigerufen, der ihn gebracht, diesem Fuhrlohn und reichliches Trinkgeld gereicht und ihm erklärt: Der Aufenthalt in Neuland könne sich verzögern, was nicht vorher abgemacht sei; der Besitzer werde daheim seine Pferde brauchen, deßhalb wär' es besser, wenn sie gleich umkehrten; was sich der Kerl nicht zweimal sagen lassen. Erst nachdem diese Dinge geordnet waren, ist der Fremde mit der Wirthin hinaufgegangen. Sie hat ihm die Stubenthür geöffnet und wohl gesehen, daß der junge Herr bei seinem Eintritt gar sehr erschrocken gewesen. ›Um Gottes willen, wo kommst *Du* her?‹ hat ihm Jener entgegengerufen und ist aufgesprungen, wie Einer, der einen Angriff erwartet und sich zur Vertheidigung rüstet; so daß sie, die Wirthin, schon gewähnt, es werde nichts Gutes herauskommen. Doch als der Fremde mit offnen Armen auf ihn zueilte und sagte: ›Bist Du es wirklich, mein geliebter Freund? Sehen wir uns endlich einmal wieder?‹ Da warf sich der Jüngere ihm zärtlich an den Hals und war sogleich wie ungewandelt, heiter und froh. Sie sind, Hand in Hand, zum Sopha gegangen, wie zwei Leute, die gar nicht mehr von einander lassen können. Der Jüngere hat gesagt: ›Was hab' ich Dir nicht Alles zu erzählen!‹ und der Aeltere hat erwidert: ›Und wie begierig bin ich, zu hören.‹ Die Wirthin gesteht, daß sie ebenfalls begierig gewesen, zu hören, daß man sie aber fortgeschickt habe, die Bereitung der Mahlzeit zu befördern. Sie gehorchte, war jedoch oft genöthiget zu kommen und zu gehen, da sie doch die Bedienung so vornehmer Gäste unmöglich ihrer Magd überlassen konnte; und jedesmal, wenn sie Schüsseln brachte und wegnahm, wenn sie Teller wechselte, wenn sie eine neue Flasche holte, – denn die Herren befahlen Wein, – jedesmal fand sie Beide so vertraulich nebeneinander, wie nur die innigsten Freunde sein können und im lebhaftesten Gespräche. Was sie dann, sowohl im Zimmer selbst, als draußen vor der Thüre, (an welcher gehorcht zu haben sie ehrlich zu Protocolle giebt,) erlauschen konnte, blieb ihr unverständlich, ohne rechten Zusammenhang; sie kann nur im Allgemeinen angeben, daß es Familiengeschichten betraf, daß von Verstorbenen und Lebendigen, von Frauen und Mädchen, von Eifersucht und Versöhnung, von Brautstand und Begräbniß die Rede war. Als der Dresdner Lohnkutscher seine Pferde abgefüttert, sich reichlich satt gegessen – denn es ging auf des Passagiers Rechnung und warum hätte die Wirthin einem so schmucken jungen Herrn nicht die Ehre gönnen sollen, dessen Kutscher gut zu beköstigen? – und als letzterer sogar ein Stündchen geschlafen hatte, begab er sich mit ihr hinauf, um zu melden, daß er nun fertig sei und daß es weiter gehen könne. Doch der zuletzt eingetroffene Fremde redete seinem Freunde zu, er möge *mit ihm* fahren. ›Ich bin allein,‹ sprach er, ›in meinem Wagen, habe wenig Gepäck, für das Deinige ist hinreichend Raum; warum sollen wir, nach so langer Trennung und so glücklichem Wiederfinden nicht beisammen bleiben, je länger desto besser? Ich bringe Dich, wohin Du eilst; schicke Deine Lohnkutsche fort.‹ Und ohne erst auf Entscheidung zu warten, bezahlte *er* den Fuhrmann, der noch für den folgenden Tag aufgenommen zu sein schien, mit vollen Händen. Dieser machte es wie der Vorspannknecht, ließ sich den einträglichen Handel gern gefallen, lenkte seine Deichsel um und sah Neuland mit dem Rücken an. Die Wirthin bedauert unendlich, dem Eilfertigen nicht vorher abgefragt zu haben, bis *wohin* er eigentlich gemiethet sei? Als ihr dieser glückliche Einfall kam, war es unglücklicherweise zu spät, ihn auszuführen, denn der Dresdner befand sich schon nicht mehr im Bereich ihrer Lunge und ihres Sehkreises. Jetzt aber, versichert sie, sei es oben erst recht lustig geworden; die Herren hätten nochmals Wein verlangt; nur kam es ihr vor, als schenke der Aeltere, – der übrigens auch noch ein stattlicher, hübscher Herr gewesen, – dem Jüngeren dreimal ein, ehe er selbst einmal ausgetrunken. Dieser hat sich denn auch, bis auf einen gewissen Punct, wirklich berauscht und sich dabei immer wärmer und zärtlicher gegen seinen Freund gezeigt, der jedoch, wie es ihr bei jedesmaligem Eintritt schien, immer zurückhaltender und kälter wurde; was sie sehr erklärlich findet, weil auf verschiedene Menschen der Rausch verschiedene Wirkungen hervorbringt. Als sie das Letztemal oben war, hörte sie draußen, wie der Aeltere fragte. ›Du hast also Deinen Eid getreulich gehalten;‹ und gerade, als sie die Thüre aufklinkte, erwiderte der Andere: ›Kannst Du wohl daran zweifeln?‹ Da war es ihr, als wäre dem Aelteren unwohl, denn er verfärbte sich einen Augenblick; es ging aber gleich vorüber und er fuhr sie an: was sie schon wieder wolle? Worauf sie entgegnete, sie komme zu hören, ob die gnädigen Herrschaften übernachten würden? und ob sie aufbetten solle? Schlafen legen würden sie sich nicht, hatte der Aeltere geäußert, wohl aber noch plaudern, denn sie hätten sich noch viel zu erzählen. Den Schlummer würden sie im bequemen Reisewagen besser nachholen, wie hier in den dicken Federbetten, die er hasse – (was die Wirthin, wie sie durchaus zu Protocolle geben will, eines rechten Raubmörders würdig findet.) – und sie möge sie ungestört lassen bis Mitternacht, wo die neuen Vorspannpferde hoffentlich bestellt wären? Da war ihr denn nichts weiter übrig geblieben, als sich zu trösten und unten in Küche und Haus ihrem Aerger Luft zu gönnen, darüber, daß solche übermüthige reiche Herren lieber bei nachtschlafender Zeit umherfahren, als in ihren weichen Federbetten, wohlerzogenen Christenmenschen gleich, gehörig dünsten möchten. Sie und die Leute hatten sich in die ihrigen gelegt, um schlafend die Mitternachtsstunde und mit dieser zu erwarten, daß der pünctlich bestellte Vorspann sie erwecken werde.

So weit lautete, was die Wirthin zu sagen gewußt, ganz begreiflich und konnte, wenn auch für eine merkwürdig-seltsame, doch immer noch natürliche und einleitende Vorbereitung zu der blutigen Katastrophe, um die es sich handelte, betrachtet werden. Der Rechtsgelehrte sah schon im Geiste die endlose Correspondenz eröffnet, die er amtlich nach Dresden und da und dorthin führen werde, um Personen wie Orte zu ermitteln, durch welche das Auffinden verdächtiger Spuren möglich würde. Er nahm einen zweiten Anlauf und fragte weiter. – Alsbald riß dann der Faden ab und die Geschichte lösete sich in Zauberspuck auf. Da lesen wir:

»Schlag zwölf Uhr ist der Vorspann aus Neuland da gewesen. Der Hausknecht war bereits munter, hat den in den Schuppen gezogenen Reisewagen, auf den schon vorher des jüngeren Reisenden Gepäck von der Dresdner Lohnkutsche umgeladen worden, herausgeschoben; die Pferde sind vorgelegt worden; die Wirthin hat sich den Schlaf aus den Augen gewischt und die Rechnung selbst hinaufgetragen; sie hat leise geklopft. Niemand hat ›Herein!‹ gerufen. Sie ist eingetreten: *beide* Herren haben, Jeder in einer Ecke des Canapee's gesessen, und – geschnarcht. Nur nach wiederholter Anrede sind sie erwacht. Der Jüngere, in denselben Mantel, mit schottisch-carrirtem Unterfutter verhüllt, der bei seiner Ankunft neben ihm auf dem Wagensitze gelegen und den der Hausknecht sammt dem fast leeren Reisesack herausgetragen, hat sich zuerst erhoben und das Zimmer verlassen, während der Andere sitzen blieb, die Rechnung bezahlend und ihm nachrufend: ›Suche Dir die beste Ecke im Wagen aus, Verschlafener!‹ Der Wirthin ist, indem sie das Geld einstrich, aufgefallen, daß der Reisesack, den der Jüngere jetzt, beim Hinabgehen, mitnahm, ungleich dicker und gefüllter aussah als früher, wo der Hausknecht ihn heraufbrachte; eben so will sie beschwören, sie hätte sich eingebildet, der junge Herr sei kleiner geworden; doch habe sie sich das durch den großen Mantel erklärt, der um ihn geschlagen gewesen. Dann ist ihr Gast mit ihr hinabgegangen, und hat sich zu seinem schon wieder schlafenden Freunde in den Wagen gesetzt. Hausknecht und Magd sind beschenkt worden. Der Neuländer Bauer hat seine Peitsche geschwungen, der freigebige Herr hat sein, vom Lichte der Laternen beleuchtetes Gesicht noch einmal zum Lebewohl heraus geneigt, . . . und weg waren sie.

Am nächsten Tage hat der Vorspann-Bauer, im Zurückreiten, eingesprochen, einen Schnaps genommen und sich vielmals bedankt, für den ihm zugewiesenen Verdienst. Die Herren, die er auf die Station vor's Posthaus führen mußte, haben ihn ›fürstlich‹ bezahlt; haben laut darüber gelacht, daß da d'rin – (es war zwischen zwei und drei Uhr,) – Alles still sei, daß sie die Postillons erst würden herausklopfen müssen und was dergleichen Späße mehr waren; sind dabei kreuzfidel geblieben, ohne sich zu ärgern und haben ihn geheißen ›retour‹ reiten und sie sammt der Karre nur stehen zu lassen. Da hat er ihnen denn ›viel Plaisir und glückliche Reise nach London‹ gewünscht, wohin zu reisen sie vorgegeben. Die Wirthin hat der Magd bei Zusammenräumen des Geschirres geholfen, das Zimmer gehörig sprengen und fegen, einen Fensterflügel aufstehen lassen; die Betten, da sie ungebraucht und kurz vorher weiß überzogen waren, hat niemand weiter untersucht; – weßhalb auch? – und seitdem ist das Stübchen erst wieder betreten worden, da die Herrschaft, – drüben, – ankam, wo denn zwei Betten hinüber geschoben wurden, das dritte unglückselige für's Fräulein stehen blieb.

Der Hausknecht hat noch folgende selbstständige Erklärung abzulegen:

»Eine Leiter, die im Hofraum beim Heuboden an's Dach gelehnt zu stehen pflegt, befand sich den Morgen nach Abreise der beiden Herren mitten im Hofe liegend. Die im Erdboden bemerkbaren Furchen, deuteten darauf hin, daß sie von der Wand des Stalles unterm Heuboden, mühsam an die entgegengesetzte des Hauses geschleppt, dort wieder aufgerichtet und angelehnt, später jedoch, und zwar von oben, gewaltsam umgeworfen worden.«

»So muß denn,« rief der Justizrath völlig verzweifelt aus, »ein Mensch, den die beiden Fremden haßten und verfolgten, sich alle ersinnliche Mühe gegeben haben, über eine Leiter zu ihnen in's Fenster zu klettern, damit sie ihn recht mit Bequemlichkeit abschlachten konnten? Weiter, Gott weiß es, kann man die Rücksicht für Mörder nicht treiben. Und wer, um aller Welt Wunder willen, muß denn dieser Zuvorkommende gewesen sein?« fragte er dem nach beendigter Leichenbeschau in's untere Gastzimmer bei ihm eintretenden Kreisarzte entgegen.

»Ein junger, gesunder Mann von höchstens vier- – fünfundzwanzig Jahren, unbedenklich den besseren Ständen angehörig, aber durchaus unkenntlich, da sein Antlitz scheußlich verstümmelt und entstellt ist. Doch diese Nichtswürdigkeit scheint erst nach erfolgtem Tode geschehen zu sein und der Tod ist herbeigeführt durch einen Stoß in's Herz; wie die absolut tödtliche Wunde bezeugt. Mit welcher Waffe? ist schwer zu bestimmen; so viel die eigenthümliche Form der Wunde vermuthen läßt, mit einem spitzen, scharfen, wahrscheinlich aus fernen Landen herrührenden Messer oder Dolch, eigens zu ähnlichem Zwecke geschmiedet. Ihnen, werther Freund, wird es übrigens schwer, wo nicht unmöglich werden, Namen und Stand des Unbekannten zu erforschen. Die Mörder haben Alles bei Seite geschafft, was zu Nachweisungen verhelfen könnte. Unbekleidet liegt der Leichnam, wie wir ihn fanden; sogar die Strümpfe haben sie ihm ausgezogen, wahrscheinlich, weil diese gezeichnet waren? Wer soll Auskunft über ihn geben?«

»Der einzige Mensch, der es vielleicht vermag, bleibt der Dresdner Lohnkutscher? Diesen aufzufinden, will ich selbst . . . . und doch weiß ich kaum, ob es nicht noch wichtiger wäre, erst auf die Poststation zu eilen, um die Namen der beiden . . . doch diese werden sich gehütet haben, ihre *wirklichen* Namen anzugeben – und sie haben dreimal vierundzwanzig Stunden Vorsprung! Wenn der Himmel sich nicht durch ein Wunder in's Mittel schlägt, sind sie entkommen und unsere Bemühungen fruchtlos.«

»Wer sind denn,« – fragte der Arzt dazwischen, »die Personen, die ihr Unstern zu diesem traurigen Anblick hierher führte? War es nicht eine junge Dame, durch welche die Entdeckung geschah?«

»Allerdings. Und die Form verlangt unabweislich, daß auch sie vernommen werde. Ja, obgleich es wirklich nur eine *leere* Form ist, werd' ich doch nicht vermeiden können, sie am Orte der That zu verhören, ihr sogar den Todten zu zeigen und ihr die Frage zu stellen, ob sie im Stande sei, irgend eine Vermuthung über ihn auszusprechen? Da es geschehen muß, so geschehe es bald, damit die guten, ehrlichen Leute nicht länger unnütz aufgehalten werden.«

Das Gericht begab sich an den Ort der That. Reichenborns wurden zugezogen und mit aller Achtung und Schonung behandelt. Besonders Caroline, die sich von ihrem Schrecken noch nicht erholt zu haben schien. Nur mit Widerstreben brachte der Justizrath die unzarte Forderung vor, daß sie den ›in einem von ihr allein bewohnten Raume gefundenen, durch sie entdeckten unbekannten männlichen Leichnam recognosciren‹ solle. Ihre Eltern wollten dagegen Einsprache thun; sie aber sagte leise zur Mutter: »Laß' mich, damit ich endlich meine verrückten Einbildungen los werde.« Und mit den kräftig gesprochenen Worten: »Ja, ich will den Todten sehen,« trat sie zu dem in eine Bahre umgewandelten Lager und zog selbst das weiße, mit Blut befleckte Betttuch vom entstellten Angesicht. »Dieser Mensch ist nicht mehr zu erkennen!« rief sie aus und wandte sich voll Ekel mehrmals schaudernd ab; doch immer wieder hingezogen zu ihm, that sie ihrem Abscheu Gewalt, bot dem Grausen der Verwesung Trotz und riß, wie wenn sie sich plötzlich auf ein untrügliches Kennzeichen besänne, die kalte Todtenhand hervor, deutete auf eine kaum sichtbare Narbe, die Folge einer Verwundung aus früher Kindheit, und sprach dann zu ihrer Mutter: »Ich wußt' es ja; er ist es!«

»Wer ist es?« fragten ängstlich der Arzt und der Justizrath, bei welchem sich der Antrieb seines Berufes mit Theilnahme für die Erbleichende gesellte. »*Wer* ist es?«

»Gustav von Thalwiese, mein Bräutigam!« und sie sank bewußtlos bei der Leiche nieder.

Siebenundzwanzigstes Kapitel

In einem, jetzt schon längst verschollenen Gasthause zweiten, vielleicht dritten Ranges auf dem Valentinskamp, nahe beim Gänsemarkt, zu Hamburg, hatten zwei Herren das größte, dreifensterige, die ganze Front des schmalen Gebäudes einnehmende Fremdenzimmer bezogen, welche mit Extrapost aus Meklenburg angelangt waren. Ihre Reisepässe, von vielem Gebrauche fast vernützt, seit Monaten nicht mehr visirt und abgelaufen, hätten streng genommen keine Giltigkeit mehr gehabt. Doch wem fiel es bei, in tiefen Friedenszeiten gegen Extrapostreisende strenge zu sein? Und gar in einer freien Stadt, wo unausgesetzter Verkehr zu Lande wie zu Schiffe wechselt und von deren Hafen aus schon viele Bedrängte glücklich entkommen sind? Aber bedrängt wurden diese Beide durchaus nicht. Kein Verdacht drohte, keine Requisition verfolgte, kein Steckbrief bezeichnete sie. Nachforschungen, zwei angeblich aus dem Elsaß stammenden Handelsleuten ›Schwarz und Müller‹ (offenbar fingirte Allerweltsnamen!) geltend, hatten sich zwar durch verschiedene Postämter hin und her verzettelt und verliefen sich endlich auch bis Hamburg. Doch von diesen verdächtigten Individuen wußte kein Mensch auf dem ganzen Valentinskamp das Geringste; die zwei Herren, welche das beste Zimmer der Bel-Etage inne hatten, hießen: ›Emil von Schwarzwaldau, Gutsbesitzer, und Franz Sara, Secretair.‹ Ein Paar angenehme, umgängliche Genossen am Mittagstische des Hôtel de Saxe. Aus dem Zwecke ihres Aufenthaltes in der Seestadt machten sie durchaus kein Geheimniß: sie warteten nur noch einige Briefe und Sendungen aus der Heimath ab, um sich dann zu trennen. Der Secretair um sich einzuschiffen und ein neues Glück in der neuen Welt zu suchen, wohin schon von Kindheit an der Sinn des unternehmenden, thatlustigen Menschen getrachtet; der Gutsbesitzer, um auf sein Besitzthum heimzukehren, sobald der bisherige Schützling, den er ausstattete, flott geworden wäre. Dabei zeigten sie sich so innig vertraut und so fest verbunden; der nahebevorstehende Abschied schien Beiden so schwer zu fallen, daß man sie im Voraus herzlich bemitleidete und daß einige Tischgäste sich untereinander befragten, warum zwei Freunde, die sich so unentbehrlich geworden, sich doch solchen Schmerz auferlegten? Denn in der That, sie ließen nicht von einander, bewachten gegenseitig ihre Schritte und Tritte, waren wie zusammen gewachsen.

Unter den damaligen Besuchern des Hôtels müssen sich keine mit scharfer Beobachtungsgabe versehene Menschenkenner befunden haben; solchen könnte unmöglich entgangen sein, daß es mehr Mißtrauen, als Zuneigung gewesen, welches die Beiden anregte, sich nicht aus den Augen zu lassen; daß die Süßigkeit, die sie im Umgange vor Zeugen zur Schau trugen, viel zu gemacht war, um aufrichtig zu sein. Während es ihnen gelang, über diese Seite ihres erzwungenen Verhältnisses rings umher zu täuschen, begab sich doch etwas, wodurch ein Stammgast des Hauses, ein aus Kopenhagen nach Deutschland übersiedelter Advocat veranlaßt wurde, eines Abends hinter ihnen her zu grinsen: »Wenn ich Criminalbeamteter wäre, die Herren, besonders der Aeltere, könnten mich aufmerksam machen!« – womit der alte schlaue Fuchs, der übrigens selbst in sehr schlechtem Rufe stand, mehr sagen wollte, als er aussprach. Die Sache, die durchaus nicht in unsere Erzählung gehört, sei nur kurz angedeutet, weil sich aus ihr rascherer Fortgang der Geschichte entwickelt.

Eine am Rhein verübte Mordthat machte zu jener Zeit um so allgemeineres Aufsehen, und bot lange Zeit hindurch Stoff zu Discussionen, als sich an einen, auf öffentliche Stimme gestützten, von ihr getragenen Ausspruch des Geschworenengerichtes lebhafte Widersprüche älterer Rechtsgelehrten knüpften, die den dunklen Vorfall benützten, ihre Bedenken wider das Institut der Jury wissenschaftlich zu begründen. Der Verurtheilte ist, wie bekannt, später begnadiget worden, und noch heute, nach so vielen Jahren, dürfte die Meinung darüber getheilt sein, ob er schuldig, ob er unschuldig gewesen?

Es war nach einer Durchsprechung jener Begebenheit, wobei die einzelnen Umstände derselben auf's Genaueste auseinander gesetzt wurden, daß Herr von Schwarzwaldau über körperliches Uebelbefinden klagend, die Abendtafel früher als gewöhnlich verließ und der Secretair, sichtbar verlegen durch den raschen Aufbruch, ihm unwillig folgte; und daß dann der Kopenhagner Advocat seine spitzige Bemerkung wagte, die entschiedene Mißbilligung erregte, weil sämmtliche

Anwesende den Rabulisten nicht leiden mochten. Weßhalb denn auch nicht sonderlich weiter
darauf geachtet wurde.

Anders gestalteten sich die Dinge zwischen Emil und Franz, da sie auf ihrem Zimmer allein
waren.

»Wenn ich nur erst das Schiffsverdeck unter meinen Fußsohlen spürte,« rief Letzterer aus;
»wenn ich nur erst Sie nicht mehr sehen dürfte! Sie sind doch der erbärmlichste Schwächling,
den es auf Erden giebt. Wechselt Farbe, wie ein Schuljunge, den der Lehrer auf der That ertappt,
wie er Kirschen aus der Tasche zieht und heimlich nascht. Was zum Teufel geht Sie das Verdict
über einen Liqueurhändler an, der sich seines brutalen Quälers durch ein scharfes Bandmesser
entlediget haben soll? Muß ich noch lange an Ihrer Seite bleiben, steh’ ich für nichts! Schämen
Sie Sich, Emil! Wer gerechte Rache an einem Meineidigen zu üben, den Dolch in ein treuloses
Herz stieß, der darf nach geschehener That nicht feig verzagen. Sie haben nicht zu fürchten,
wo Sie Sich nicht durch Ihr albernes Benehmen selbst verdächtigen. Meine Anstalten waren
zu gut getroffen.«

»Du redest immer nur von *mir!* Sagst immer: *Sie* haben zu fürchten, haben nicht zu fürchten
und so fort, – als ob ich allein stände? Wem gehört denn die That, die That, die wir gemeinsam
verübten? Dir, oder mir? Wer bahnte die Wege, reizte mich auf, leitete mich, schaffte alle Mittel
herbei? Wer hielt den aus lallendem Rausche Halberwachenden mit eisernen Krallen danieder
und lehrte mich, teuflisch lachend, die richtige Stelle der entblößten Brust zu treffen? Wer –
ich darf’s nicht denken, – verstümmelte die schönen, edlen Züge des mir einst so theuren Angesichtes mit kaltem Hohn? Wer, endlich, hat das Sündengeld, dem Ermordeten – nein, seiner
ärmsten Mutter – geraubt, und will es nicht hergeben?«

»Daß ich ein Narr wäre! Faseln Sie nicht so tugendhaft und scheinheilig, Emil; es verschlägt
nicht bei mir. Sie wünschen mich los zu sein, ich sehne mich weg von Ihnen, – darin treffen
unsere Wünsche zusammen. Aber Sie sind schlecht bei Casse und sollte endlich einmal der
Geldbrief eintreffen, den wir in dieser langweiligen Kneipe erwarten, so wird er auch nicht
große Summen enthalten. Schwarzwaldau wird schlecht bewirthschaftet; es geht auf die Neige
mit Ihnen. Müßt’ ich nicht ein Esel sein, wollt’ ich die paar Tausend Thaler, die das lüsterne
mannstolle Carolinchen ihrem reichen Vater für den Langersehnten, spät in ihre Schlingen Ge-
gangenen ablockte, und die bei unserer künstlich-angelegten Expedition, (bei welcher ich doch
wahrlich keine leichte Rolle zu geben hatte) mir als schwererworbenes Arbeitslohn zufielen, der
alten Frau nach Thalwiese schicken? Für die mag der Schwachkopf sorgen, der Thalwiese nun
besitzen und sich mit diesem Besitz den Adel erkaufen wird. Er hat Geld im Ueberfluß. Ich
brauche das Wenige, was ich in Gustav’s Taschen fand, um als freier Bürger der neuen Welt Ur-
wälder niederzubrennen, Blockhäuser zu errichten. Das Einzige, was ich thun kann für Ihren
geliebten, von Ihnen ermordeten Freund, ist etwa, daß ich meine künftige Besitzung ihm zu
Ehren ›Thalwiese‹ nenne. Dank bin ich ihm allerdings schuldig, dafür, daß er sich in seiner, von
Mann und Weib gepriesenen Schönheit herabgelassen, mir ein Bißchen ähnlich sehen zu wollen.
Denn ohne diese Aehnlichkeit war die Anlage meines ganzen Planes nicht möglich und die Täuschung der dummen Wirthin von Neuland unausführbar. Es bleibt also dabei: mein Landgut
jenseit des Meeres heißt: Thalwiese, und sobald ich ein zweites habe, nenn’ ich es Neuland.«

»Ich weiß nicht, soll’ ich Dich mit Abscheu betrachten, oder mit Bewunderung? Du weilst
gleichsam behaglich bei der Erinnerung an Greuel, die ich zu vergessen strebe! Ist das Kraft,
oder ist es . . .?«

»Sprechen Sie’s nur aus: ist es Verworfenheit? wollten Sie sagen. Meinethalben nennen Sie’s
wie Sie wollen; meinethalben denken Sie von mir was Sie wollen; ich thue desgleichen, was Sie
betrifft. Also: **sans gêne!** wie der gebildete Deutsche zu äußern beliebt. Sobald ich unterweges
sein werde, mögen Sie meinethalben sich auch bloß stellen wie Sie wollen, sich durch Roth- und
Bleichwerden, durch unheilkündende Mienen verdächtigen – ganz nach Belieben. Nur so lange
ich noch den Vorzug genieße, in Ihrer Nähe zu bleiben, für Ihren Secretair zu gelten, werd’ ich
alles Ernstes um einige Besonnenheit und Vorsicht gebeten haben. Ich empfinde kein Verlangen

danach, vor Gericht befragt zu werden: welches Urtheil ich in Ihrem Dienste mit rother Schrift niedergeschrieben.«

»Mit Blute! Mit seinem Blute!«

»Wie abgeschmackt, diese Scheu vor Blute, die einzig und allein in der Einbildung liegt. Immer hab' ich mich geärgert über die gewisse, oft citirte Phrase des Dichters, die er seinem Teufel beim Abschluß des Pactes in den Mund legt: ›Blut ist ein ganz besonderer Saft!‹ Warum denn? Blut im Allgemeinen, von Thieren, ist gar nichts; hat keine Bedeutung, als für die Chemie, oder gar für den Zuckersieder, Wurstmacher. Und Menschenblut? Dummheiten! Wenn Sie des Abends, bei Dämmerung, an einem unheimlichen Orte, die Steine voll Blutflecken finden und Ihre Phantasie Ihnen die fürchterlichsten Möglichkeiten vorspiegelt, und Sie rufen, Mord ahnend ›wie er auf's Beste ist‹ Leute herbei; und es tritt hinter dem Gebüsch, oder aus dunklem Winkelverstecke ein haarstruppiger, wildaussehender Kerl, vor dem Sie zurückbeben? . . . ist das nicht entsetzlich? Aber zum Glücke finden sich beschützende Wachen ein, auf Ihre Anzeige umstellen diese den Verdächtigen, deuten zagend auf die verrätherischen rothen Flecke; . . und der Kerl sagt bestätigend: Ja, ich gesteh's – ich leide oft an Nasenbluten, wenn ich zu viel Schnaps gesoffen habe! – – ist da nicht sämmtliche tragische Poesie aus den geheimnißvollen vielsagenden Blutspuren verschwunden? Oder soll der Wundarzt, welcher dem Kranken Blut ließ, ihn zu heilen, vor den rothen Streifen seiner Aderlaßbinden zurückprallen, wenn etwa der Patient darauf ging? Wie lächerlich, diese Blutscheu. Hätten Sie unsern Freund Gustav weniger umgebracht, wenn Sie ihm Pülverchen in den Wein gerührt und ihn eingeschläfert hätten, ohne Herz-Aderlaß? Und *mußte* er nicht sterben, *mußte* er nicht mit dem Leben büßen, – so, oder so?«

»Das mußte er! Ja, Du sagst die Wahrheit! Er durfte nicht länger die Luft athmen, die er durch zwiefach gebrochenen Eid verpestet. Wir haben an ihm vollzogen, wozu er mich durch seinen Schwur feierlichst berechtigt hatte. Und läge es in meinem Willen, die That ungeschehen zu machen, . . . ich würde *nicht* wollen. Nein, ich würde nicht!«

»Bravo! das klingt männlich. Und daran halten Sie fest, bleiben Sie fest und bewahren Sie unsern alten Wahlspruch: ›es wächst Gras über Alles.‹ Ich werde in der neuen Welt recht lustig sein und Sie können in der alten auch noch vergnügt leben, – auf Ihre Art und Weise.«

»Mein Wahlspruch lautet anders.«

»Ah, Sie meinen Ihren lateinischen, von Stunden und Wunden? Das ist eben auch nur persönlich und er gilt, oder gilt nicht, je nachdem die verschiedenen Menschen gehäutet sind. Ich geb' es zu: die Stunden, von den Alten Horen geheißen und als junge Weibsbilder umhertanzend, führen allerdings Waffen, zum Schlagen, Schneiden, Stechen. Die Eine ist stärker, die Andere schwächer bewaffnet; so wie der Sterblichen Häute dicker, oder dünner sind. Durch ein dünnes Fell dringt auch ein Mückenstich, ja die verdammten kleinen Sauger setzen sich auf solche am Liebsten. Von abgehärteten Häuten gleiten ihre Stacheln ab. Mücken und Horen, ein Geschmeiß wie das andere! Mich kitzeln sie nur noch. Weh' thun können sie mir nicht mehr. Bis denn die Letzte hereinbricht, welche allerdings auf's Lebendige kommen wird. Diese ist noch nicht da und ich will sie mir vom Leibe halten, so lange als möglich.«

Dieses Zwiegespräch belehrt uns genügend über den inneren Zustand Emil's und seines ehemaligen Büchsenspanners, so wie über deren gegenseitiges Verhältniß nach dem Morde. Was dem untersuchenden Richter, was den heimischen und fremden Zeugen in Neuland unerforschlich bleiben mußte, und unerklärlich, können wir leicht, mit einiger Nachhilfe eigener Einsicht so weit ergänzen, daß wir nichts Wunderbares mehr in dem traurigen Vorgange finden, sondern eingestehen müssen, Franz verdiene das empörende Selbstlob, welches er seiner eignen Umsicht bei Anlage des Planes ertheilte. Wir wollen uns nun auch nicht länger in Hamburg aufhalten, sondern dem Schluße unserer Geschichte nacheilen.

Die von Emil erwarteten Summen trafen ein und die Wünsche der nach Trennung schmachtenden Gefährten gingen in Erfüllung:

Bei stürmischer Herbstnacht begleitete Herr von Schwarzwaldau den zur See gehenden Franz nach dem Hafen, wo sich ein für die weite Fahrt fertiges Schiff an schweren Ankerketten knirschend wiegte und bäumte. Der Abschied war kurz. Franz trug bei sich, was er bedurfte, um seiner Meinung nach, das neue Leben glücklich zu beginnen. Reue empfand er nicht. Wehmuth noch weniger. Von beiden war Emil durchdrungen. Die Reue wühlte in der schwachen Brust und Wehmuth stieg ihm auf, bei dem Gedanken, daß mit diesem letzten, wenn auch gefürchteten, ja gehaßten Genossen, doch auch der letzte Mensch von ihm scheide, dem er (sei es immer durch verbrecherische Gemeinschaft) nahe gestanden.

»Ich habe ihn doch auch einmal lieb gehabt,« – seufzte der Unglückliche, vom Hafen in's Gasthaus zurückkehrend; – »ich habe ihn doch einmal lieb gehabt, da er mir den Dolch aus der Hand gerissen und mir Tages darauf seine Schicksale vertraute! Ach, das waren gute Zeiten! –«

Und dann bedeckte Emil sein Gesicht mit beiden Händen und weinte: »wohin ist es mit mir gekommen, daß ich *jene* Zeiten die *guten* nenne! – Aber sei's wie es wolle: *ihn* bin ich los! Für immer! Und ein gemeiner Mörder bin ich nicht.«

Achtundzwanzigstes Kapitel

So lange Franz mit kalten, giftigen Worten Haß und Wuth gegen den grausam Hingeschlachteten stündlich nachgeschürt und durch eigenes Beispiel der Verhärtung auch Emil's Neigung zu schwermüthiger Reue immer wieder weg raisonnirt, oder weggehöhnt, – so lange hatte dieser vermocht, sich zu fassen. Jetzt, ohne Halt, und ohne Besorgniß vor Spott, brach diese mühsam behauptete Fassung plötzlich zusammen, in solch' heftiger Weise, daß der von Gewissensbissen und Mörderangst Gefolterte, sich gar nicht mehr vor den Gästen am Mittagstische zu zeigen wagte. Er ließ sich ihnen durch den Wirth zu freundlichem Andenken empfehlen, der sich des Auftrages mit der Bemerkung erledigte: niemals habe er irgend einen Mann von einen Abschiede so furchtbar angegriffen gesehen, als diesen; wahrscheinlich sei Herr Sara ein natürlicher Bruder des Gutsbesitzers, den über See zu schicken, traurige Familienverhältnisse gefordert hätten; und solche Liebe sei fürwahr rührend, weil sie so innig bei wirklichen legitimen Geschwistern selten zu finden.

Emil's Fahrt von Hamburg bis Schwarzwaldau bot keine Abwechslung, wurde durch kein äußerliches Ereigniß belebt, oder gestört. Dafür machte er, zum Erstenmale einsam in der Kutsche sitzend, – (wir brauchen wohl nicht erst zu bemerken, daß dieß längst nicht mehr derselbe Reisewagen gewesen, mit welchem er beim Neulander Wirthshause vorgefahren,) – alle seiner furchtbaren Lage, wie seiner schwankenden Natur entsprechenden Widersprüche, Gegensätze, Uebergänge vielfach gemartert durch. Dabei aber durfte der zu selbstbetrachtenden Grübeleien so sehr geneigte Denker sich's nicht verhehlen, – und er gestand es sich, wenn auch zagend, ein, – daß er noch nie in seinem Leben so peinvoll am Leben gehangen, daß er den Tod, den er in besseren Stunden oft herbeigewünscht, niemals mehr gefürchtet habe, als eben jetzt, wo er mehr wie je Ursache fand, das Dasein zu verfluchen.

Die stehende Formel zur Lösung all' dieser unergründlichen Fragen blieb immer der Ausruf: »*ihn* bin ich los, und ein gemeiner Mörder bin ich nicht!« Wenn er dieß ausgesprochen, wähnte er sich stets wundersam gestärkt und diese Stärkung hielt stundenlang vor. Sie machte ihn sogar fähig, mit den Postillons bisweilen zu plaudern und zu scherzen.

Doch sie verlor ihre Wirkung, da er, – als nur die unvermeidlichen ersten Gespräche mit seinen Dienern in Schwarzwaldau beseitiget waren, – an Agnesens Grabe stand. Als er, voll jenes kindischen Wahnglaubens, mit den Todten spreche man am Vernehmlichsten dort wo ihre Hülle modert, *ihr* Bericht abstattete von den Unthaten, die für sie, für ihre beleidigte Ehre geschehen sein sollten. Hanns der Storch stand klappernd neben ihm; die vom Herbstwind schon entblätterten Thränenweiden säuselten traurig; vergebens beschwor er Agnesens Bild; nur Gustav's verstümmelte Leiche stieg aus dem naßkalten Boden vor ihm auf, als ob sie neben dem schönen Weibe eingescharrt wäre. Sie geleitete ihn, ein nicht zu verscheuchendes Gespenst, bis in die Räume, wo sie so oft zu Dreien gesessen. Die Saiten des verstimmten Klaviers rauschten kläglich, als wollten sie ein Klagelied des unwürdigen und doch vielgeliebten Sängers begleiten? Keine Kerze brannte. Emil weilte im Dunkeln. Er wollte die Schatten nicht verscheuchen, vor denen er sich fürchtete und die er doch festzuhalten trachtete. Auch Caroline gesellte sich zu ihnen. Sie kam in tiefer Trauer, wie eine Witwe. Sie nahm ihre alte Stelle neben Agnes ein und sagte zu dieser: Dein Gatte hat den meinen ermordet.

Diese Anklage rief den Träumer in's wirkliche Leben zurück. Er läutete den Tafeldecker herbei und befragte diesen über die Lage der Dinge in Thalwiese?

»Dort sei die Braut des auf so unerklärliche Weise zu Tode gebrachten jungen Herrn auf Besuch sammt ihren Eltern; und Herr Reichenborn wolle dort bleiben, habe Frau von Thalwiese aus allen Nöthen gerissen, das Gut gekauft und sich mit den Seinigen heimisch gemacht. Mit nächstem Frühjahr solle der Neubau des Schlosses beginnen; Steine und Ziegeln würden fleißig angefahren und so weit der Schwarzwaldauer Vorrath an trocknem Bauholze etwa noch reiche, sei er in Beschlag genommen. Der Förster habe schon das Geld dafür empfangen; denn ohne diese Einnahme hätte der Herr Amtmann unmöglich zusammenkratzen können, was er auf Befehl nach Hamburg senden müssen.«

Emil durchwachte eine gräßliche Nacht. Alle Aengste eines zur Hinrichtung Verurtheilten schwitzte er durch bis in die letzten Krisen kalten Todesschweißes. Caroline seine Nachbarin. Die den Ermordeten so sehr geliebt, daß sie um dieser Liebe willen ihre Freundschaft zu Agnes hingeworfen; die im Zorne von ihnen geschieden, nach zweijähriger Frist den Gegenstand ihrer neidischen Zerwürfnisse endlich erobert, des reichen Vaters Einwilligung errungen, das Ziel heißester Wünsche erreicht hatte . . . . War *diese* nicht vorzugsweise berufen – und befähigt, ihres Bräutigams Mörder zu entdecken? Berufen durch den Schmerz des Verlustes, befähiget durch Argwohn und Haß, welche Gustav's Geständnisse in ihr vermehrt haben konnten und welche nun ihre Blicke schärfend, sie auf die richtige Spur leiten würden? Er sah sie bei sich eintreten, – aber jetzt an der Spitze eines Zuges von Häschern; hörte sie jenen zurufen: reißt ihn aus dem Bett und fesselt ihn; er ist der Mörder seines Freundes! Waren die Visionen, denen er während der Dunkelstunde nachgiebig und willig Spielraum gegönnt, trotz ihrer grauenhaften Mahnungen dennoch zugleich wohlthätig gewesen, so griff diese nächtliche, gar nicht abreißende, immer wieder auftauchende, qualvoll in des zerstörten Mannes Einsamkeit und trieb ihn zur Verzweiflung. Diese war es denn zuletzt, die ihm gegen Morgen Muth verlieh; – einen Muth freilich, wie ihn der Vogel zeigt, wenn er in der Schlange offnen Rachen flattert. Emil beschloß, nach Thalwiese zu fahren um – einen Beileidsbesuch abzustatten: »Sie kann's nicht verbergen, wenn sie Verdacht gegen mich hegt! Sie kann's nicht verschweigen, wenn sie etwas weiß, worauf ihr Verdacht sich gründet; es kann mir nicht entgehen, was von dort aus vielleicht schon gegen mich im Werke ist; ich will Gewißheit haben! Sei es die Gewißheit des Schaffottes! Lieber diese, als noch eine Nacht wie die vergangene!«

Gegen Mittag fuhr eine Kutsche in den Herrenhof zu Thalwiese und Herr von Schwarzwaldau wurde den Bewohnern des alten, baufälligen Wohnhauses angemeldet.

»Meines Sohnes Wohlthäter!?« rief die, von langem Kummer so zäh gewordene Mutter Gustav's, daß der letzte Schlag sie nicht danieder geworfen; »meines armen Sohnes Wohlthäter; ist er von seinen weiten Reisen wieder da? Nun lern' ich ihn doch auch kennen! Das ist mir lieb.«

Caroline empfing den Gatten ihrer einst geliebten Agnes, wie man Denjenigen um so freudiger begrüßt, der völlig unerwartet eintrifft. Niemand in Thalwiese wußte, sie am Wenigsten, daß Emil nach Beendigung seiner Reisen schon einmal in der Heimath gewesen sei. Er galt für Einen jetzt eben über Hamburg Zurückkehrenden, als er, auf die an ihn gestellte, übliche Frage bei überraschendem Wiedersehen: ›wo kommen Sie her?‹ diese Stadt als letzten Aufenthaltspunct nannte – noch gedankenlos unter dem Einfluß tödtlich-bangender Besorgniß. Doch diese schwand vor Carolinens unbefangener Herzlichkeit. Was zwischen ihnen – (in so fern ihre in Schwarzwaldau erlebten Kränkungen Emil berühren, oder ihn treffen konnten?) vorgefallen, das war längst vergessen und mit Agnes begraben. Sie sah in ihm nur der Freundin Gatten, des Geliebten Freund; den geistreichen zuvorkommenden Herrn des Schlosses, der ihr bis zum letzten Augenblicke alle Höflichkeiten erwiesen und die Pflichten des Gastrechtes auf's Gewissenhafteste erfüllt hatte. Aus ihren Andeutungen ging eben so unwiderleglich hervor, daß Gustav ihr von seiner Beziehung zu Agnes, auch als Bräutigam, nicht mehr entdeckt habe, als sie aus eigener Anschauung schon gewußt. Was damals hingereicht, sie von einer zur Nebenbuhlerin werdenden Freundin mit eifersüchtiger Heftigkeit weg zu treiben, das erschien jetzt, durch Jahre gemildert, durch den unterdessen errungenen Besitz des Geliebten ausgeglichen, wie ein Irrthum der sonst so reinen und edlen Frau, der mit ihr begraben war. Aller Haß, aller Groll, alle Eifersucht war todt. Nur zärtliche Erinnerungen walteten und diese wendeten sich dem einzig Ueberlebenden einer durch die Ferne verklärten Zeit wehmüthig lächelnd zu.

Emil konnte und wollte nicht verheimlichen, daß die furchtbarsten Gerüchte über Gustav's Tod ihn erreicht. Er wagte es von ›schauderhaftem Raubmorde‹ zu reden; wagte es, Carolinen zu bitten, sie möge ihm, der nur unglaubliches, unzusammenhängendes Geschwätz vernommen, Aufschluß geben; wofern es sie nicht zu sehr angreife? Er stellte diese gefährliche Bitte mit der entsetzlichen Ruhe, die gerade schwachen Menschen bei solcher Gelegenheit, wo es an den eigenen Hals geht, bisweilen eigen ist. Er wollte um jeden Preis und jetzt gleich, auf der Stelle, erfahren, was er noch zu fürchten habe? und ob Carolinens Freundlichkeit doch nicht vielleicht

Verstellung sei? Ob sie sich nicht vielleicht Gewalt anthue, ihn erst sicher zu machen, und dann um so sicherer in die Schlinge zu locken?

Doch jede Silbe aus ihrem Munde trug bei, solche Besorgnisse zu zerstreuen. Und das Gefühl, es hafte an ihm auch nicht ein Fäserchen des Verdachtes, gab ihm die gräßliche Fähigkeit sich, – was er selbst vollbracht und vollbringen sehen – schildern zu lassen, ohne daß er in reuiger Unterwürfigkeit auf seine Kniee gestürzt wäre und geschrieen hätte: halt' ein; ich will beichten und will ergänzen, was Du falsch erzählst! Nein, er blieb unbeweglich und unbewegt, heuchlerische Theilnahme zeigend; – sogar eine nichtswürdige Thräne zwang er sich aus den Augen, gerührt über die günstige Schickung, die es also fügen wollen, daß Carolinens Vermuthungen auf der Fährte jenes Weibes umherschweiften, deren wilder Gluth für Gustav der anonyme – nun leider! verbrannte – Brief Erwähnung gethan. Nach ihrer Meinung hätte die zwiefach Betrogene Mörder gedungen; diese hätten die That verübt –(wie? das blieb denn allerdings unerklärlich, denn die gleichwohl authentischen Aussagen der Wirthin sprachen jeder Erklärung Hohn!) – und einen Mord, den unersättliche Leidenschaft veranlaßt, noch obend'rein zum Raubmord erniedrigt. Die vermeintliche Urheberin hatte Deutschland schon verlassen vor Ausübung der That und war gerichtlicher Verfolgung unzugänglich geworden, – wenn solche, bei derlei schwankenden Indicien, überhaupt zulässig gewesen? Das wußte Caroline durch den Justizrath, mit welchem sie in schriftlichem Verkehre blieb. Daß sich die Dinge so günstig für ihn wendeten, *rührte* ihn wirklich; er empfand in seinem Innern *Dank gegen Gott* der ihn beschützen wolle. – Ihn, den Mörder! –

Resignirt, sich, wenn es so sein müsse, unbedingt zu liefern, war er nach Thalwiese gekommen.

Voll neuer Lebensregung und Hoffnung, ja, – wir dürfen auch das nicht unterdrücken, wollen wir unpartheiisch sein, – nicht ohne gute Vorsätze für die Zukunft, die sich aus seinem Trostspruche: ›ein gemeiner Mörder bin ich nicht!‹ entwickelten, verließ er Carolinen.

»Zuverlässig (so lauteten seine sophistischen Schlüsse) hat es auf Erden schon unentdeckte Mörder gegeben, die nicht erreicht von strafendem Arme irdischen Gerichtes, das ewige durch unsträflichen Wandel zu versöhnen strebten; denen in guten Thaten, in menschlichem Wohlwollen ihre Tage sanft verrannen; die sich von Blut und Laster rein wuschen im Strome der Zeit; die Entsündigung fanden, ohne ihr Haupt auf den Block zu legen. Ja, ich muß es bekennen, wie unglaublich es mir selbst klingt: noch nie war mir das Leben so werth, so wichtig, als seitdem ich es einem – Andern geraubt. O ich will, ich muß leben! –«

»Und frage nicht mehr, ob es rühmlich sei?« klang es in ihm nach. Er aber wußte nicht, ob dieß Citat aus einem seiner Lieblingsdichter, oder ob es aus ihm selbst herrühre? Wie er denn überhaupt bisweilen die Empfindung hatte, als bestehe er aus *zwei* verschiedenen Menschen, wovon der Eine für den Andern nicht verantwortlich, sondern nur veranlaßt wäre, ihn aufmerksam zu betrachten, um psychologische Studien an ihm zu machen. Diese Täuschung war besonders mächtig geworden während seines langen Besuches in Thalwiese, wo der Mörder sich in den Hintergrund zog, dem antheilsvollen Freunde, dem gebildeten Manne von Welt freien Spielraum zu gönnen. Erst in Schwarzwaldau trat Jener wieder hervor, sein theuer bezahltes Unrecht geltend zu machen; und da wurde Dieser alsobald sehr kleinlaut. Die Furcht, die gemeine Furcht des Verbrechers, der Verdacht und Entdeckung wittert, hatte sich allerdings vor Carolinens rückhaltsloser Herzlichkeit unbegründet erwiesen und war verschwunden; doch nur um einem unklaren Drange Raum zu machen, der genau untersucht in nichts Anderem bestand, als in dem Bedürfniß: nicht mehr von ihr zu weichen; sie stets zu umgeben; fortdauernd sich bei ihr in günstiger Meinung zu erhalten; ja, wo möglich durch ausschließlichen Umgang sich ihrer Gedanken zu bemächtigen, damit keiner in ihr aufsteige, der, weiter durchgedacht, zur Wahrheit führen könne.

Es gab nichts, was Emil abhalten mochte, diesem unwiderstehlichen Drange zu genügen: In Thalwiese war er gern gesehen. Caroline sprach gern von Gustav, hörte noch lieber von ihm sprechen und Emil fand wohlthätige Beruhigung darin, nur von dem todten Freunde zu reden;

zu schildern, wie theuer seinem Herzen der Selige gewesen; dessen Fehler zu entschuldigen, dessen Vorzüge zu preisen. Dabei log er nicht. Er empfand, was er sagte. denn er liebte Gustav jetzt, nachdem dieser seinen Verrath im Tode gebüßt, eben so innig, als er ihn in der blühendsten Zeit ihrer jungen Freundschaft geliebt hatte.

Anders stand es um Carolinen. Für sie war Gustav wirklich todt. Sie verschwieg sich's nicht: ihr hatte nur der Lebendige gelebt. Was ihre Sinne an ihn gefesselt, was ihr seinen Besitz zum höchsten Ziele zweijähriger schmachtender Sehnsucht gemacht; es moderte mit dem verstümmelten Leibe im Grabe. Ihre Liebe war mit dem Geliebten gestorben, sein Bild mit ihm eingesargt. Was ihr übrig blieb, lief zuletzt auf ein stilles Bekenntniß hinaus: er ist schön gewesen, unwiderstehlich, – sonst nichts!

Ihr *Freund*, das fühlte sie, wär' er niemals geworden; hätte er niemals werden können. Er war zu unbedeutend. Nur die Freundschaft ist es, welche die Liebe überlebt.

Aber Emil wurde ihr Freund. Sie gewann Achtung vor seinen geistigen Vorzügen, die sich auf dem dunklen Grunde seiner ernst-düstern Stimmung immer strahlender entwickelten. Für ihn vereinigten sich in ihrer Person und um diese, all' seine widerstreitenden Erinnerungen an Agnes und Gustav. Er glaubte sich zu entsühnen im dauernden Verkehre mit ihr. Er wurde in Thalwiese unentbehrlich. Dem alten Reichenborn gab er gute Rathschläge, sowohl über die Verwaltung der Wirthschaft, als über die erfolgreichsten Einleitungen zur Förderung seines Wunsches: den Namen ›von Thalwiese‹ tragen zu dürfen; der Mutter zeigte er unbedingte Verehrung und gewann sie durch Anhänglichkeit an ihr winterliches Stillleben; Gustav's Mutter sah in ihm ohnehin den Vater und Bruder (beides zugleich) ihres unglücklichen Sohnes; Caroline fand in ihm, was sie am Bräutigam auch in Stunden feurigster Gluth vermißt zu haben sich eingestehen mußte: Nahrung für Geist und Seele, die nur der Mann von höherer Bildung dem bildsamen Weibe spendet. Mit dieser Achtung aber, die sie ihm gern zollte, verbanden sich auch wiedererwachende Regungen ganz anderer Art. Sie trug, was sie für Gustav empfunden, bewußtlos auf den reiferen Mann über, der seinen Cultus für des jungen Freundes natürliche Anmuth mit Pietät fortsetzte. Emil von Schwarzwaldau gewährte ihr, was Gustav von Thalwiese nicht geben konnte und verhieß zugleich, was ihr in diesem begraben war: die Aussicht auf Ehestand. Denn daß er daran denke, Reichenborn's Tochter seine Hand, ihr mit dieser Stand und Namen darzubieten, daran zweifelte bald niemand mehr in Thalwiese; *sie* am Wenigsten.

»Des Ermordeten hinterlassene Braut, meine Gattin. – Diese Verbindung stellt mich sicher vor der letzten Möglichkeit zufälligen Argwohnes!« Das sagte er sich bei jeder Heimfahrt aus Thalwiese.

»Und Reichenborn's Vermögen! Caroline das einzige Kind, unbeschränkte Erbin! Schwarzwaldau und Thalwiese *ein* Besitzthum!« –

Am Sylvesterabend verlobten sie sich, zum Entzücken der Eltern.

Am Neujahrstage brachte ihm ein Bote, den, wie er mündlich berichtete: ›das Mamsellchen vom Schloße heimlich abgeschickt,‹ einen Brief.

Caroline hielt sich verpflichtet ihm zu bekennen, daß Gustav nicht mehr ihr Bräutigam, daß sie *sein Weib* gewesen, daß sie seine Witwe sei; daß sie dieß nicht verschweigen dürfe, und ihrem zweiten Verlobten das Recht des Rücktrittes einräume, wofern er über dieses Verhältniß im Irrthum geblieben und ihre bisherige Offenheit ihn nicht schon vorher aufgeklärt habe.

Emil erwiderte ihr sogleich: ›Für zwei Menschen, die mit einander ein neues Dasein beginnen, giebt es keine Vergangenheit mehr. Beide haben nur eine Zukunft. Für uns gilt das entschieden. Was geschehen, ist vergessen. Wir haben Schiffbruch gelitten; wir sahen in den Grund des Meeres versinken, was uns trug. Wir finden uns auf ödem Eiland. Dürfen wir fragen: wo ist geblieben, was Du einst besessen? Wir haben nur zu fragen: was haben wir uns noch zu geben? Was können wir uns sein? *Meine* Antwort bleibt unveränderlich: Nimm mich, *wie ich bin!*‹

In Thalwiese wurden sie getraut und Emil von Schwarzwaldau führte seine Frau gleich nach der Hochzeit in das Schloß, welches sie seit der Trennung von Agnesen nicht mehr betreten.

Da seine Dienerschaft die Hochzeitsfeierlichkeit in der Kirche mit angesehen und fest überzeugt, es werde derselben ein Mal folgen, sich mit der Rückkehr nicht übereilt hatte, so trafen die Neuvermählten vor Jenen ein und wurden von niemand empfangen.

Nur Hanns der Storch stand auf der Freitreppe des Portales und klapperte.

Neunundzwanzigstes Kapitel

Es ist noch kein volles Jahr vergangen. Der mildeste, reinste Herbst schmückt Wald und Flur mit bunten Blättern, Früchten, Beeren. Herr und Frau von Schwarzwaldau gehen im Park umher, heute, seit ihrer Verbindung zum Erstenmale in ehelichem Zwiste begriffen, der aber nicht von ihnen ausgeht, sondern von Thalwiese herübergedrungen ist und sie, ohne ihr Zuthun, ergriffen hat.

Die Erwartung, daß der reiche Schwiegervater mit vollen Händen einschreiten werde, Emil's verworrene und seit seiner langen Abwesenheit nicht mehr in's Geleise gebrachte Geldverhältnisse zu ordnen; – eine Erwartung, die, wie wir nicht verschwiegen, auch ihren Antheil am Abschluß der Heirath mit Carolinen hatte, – ist noch nicht in Erfüllung gegangen. Wäre bald nach der Hochzeit ehrlich darüber gesprochen worden, oder noch besser: kurz vorher, gewiß hätte nicht die geringste Weigerung von Seiten Reichenborn's Statt gefunden. Doch das ist unterblieben; Emil hat von Woche zu Woche das peinliche Gespräch hinausgeschoben; und seitdem hat der sonst angebetete Eidam die Gunst des alten Herrn verscherzt. Denn ach, das Gesuch um Verleihung des Adels, von Emil aufgesetzt, durch seine Freunde in der Residenz befördert, durch alte Gönner und Jugendgenossen seines verstorbenen Vaters bevorwortend eingereicht, ist abschlägig beschieden worden; und in einem so determinirten, dabei fast spöttelnden Style, daß jede Hoffnung für Gelingen eines zweiten Anlaufes abgeschnitten bleibt. Je sicherer Reichenborn sich auf des Schwiegersohnes Einfluß verlassen hat, um desto verdrüßlicher macht ihn dieser niederschlagende Ausgang und er hat mit der gekränkten Eitelkeit eines alten Mannes zu verstehen gegeben: wahrscheinlich wären die Anstalten zur Erfüllung seines sehnsüchtigsten Wunsches *absichtlich* vergriffen worden, weil *man* ihm den Adel nicht gönne! Ueber diese alberne Aeußerung hat Emil nicht ohne Bitterkeit gescherzt; Caroline hat solche Scherze, in des Vaters Seele hinein, übel genommen und es sind bei dieser Gelegenheit die garstigen Geldfragen im Allgemeinen zur Sprache gekommen. Caroline sieht ein, daß Emil sie und die Eltern über seine Vermögensumstände getäuscht habe. Er kann seine Verlegenheiten nicht mehr verheimlichen. Sie macht ihm Vorwürfe wegen seines Mangels an Vertrauen; er entgegnet: »Wenn man die einzige Tochter eines anerkannt so reichen Mannes heirathe, verstehe sich die Hilfe durch den Schwiegervater von selbst und es sei nicht nöthig vor der Hochzeit diplomatische Verhandlungen darüber zu pflegen.« Sie leitet aus dieser Behauptung die Möglichkeit her, Emil habe wohl gar die Ehe nur jener unentbehrlichen Hilfe halber geschlossen? Darüber spielt er den Beleidigten, oder ist er es in der That? Und der schöne Herbsttag verdüstert sich für die Schloßbewohner Schwarzwaldau's.

Wunder genug, daß der Friede zwischen ihnen fast zehn Monate hindurch gedauert! – Bei diesem Zündstoff, diesem Kriegsvorrath auf beiden Seiten! – Nur Emil's feige Gewandtheit vermochte so lange den Ausbruch hinzuhalten.

Caroline ist so ganz und gar der lebendige Gegensatz von der verstorbenen Agnes. Wo diese nichts von ihrem Gemal begehrte, als ungestörte Ruhe und Selbstständigkeit, begehrt Caroline eben nur Gattin, Eheweib, Besitzerin ihres Mannes zu sein. Wo Agnes in jungfräulicher Kälte nichts zu entbehren schien, was ihr versagt wurde, da fordert Caroline und macht ihre Rechte so lebhaft geltend, daß Emil, der ›das Joch der Liebe‹ *freundlich* zu tragen strebt, im Stillen doch nicht selten die Heirath verflucht. Freilich aber genügt ein Rückblick auf seine schwarze That, ihn mit neuer Geduld auszurüsten und er seufzt in (oftmals schwererrungener) Einsamkeit: »Besser noch, ich beuge den Nacken unter's Joch, als über den Henkerblock.«

Deßhalb kommt es auch dießmal zu keiner Widersetzlichkeit; er fügt sich bescheiden; gesteht in Demuth sein Unrecht ein; und erkauft, theuer genug, durch erzwungene Zärtlichkeiten seiner Gemalin huldreiches Versprechen: sie werde mit Papa reden, um zu sehen, was sich thun lasse? Auch gelobt er heilig, Alles aufzubieten, daß ein zweites Gesuch glücklicher wirke und vielleicht doch das Adelsdiplom noch errungen werde?

Als er sich aus den Armen der endlich versöhnten Frau gewunden, begab er sich an den Schreibtisch, wo er Briefe über Briefe aufsetzte, die zu diesem Zwecke für die Residenz bestimmt waren. Wobei er in kaum verhaltener Wuth murmelte: »Welch' ein alter Esel, mein Schwiegervater! Wie dumm, ein neugebackner Edelmann werden zu wollen, ohne den einzigen Entschuldigungsgrund, daß er etwa einem Sohne mit vielem Gelde zugleich einen Schatten von Rang hinterlassen möchte! Mit ihm sterben, wenn wir ihn dazu machen, die Thalwiese's aus! Er soll sich vorsehen! Er soll mich nicht auf's Aeußerste bringen, durch seine Zähigkeit, der alte Filz! die letzten Thalwiese sind nicht sicher vor mir. Sein Vorgänger starb von meinem Dolche; . . . ich muß wider Willen fortwährend an Franz denken, und an seine Hamburger Abhandlung über meinen Schauder vor Blut; wie er von dem Tode durch Gift redete . . . . Heiliger Gott, wohin gerath' ich?« –

Und er warf sich vor dem Schreibtisch wie vor einem Altar auf die Kniee und betete: »Vergieb mir die Sünde, barmherziger Schöpfer!«

Aber die Gedanken an Franz wollten nicht von ihm weichen. Seitdem er den gefährlichen Vertrauten vor einem Jahre zum Hafen geleitet, hatte er ihn nicht mehr so lebendig im Sinne gehabt, hatten sich ihm die gefürchteten Züge des Frechen nicht so aufdringlich vor die Seele gestellt, als an diesem Abend. Den unwillkommenen Gast seiner Phantasie zu verscheuchen, begab er sich vom Schreibetische nach dem Gartensaale, wo sie den Sommer über, bei offnen Flügelthüren, Thee getrunken, wo es Carolinen besser gefiel als sonst im ganzen Schlosse, von wo der Herbst sie noch nicht vertrieben, ja wo sie sich am Liebsten auch über Winter eingerichtet haben würde, hätten die Ofensetzer nicht erklärt, daß sie den großen Raum zu durchwärmen sich nicht anmaßten. Es war ein großes Gefilde, dieser Saal, hineingebaut in den Park, mit Glasthüren versehen, die eigentlich nur Fenster waren und mit Fenstern, die man Glasthüren nennen durfte, denn es wäre ein Leichtes gewesen durch sie geraden Schrittes in's Grüne zu gelangen. Caroline hatte die Leere des öden Raumes, der dunkeln glatten Marmorwände mit Wäldern von Blumen und Gesträuchen füllen und bedecken lassen, die in blendend weißen Geschirren auf hohen Gestellen hübsch gruppirt günstigen Eindruck und den ursprünglich für ausgebreitetes Familienleben angelegten Aufenthalt auch für ein kinderloses Paar behaglich machten. Dort in der Dunkelstunde sie zu finden, darauf durfte der von bösen Gedanken und schwarzen Bildern Beängstigte sich verlassen. Und fürwahr: seine Gedanken mußten recht schlimm und die Bilder sehr schwarz sein, sollten sie ihn wiederum zurückscheuchen an die Seite Derjenigen, an die er sich, – was er vor wenigen Stunden erst so bitter empfunden! – an die er sich *verkauft* hatte, ohne doch durch den Handel sich aus allen Bedrängnissen befreit zu sehen. Zu seinem Troste fand er sie dießmal wenig geneigt, ihn entgelten zu lassen, welche Rechte sie an ihn habe. Auch sie schien Gedanken hingegeben, die nicht der unmittelbaren Gegenwart gehörten; auch sie beschäftigte sich mit Bildern der Vergangenheit, auch in Trauerflor gehüllt, auch von Blut gefärbt. Sie war – bei Gustav. Bei dem einst Geliebten, dessen sie nicht ein einzigesmal Erwähnung gethan, seitdem sie in Schwarzwaldau lebte; den zu nennen, sie absichtlich vermieden. Heute empfing sie ihren Gemal mit der wunderlichen Versicherung: der Ermordete sei ihr erschienen; sie habe hier sitzend dem Spiele der gelben Blätter zugeschaut, die der Wind über den Rasen jagte und habe dabei, wie man so wachend träumt, goldene Münzen vor sich zu erblicken gewähnt, weil sie nachgesonnen, auf welche Weise sie den Vater am Leichtesten bewegen werde, Zahlung zu leisten; . . . »da ging *er* , jenseits der großen Wiese, den Thränenweiden zu, unter denen Agnes begraben liegt. Ich erkannte ihn deutlich, obwohl der Tag sich schon neigt; seine Gestalt hob sich auf dem Spiegel des See's scharf hervor. Er wendete sich dem Schloße zu und machte eine drohende Geberde hier herüber. Dann verschwand er hinter den Weimuthskiefern.«

»Thorheiten!« sagte Emil.

»Warum? Kann er's nicht in Wahrheit gewesen sein? Du weißt, ich glaube nicht an Gespenster, die Mehreren zugleich einen groben sinnlichen Spuk vorgaukeln. Wir sprachen oft über die Unmöglichkeit solcher Dinge. Aber ich glaube an die Fortwirkung abgeschiedener Seelen auf die unsrigen. Glaube, daß es bisweilen in ihrer Macht liegt, uns Mittheilungen zu machen, welche sich in Gestalt äußerlicher Erscheinungen kleiden, während sie doch von unserm Innern ausgehen.«

»Und da hätte Dein – Bräutigam bis heute warten sollen? Und warum gerade heute?«

»Weßhalb nicht? Kann er mir nicht einen Wink geben wollen, daß immer noch zu wenig geschehen sei, die Mörder zu verfolgen? Daß vielleicht jetzt Zeit und Gelegenheit günstig sind, sie zu entdecken?«

»Redest Du im Ernst, Caroline? *Glaubst* Du an Dein ›Weßhalb‹? Ich denke, Du machst Dir einen Scherz, meine Leichtgläubigkeit auf die Probe zu setzen?«

»Nichts weniger! Mich erfüllt im Gegentheil die bestimmte Ahnung: es wird uns gelingen, in den nächsten Tagen, eine sichere Spur aufzufinden und ich rechne auf Deine Beihilfe.«

»Auf diese kannst Du rechnen,« sagte Emil mit einer Festigkeit, über welche er selbst sich erstaunen fühlte. »Verfolgen will ich jede Spur, die sich darbietet, – aber *finden* mußt *Du* sie. Ich wüßte keine zu suchen.«

»Hatte, was ich zu sehen gewähnt, tiefere Bedeutung; war es nicht ein leeres Spiel getäuschter Augen, dann wird Suchen und Finden leicht; dann zeigt *er* mir den Weg.«

Sie sprachen noch lange für und wider, bis sie zu Bette gingen.

Caroline besaß, – eine Mitgift ihres Vaters, – den gesegneten Schlaf, dessen Jener sich erfreute. Sie konnte lange wach bleiben, wenn geistige, oder sinnliche Aufregungen sie belebten. Aber gab sie sich erst dem angeborenen Bedürfnisse hin, so schlief sie fest und unerwecklich. Kanonenschüsse, vor ihrem Lager losgebrannt, hätten sie nicht munter gemacht, ehe die Natur empfangen, was sie an Ruhe bedurfte. Diese Eigenschaft kannte Emil hinreichend. Sie war ihm zu Statten gekommen für manche Nacht, wo er sich vom Lager wegstahl, um nach alter Weise sein eigener Herr zu sein und nicht den Athemzug eines andern Wesens neben sich zu hören. Auf diese Stunden verwies er auch heute seine Ungeduld, die weit entfernt an einen Wink aus der Geisterwelt zu glauben, die Veranlassung der Vision anders erklärte:

»Mit Boten aus *jener* Welt dürft’ ich schon fertig werden; wenn es nur nicht ein Besuch aus dem Theile der *Erden* welt ist, die man die neue nennt! Wenn es nur nicht – –?« Er sprach den Namen nicht aus. Er zitterte schon, ihn nur zu nennen.

Emil hatte gethan, was in seinen Kräften stand, die unheimlichen Erinnerungen an den Todten durch lebendige Beweise aufrichtiger Neigung zu verwischen, Carolinens störende Einbildungen zu beschwichtigen und die beunruhigte Frau in den Zustand des Friedens zu versetzen, der einem gesunden Schlummer Förderung verspricht. Wie die Wärterin dem schreienden Kinde alle möglichen Spiele und Näschereien für den künftigen Tag zusagt, damit es nur endlich die Augen schließe und ihr gestattet sei, ihre Augen von dem lästigen kleinen Tyrannen ohne Verantwortlichkeit ab- und eigener häuslicher Beschäftigung zuwenden zu dürfen; so lullte und sang er sein großes Kind, seine gewaltige Tyrannin mit süßen Weisen erlogener Liebe ein, indem er gelobte, morgenden Tages mit ihr gemeinschaftlich zu berathen, was ihrerseits geschehen könnte, die vergeblich auf Rache harrenden Manen Gustav's zu versöhnen. Sie entschlief in seinen Armen, mit schlaftrunkenen Sinnen und lallender Zunge ihn ›Gustav‹ anredend, wo sie ›Emil‹ sagen wollte; den Ermordeten mit dem Mörder verwechselnd. Emil schauderte zusammen, doch er hielt sich und zeigte nichts von Entsetzen. Er führte seine schwere Aufgabe durch, bis die letzten Küsse auf des ermatteten Weibes Lippen hinstarben ohne Erwiderung; bis sie leblos lag. Dann stellte er auch allerlei Versuche an, ob es auch schon der ›echte, rechte Reichenborn'sche Familienschlaf‹ sei, der sie überkommen? Einer nach dem andern fiel befriedigend aus. Zuletzt begann sie zu schnarchen.

»Der ganze Vater!« murmelte Emil, wendete ihr den Rücken, kleidete sich wieder an und eilte, wohin finstere Vermuthungen ihn zogen, in die Finsterniß hinaus, die sich aber, als er nur einige Schritte in ihr gethan, für ihn sogleich in eine, von Myriaden leuchtender Sterne erhellte Dämmerung umwandelte; so daß er jeden dürren Grashalm, jede abgeblühte Blume unterscheiden konnte.

»Zu Agnesens Grabe!« flüsterten die im Nachtwind sausenden Zweige der hohen Bäume; »Gustav's Geist, oder – den Andern? Du findest diesen wie Jenen bei ihrem Grabe, wenn Einer von Beiden auf Dich wartet!«

Die Bäume hatten gut flüstern, säuseln und geisterhafte Klänge lispeln. Emil wußte, *wer* seiner wartete; es konnte nur Franz Sara sein. Doch als unter den Thränenweiden am See nun wirklich die von Carolinen beschriebene Gestalt sich bewegte und mit dem heiseren Ausrufe: »bald hätt' ich die Geduld verloren!« einige Schritte vorwärts that, da stockte Emil's Blutlauf und seine Haare sträubten sich auf dem Kopfe, denn er wähnte, den Ermordeten vor sich zu haben. Doch Franz ließ ihn nicht in Zweifel, wer er sei:

»Nicht wahr, jetzt gleiche ich ihm entschiedener als sonst? Ich habe mir Bart und Haupthaar gefärbt, bin geschniegelt und gelockt wie er, trage mein Halstuch nach seinem Muster und befleißige mich seines Ganges! Es freut mich, daß Sie mich erkennen, werther College. Aber für Sie ist die Täuschung nicht berechnet. Sie gilt lediglich dem dummen Volke hier und in Thalwiese; denn ich habe verschiedene Gründe, mir die Leute möglichst weit vom Leibe zu halten und das wird niemandem leichter, als dem Gespenst eines Verstorbenen; besonders wenn mit dessen Tode so allerlei kleine, pikante Nebenumstände verbunden waren, wie bei dem charmanten Herrn, auf dessen Namen ich umzugehen und zu spuken trachte. Nun, willkommen im deutschen Vaterlande, Emil! da Sie mir diesen freundlichen Gruß nicht bringen, so muß ich ihn zuerst aussprechen; es ist aber unhöflich von Ihnen.«

»Ich glaubte Dich in Amerika?« – weiter brachte Emil nichts heraus.

»Ich glaubte mich selbst schon dort! Ich dachte schon, wie Sie wissen, an meine Farmen, Blockhäuser und Heerden; dachte schon an die Namen, die ich meinen Besitzungen verleihen wollte; dachte und dachte. Doch wie der Berliner so richtig und tiefsinnig sagt: ›*Dachte* sind keine Lichte!‹ es ist ein großes Wort. Mein Licht ist mir ausgegangen und zwar in London. Ich machte daselbst nähere Bekanntschaft mit einem Ehepaare, dem ich bei der Ueberfahrt begegnet war. Es wollte auch in die neue Welt. Der Mann war schon einmal drüben gewesen, kannte die Gelegenheit, hatte sich ein junges Weib in Deutschland geholt und schlug mir vor, in Compagnie mit ihm zu treten. Er nahm meine Gelder in Verwahrung, traf die Vorbereitungen zur Reise, besorgte die nöthigen Einkäufe und ich hatte unterdessen die Obhut über seine schöne Hälfte. Es war eben ein Compagniegeschäft; – wie dergleichen öfter vorkommt; Sie wissen – Nur mit dem Unterschiede, daß er sich heimlich einschiffte, mein Capital mitnahm und seine Frau mir überließ, Das ging, so lange es dauerte. Und als es nicht mehr gehen wollte, ging *ich*, und hier bin ich. Sehr erfreut, Sie frisch und munter zu finden. Doch ich bemerke mit Leidwesen, daß Ihre Freude über meine glückliche Ankunft größer sein könnte. Sie ließen mich lange hier auf sich warten und ich hatte doch schon vor Sonnenuntergang alle möglichen Zeichen und zuvorkommende Winke nach Ihrem Arbeitszimmer hinauf gegeben, wo ich Sie am Fenster sah?«

»Diese Winke hab’ ich nicht bemerkt; habe Dich nicht gesehen.«

»Nicht? Ei, das überrascht mich! Was hat Sie dann veranlaßt, mich aufzusuchen?«

»Meine Frau sagte mir . . .«

»Ihre Frau? Sie sind zum Zweitenmale in den Stand der heiligen Ehe getreten? das ist sonderbar! Das ist, wenn Sie erlauben wollen, unbegreiflich! Nach Ihren Erfahrungen . . . doch darf ich mir erlauben, zu fragen, wer die Glückliche ist, die . . .«

»*Seine* Braut. Caroline Reichenborn wurde Frau von Schwarzwaldau.«

»Ach, mein Compliment! Das ist, was der Mann meiner lieben Frau in London den großen **coup** nannte. Vorzüglich! Sie haben Fortschritte gemacht während meiner kurzen Abwesenheit. Speculationen waren sonst Ihre Stärke nicht. Im Gegentheil, bei Geldsachen pflegten Sie immer den Kürzeren zu ziehen. **Exempla sunt odiosa.** Darum hegte ich einige Besorgnisse, meinen an Sie zu richtenden Forderungen dürften sich mancherlei Hindernisse entgegenstellen, die nicht so leicht zu beseitigen wären. Diese Besorgniß schwindet nun. Reichenborn’s Schwiegersohn reitet auf einem großen Goldsack und er braucht diesem seinem Roß nur in’s Maul zu greifen, so hat er volle Hände und kann ausstreuen nach allen Seiten hin. Sie werden einsehen, daß ich Geld brauche – und viel! In Europa kann und will ich nicht bleiben. So groß es ist, für uns Beide ist es gewissermaßen doch zu klein; wir würden uns immer wieder begegnen; danach sehnen Sie Sich nicht und mir liegt nichts daran. Auch sind meine schriftlichen Ausweise bei der übereilten Abreise von London etwas mangelhaft geworden, so daß eigensinnige Polizeibehörden daran mäkeln könnten. Für *uns Beide* ist es besser, wenn ich meine Rolle als **revenant** so bald wie möglich schließe. Geben Sie mir dazu die Mittel und knickern Sie nicht. Was sind zehn- – sagen wir: fünfzehn Tausend Thaler für Reichenborn’s Erben?«

»Ich gab Dir schon, über meine Kräfte. Du hast es schmählich vergeudet in wenigen Monaten. Jetzt bin ich selbst in drückenden Verlegenheiten und es ist noch gar nicht entschieden, ob Carolinens Vater sich bewegen läßt, mir beizustehen? Ich kann über solche Summen nicht gebieten. Ich *habe* sie nicht, – aber *wenn* ich sie hätte, ließe ich mir von Dir nichts mehr abtrotzen. Gehe, oder bleibe! Thu’ was Du magst. Dein Kopf sitzt nicht fester, als der meinige. Ich fürchte Dich nicht!«

»Darüber läßt sich noch streiten, edler Gebieter. Wenn ich so dumm wäre, hinzugehen und bei Gericht zu deponiren: Ihr wünscht zu wissen, wer den jungen Thalwiese abgeschlachtet? Ich will’s Euch entdecken: ich hielt ihn fest, mein Herr führte den Dolch und so weiter . . . nun, dann wär’ ich passabel dumm, das ist klar. Denn mich würden sie gleich festhalten und dann erst auf Sie fahnden. So sehen Sie den Stand der Dinge an und deßhalb fürchten Sie mich nicht. Wie aber, wenn ich ein Briefchen einsendete, ein Briefchen erst jenseits der großen Salzpfütze geschrieben, worin ich alle nöthigen Nachweisungen ertheilte, Punct für Punct auseinandersetzte, und den Herrn Criminalisten die ganze, schöne Begebenheit, sammt ihren bisjetzt unauflöslichen Widersprüchen erklärte? Meinen Sie nicht, daß Ihnen ein solches Briefchen Unbequemlichkeiten zuziehen müßte? Sie würden anfänglich leugnen, ich geb es zu. Doch auf die Länge verwickelt man sich; die Rechtsgelehrten wissen ihre Fragen so verdammt schlau zu stellen . . . und die gute Wirthin von Neuland würde nicht zögern, sich Ihrer liebevoll zu erinnern! Und Ihr Lohnkutscher . . . und die Postillone . . . und so fort bis Hamburg . . . Sie glauben gar nicht, wie neugierig so ein Untersuchungsrichter fragt, wie unermüdlich er forscht, wie ein Amt dem andern in die Hände arbeitet, wie naiv die Zeugen antworten, ach, und welchen Kummer es mir in fernen Landen verursachen würde, müßt' ich hören, oder gar lesen: meine armselige Feder habe solchen garstigen Brei eingerührt.«

»Auf Ehre, Franz; ich habe kein Geld; weiß keines aufzutreiben; war niemals ärmer als jetzt. Ich lebe in einer Abhängigkeit . . .«

»Na, das klingt besser, wie zuvor. Sie trotzen nicht mehr; sind bereit guten Rath anzunehmen. So wollen wir denn unser gemeinschaftliches Interesse zwei vernünftigen Männern gleich wahrnehmen. Sie haben kein Geld? Ich glaub's Ihnen. Caroline wird welches haben.«

»Ich weiß es nicht!«

»Zuverlässig. Ohne Nothpfennig läßt ein Reichenborn seine einzige Tochter nicht vom Herrenschlosse in Schwarzwaldau Besitz nehmen. Sie wird doch eine Chatoulle mitgebracht haben? So eine aus altgebräuntem schweren Mahagonyholze gebaut, mit blanken Messingbeschlägen, künstlich versteckten Schlössern, nebst dazu gehörigem Schlüssel mit einem Barte, welcher den schönsten Hieroglyphen ähnelt. Wo diese Cassette steht, werden Sie wissen. Wo der Schlüssel liegt, werden Sie auskundschaften. Wie Sie dazu gelangen, wird Ihnen Ihr Talent sagen. Ist der baare Vorrath nicht genügend, so nehmen Sie zu Hilfe, was von Schmuck vorhanden. Richten Sie's geschickt genug her, an Schlössern und Schüben, daß Diebstahl durch Einbruch und Dietriche vermuthet werde. Morgen Nacht um diese Zeit bin ich wieder hier. Daß Sie nicht ausbleiben, dafür bürgt mein Briefchen **in spe**. Jetzt will ich mich aufmachen, mein Versteck zu erreichen: der Tag ziemt sich nicht für Gespenster. Sie, mein süßer Neuvermählter, eilen Sie dem beglückenden Lager unserer Freundin Caroline zu!«

Emil blieb allein. Er lauschte ein Weilchen auf den im Gebüsche verhallenden Tritt seines ehemaligen Dieners. Dann warf er sich bei Agnesens Grabstein auf den Rasen und blieb liegen, wie ein Sterbender. Der furchtbare Zwang, den er sich um ruhig zu scheinen, anthun müssen, ließ jetzt auf einmal nach. Das volle Gefühl seiner Schande und Verworfenheit überkam ihn. Noch einmal bemächtigte sich seines Herzens eine dumpfe, trostlose Reue. Doch sie gelangte nicht zur rechten Herrschaft über ihn. Nach und nach gewannen böse, selbstsüchtige Regungen wieder die Oberhand und er fing an zu sinnen, wie er sich aus des Nichtswürdigen Krallen losmachen könne? Erst der frostige Hauch des heranbrechenden Morgens trieb ihn vom bereiften Grabe.

Carolinen fand er noch schlafend und er hütete sich wohl, sie zu erwecken.

Einunddreißigstes Kapitel

Es ist schon unerträglich genug, einen halben Tag in Unschlüssigkeit hinzubringen, ob man zum Beispiel ausgehen und sich herumtreiben? oder ob man zu Hause bleiben und irgend eine fleißige Beschäftigung vornehmen soll? Finge der Regen, der da so ungewiß am Himmel hängt und eben auch zu keinem Entschluße gelangt, soll er sich verziehen, oder nicht; finge er nur in Strömen zu gießen an! Es wäre ja gut; die Entscheidung wäre da: man machte sich's bequem, griffe zum Buche, oder zur Feder und gäbe jegliches Gelüsten nach Zerstreuung auf. Aber so lange noch immer Möglichkeit vorhanden, daß schönes Wetter eintrete, geht man nicht und bleibt man nicht und steht wie ein rechter Esel zwischen zwei Heubündeln, ohne von einem zu fressen.

Das ist ein flaches, alltägliches Gleichniß, dessen Wahrheit nichts destoweniger ein Jeder in vorkommenden Fällen an sich selbst erprobt und seine *Unschlüssigkeit* verwünscht haben wird.

Und was ist sie, wie wenig bedeutet sie, wie gering sind die eingebildeten Leiden, die sie schafft, wo es sich nur um Spazierengehen und Zuhausebleihen handelt? Wo kein Kampf des Guten mit dem Bösen, oder was noch schlimmer ist, kein Kampf böser Geister statt findet, die untereinander feindselig sind und das Herz eines Menschen zum Tummelplatz ihrer Streitigkeiten ausersehen haben. O der Wahnsinnige! Er überläßt ihnen die eigene Brust als Schlachtfeld und sollte doch wissen, daß der Sieger, – siege nun Jener oder Dieser, – gegen *ihn* verfahren wird, wie in *Feindes* Land.

Emil war nur *eines* Vorsatzes sicher: Carolinen diesen ganzen Tag hindurch in günstiger Stimmung zu erhalten, sie zu zerstreuen, sich ihr auf jede Weise angenehm zu machen, auch nicht die leiseste Klage gegen sich aufkommen zu lassen, sie durch Aufopferungen und Zuvorkommenheiten gleichsam zu ermüden, damit sie in guter Laune entschlafe und er dann Herr seiner Nacht sei!

Was er in dieser Nacht unternehmen werde, darüber war er noch nicht einig mit sich selbst. Und weil ihm keine Zeit blieb, in unbelauschter Einsamkeit furchtbare Entschlüsse abzuwägen, deren mögliche Folgen durchzudenken, zwischen niedrigem Diebstahl und tückischem Morde zu wählen, so sah er sich gezwungen, diese fürchterliche Prüfung in seiner Seele vorgehen zu lassen, während er scheinbar nur für Diejenige lebte, welche neben ihm Frohsinn und Heiterkeit entfaltete. Es gelang ihm vollkommen, die Täuschung durchzuführen.

Und gehört es nicht unter die schrecklichsten Geheimnisse der menschlichen Natur, daß auch der moralische Schwächling bei Verbrechen oftmals eine Kraft entwickelt, die ihn gerettet haben würde, wenn er sie auf edle Zwecke dauernd zu richten vermöchte?

Caroline gestand, ihr Gemal sei liebenswürdiger als je und dieser Tag unbedingt der glücklichste ihrer Ehe. Sie erbot sich wiederholt, heute nach Thalwiese zu fahren und den Versuch auf Reichenborn's Casse zu wagen.

Damit konnte sich Emil nicht einverstanden erklären, damit war ihm nicht geholfen für die nächste Nacht. Jede Unterstützung aus des Schwiegervaters Händen mußte nothwendig den offnen Geschäftsweg nehmen. Was gestern noch dringendes Bedürfniß, sehnlichster Wunsch gewesen, genügte nicht mehr, wo es darauf ankam, den drohenden Franz in tiefster Heimlichkeit zu befriedigen, ihn zu entfernen. Dazu gehörte die freie Verwendung einer großen Summe, eines bedeutenden Werthes, worüber keine Rechnung verlangt wurde. Ob Caroline im Besitze solcher Summe sei? Ob Reichenborn's Vaterliebe unkaufmännisch genug gewesen, der verhätschelten Tochter ein todtes Capital mitzugeben, damit es, in der Chatoulle liegend, ohne Zinsenertrag nur als Simbol außergewöhnlicher Großmuth gelte? Darüber wußte der Gemal nichts Bestimmtes. Einige in's Gewand des Scherzes gehüllte Fragen erreichten keine genügende Antwort. Caroline ließ sich darüber nicht aus, wie bedeutend, oder wie gering ihr ›Nothpfennig‹ sei.

»So bleibt nichts übrig, als ihn ohne Dein Wissen, Krämertochter, zu zählen!« dachte Herr von Schwarzwaldau, indem er sie voll Inbrunst umarmte und liebkosend lispelte: »wir wollen die widrigen Geldsachen für heute ganz vergessen und nur unserer Liebe leben!«

Und wahrlich das thaten sie. Den köstlichen Herbsttag in seinen goldensten Stunden zu genießen, ertheilten sie den Befehl, das Mittagessen solle in ein Souper verwandelt werden. Sie fuhren bei wärmstem Sonnenschein in's Freie, und weil Caroline, durch die Erinnerung an Agnesens Ende gewarnt, ein für allemal erklärt hatte, Emil dürfe nie die Zügel führen, wenn sie im Wagen säße, so hatte sie ihn neben sich und er konnte, gleichsam im Uebermaße wonniger Behaglichkeit, sein Haupt an ihre Brust schmiegend, durch zärtlichen Halbschlummer den Schlaf nachholen, den, wie er sagte, er jüngst vergangene Nacht entbehrt. Sie zog den Handschuh aus und schmeichelte mit zarten Fingern die gutgehaltenen Locken, bis an die Wurzeln den vollen Haarwuchs durchwühlend.

»Wie Dein Kopf brennt! Wie Du glühst! Wie es da drinn hämmert! Leidest Du Schmerzen? Hast Du Fieber?«

»Ich kann die Nacht nicht erwarten!«

Was er so zweideutig sagte, – und es entschlüpfte ihm fast wider seinen Willen, – nahm sie in *ihrem* Sinne auf. Sie faßte eine ganze Hand voll Haare, zog ihn heftig empor, seinen Mund an den ihrigen und ließ ihn sobald nicht los.

Beide zitterten. Sie schrie laut auf. Er hatte sie in die Lippe gebissen.

»Es blutet,« sprach er bebend.

»Für solche Wunden,« sagte sie, »giebt es baldige Heilung.«

»Das ist ja ein ewiges Geküsse,« murmelte der Kutscher; »die versteht's besser, wie unsre Selige!« Dreimal wollte der Kutscher die Pferde heimlenken. Dreimal hieß Emil ihn neue Pfade einschlagen und wenn Caroline meinte, nun sei es doch wohl genug gefahren, rief er entzückt: »nur noch ein Stündchen! laß' uns den himmlischen Tag ganz auskosten, vielleicht ist's der letzte – in diesem Herbst. Und wenn sie dennoch darauf bestand, in's Schloß rückzukehren, dann umschlang er sie und bat: »nur noch ein Stündchen; es ist zu schön!« Worauf sie dann sagte: »ja, mein Freund, es ist wunderschön, nur zu warm für die Jahreszeit und warmer Herbst macht unglaublich müde; ich werde schon schlaftrunken.«

»Desto besser,« sprach er, und umschlang sie wieder.

Endlich bei Tisch, zwang er sie durch allerlei verliebte Trümpfe und Drohungen, mehrere Gläser süßen, starken Weines zu trinken und wußte dann das ohnehin schon zum Abendessen gewordene Mittagsmal bis nach neun Uhr auszudehnen, wobei er sprudelnden Witz und eine solche Fülle von Belesenheit entwickelte, daß sie ihre Müdigkeit bezwang, aufmerksam lauschte und öfters bewundernd ausbrach: »Du bist unerschöpflich, Emil! Geistvoll, feurig, lebendig, wie ein Jüngling!«

»Das bin ich auch,« prahlte er; »weil ich als Jüngling lebte wie ein Mann, besonnen, mäßig, bleib ich als Mann frisch und lebendig wie ein Jüngling. Unsere jungen Herren sind gewöhnlich am Ende, wenn sie erst anfangen sollten. Stoß' an und trinke mit mir: auf dauernde Jugend, auf immer junges Glück!«

Sie leerte das dritte Glas. Dann ließ sie sich von ihm zur Ruhe geleiten. Er schickte das Kammermädchen fort und versah dessen Dienste.

»Ich schäme mich,« stammelte Caroline; »ich bin berauscht. Eine Frau, die Wein getrunken, ist gräßlich«

»Eine Frau, die einen so allerliebsten, kleinen, graziösen Haarbeutel trägt, wie Du,« erwiderte er, »ist hinreißend, unwiderstehlich; und von heute an, schick' ich Dich täglich mit solchem Räuschlein zu Bette.«

Heute bedurft' es nicht langweilender Wiegenlieder, sie einzusingen. Binnen einer Viertelstunde war sie – ›unschädlich.‹ – So nannte er's. Nun ging er an's Werk. Und hätte die Schlafende ihn jetzt gesehen, sie würde den Mann in ihm nicht erkannt haben, dem sie kurz vorher Bewunderung gezollt. Dieselben Züge, denen er diesen ganzen Tag hindurch anmuthiges Lächeln, verbindliche Huldigung aufgezwungen, zeigten sich nun, der Verstellung ledig, schlaff, gemein, voll hämischer Bosheit, welche nicht allein dem Quäler Franz, welche auch der *Quälerin* Caroline galt. Denn: »Haß und Tücke, die man zurückgiebt, quälen doch weniger, als Zärtlichkeit, die erwidert sein will!« sagte er.

An tückischem Hasse gegen Franz fehlte es dem Herrn von Schwarzwaldau nicht in dieser Nacht. Gleichwohl zeigte sich auch Furcht vor dem entschlossenen, kalten Schurken, ›dem würdigen Eleven des Zuchthauses, der, was er auf jener Universität einst theoretisch erlernt, jetzt zur practischen Anwendung brachte.‹ Ihm, *wo möglich* , den Mund zu stopfen, durfte nichts unversucht bleiben, ehe das Letzte gewagt wurde!

Emil suchte umher in allen Körben und Körbchen, in den kleinen Fächern des Nähtisches, sogar unter dem Kopfkissen seiner Frau nach dem Schlüssel zu ihrem Secretair, – doch vergeblich! daß sie ihn ganz einfach oben auf, unter das hölzerne Gestell der Stutzuhr, geschoben haben könnte, fiel dem Hastigen nicht ein. Er holte seine Schlüssel herbei, um zu versuchen, welcher von diesen passe? Denn in ihren Secretair mußte er eindringen; nur dort war der Chatoullenschlüssel zu suchen. Nicht lange brauchte er zu probiren. Gleich der Schlüssel seines eigenen Secretairs öffnete den ihrigen. Er that einen Freudenschrei. Sie fuhr im Schlafe auf und rief ihn bei Namen. Er schlich an's Bett, sich über sie beugend: »Verlangst Du nach mir, Theure?« – Keine Antwort, als ein sanftes Schnarchen. – »Holde Tochter eines dicken Vaters,« sprach er und wendete sich wieder an die Diebesarbeit. Aber wie er auch Schub um Schub durchwühlte, der krausbärtige stählerne Zwerg, der einzig und allein den Zugang zur Chatoulle bewachte, war tief versteckt, ließ sich nicht finden, obgleich unzählbare, leise geflüsterte Flüche ihn beschwören wollten. Die Zeit verlief. Es blieb nichts übrig, als die schwere Platte wieder zu schließen, wobei sich ein Widerstand im Schlosse zeigte, der starken Druck nöthig machte; und sein Heil, ohne Zwerg, an der Chatoulle zu versuchen, die unter Carolinens Bette stand. Emil zog sie hervor und übte sein Geschick für solche Künste zum Erstenmale. Doch er hätte eben so leicht mit der Pistole einen Stern vom Himmel herunter schießen, als mit einem seiner ehrlichen deutschen Schlüsselchen Eingang finden können in den verzwickten, Schlüsselloch genannten Mund des englischen Goldbehälters. Er hob diesen mehrmals und fand ihn höchst gewichtig, doch immer noch zu handhaben. »So nehm' ich die Chatoulle verschlossen mit mir,« murmelte er; »es bleibt nichts Anderes übrig.« – Schon stand er vor der Glasthüre des Gartensaales, schon hatte er die hölzernen Flügel, die zum Schutze inwendig angebracht waren, zurückgeschoben, – da ergriff ihn die Besorgniß, was morgen geschehen solle, wenn Caroline den Raub entdeckte? Wenn vielleicht das Stubenmädchen beim Ausfegen den kleinen braunen Unhold unter'm Bette vermißte und Lärm schlüge? – »Das kann zu höchst peinlichen Vermuthungen führen, ehe ich noch etwas Wahrscheinliches erfinde, den Verdacht des Raubes von mir ab und auf andere Fährten zu leiten. Deßhalb darf ich die Chatoulle *ihm* nur überlassen, wenn es *gar* keinen Ausweg weiter giebt! Und giebt es einen? –«

Emil stand einige Minuten lang unbeweglich. Sein Arm senkte sich unter der Last des verschlossenen Goldes. Er ließ sie auf die Marmorfliesen des Fußhodens gleiten und von einer wilden Eingebung getrieben, stieg er nach seinem Zimmer hinauf, wo er, ohne erst Licht zu machen, mit sicherem Griff aus dem Waffenschranke etwas hervorholte, was er in den rechten Aermel seines Rockes schob.

Was war es doch? Ein Stilet, sein schon gebrauchter Dolch? Ein Terzerol? Eine Taschen-Pistole? Nichts von all' dem! Und dennoch eine Waffe! Ein gefährliches Mordinstrument!

Sie waren damals eben in die Mode gekommen, jene kurzen, elastischen, mit einem Geflecht von schmalen Lederriemchen umsponnenen Metallstäbchen, an deren beiden Enden zwei dicke Bleikugeln sitzen, ebenfalls von Leder umhüllt. Das Ding (**life preserver** nennt's der Engländer,) sieht nach nichts aus, doch richtig geführt, schmettert es Hirnschädel zusammen, als ob es Eierschalen wären! Emil hatte dieses in Hamburg gekauft, am Tage *nach* Franzens Abreise.

»*Er weiß* nicht, daß ich es besitze! – Nun zu ihm! Er wird meiner schon warten.«

Zweiunddreißigstes Kapitel

Emil sollte Recht behalten: es war der letzte schöne Herbsttag, den sie gehabt. Schon zeigten sich einzelne Schneeflocken zwischen kalten Regenschauern. Garten und Wiesen und Wasserspiegel waren fast unsichtbar aus den grau umdüsterten Schloßfenstern und wer nicht verpflichtet war, durch ländlichen Beruf, einen eiligen Gang über die Hofräume zu wagen, blieb von Herzen gern im warmen Gemache.

Herr von Schwarzwaldau saß mit Carolinen beim Caffee. Es war fast gegen zwölf Uhr Mittags. Sie hatten lange geschlafen.

»Du bist heute nicht so frohen Muthes wie gestern, Emil? Macht das trübe Wetter auf Dich so trüben Eindruck, oder sind es wieder die dummen Geldgeschichten, die Dir im Kopfe liegen?«

»Beides, meine Beste, beides. Was man bei heiterem Sonnenschein mit heit'rem Sinne leicht zu nehmen vermag, sieht an grauen Tagen grau und düster aus. Es wird vorüber gehen; Ein's mit dem Andern.«

»Ich hatte in vergangener Nacht einen sonderbaren Traum und weil ich gar so fest und anhaltend geschlafen, muß ich mich wundern, daß er mir dennoch im Gedächtniß blieb. Wahrscheinlich bin ich kurz nachher auf einen Augenblick erwacht, ohne mich jetzt an dieß Erwachen zu erinnern, obgleich der Traum zu meinem Bewußtsein kam. Ich wähnte Dich vor meinem Lager am Boden zu sehen, eifrig bemüht, die Ducaten zu zählen, die Du aus meiner Chatoulle genommen. Ich fragte Dich im Traume: Wie hast Du das künstliche Schloß geöffnet, und Du entgegnetest: mit diesen Nägeln! Dabei zeigtest Du die Hände her und statt der schöngeformten Nägel, die sie zieren, wuchsen aus allen Fingern lange rostige Eisennägel hervor, von denen einige krumm gebogen die Dienste von Dietrichen versehen hatten. Das war schauerlich und es ›gruselt‹ mich noch, wenn ich mir den garstigen Anblick zurückrufe. Ich habe mir's überlegt, jetzt, während ich mit dem Frühstück auf Dich wartete: ich will aus eigenen Mitteln in Ordnung bringen, was Dich zunächst bedrängt. Wozu erst mit dem Vater debattiren? Ihn wollen wir in Anspruch nehmen, wenn Du ihm sein Adelsdiplom ausgewirkt hast. Was meinst Du zu diesem Vorschlage?«

»Ich meine, daß Du die großmüthigste, edelste, beglückendste Gattin bist, – die ich nicht verdiene; deren ich mich nicht würdig halten darf.«

»Sei immer wie Du gestern warst, und vorgestern – dann darfst Du Alles von mir fordern, dann bist Du jedes Opfers werth!«

»Wirklich, Caroline? Jedes Opfer willst Du mir bringen? Also auch das immer wiederkehrende Gedächtniß des – Todten, der mich mit Eifersucht erfüllt?«

»Ah, Du meinst jene alberne Vision? Wer weiß, wen ich da gesehen habe! Ich war eben verstimmt, fühlte mich einsam, entbehrte Deine Gegenwart. Bleibe Du stets in meiner Nähe, dann wird der Todte sich mir nicht zeigen. Du kennst die sichersten Mittel, jedes Gespenst zu bannen.«

»Dann, wohl uns! Dir, wie mir! – Nun, Geliebte, einen Ritt hinaus in das Unwetter, nach der Schäferei des Vorwerks hinüber, wo sie mich heute gewiß nicht erwarten und wo ich sie überraschen kann, was der eifrige Landwirth gerne thut! Dann wieder Dein Sclave!«

»Mein Gebieter! Und bleibe nicht lange aus!« Er jagte über Stock und Stein, durch Wind und Regengüsse, wie wenn berittene Teufel ihm auf den Hacken wären!

»Stürme nur, treibe nur dicke Wolken vor Dir her, verhülle nur Himmel und Sonne! Das thut mir wohl!«

Frau von Schwarzwaldau wollte nicht zögern, ihr halbes Versprechen ganz zu erfüllen. Sie holte die Chatoulle unter dem Bette hervor. Was diesem nicht großen Kästchen das bedeutende Gewicht verlieh, waren nicht bloß Ducaten; es waren Goldmünzen der unterschiedlichsten Länder, Zeiten und Gepräge; was nur von seltsamen, theuren Dingen dieser Gattung in Reichenborn's Hände gerathen war, hatte er, gleichviel wie kostbar, eingekauft für ›Linchens

Sparbüchse.‹ Die Spielerei war zuletzt in Liebhaberei und endlich gar in die Gier eines Goldmünzen-Sammlers übergegangen. Als er Carolinen vor ihrer Vermählung die ›Sparbüchse‹ übergab, erwähnte er ausdrücklich, daß die Hälfte der darin zusammengehäuften Stücke aus wirklichen Cabinetsstücken bestehe, deren einzelne, trotz ihres reellen Geldwerthes vielleicht dreifachen Werth als Raritäten besäßen. Daran erinnerte sich jetzt Frau von Schwarzwaldau. Sie beschloß mit Emil zusammen eine genaue Musterung der goldenen Vließe anzustellen, sobald er von der Musterung seiner Wollen-Vließe im Vorwerke wieder da sei. Was historische Bedeutung, oder den Reiz der Curiosität habe, solle für's Erste reservirt, die gewöhnliche Masse gangbarer Münzen solle versilbert werden. Sie freute sich kindisch, dieses Spiel, welches sie als Kind oft mit den Eltern getrieben, heute als verheirathete Frau mit ihrem Gatten spielen zu können. »Gebe Gott, daß ich es auch einmal mit *meinem* Kinde spielen kann!«

Und als sie bedachte, wie nahe vielleicht eines so natürlichen Wunsches Erfüllung wäre, nahm sie sich vor, die ›Sparbüchse‹ nicht gar zu heftig zu plündern. Sie wußte ja selbst nicht, was sie besaß? Hatte niemals Antrieb empfunden, das genaue Verzeichniß zu durchlesen, welches von Vaters Hand geschrieben oben auf lag. Heute empfand sie diesen Antrieb. Sie nahm den Schlüssel zu ihrem Secretair unter dem Uhrkasten heraus und steckte ihn mechanisch – (ihre Gedanken weilten noch bei dem, unter spanischen und mexikanischen Doublonen wühlenden Kinde!) – in das von einem elfenbeinernen Herzen umkränzte Schlüsselloch; aber sie gelangte nicht dazu, ihn umzudrehen. Der Widerstand lenkte ihre Aufmerksamkeit dem Schlosse zu und sie entdeckte, daß in demselben ein ungehöriger Gegenstand das tiefere Eindringen des Schlüssels verhindere. Sie versuchte lange Zeit vergebens. Auch das Bemühen, mit einer Stricknadel herauszubohren, was etwa zufällig in die kleine Oeffnung gerathen sein und dieselbe verstopfen möchte, erwies sich fruchtlos.

»Das ist doch unbegreiflich!« sprach sie – und ihr Traum wachte wieder auf. »Sollte Emil alles Ernstes versucht haben . . . .? Sollte ich in der That, wenn auch im Schlummer, wahrgenommen haben, was ich für Traum hielt? Es scheint ein Stückchen Eisen zu sein, worauf die Nadel stößt? Wie von einem abgebrochenen Schlüssel? Aber mein Schlüssel ist unverletzt. Und niemand als Er hat von gestern Abend bis zu meinem Erwachen diese Schwelle betreten. Folglich muß . . .«

Sie ging in höchster Spannung nach Emil's Arbeitszimmer, um zu erproben, ob ihr Schlüssel des Gatten Secretair öffne? Die Probe fiel bejahend aus: auf den ersten Versuch gelang sie.

»Er hat, von seiner Geldnoth gepeiniget, der Arme, erforschen wollen, ob die geizige Frau nicht im Stande wäre, ihm beizustehen! Das zufällige Uebereinstimmen der zwei verschiedenen Schlösser ist ihm förderlich gewesen. Er hat meine Schübe durchsucht nach dem Cassettenschlüssel, und das heimliche Fach nicht entdeckt. Ich habe mich geregt, er ist erschrocken, im Schrecken hat er den Bart abgedreht. So ist es. Unfehlbar. Und was ist's denn Arges? Hat er nicht, streng genommen, ein Anrecht an mein Eigenthum, welches auch das Seinige ist? Liegt nicht in diesem heimlichen Spüren nach meinen kleinen Schätzen ein gerechter Vorwurf, eine stumme, dennoch beredte Anklage gegen Diejenige, die ihm so lange vorenthielt, was er bedarf? Er that es in guter Absicht: um sich zu überzeugen, ob er wagen dürfe, sich an mich zu wenden, weil er des Vaters kleinliche Weigerungen fürchtet. Nein, er verdient keinen Tadel. Ha, wie froh bin ich, daß ich ihm als selbsteigenes Anerbieten schon entgegengebracht, wonach er sich sehnt! – Doch er hat mir mein Schloß verdorben, und Strafe muß sein. Dafür durchstöbere ich nun seine Geheimnisse und Gott sei ihm gnädig, finden sich getrocknete Blumen, alte Locken von jungen Köpfen, verblichene Bandschleifen, oder gar zerknitterte Liebesbriefchen, kurz irgend etwas von jenem Krame vor, was Stoff zu Neckereien bietet!«

Nichts von ähnlichen Dingen war vorhanden, wie emsig auch die Nachsuchung betrieben ward. Die beschriebenen Papiere, die zerstreut und ungeordnet übereinander lagen, enthielten litterarische Excerpte und Auszüge aus lyrischen Dichtern. Der Anfang eines Tagebuches aus der Knaben- und ersten Jünglings-Epoche schien flüchtiger Uebersicht völlig unbedeutend und gewann nur einiges Interesse durch das mit *rother* Schrift eingetragene Motto: **vulnerant omnes, ultima necat,** und einige Tropfen, welche auf die Vermuthung führten, der lateinische Ausspruch sei mit Blut geschrieben. – »Er wird sich beim Federschneiden den Finger verletzt haben!«

Schon wollte Caroline, unbefriediget, wieder schließen, da gewahrte sie, im Winkel des großen mittleren Schubfaches ein Paket von länglicher Form. Allerlei Zeitungsbogen und andere bedruckte Papiere waren mit Bindfaden zusammengebunden. Sie griff danach, wog es in der Hand und glaubte ein gewaltiges Messer gefunden zu haben? Sie lösete die vielfach verschlungenen Schnüre, streifte die Hüllen ab – wobei ihr eine wohlbekannte Bade-Liste in's Auge fiel, – und hielt einen eigenthümlich gestalteten Dolch, an dessen, mit fremdartigen Figuren bezeichneter Klinge röthliche Streifen schimmerten. Die äußerste Spitze war abgebrochen. Dennoch hätte eine feste Hand wohl immer noch vermocht, tödtliche Stöße mit diesem Stahle zu führen.

»Was sollen die Dummheiten,« – sagte sie; – »was hat eine alte Waffe, an der das Blut Gott weiß welches Seracenen, oder andern Heiden klebt, unter Abschriften deutscher Dichter zu thun? Das Ding gehört in eine Sammlung von Curiositäten, neben vergiftete Pfeile und ausgedörrte Schlangenhäute. Ich nehm' es ihm weg und er bekommt es nicht wieder. Es ist unheimlich.«

Sie nahm ein Stück Kienholz aus dem Korbe am Kamin, wickelte dieses in die vorhandenen Blätter, gab dem Ganzen die vorige Form und legte es an seinen Ort. Dann schloß sie den Secretair, begab sich auf ihr Zimmer, verbarg die vom Streifzug heimgebrachte Beute im Wäschkasten unter invaliden Hemden und Strümpfen und schickte nach dem Schmied im Dorfe, damit dieser das Schloß ihres Secretairs in Ordnung zu bringen versuche. Wie es zu diesem Zwecke mit plumpen Fäusten mehr aufgebrochen, als künstlich geöffnet worden, (der abgebrochene Schlüsselbart fand sich richtig vor,) staunte Caroline über die Unordnung in ihren Juwelen- und anderen Schmuckkästchen. Alles war durcheinander geworfen. Sobald sie sich erst überzeugt, daß nichts fehle, rief sie mit leichterem Herzen: »Er hat tüchtig umhergekramt, mein guter Emil, und doch nicht entdeckt, wo der kleine Drache, der den Schatz bewacht, seine Höhle hat: – fürwahr, zum Diebe ist er verdorben!«

Eben griff sie tastend nach dem in einem versteckten Winkel angebrachten Knopfe, auf den gedrückt werden mußte, sollte der Deckel des heimlichen Faches aufspringen, schon ungeduldig, daß sie den richtigen Punct nicht sogleich zu treffen vermochte, – da meldete ihr Kammermädchen, aufgeregt und ängstlich, wie jemand, der etwas Entsetzliches zu berichten weiß, daß der Mühlbauer im Schlosse sei und dringend mit dem Herrn zu sprechen wünsche.

Nun war zufällig, nur wenige Tage vorher, die Rede von einem Processe gewesen, der zwischen besagtem Mühlbauer und dem Dominium in Aussicht stehe. Jener, dessen Mühlwerk zum Theil durch Zuflüsse aus dem sogenannten See im Garten getränkt werden mußte, sollte es in trockenen Jahren nicht müssig stehen, behauptete steif und fest, er habe Anrechte darauf, weil bei Anlage des künstlichgebildeten Wasserspiegels ein Bächlein aus der alten Bahn geleitet und aufgefangen worden sei, welches seinen Vorfahren, lange eh' der Park gegründet ward, dienstbar gewesen: folglich gebühre ihm, was er bedürfe. Das Dominium hatte in Person des Amtmannes dagegen geltend gemacht, daß die Ansprüche der Mühle, hätten solche dereinst bestanden, längst verjährt seien und daß die Herrschaft seinetwegen, wenn es überall an frischem Wasser fehle, ihren schönsten Platz im Parke nicht durch einen halbleeren See entstellen lassen werde.

Emil hatte sich, seit Agnesens Tode, um diese fortdauernden Zwistigkeiten nicht bekümmert. Auch der Amtmann hatte im Eifer nachgelassen und zwei Jahre lang ruhte der Streit, der mit der Einkehr einer neuen Schloßfrau erst wieder Bedeutung gewann, da ihretwegen der Park die vorige Pflege erhalten sollte.

Caroline meinte, der Besuch des Müllers gelte dieser Angelegenheit und der Mann wolle sie bitten, daß sie ein gutes Wort einlege, um den langwierigen Proceß beiden Partheien zu ersparen; deßhalb habe er eine Stunde gewählt, wo er sie allein zu finden wußte, weil er den Herrn ausreiten gesehen? Sie fand das verständig und ließ ihn vor. Was lag ihr am See im Garten? Was lag ihr an jener Lieblingsbank Agnesens, wo die Thränenweiden sich über das Grab der Vorgängerin neigten? Fest entschlossen, auf die Seite des Mühlbauers zu treten, empfing sie ihn. Und als er ohne weitere Vorbereitung gleich beim Eintritt in's Zimmer ausrief: »Ich bringe gar was Schreckliches!« sagte sie lächelnd: »Es wird wohl so erschrecklich nicht sein?« Worauf er folgenden Bericht erstattete:

»Ich sollt' es eigentlich dem Amtmann melden thun, da der doch Polizei-Districts-Commissair spielt; weil ich aber mit dem Menschen nichts mehr will zu schaffen haben, denn er gönnt seinem Nebenmenschen nicht den Bissen Brot und nicht den Tropfen Wasser, also komm' ich zum gnädigen Herrn. Denn wer kann wissen, daß der bei einem Wetter wird spazieren geritten sein, wo man keinen Hund vor die Thüre schickt, ohne Noth? Und verschwiegen darf es nicht bleiben und anzeigen muß man's, sonst kann unser Einer Verdruß kriegen. Mit Mord und Todschlag ist nicht zu spaßen. Sie haben halt Einen umgebracht und haben das Cadaver in den Mühlgraben geworfen. Wer es ist, kann ich nicht sagen, nur bekannt kommt er mir vor, wie wenn ich ihn schon gesehen hätte; weiß aber nicht, wohin ich ihn bringen soll? Lange liegt er noch nicht im Wasser, so viel kann man sehen. Und freiwillig hinein gesprungen, ist er wohl auch nicht!«

Caroline ließ sich Mantel und Shawl geben, setzte eine Regenkappe auf, zog Ueberschuhe an die Füsse und sprach entschlossen. »Führt mich dahin, Mühlbauer, wo der Leichnam liegt; ich will ihn sehen!«

Sie folgte dem Manne durch Dick und Dünn. Schon von Weitem hörte sie das Klappern des alten Storches, welcher vom Regen durchnäßt, zitternd vor Kälte, bei dem Todten stand.

»*Der* muß ihn kennen!« sagte der Müller; »er weicht nicht von ihm. Wer des Thieres seine Sprache verstände, der würde gleich wissen, woran wir sind. Nicht wahr, Hannsel?«

Gleich beim ersten Anblick verstummte Caroline, die auf dem Wege noch manche Frage an ihren Führer gerichtet hatte. Sie blieb, wie wenn sie selbst zur Leiche geworden wäre, vor der Leiche stehen, die starren Augen auf deren entstellte Züge geheftet. Der Mühlbauer fragte, ob der Todte ihr kenntlich sei? Keine Silbe kam über ihre Lippen. Der Revierjäger hatte sich eingefunden. Er schlich zum Mühlbauer heran und flüsterte diesem etwas in's Ohr. »Meiner Seele, ja!« erwiderte der Andere. Dann trat wieder dumpfes Schweigen ein. Nur Hanns der Storch unterbrach es bisweilen durch zorniges Klappern.

»Dort kommt der Amtmann,« sagte der Revierjäger.

Caroline ging. Der Storch mit ihr.

Am Eingange zum Mühlen-Grundstück traf sie mit dem Amtmann zusammen.

»Die gnädige Frau haben sich bemüht? . . .« fragte dieser . . .

Sie wies zurück: »Dort, Herr Amtmann! Der Herr ist abwesend; vollziehen Sie eiligst, was die Gesetze vorschreiben. Es ist ein Mord geschehen!«

Sie sagte das so kalt und gleichgiltig, daß Derjenige, welchem sie es sagte, unmöglich ahnen konnte, was dabei in ihr vorging. Auch hielt sie sich fest, bis sie in ihrem Zimmer angelangt, die Kleidung gewechselt und ihre Dienerin mit den durchweichten Hüllen hinausgeschickt hatte. Dann, allein, ihren stürmenden Gedanken überlassen, schritt sie, laut redend, auf und ab:

»*Der* ist's gewesen, den ich für Gustav's Gespenst hielt! – Er sieht ihm jetzt ähnlicher, als je; auch noch als Leiche. Die Haare sind dunkel gefärbt. – Er ist gekommen, alte Rechte geltend zu machen. – Seine Anwesenheit war es also, die Emil peinigte. Daher die Geldnoth! Deßhalb der *ernstlich* gemeinte Versuch, über meine Chatoulle zu kommen, den ich geneigt war, für einen Scherz auszulegen? – Ich bin an einen Betrüger verheirathet; an einen Dieb. Die Zärtlichkeit dieser letzten Tage war berechnet. Seine Liebe ist Lüge, Verstellung. – Welche Gewalt mußte der Landstreicher über ihn haben, so gemeine, entehrende Absichten in einem Manne von seiner Bildung und Erziehung hervorzurufen! – Ein fürchterliches Gebeimniß waltet zwischen ihnen. – Irgend eine gemeinsam begangene Unthat? – Ein Verbrechen? Gott sei uns gnädig: der Dolch, den ich fand! – Und Gustav's Wunde – Und die unauflöslichen Widersprüche der Neuländer Wirthin, die den Ermordeten mit dem Mörder in den Wagen steigen sah? – Und die Leiter im Hofe? – Es ist Franz gewesen, der mit Emil zusammen meinen Bräutigam überfiel; es ist Franz gewesen, der in des Abgeschlachteten Mantel verhüllt, das Gasthaus verließ; es ist Franz gewesen, den sich Emil mit großen Summen vom Halse geschafft und der jetzt dennoch wiederkehrte, neue Forderungen zu machen, die unbefriediget zu Drohungen führten! – Es ist *mein Gatte* gewesen, der auch diesen seinen Mordgesellen ermordete und in's Wasser stieß! – Ich bin das Weib eines Mörders, eines Räubers, eines blutigen Verbrechers!«

Sie gerieth in wüthende Verzweiflung! Sie tobte und rasete, bis sie ermattet darnieder sank. Da wurde sie ruhiger. Die Wuth ging in Wehmuth über. Gustav's bleiche Gestalt, eine klaffende Wunde im Herzen, stieg vor ihr auf. Sie streckte ihm, als ob er wirklich vor ihr stände, beide Arme entgegen und schluchzte: »Verzeihung!« Aber auch ihr Gemal zeigte sich den verwirrten Sinnen und mahnte sie an manche Stunde beglückenden Vereines.

»Warum hast Du den Freund getödtet?« wollte sie fragen; . . . da schwanden die täuschenden Bilder und sie war wieder allein in ihrem Elend.

»Was beginn' ich nun? Auf wessen Seite soll ich treten? Bin ich verpflichtet, mich dessen anzunehmen, dessen Namen ich führe, der meines Kindes Vater sein wird? Oder hab' ich den zu rächen, der mich auch die Seinige nannte, dem ich gehörte? Soll ich dem heimkehrenden Gatten entgegenrufen: Hebe Dich von mir, an Deinen Fingern klebt Blut? Oder soll ich ihm sagen: entdecke Dich Deinem Weibe, daß es versuche Dich zu retten? – Nein! Keines von Beiden! Ein's wie das And're unausführbar, unmöglich! Ist mein schauderhafter Argwohn begründet; sind die entsetzlichen Combinationen, die sich mir aufdrängen, mehr als Spiel erhitzter Einbildungskraft, so ist er verloren; – mit einem Doppelmörder kann ich nicht leben und sein. Ist es nicht, dann darf er niemals erfahren, daß ich diese Gräuel ihm zugemuthet; sonst müßte *er* mich von sich stoßen, als ruchlose Mörderin seiner Ehre. Er *kann* unschuldig sein! Deßhalb werde meiner Seele qualvolles Ringen einem Dritten vorgehalten, daß dieser mit unbefangenem Urtheil entscheide, was geschehen muß! An den Justizrath will ich schreiben, der die Untersuchung in Neuland führte; der schon einige Briefe mit mir gewechselt; der sich einsichtsvoll, besonnen, theilnehmend bewährte. Jedes Wort will ich abwägen, jeden Ausdruck bedenken. Nichts für, nichts wider; einzig und allein die Sache, wie sie steht. Mehr kann ich nicht thun, und auch nicht weniger. Den Ausgang lege ich in Gottes Willen.«

Sie schloß ihre Thür und verfaßte einen langen, ausführlichen Bericht, worin sie mit vollständiger Klarheit den Gang der Vorfälle und Ereignisse zusammenstellte, durch welche sie auf ihre unheilbringenden Muthmaßungen geleitet worden. Als sie durchlas, was sie geschrieben, bemerkte sie, es herrsche in diesem schriftlichen Aufsatze ungleich mehr ein Bestreben vor, sich und den Empfänger von der Nichtigkeit jener Muthmaßungen, als umgekehrt ihn und sich von Emil's Schuld zu überzeugen. Mit diesem Tone des Briefes war sie vollkommen zufrieden: »Der Mann des Gesetzes soll nur durch mich erfahren, *was* hier geschehen! *Wie* es geschehen sein kann und durch *wen?* Und in welchem Zusammenhange Schwarzwaldau mit Neuland steht? Dieß zu prüfen, vielleicht zu ergründen, bleibe seine Aufgabe. Die meinige ist erfüllt.«

Sodann befahl sie, daß man ihren halbgedeckten Wagen anspanne; untersagte dem Kammermädchen auf's Strengste, dem gnädigen Herrn von dem verdorbenen Schlosse ihres Secretairs und der Arbeit des Dorfschmiedes zu sagen; und setzte sich ein, sobald nur die Kutsche vorfuhr.

Sie sei auf eine Stunde nach Thalwiese hinüber, (solle man dem Herrn melden,) und werde bald wieder zu Hause sein. – –

Gerade während Emil in den Hofraum des Schlosses Schwarzwaldau einritt und die Meldung entgegennahm, die seine Gemalin für ihn hinterlassen, sprengte aus dem Wirthschaftsgehöfte von Thalwiese ein zuverlässiger Stalljunge, auf seiner Brust ein in Wachsleinen sorglich gewickeltes Schreiben tragend, welches laut beiliegendem Zettel: ›Der Postmeister des nächsten Amtes gebeten wurde, durch Estaffette weiter zu befördern.«

Um acht Uhr Abends saßen Herr und Frau von Schwarzwaldau miteinander am Theetisch.

Er bestätigte, daß der im Mühlgraben aufgefundene Todte in der That kein Anderer zu sein scheine, als der ehemalige Büchsenspanner Franz Sara und setzte hinzu: Nähere Erörterungen würden erst möglich werden, wenn der Criminalrichter, an welchen die Meldung des Amtmannes pünctlich abgegangen, erschienen sei. Er selbst glaube den Jäger Sara zu erkennen, obgleich die Farbe der Haare ihn wiederum irre mache und er durchaus keinen Grund finde, warum der junge Mann sich um's Leben gebracht und gerade hier in's Wasser gestürzt haben könne? Wenn es nicht etwa eine noch mächtige, sentimentale Leidenschaft für die selige Agnes gewesen sei!

Caroline ließ sich auf diesen Gegenstand weiter nicht ein: nahm das Ereigniß wie einen allerdings unangenehmen, aber sie und den Gemal weiter nicht berührenden Zufall und verkündete lebhaft, daß sie einem plötzlichen Gelüsten nicht habe widerstehen können, dem gräßlichen Wetter zum Trotze, nach Thalwiese zu fahren und Emil's Wünsche und Bedürfnisse dem Vater vorzutragen. Dieser sei gewonnen und Alles in Ordnung. »Er wird helfen,« sagte sie lebhaft, »und dießmal gründlich. Das verzagte hinter dem Berge Halten hat ein Ende; und ich habe nicht nöthig, (was ich doch nur im äußersten Nothfall thun durfte!) die Sparbüchse zu plündern.«– Emil war außer sich vor Freude und Dankbarkeit. Daß sie, ehe er ausritt, sich ganz entgegengesetzt geäußert, schien er vergessen zu haben. –

Dreiunddreißigstes Kapitel

Die ärztliche Erklärung über einen im Mühlgraben zu Schwarzwaldau gefundenen männlichen Leichnam lautete dahin, ›daß der Entseelte *allem Vermuthen nach* gewaltsam vom Leben zum Tode gebracht worden sei. Ein heftiger Schlag mit einem stumpfen Instrument, wahrscheinlich mit einem metallenen Stockknopfe nach der Schläfe geführt, schien, wenn auch nicht absolut tödtlich, doch eine dem Tode ähnliche Betäubung veranlaßt zu haben. In solchem Zustande hatten der (oder die) Mörder den vermeinten Leichnam in's Wasser gestoßen. Dadurch mag der Ohnmächtige noch einmal zur Besinnung gekommen sein und das Bestreben gezeigt haben, sich am Ufer mit den Händen anzuklammern und zu retten, was seine Gegner verhinderten, wobei ihm mehrere Finger entzweigeschlagen wurden. Offenbar ist das eigentliche Ableben durch Ersticken im Wasser erfolgt.‹

Weiter vermochten Arzt und Wundarzt keine Hypothesen aufzuwerfen und diese eigneten sich durchaus nicht, irgend welche Schlußfolge daraus zu ziehen.

Nicht glücklicher gestalteten sich jene des Criminalrichters. Die Aussagen des Mühlbauers, wie seiner Leute, enthielten nichts, was einem Verdachte auf Einen im Dorfe gleich gekommen wäre; sie hatten den Leichnam gefunden, – weiter nichts. Eben so wenig fand sich am **corpus delicti**, noch in dessen Kleidung ein Fingerzeig. Die Taschen enthielten einige Gold- und Silber-Münzen. Von Papieren gar nichts, außer einem in lederner Brieftasche befindlichen, von einer Amerikanischen Behörde ausgestellten Reise-Zeugniß, welches ursprünglich für einen andern Menschen bestimmt gewesen sein mochte.

Die Meinungen der Dorfbewohner, so wie der Leute vom Schlosse, theilten sich bei der ihnen vorgelegten Frage: ob sie im *Unbekannten* den Jäger Franz wiederzuerkennen vermöchten? Einige, wie der Revierjäger, der Mühlbauer und auch der Amtmann – (letzterer doch erst, nachdem die Haare durch den Einfluß der Nässe ihre natürliche hellere Farbe wieder bekommen) – sprachen sich dafür aus. Andere, und zwar die Mehrzahl, stellten es entschieden in Abrede. Alle jedoch vereinigten sich in der Versicherung, daß weder dieses, noch ein anderes dem Franz Sara ähnliches Individuum, seit länger als einem Jahre in der Gegend bemerkt worden sei.

Der Einzige, der mit voller Bestimmtheit seinen jugendlichen Büchsenspanner zu erkennen versicherte und sich freiwillig erbot, dieß durch einen Eid zu constatiren, war Emil. Für ihn gab es auch nicht den leisesten Zweifel: Dieses sei der Leichnam seines früheren Dieners Franz Sara, den er, weil Derselbe sich nach ihrer großen Reise, in Schwarzwaldau nicht mehr heimisch gefühlt und ein unleidliches Betragen gezeigt, auf eigene Kosten nach Amerika expedirt habe. Warum der unruhige Kopf zurückgekehrt und wie er zu diesem traurigen Ende gekommen sei? Darauf lasse sich freilich keine befriedigende Antwort ertheilen.

Ueber Aufnahme des Thatbestandes, über der Obduction, den Zeugenverhören, allen Formalien insgesammt war denn wiederum ein düsterer Tag verstrichen. Der Gutsherr lud den Criminalrichter, den Arzt und Wundarzt freundlich ein, bei fortdauernd schlechtem Wetter die Nacht in Schwarzwaldau zuzubringen, was diese annahmen.

Caroline hatte sich zurückgezogen. Sie ließ sich entschuldigen, weil sie sich unwohl fühle, da die Schrecken des gestrigen Tages jetzt erst ihre Nachwirkung übten. Man fand das sehr begreiflich. Emil entfernte sich auf einen Augenblick und kehrte dann zu seinen Gästen zurück mit der Nachricht: seine Gemalin befinde sich gut, nur sei sie angegriffen, matt und wünsche Ruhe.

Das Mal war reichlich und verfloß unter lebhaften Gesprächen, zu denen Jeder der Anwesenden seinen Antheil beitrug. Emil besonders zeichnete sich durch Gesprächigkeit aus, erzählte viel von seinen Reisen und brachte vielerlei Umstände in Anregung, die seinen Begleiter betrafen. Es war, als ob er absichtlich immer wieder auf diesen eigenthümlichen Menschen zurückkäme, dem er neben allem Tadel doch auch sehr bedeutende Eigenschaften zuerkannte. Er verschwieg auch nicht, welche Geständnisse Franz ihm damals über den ersten Fehltritt abgelegt, den er als Jüngling begangen und der ihn in's Gefängniß geführt.

Der Criminalrichter begleitete diese Erzählungen mit dem Antheil eines Mannes von Fach, der gern bereit ist, aus jenem Zusammenleben mit ausgelernten Bösewichtern den Ursprung künftiger Uebelthaten anzuerkennen.

Der Arzt hingegen wendete seine Aufmerksamkeit mehr dem Erzähler, als dessen Erzählung zu. Er hing gleichsam mit den Augen an Emil's Lippen, von denen er Silbe um Silbe wegzuhaschen schien. Dadurch wurde dieser endlich verlegen. Mehrmals stockte der sonst so gleichmäßige Fluß seiner Rede, er verwirrte sich in den Perioden und griff, durch Nebengedanken zerstreut, wie unwillkürlich, nach einem Spielwerk für seine Hände, was ihm ohnehin schon zur halben Gewohnheit geworden war, wenn er am Schreibtische sitzend, Stundenlang sann und träumte. Dort waren es Federmesser, silberne Bleistifthalter, oder Briefstreicher, die er durch seine Finger gleiten ließ. Hier, wo nichts von diesen kleinen Gegenständen vorhanden, wo nur noch Flaschen und Gläser auf der Tafel standen, verirrten sich die geschäftigen Werkzeuge willenloser Beweglichkeit in die Westentasche und brachten den Schlüssel zu seinem Secretair heraus, an welchem sie ihr Spiel übten. Er hatte, seitdem er in Qual und Wuth Carolinens Mahagonischrank stürmisch geschlossen, diesen Schlüssel nicht mehr beachtet. Jetzt entdeckte er die Lücke am eisernen Barte. Mitten im Sprechen hielt er ein, verblich, raffte sich wieder zusammen, fuhr wieder zu sprechen fort, brach abermals ab und stammelte zuletzt: »ich glaube wahrhaftig, der Wein ist mir zu Kopfe gestiegen?«

Der Criminalrichter fand in diesem Geständnisse nichts Auffallendes; eben so wenig der Wundarzt. Beide spürten, daß auch sie genug hatten und wußten nicht, ob ihr Wirth nicht vielleicht mehr getrunken, wie sie. Sie stimmten für Abschluß des Tages und für nächtlichen Schlummer. Der Arzt sagte gar nichts dazu.

Emil machte noch einige schwache Versuche, die Herren beisammen zu halten, die ihm aber nicht gelangen, weil sie nicht ernstlich gemeint waren.

Die Gäste wurden auf ihre Zimmer geführt.

Der Arzt kehrte noch beim Criminalrichter ein. »Sie werden,« sagte er, »morgen wohl hier verweilen, denn es wird sich vielleicht Mancherlei für Sie zu thun finden. Ich bin fertig und reise.«

»Ich ebenfalls, Freund. Was sollte mich noch zurückhalten?«

»Meines Erachtens, – aber schelten Sie nicht, daß der Arzt dem Rechtsgelehrten in's Fach pfuschen will, – meines Erachtens wäre noch Mancherlei zur Entdeckung des Mörders zu thun!«

»Des Mörders. Ihr Aerzte seid eigensinnig wie die Pferde. Woher wissen wir denn überhaupt so bestimmt, daß nicht ein Selbstmord vorliegt?«

»Ich hab' es in meinem Gutachten bewiesen.«

»Das haben Sie nicht, bester Doctor! Sie haben festgestellt, daß der Kopf durch einen dumpfen Schlag getroffen, daß die Hirnschale verletzt wurde; daß einige Finger geknickt sind, daß der Tod im Wasser durch Erstickung erfolgte. Wozu bedarf es da des fremden Mörders? Reichen wir doch mit dem Selbstmörder aus. Daß dieses ein Mensch gewesen, zu welchem wir uns der That versehen können, leugnet niemand. Auch aus den Andeutungen seines früheren Herrn und Gönners geht es hervor. Er hat sich, des Lebens überdrüssig, vielleicht verfolgt wegen schlechter Streiche, in die kalte Fluth gestürzt; mit dem Kopf ist er heftig auf einen Pfahl gestoßen; die Finger sind zerbrochen, als er im Todeskampfe in die Mühlräder griff, – oder wie Sie sonst wollen. Zu all' diesen Dingen brauchen wir keinen Zweiten.«

»Das ist ein seltsamer Zwist, den wir da führen. Gewöhnlich macht Ihr Herren von der Justiz uns Aerzten den Vorwurf, daß wir Euch mit Einwendungen in die Queere kommen, die Eure Conjecturen stören, oder durch ›Unzurechnungsfähigkeit‹ gewisse Uebelthäter Eurer Macht entziehen wollen? Hier ist's nun umgekehrt. Hier wittert der Arzt schnöden Mord und der Jurist findet nichts dergleichen. – Nun, in Gottesnamen. Ich habe meine Schuldigkeit erfüllt und weiter in Sie zu dringen, ziemt mir nicht. Sie haben mich wegen meiner Criminal-Psychologie und meinen darauf bezüglichen Studien schon oft geneckt; Sie und Ihre Collegen. Deßhalb schweig' ich. Nur als alter Freund bitt' ich Sie, Ihrer selbst und Ihrer wichtigen Stellung wegen:

bleiben Sie morgen noch! Thun Sie die Augen auf! Suchen Sie! – Ich fürchte, Sie haben nicht weit zu suchen!«

Der Richter blieb allein. »Merkwürdig,« sprach er, »wohin auch die geistvollsten Männer sich bisweilen verrennen, wenn sie auf ihrem Steckenpferde sitzen! Der Doctor, sonst der gutmüthigste Mensch auf Gottes weiter Erde, wäre wahrhaftig capabel, irgend Einem der hiesigen Einwohner auf den Kopf zuzusagen: Du hast den Landstreicher umgebracht, ich les' es in Deinen Zügen! Bloß in Folge seiner psychologischen Phantasieen. – Wer mag es nur sein, den er sich als Opfer auserlesen? Doch nicht etwa gar der Mühlbauer selbst? Oder dessen Bursche? Lächerlich. – Wir wollen morgen noch einmal Mann für Mann in's Gebet nehmen, aber ich bin überzeugt, wir erfahren nichts. Der Kerl hat sich selbst umgebracht und es ist kein Schade um ihn. Ich wüßte Einige seiner Gattung, die durch Ausführung ähnlicher Entschlüsse ihren Mitmenschen sehr gefällig werden könnten.«

Am dritten Tage wurde die Frau vom Hause wieder sichtbar. Sie ließ sich berichten, welchen Erfolg die gestrigen Untersuchungen gehabt, sprach den Wunsch aus, daß doch nichts versäumt werden möge, was etwa noch in dieser Sache geschehen könne und forderte den Criminalrichter dringend auf, ihnen den heutigen Tag noch zu schenken. Emil stimmte mit ihr überein und wiederholte ihre Bitte. »Es liegt uns unendlich viel daran,« setzte er hinzu, »meiner lieben Frau, wie mir, darüber in's Klare zu gelangen, ob unter den Einwohnern von Schwarzwaldau sich alles Ernstes Mörder befinden? Ein Gedanke, der etwas Beunruhigendes hat und wohl vermöchte, jenen heimischen Frieden zu stören, ohne welchen ländlicher Aufenthalt seinen ganzen Werth verliert. Bisher fühlte ich mich in diesem stillen Dorfe so sicher, vertraute allen unsern Landleuten und ich mag sinnen wie ich will, es ist mir unmöglich nur *Einen* zu bezeichnen, der irgend welchen ausreichenden Grund gehabt hätte, Franz Sara aus der Welt zu schaffen; nicht Einer im ganzen Dorfe, – außer etwa *ich selbst*, den er unbezweifelt um Unterstützung angesprochen haben würde, wär' er am Leben geblieben. Ich bin der Einzige, auf den eine solche Muthmassung gerichtet werden könnte und wüßt' ich nicht, daß ich jene Nacht bei meiner theuren Caroline zubrachte; und wäre sie nicht zur Stelle, mir's zu bestätigen, – weiß Gott, ich hielte mich selbst der Mordthat als Nachtwandler für verdächtig; deßhalb bin ich auch sehr geneigt, je länger ich darüber nachgrüble, dem Gutachten des Herrn Doctors entgegen, an Selbstmord zu glauben.«

»Sie wissen,« erwiderte der Richter, »daß ich diese Ansicht theile.«

»Um so mehr,« sagte Caroline, »da für sie der verschlossene, trotzige, und dennoch einer tiefen leidenschaftlichen Liebe zugängliche Charakter des Entseelten spricht. Ich erinnere mich sehr wohl auf sein Benehmen, als meine Vorgängerin hier lebte; und wie oft ich diese unter vier Augen geneckt, mit ihrer Eroberung eines sentimentalen Leibjägers, – der nebenbei gesagt, immer Herrn von Schwarzwaldau's Günstling war. Ich sehe die Sache so an: er hat in der Fremde schlecht gewirthschaftet und im Vertrauen auf jene Gunst kam er zurück, einen abermaligen Angriff auf Emil's freigebige Großmuth zu wagen. Er langte in der Nachbarschaft an und vernahm sein ehemaliger Brodherr sei nicht mehr Witwer; eine zweite Gattin walte auf dem Schlosse. Er entdeckte, daß diese Dame dieselbe sei, die ihm schon vor Jahren, bei ihrem Besuche als Mädchen, keine besondere Gunst bezeigt, ihn vielmehr mißtrauisch und spöttisch von der Seite angesehen. Seine Bemühungen, Herrn von Schwarzwaldau ohne Zeugen zu sprechen, mußten mißlingen, weil ich gerade in diesen Tagen stets mit meinem Gemal beisammen war. Das fürchterliche Wetter kam dazu. Ein regnerischer November vermöchte den heitersten Menschen mit Lebensüberdruß zu erfüllen; wie vielmehr einen vielleicht Schuldbewußten, vielleicht Verfolgten, der den letzten Zufluchtsort, auf den er noch hoffen durfte sich verschlossen sieht?«

Der Richter küßte Carolinen die Hand: »Schade, daß unser medicinischer Criminal-Psychologe nicht mehr zugegen ist; er sollte eingestehen, um wie viel sicherer die gnädige Frau urtheilt, um wie viel praktischer, als er. Doch ich will mir aus dem so eben Gesagten auch eine Lehre ziehen und alle zweckdienlichen Anstalten treffen, wo möglich in Erfahrung zu bringen, ob und wo der Verstorbene in der Nachbarschaft gesehen worden? Vielleicht hat er da oder dort Aeußerungen gethan, die auf einen verzweifelten Entschluß hinweisen?«

Der brave Mann ging ohne Säumen an dieß Geschäft. Carolinens Auseinandersetzung hatte ihn vollkommen in seiner vorgefaßten Meinung bestärkt.

Eine gänzlich entgegengesetzte Wirkung hatte sie in Emil hervorgebracht. Schon daß seine Frau *ihm* verschwiegen, – was sie doch längst entdeckt haben mußte, – daß eine ungeschickte, fremde Hand das Schloß ihres Secretairs verdorben, schien ihm bedenklich. In ihrer vor dem Richter gehaltenen Rede aber fand er eine so erzwungene, von ihrer gewöhnlichen Art und Weise so verschiedene Absichtlichkeit, daß er nicht länger zweifelte: sie durchschaue die Wahrheit, halte ihn für Franzens Mörder und wolle durch ihr Zeugniß schon von vornhinein das entscheidende ›Alibi‹ festgestellt haben, wofern etwa noch ein Zweifel gegen ihn sich erheben könne. Er hatte also in ihr eine Vertraute, ohne sich durch eigenes Geständniß ihr überantwortet zu haben! Ihr Benehmen zeigte, daß sie ihn gerettet, ihn sich erhalten wissen wolle! Sie entschuldigte also die That, wozu er gleichsam gedrungen worden? Ihre Leidenschaft für ihn war mächtiger, als der Abscheu, den man vor Mördern hegt? Dafür aber war er nun auch ihr Knecht, ihr Eigenthum, ihr Leibeigener, kein Mensch mehr, – eine Sache! – Eine Sache, die sie sich durch Großmuth zum Zweitenmale erkauft! – Er vermied bei ihr allein zu bleiben. Mit dem Richter zugleich verließ er den Saal. Jener ging an den Schreibtisch; er warf sich auf's Pferd.

Erst gegen Abend trafen sie beim Essen wieder zusammen. Der Richter war besonders gut aufgelegt. Seine durch Carolinens Aeußerungen veranlaßte Thätigkeit hatte gleich auf der Stelle günstigen Erfolg gehabt: Der Actuarius hatte den Platz ausgekundschaftet, wo Franz eine Nacht und einen Tag vor seinem Tode zugebracht. Es war eine Krämersfrau im Marktflecken, eine Meile von Schwarzwaldau, die ihn daselbst aufgenommen, obgleich er ihr selbst gestanden, daß er auf der Flucht sei und durch verheimlichte Anwesenheit Gefahr bringe?

Wir kennen sie als Lisette, unter welchem Namen sie bei Agnesen Kammermädchen und zuletzt Franzens Geliebte gewesen. Als dieser, seinem Herrn auf die weite Reise folgend, Schwarzwaldau und sie verlassen, hatte sie keinen Dienst mehr gefunden, vielmehr keinen gesucht, weil ihr der Scheidende sammt seinem Trostspruche: ›es wächst Gras über Alles!‹ ein Andenken hinterlassen, wodurch sie außer Stand gesetzt wurde, als Kammerjungfer einzutreten. Der alte Krämer im Marktflecken, zum Zweitenmale Witwer, bedurfte einer dritten Frau. Von Lisettens Gesprächigkeit und den ›vornehmen Ausdrücken, die sie im Schlosse aufgelesen‹ hatte er sich günstige Wirkung für seinen Kramladen versprochen; auf die kleine lebendige Zugabe hatte er nicht geachtet; er bot ihr seine Hand; sie, jeder anderen Aussicht entbehrend, griff zu. Sie nun hatte, ohne des alten Mannes Vorwissen, den jungen Vater ihres Kindes bei sich versteckt gehalten. Und sie gab zu Protocolle: ›Franz wäre in der Desperation gewesen und entschlossen, seinem Leben ein Ende zu machen, *auf demselben Flecke* , wo er dieß schon vor mehreren Jahren beabsichtigte und nur durch die närrische Liebe zur gnädigen Frau zurückgehalten wurde!‹

Als der Richter diese Aussage triumphirend wiederholte, mit dem Bedauern, daß sein Freund, der psychologische Arzt, nicht zugegen sei, zeigte Caroline aufrichtige Theilnahme und es entschlüpften ihr, die nur von Emil aufgefangenen, vom Dritten überhörten Worte. »so war vielleicht *Alles* nur ein entsetzlicher Traum?«

»Nichts Anderes!« flüsterte Emil ihr zu, indem er ihre Hand unter dem Tische ergriff, die in der seinigen zuckte und zitterte.

Das Rollen eines Wagens durch die Einfahrt ließ sich vernehmen.

»Besuch?« fragte Emil,

»Vielleicht meine Mutter!« sprach Caroline und entzog ihm ihre Hand. Ihre Züge gewannen plötzlich einen ernsten, feierlichen Ausdruck.

Der Tafeldecker, der sogleich hinausgegangen war, als man die Kutsche gehört, kam zurück und sagte der gnädigen Frau etwas in's Ohr.

Diese bat den Richter um Erlaubniß, die Tafel verlassen und ihre Mutter empfangen zu dürfen. Dann erhob sie sich. Den Tafeldecker winkte sie nach.

»Werden wir Ihre Frau Schwiegermutter nicht die Ehre haben, hier zu begrüßen?« fragte der Richter.

»Später wohl. Unter uns gesagt, ich vermuthe: die gütige Mama schwimmt als Silberflotte heran, die der alte Kaufherr expedirt. Es handelt sich um Ausgleichung einiger Gelddifferenzen, die meine Gattin liebevoll übernahm.«

»Sie sind ein beglückter Ehemann, Herr von Schwarzwaldau!«

»Ja, Gott sei Dank, das bin ich!«

»Und wie wunderbar die Fügungen des Himmels walten. Damit Ihnen dieß Glück durch Ihre Gemalin und ihr durch Sie zu Theile werden könne, mußte ja wohl der erste Bräutigam ein so frühzeitiges Ende finden? – Ich habe von jenem traurigen Ereigniß nur Gerüchte vernommen; Thalwiese gehört, wie Sie wissen, nicht mehr in meinen Amtskreis. Haben denn die gerichtlichen Untersuchungen auf irgend eine Vermuthung geführt?«

»Auf keine, daß ich wüßte! Die Sache ist sehr verworren –«

Und nun wurde, was in Neuland geschehen, so weit es zur öffentlichen Kenntniß gekommen, zwischen den beiden Herren durchgesprochen, wobei Emil abermals große Beredtsamkeit entwickelte und den Richter in Erstaunen setzte durch scharfe Kritik der Verstöße, welche von jenem Vollzieher der Gerechtigkeit bei Führung der Sache begangen worden.

»Sie hätten **jura** studiren sollen, Herr von Schwarzwaldau; einen bedeutenden Criminalisten würden Sie abgegeben haben! – Aber Ihre Damen scheinen uns ganz und gar vergessen zu wollen?«

»Sie kommen schon!«

Der Tafeldecker öffnete die Thüre und Caroline trat ein an der Seite – nicht ihrer Mutter, sondern eines Fremden, welchen sie als den Justizrath R. vorstellte, dessen Bekanntschaft sie in *Neuland* gemacht.

Dieser verneigte sich schweigend vor Emil und begrüßte im Criminalrichter einen Collegen, worauf Jener, des so eben gepflogenen Gespräches eingedenk, ein wenig verlegen, nur mit der Frage erwiderte: »Und was verschafft unserer Gegend die Ehre? . . . .«

»Nach langem, vergeblichem Forschen und Harren ist endlich der Zeitpunct gekommen, der auf die unselige Mordthat in Neuland unzweifelhaftes Licht werfen soll. Der Thäter hat sich durch ein zweites Verbrechen uns in die Hände geliefert; *uns* beiden; denn wir sind berufen, im Verein zu handeln; ich – und Sie, Herr College. Der Mörder Ihres Jägers Franz Sara ist auch der Mörder meines jungen Herrn von Thalwiese! Eine That gebar die andere, wie eine Hyäne die andere erzeugt.«

»Und Sie verfolgen eine sichere Spur! Und diese leitete Sie . . .«

»Hierher! Nach Schloß Schwarzwaldau!«

»Und worauf gründen sich Ihre Indicien?«

»Auf dieses Blatt Papier, auf welchem Sie, Herr College, eine naturgetreue Nachbildung jener Wunde erblicken, die Thalwiese's Brust entstellte; und auf dieses kleine, sehr kleine Stückchen feinsten Stahles, von unserm Physicus in jener Wunde entdeckt, von mir sorgsam aufbewahrt. Es hat sich durch heftig geführten Stoß an einer Rippe, die es streifte, abgesplittert. Die Waffe, zu welcher es gehört, hat sich gefunden.«

»Gefunden? Wo?«

»Hier ist sie,« sagte Caroline, schlug ihr Tuch zurück, und hielt die Klinge des Dolches ihrem Gatten vor's Gesicht: »*Du bist Gustav's Mörder!* «

Emil sank in den Sessel zurück, beide Hände krampfhaft geballt und gegen sein Herz gepreßt, als wollte er den wilden Schlag desselben bändigen. Er schien dem Ersticken nahe und schöpfte mühsam Athem. Nach und nach gewann er Luft. Er schlug die Augen auf, sah die drei ihn umstehenden Personen groß an, lächelte freundlich, nickte Carolinen zu und sprach: »Habe Dank!« – Dann wendete er sich zum Richter: »Lassen sie Ihren Schreiber kommen, ich bin bereit!«

Letztes Kapitel

Das Geständniß, welches Emil von Schwarzwaldau den beiden Rechtsgelehrten in Gegenwart seiner Gattin ablegte, war unumwunden und umfassend. Er verschwieg *nichts* und schonte sich durchaus nicht. Vielmehr gab er zu erkennen, daß es ihm Bedürfniß geworden sei, nach so lang wieriger Lüge und Verstellung endlich einmal ohne Rückhalt zu reden. Bisweilen unterbrach er sich durch den Ausruf: »Ach, das thut wohl! Das erleichtert die Brust!« dann wieder hemmten Thränen den Fortgang seiner Berichte und diese kamen so unverkennbar aus dem innersten Grunde seines Herzens, daß sie auch der Hörer Herzen rührten und erschütterten.

Drei Stunden lang dauerten seine Bekenntnisse, seine erklärenden Auseinandersetzungen, die wörtlich zu Papier gebracht wurden.

Die beiden Richter waren vom Hören, der Protocollführer, dessen Feder kaum folgen konnte, vom Schreiben ermüdet; Caroline lag in Haß und Liebe, in Zorn und Wehmuth, in Abscheu und Mitleid getheilt, einer Sterbenden gleich auf dem Divan ... Er stand fest, aufrecht, ohne die geringste Erschöpfung; seine Stimme klang wohllautend und klar, seine Worte waren gewählt, sein Benehmen blieb verbindlich, und als man zu verstehen gab: er müsse nun in sichere Haft gebracht werden, wie es einem so schweren Criminalverbrecher gebühre und seine Ablieferung an das höhere Gericht könne erst morgen mit Tagesanbruch erfolgen, da sagte er: »Ihre Anordnung, Herr Rath, trifft mit meiner Bitte zusammen; ich wünsche selbst nicht, meine letzte Nacht in Schwarzwaldau in diesem Schlosse zuzubringen. Die Räume, worin Caroline mit – ihrem Kinde walten wird, sollten nicht entweiht werden durch das Geklirr meiner Ketten. Wir haben hier im Dorfe einen hübschen, festen Gefängnißthurm; ich selbst habe ihn, ›um einem längst gefühlten Bedürfniß abzuhelfen,‹ vor einigen Jahren errichten lassen. Meine Frau befand sich zum Besuche hier, da er eingeweiht wurde und seinen Namen empfing. *Emil* hieß auch der erste Insasse des freundlichen Stübchens; ›Storchschnabel‹ wurde der ganze Kerker nach Jenem getauft. Dort bringen Sie mich unter, wenn es Ihnen gefällig ist.«

Kurz vor Mitternacht wurde der Besitzer von Schwarzwaldau in das durch ihn erbaute Dorfgefängniß geleitet.

Der Revierjäger, der Mühlbauer und ein dritter Mann aus dem Dorfe, erhielten den Auftrag, mit Schießgewehren bewaffnet, den Thurm zu bewachen und jeden etwaigen Fluchtversuch zu verhindern.

Sie besprachen in ihrer Weise die Ereignisse, deren eigentlicher Zusammenhang ihnen noch nicht klar wurde, da nur einzelne Bruchstücke des ganzen Geständnisses bis in's Vorzimmer und aus diesem in's Dorf dringen können; doch empfanden sie wohl den schauerlichen Gegensatz ihrer Stellung als Wächter eines Gefangenen, der bisjetzt ihr Herr gewesen. Sie vereinigten sich dahin, den Jäger Franz für den Urheber alles Bösen anzuerkennen.

Gegen ein Uhr fand sich die Gemalin des Mörders bei den Wachen ein. Sie stellte ihnen vor, daß es ihre Pflicht sei, vom Gatten Abschied zu nehmen und noch Manches mit ihm zu besprechen, bevor man ihn den Weg zur Stadt führe, von welchem er nie zurück kommen werde. Die drei Männer fanden das in der Ordnung. Aber Einlaß zu gestatten war nicht in ihrer Macht; die Schlüssel hatte der Criminalrath an sich genommen.

»So schafft mir eine Leiter herbei, die bis an das vergitterte Fenster reicht. Durch die eisernen Stäbe vermag ich zu sprechen und zu vernehmen, was nöthig ist.«

Der Mühlbauer und der dritte Wächter gingen, eine solche Leiter aufzutreiben.

Kaum war der Revierjäger mit ihr allein, als er ihr zuflüsterte: »Soll denn unser Herr von Henkers Händen sterben, gnädige Frau? Kann er nicht – Sie verstehen mich schon! Wie wär's, ich schickte ihm meinen Hirschfänger hinauf?«

»Habt keine Sorge, Freund,« erwiderte Caroline; »ich bringe schon, was er braucht.«

Sie zeigte ihm den Dolch, den sie heimlich bei Seite zu bringen gewußt.

»Ist das derselbe?« fragte der Waidmann.

»Derselbe!«

»Desto besser: womit Du sündigest, damit sollst Du auch gestraft werden!«

Die Leiter wurde angelegt. Caroline bestieg sie. Fast eine Stunde lang verweilte sie oben.

Da sie herab kam, dankte sie den Wächtern und entfernte sich rasch. Vorher sagte sie aber noch: »Ihr habt nicht nöthig, ein Geheimniß aus meinem Besuche zu machen; ich übernehme jede Verantwortung, die Euch treffen könnte.«

Sie hörten nachher verdächtige Töne, wie wenn Eisen an Steinen gewetzt und geschliffen würde.

»Was ist das?« fragte der Mühlbauer; »will er etwa ausbrechen?«

»Seid kein Narr,« sprach der Revierjäger; »ausbrechen soll er nicht, dafür stehen wir da. Sein Leib verbleibt der Justiz. Und seine Seele – mag die entweichen wohin sie will, ihrer Bestimmung entgeht sie doch nicht.«

Als der Tag angebrochen, erschien das Gericht.

Einige Wagen, von berittenen Bauern umgeben, fuhren vor.

Die Herren begaben sich hinauf. Hanns der Storch hatte sich dem Zuge angeschlossen.

Emil, seinen Dolch in der Brust, lag todt am Boden. Die Leiche war noch warm. Eine Wunde am Oberarme ließ vermuthen, daß er an ihr erst die Schärfe der neugeschliffenen Spitze geprüft, ehe er sie nach seinem Herzen geführt. Auf der weißübertünchten Mauer stand in dicken, festen Zügen, mit einem in Blut getauchten Finger geschrieben:

›Vulnerant omnes, ultima necat.‹

Ende